UNSTERBLICH VERFLUCHT

I0608352

EBENFALLS VON LEXI C. FOSS

Blutgesetze (Buch 1)
Unsterblich entfesselt (Buch 2)
Blutige Unschuld (Buch 3)
Unsterblich geboren (Buch 4)
Himmlische Bande (Buch 5)
Die Fährte des Blutes (Buch 6)
Blood Burden – Himmlische Bürde (Buch 7)

Dies war ihr Leben.

Ihre Bestimmung.

Der Sinn ihrer Existenz.

Sie liebte diesen Mann.

Diesen Sethios. Diesen Mann, der all ihre Überzeugungen erschüttert und ihre härtesten Vorsätze durchbrochen hatte.

Caro klammerte sich weinend an ihn, da die Zeit mit ihm viel zu kurz war. Das Opfer, das sie bringen würden, würde die Zukunft der Welt verändern. Doch was wäre, wenn es danach kein Zurück mehr gab?

Sie würde diese Angst nie aussprechen, genauso wenig wie das Wissen um das, was ihnen bevorstand.

Denn ihre Mutter würde sie finden, wenn es ihr nicht gelang, Astasiya aufzuspüren.

Caro würde die Rehabilitation ertragen müssen.

Und sie würde überleben.

Das war ihre Bestimmung, ihr einziges Geheimnis, das sie nie preisgab. Da Sethios für immer in ihre Seele eingebrannt war, konnte keines der Ratsmitglieder sie trennen. Sie würden es versuchen und sie würden scheitern. Sie würde zu ihm zurückkehren. Bis in alle Ewigkeit.

»Ich liebe dich«, flüsterte er, wobei er mit seinen Lippen über ihr Ohr strich. »Ich werde dich immer lieben.«

»Ich liebe dich auch«, hauchte sie. Und dieses Mal war sie es selbst. Es war ihre Stimme. Ihr Herz. Ihr Körper. Ihre Seele. Sie war in der Erinnerung versunken, war an sie gefesselt und wollte sie nicht mehr loslassen.

Er durchbohrte sie mit seinem Blick. »Komm zurück zu mir, Caro.«

»Ich bin doch hier.«

»Komm zurück zu mir, mein Engel.«

Sie runzelte die Stirn. »Ich bin hier.«

»Ich vermisse dich.«

Es ergab keinen Sinn. Wie konnte er sie vermissen? Er war in ihr und machte Liebe mit ihr. Doch dann begann alles zu verschwimmen, als die Erinnerung ihr entglitt und sie in einen Käfig aus Glas geworfen wurde.

Sie runzelte die Stirn. *Wo bin ich?*

Die Fährte des Blutes

Unsterblich verflucht
Buch 6

Deutsche Übersetzung:
Sandra Martin für
Daniela Mansfield Translations

USA Today Bestsellerautorin
Lexi C. Foss

Titelbild entworfen von: Manuela Serra

Fotografie: JW Photography

Models: Aidan Stewart & Kristen Lazarus-Wood

Herausgegeben von: Ninja Newt Publishing, LLC

eBook:

ISBN: 978-1-954183-41-4

Taschenbuch:

ISBN: 978-1-954183-42-1

Besuchen Sie Lexi im Netz!

www.lexicfoss.com

www.facebook.com/LexiCFoss

twitter.com/LexiCFoss

www.instagram.com/LexiCFoss

E-Mail: lexicfoss@gmail.com

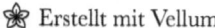 Erstellt mit Vellum

Für Casey, dafür, dass du mich davon überzeugt hast, eine gewisse blonde Ichorianerin in Betracht zu ziehen und mit ihr zu spielen ;)

Für Jean, Katie und Bethany, dafür, dass ihr dieses Buch möglich gemacht habt. Ohne euch wäre ich verloren.

Für Heather, dafür, dass du diese Reihe liebst und unterstützt und mich immer zum Lächeln bringst. Kylan lässt dich grüßen <3

Die Fährte des Blutes

Unsterblich verflucht
Buch 6

GLOSSAR

ÜBERNATÜRLICHE WESEN

Sprössling (Nomen): Das Kind eines männlichen Ichorianers und einer Menschenfrau, das noch nicht als Hydraianer wiedergeboren wurde. Für gewöhnlich besitzen Sprösslinge vor ihrer Wiedergeburt als Unsterbliche keine übernatürlichen oder übersinnlichen Fähigkeiten.

Hydraianer (Nomen): Der unsterbliche Nachkomme eines männlichen Ichorianers und einer Menschenfrau, der zwei übernatürliche oder übersinnliche Fähigkeiten besitzt und kein menschliches Blut zum Überleben braucht.

Ichorianer (Nomen): Ein unsterbliches Wesen unbekannter Herkunft, das eine übernatürliche oder übersinnliche Fähigkeit besitzt und menschliches Blut zum Überleben braucht.

Unsterblicher (Nomen): Ein genereller Begriff, der ein Wesen beschreibt, das nicht altert und gegen einen natürlichen, menschlichen Tod immun ist.

Nachkomme (Nomen): Ein Begriff, mit dem die Ichorianer die Wesen beschreiben, die sie mittels des ichorianischen Prozesses der Verwandlung erschaffen haben.

Seraph (Nomen): Ein Wesen, das zur höchsten Ordnung der Hierarchie der Engel gehört.

GLOSSAR

SCHLÜSSELBEGRIFFE

Arcadia: Ein berüchtigter ichorianischer Klub in New York, der der ichorianischen Regierung außerdem als Hauptversammlungsstelle dient.

Blutgesetze: Eine Reihe von Anordnungen, die als Reaktion auf den Vertrag von 1747 vom ichorianischen Verwaltungsrat aufgestellt wurden.

Stiftung für Katastrophenhilfe (Catastrophic Relief Foundation – CRF): Eine globale humanitäre Hilfsorganisation mit Hauptsitz in New York, der eine paramilitärische Einheit angehört, die geschaffen wurde, um abtrünnige Übernatürliche zu vernichten.

Konklave: Der ichorianische Verwaltungsrat.

Edikt: Ein Gesetz oder eine Vorschrift, die vom Hohen Rat von Seraph erlassen wurde.

Älteste: Die ursprünglichen Hydraianer, die auch als der hydraianische Verwaltungsrat dienen.

Schicksalslinie: Ein Seraph, der die Zukunft voraussagen kann.

Hoher Rat von Seraph: Der Verwaltungsrat der Seraphim.

Nizari: Altertümliche ichorianische Attentäter, die Sprösslinge jagen und töten.

Nizarigift: Eine grüne Substanz, die dafür berüchtigt ist, Sprösslinge zu töten und ihre Wiedergeburt zu verhindern.

Sentinel: Ein Soldat der Einheit der CRF, die geschaffen wurde, um abtrünnige Übernatürliche zu vernichten.

Vertrag von 1747: Eine Übereinkunft zwischen Hydraianern und Ichorianern, um eine Waffenruhe und das Leben in den ihnen zugewiesenen Territorien festzulegen. Diejenigen, die diese Grenzen überschreiten, tun das auf eigenes Risiko.

Ein Vorwort von Stas

In meinem Leben ist während des letzten Jahres eine Menge geschehen und ich will versuchen, es für alle, die eine Auffrischung brauchen, zusammenzufassen …

Ein Krieg der Unsterblichen ist im Anzug, der wahrscheinlich die Menschheit vernichten wird. Und irgendwie bin ich in den Mittelpunkt der Geschehnisse geraten.

Mein Großvater ist der Seraph der Wiederauferstehung, was bedeutet, dass er die Kontrolle über das Leben und die Wiedergeburt innehält. Er hat diese Gabe während der letzten Jahrtausende zu seinem eigenen Vorteil missbraucht und eine Armee von Ichorianern und Hydraianern geschaffen, die einzig und allein den Zweck erfüllen sollen, ihm zu dienen.

Einige von Ihnen werden sich wahrscheinlich fragen: Was zum Teufel sind Seraphim, Ichorianer und Hydraianer?

Ja, genau. Ich weiß, wie Sie sich fühlen. Bis vor Kurzem hatte ich auch noch keine Ahnung von ihrer Existenz … Seraphim sind leicht erklärt, denn sie sind im Grunde Engel. Bei den anderen ist es schon etwas komplizierter. Also werde ich versuchen, es Ihnen zu erklären. Die Kurzfassung ist: Sie sind alle unsterbliche Wesen.

Ausführlicher erklärt ähneln die Ichorianer Vampiren, weisen jedoch nicht dieselben Schwächen auf. Sie können sogar normale Nahrung zu sich nehmen, aber sie brauchen menschliches Blut, um zu überleben. Sie verfügen über eine Art Kraft, die während ihrer Wiedergeburt verstärkt wird und übernatürliche Ausmaße annimmt.

Issac, mein Partner, mit dem ich ein Blutsband eingegangen bin, kann zum Beispiel die Sehkraft anderer kontrollieren. Sein Nachkomme Tristan hat die Fähigkeit, den Klang zu kontrollieren, und sein anderer Nachkomme Mateo ist ein technisches Genie.

Vom wissenschaftlichen Standpunkt aus gesehen kommt die Fähigkeit von einer Affinität, die bereits in ihrer Blutlinie vorherrschend war, als sie noch menschlich waren. Während des Auferstehungsprozesses wird dieses Gen angesprochen, woraufhin ein übernatürliches Talent geboren wird.

Mit den Hydraianern verhält es sich ein wenig anders. Sie werden erschaffen, wenn sich ein ichorianischer Mann mit einer Sterblichen paart. Das Kind ist im Grunde ein Mensch, den die Ichorianer *Sprössling* nennen, und bleibt bis zu seinem Tode sterblich. Nach dem Tod wird es als Hydraianer wiedergeboren und verfügt nicht nur über eine, sondern über zwei Kräfte – eine von jeder Blutlinie. Darüber hinaus brauchen sie kein menschliches Blut, um zu überleben.

Sie fragen sich sicher, was es mit diesem Krieg der Unsterblichen auf sich hat, den ich zuvor erwähnt habe, und was er mit all diesem wissenschaftlichen Geschwafel zu tun hat. Ich verspreche Ihnen, dass ich in Kürze dazu kommen werde.

Sie müssen verstehen, dass die Ichorianer die Hydraianer hassen.

Warum?

Der Grund dafür ist Neid. Zumindest sehe ich das so.

Hydraianer können nicht nur überleben, ohne sich von dem menschlichen Lebenssaft ernähren zu müssen, sie verfügen obendrein über zwei Fähigkeiten, und ihr Blut ist für Ichorianer giftig. Daher die gegenseitige Abneigung.

Sie haben sich vor langer Zeit einmal bekriegt, doch als die Ichorianer zu der Erkenntnis kamen, dass sie nicht alle Hydraianer ausrotten konnten, haben sie ein Abkommen zwischen den beiden Rassen geschlossen. Über Hunderte von Jahren herrschte Frieden, doch im Hintergrund hat immer eine gewisse Feindseligkeit gebrodelt.

Der Clou bei dem Ganzen? Osiris hat all das von langer Hand geplant. Er ist der ursprüngliche Schöpfer all dieser Wesen. Dabei hat er nicht nur eine Vielzahl an Schachfiguren erschaffen, damit sie sich gegenseitig bekriegen. Nein. Er will, dass sie alle eine Einheit bilden, um gemeinsam mit ihm gegen die Seraphim in den Krieg zu ziehen.

Ich will ehrlich sein, ich weiß noch nicht viel über die Seraphim. Ich meine, ich habe erst kürzlich herausgefunden, dass ich eines dieser himmlischen Geschöpfe bin. Meine beste Freundin Lizzie ist mit einem Seraph schwanger, zumindest wird das spekuliert.

Denn die CRF hat Lizzie in einem Labor geschaffen.

Was ist die CRF? Die Catastrophic Relief Foundation. Sie ist nach außen eine humanitäre Organisation, die im Grunde ganz und gar nicht humanitär ist. Sie wurde bis vor Kurzem von einem Ichorianer geleitet, der die Welt beherrschen wollte. Wir haben ihn jedoch getötet, wobei der Rest seiner Sentinel-Einheit mit ihm unterging. Nun, einige von ihnen haben überlebt und befinden sich bei uns in Gewahrsam, doch die dunkle Seite der Organisation haben wir vernichtet.

Allerdings hat sie einen bleibenden Eindruck hinterlassen, und einer davon ist meine hochschwangere beste Freundin. Ihre genetische Beschaffenheit deutet darauf hin, dass sie ein Seraph ist, was auch erklärt, warum Jayson und Lizzie gemeinsam ein Kind zeugen konnten und warum alle glauben, dass dieses Kind ein Engel sein wird.

Laut Leela, einem Seraph der Fruchtbarkeitslinie, funktioniert die genetische Beschaffenheit der Unsterblichen nicht wie bei Menschen. Ich glaube ihr, weil mir kurz nach meinem fünfundzwanzigsten Geburtstag Flügel gewachsen sind. Meine Mutter ist ein reinrassiger Seraph, und das bin ich nun ebenfalls.

Wie dem auch sei, zusammenfassend lässt sich sagen, dass Osiris eine Armee erschaffen hat und beabsichtigt, mit uns allen gegen die Seraphim in den Krieg zu ziehen und uns als seine Spielfiguren auf dem Schlachtfeld zu positionieren. Viele der Unsterblichen wissen noch nichts darüber, denn wir haben es erst vor Kurzem herausgefunden und beginnen nur allmählich, das Ausmaß des Ganzen zu begreifen. Bis ich nicht mehr über die Seraphim in Erfahrung gebracht habe, werde ich keinen Finger krumm machen.

Die Prophezeiung, die besagt, dass ich die unsterbliche Rasse zerstören werde, kann mich mal kreuzweise.

Ich treffe meine eigenen Entscheidungen.

Und ich lade Sie ein, ebenfalls Ihre eigenen Entscheidungen zu treffen.

Schlagen Sie sich auf eine Seite. Hüten Sie sich. Und um Himmels willen, halten Sie sich von Osiris fern. Er ist ein Monster. Der Mistkerl hat meine Mutter auf dem Grund eines Ozeans versenkt, wo sie während der vergangenen achtzehn Jahre immer und immer wieder aufs Neue ertrunken ist. Darüber hinaus hat er die Erinnerungen meines Vaters an alles, was ihm je widerfahren war, gelöscht.

Und an diesem Punkt stehen wir im Moment. Ich habe gerade meinen Dad gerettet und jetzt müssen wir meine

Mom finden. Aber wie ich schon sagte, sie ist irgendwo am Ertrinken, und diese Erdkugel besteht fast nur aus Wasser.

Es wird als alles andere als leicht sein, sie zu finden. Glücklicherweise haben wir für diese Aufgabe eine Menge Unterstützung.

Lesen Sie weiter, um die Reise fortzusetzen.

Denken Sie daran: Vertrauen Sie niemandem. Achten Sie auf die Details. Glauben Sie nicht alles, was Sie hören. Und passen Sie auf sich auf.

Ein Krieg steht bevor.

Welche Seite werden Sie wählen?

PROLOG

CARO

Es ist so dunkel hier. Kalt. Schmerzhaft. Unendliche Qualen.

Früher habe ich die Sekunden gezählt. Später wurden sie zu Tagen und Wochen. Hier unten ist es schwer zu wissen, was wahr ist und was nicht. Ich sterbe. Ich lebe. Ich sterbe wieder.

Meine Gedanken schweifen noch einmal ab und ich könnte schwören, Sethios' Stimme zu hören. So sanft und warm. Und voller Sorge.

Ich vermisse dich, will ich ihm sagen. *Warum hast du mich nicht befreit?,* will ich ihn fragen. *Warum ist niemand gekommen, um mich zu befreien?*

Wir haben es aus einem guten Grund getan.

Ich habe meine Tochter zurückgelassen, um sie zu beschützen. Ist sie erwachsen geworden? Wie alt ist sie jetzt? Ist sie in Sicherheit? Hat Osiris sie am Ende gefunden? Ist Gabriel am Leben? Und Sethios?

Meine Lunge füllt sich wieder mit Eis. Daran bin ich inzwischen gewöhnt. Ich kann meinen Atem nur für eine gewisse Zeit anhalten.

Ich lasse zu, dass es mich verzehrt und mich in den

Abgrund zieht, wo ich für einen kurzen Moment diese selige Erlösung finde, die es nur im Jenseits gibt.

Manchmal besucht mich meine Tochter. Ich weiß, dass es nur ein Traum, eine unrealistische Erwartung ist, aber ich genieße diese Momente trotzdem.

So wie ich mich jetzt einer Vision von schwarzen Flügeln und einem grausamen Grinsen hingebe. Es ist nicht Sethios, und doch sieht er ihm so ähnlich. Ich seufze. *Wo bist du nur?*, frage ich mich. *Bricht dein Herz genauso wie meines?*

Ich fühle mich leicht. Wiedergeboren. Die Ketten erinnern mich an mein Schicksal.

Dies ist keine fröhliche Geschichte. Ich habe alles für die geopfert, die ich liebe, nur um in ständigen Qualen zu leben.

Doch solange mein kleiner Engel lebt, gibt es Hoffnung.

Die Prophezeiung besagt, dass sie diejenige ist, die uns alle vernichten wird. Gilt das auch für mich? Und ihren Vater? Für all unsere Freunde und Familie? Hat der Hohe Rat von Seraph sie gefunden?

Ich zittere.

Diese Welt ist so trostlos und dunkel. Hier herrscht absolute Finsternis.

Ich atme wieder ein.

Und es brennt aufs Neue.

Tod.

Wieder und wieder.

Ich ertrinke immer wieder und sehne mich danach zu fliehen. Ich sehne mich nach ihm. Nach meiner Liebe. Meinem Leben. Nach dem Mann, den ich nicht mehr spüren kann. Dem Mann, der mir selbst noch im Jenseits das Herz bricht.

Befreie mich, Sethios ... Ich flehe ihn an. *Befreie. Mich.*

Aber es ist aussichtslos. Niemand kann mich hier finden.

Es tut weh. Es brennt. Und es erschlägt mich aufs Neue.

Der Tod. Der süße Tod. Ich kann hier atmen, doch nur

für einen kurzen Moment. Diese schwarzen Federn tauchen plötzlich wieder vor meinen Augen auf. Was sind sie? Warum sind sie hier?

Ich erwache in einer neuen Umgebung.

Das Wasser ist verschwunden.

Die Welt ist voller Steine. Ein Stuhl. Noch mehr Ketten. *Wo bin ich? Ist dies eine weitere Vision?*

Doch diese ist so anders und wird angetrieben von der Quelle des Wahnsinns, die vor mir steht.

Ich werde von Panik ergriffen und schrecke mit weit aufgerissenen Augen in meinem Stuhl hoch.

Es kann nicht real sein.

Nach all der Zeit? Warum jetzt?

»Willkommen zurück, Caro«, sagt er mit flacher und ausdrucksloser Stimme. »Wir beide müssen uns unterhalten.«

Durch diese kalte Stimme weiß ich, dass ich verloren bin. Ich bin tot und werde nie wieder zum Leben erwachen.

Oh Sethios. Ich liebe dich. Du sollst wissen, dass ich unsere Wahl nie bereut habe. Sie hat überlebt. Ich bin gestorben. Ich werde euch beide immer lieben. Bis in alle Ewigkeit, meine Liebsten … bis in alle Ewigkeit.

KAPITEL EINS

SETHIOS

WO BIST DU, mein Engel?, fragte sich Sethios zum tausendsten Mal, während er den Blick auf die Sterne über ihm gerichtet hatte. *Warum sprichst du nicht mit mir?*

Keine Antwort.

Er seufzte. Er hatte die Hände in die Hosentaschen gesteckt und schluckte den Kloß in seinem Hals hinunter. Es war eine Woche vergangen, seit Astasiya seinen Verstand entfesselt hatte. Er war zwar noch nicht gänzlich von dem Bann befreit, doch es reichte aus, um seine Gedanken der Kontrolle seines Vaters zu entziehen.

In seinem Verstand hatte sich noch nicht alles wieder zusammengefügt.

Er hatte immer noch Erinnerungslücken.

Doch er erinnerte sich an seinen Engel, an seine Caro, an seine Liebe.

Scheiße«, murmelte er, als er die Augen schloss und sich vorstellte, wie sie auf dem Grund des Ozeans immer wieder aufs Neue ertrank. Er hatte zugelassen, dass sie achtzehn verdammte Jahre lang in diesem Zustand hatte verweilen müssen, wobei er von ihrem Schicksal nicht die geringste Ahnung gehabt hatte. Und das nur, weil sein Vater jegliche

Erinnerungen an sie aus seinem Gedächtnis gelöscht und ihn in eine Welt der Vergessenheit geworfen hatte.

Sethios hatte seine Gefährtin nicht erkannt.

Sie waren auf eine Weise miteinander verbunden, die sein Verstand nicht hatte fassen können, da er aufgrund der überzeugenden Fähigkeiten seines Vaters völlig vernebelt gewesen war.

Und jetzt konnte er sie nicht finden. Denn sie hatte die Hoffnung aufgegeben, dass er oder irgendjemand sonst sie je von den Fesseln befreien würde, die sie auf dem Grund des Meeres festhielten.

Er drohte zusammenzusacken, als die leere Höhle seiner Brust von einer Welle des Schmerzes durchflutet wurde. In gewisser Weise waren Osiris' Qualen ein Segen gewesen. Er hatte Sethios über ein Jahrzehnt des Nichts beschert. Kein Schmerz. Kein Verständnis. Keine Sorgen.

Jetzt brach alles mit der Heftigkeit von Millionen Sonnen über ihn herein und verbrannte jede Zelle seines Körpers.

Er musste sich zusammenreißen. Nicht nur für Caro, sondern für Astasiya.

Ah, sein kleiner Engel. Sie war im Handumdrehen zu einer Frau herangewachsen. Gestern war sie noch sieben gewesen. Zumindest für ihn.

Sethios atmete tief durch und fuhr sich mit der Hand übers Gesicht, dann schüttelte er den Kopf. Dieses Selbstmitleid würde ihn nicht weiterbringen. Er musste Caro finden. Und danach musste er einen Weg finden, um seinen Vater zur Strecke zu bringen. Er hatte keine Möglichkeit, den alten Mann zu töten, denn Seraphim konnten nicht sterben. Doch er konnte ihn vielleicht bewegungsunfähig machen, indem er ihm ein Fass Beton über den Kopf goss.

Als Sethios an die letzte »Strafe« dachte, die dieses Arschloch von einem Vater sich für ihn ausgedacht hatte, lief ihm ein Schauer über den Rücken. Osiris hatte Sethios gezwungen, sich selbst lebendig zu begraben, indem er sich mit flüssigem Beton übergoss. Es hatte höllisch wehgetan. Dennoch war es nicht mit den Qualen zu vergleichen, die er jetzt in seinem Inneren empfand.

Er fühlte sich, als wäre seine Seele in zwei Hälften gerissen worden. Zerfetzt. *Zerstört.*

Caro blieb unerreichbar, wobei ihm das letzte Mal, als er ihr Flüstern gehört hatte, wie ein Traum erschienen war. War sie es gewesen oder hatte sein Verstand ihm nur einen Streich gespielt?

Verdammt, der Schmerz, den sie fühlen musste ...

Er schluckte einen Kloß im Hals hinunter und schloss kurz die Augen. Er musste dieses Selbstmitleid überwinden und sich auf die Suche nach ihr begeben.

Es gab nur ein Problem.

Er hatte keine Ahnung, wo er anfangen sollte.

Gabriel hatte ihm auf einer Karte Tausende von Orten gezeigt, an denen er bisher gesucht hatte, und keiner davon gab ihnen auch nur den kleinsten Hinweis auf ihren Standort. Dieser Planet bestand größtenteils aus Wasser, sodass die Möglichkeiten schier endlos waren. Und solange sie nicht mit ihm sprach, hatte er wenige bis gar keine Chancen, ihren Aufenthaltsort herauszufinden.

Doch er wusste, dass sie ihm kaum eine Hilfe sein konnte, solange sie unter der Wasseroberfläche gefangen war.

Sethios ging wieder am Strand auf und ab. Das hatte er in letzter Zeit häufiger getan. Gabriel gehörte die gesamte Insel, wobei sein Haus nur einen kleinen Teil davon einnahm. Bis auf die Tatsache, dass das Unterholz ein wenig gestutzt werden könnte, war es ein ideales Stück Land mitten im Pazifischen Ozean. Die rauen Wellen brandeten mit einer Wucht gegen das Ufer, die Sethios' Stimmung gleichkam.

Er wanderte allein durch die Nacht und suchte die Einsamkeit unter den Sternen. Fast zwei Jahrzehnte blitzten in einem einzigen Moment hinter seinem geistigen Auge auf. Es war so ein winziger Zeitabschnitt, der jedoch sein Leben völlig verändert hatte.

Dreitausend Jahre seiner Existenz hatten ihn nicht auf diese Gefühle vorbereiten können. Er war so einsam und am Boden zerstört. Und er hatte das unbändige Empfinden, dass ihm ein Unrecht angetan worden war.

Seine Hände ballten sich zu Fäusten, als seine Gedanken wieder zu seinem Engel wanderten. *Wo bist du, Caro? Sag etwas.*

»Dad?«, hörte er stattdessen eine Stimme rufen, als seine Tochter in einem Wirbel transparenter Federn ein paar Meter entfernt von ihm erschien. Sie ließ die Flügel flattern, als sie den Boden unter den Füßen fand, wobei ihre Federn im Mondlicht opalfarben leuchteten. Sie verschwanden wieder, als sie ihren körperlichen Zustand annahm, wobei sie ein verbissen konzentriertes Gesicht zog.

Sie musste immer noch lernen, ihre himmlischen Fähigkeiten zu kontrollieren, einschließlich der Gabe, anderen ihren Willen aufzuzwingen.

»Hallo, kleiner Engel«, murmelte Sethios und bemühte sich, die Wut, die in seinem Inneren brodelte, so gut wie möglich zu dämpfen. Er wollte sie nicht erschrecken, vor allem nicht, da sie sich erst kürzlich wiedergefunden hatten.

Es war ein wenig seltsam, eine erwachsene Tochter zu haben, die er seit Jahren nicht mehr gesehen hatte, die aber bereits den Partner fürs Leben gefunden hatte. In gewisser Weise hatte Sethios fast das Gefühl, ersetzt worden zu sein. Ihre Loyalität war zwischen der Familie gespalten, die sie einmal gekannt hatte, und der Familie, die sie sich selbst geschaffen hatte.

Er wusste noch nicht recht, wie er darauf reagieren sollte.

Ein dunkler Teil in seinem Inneren verspürte den

8

Wunsch, den Unsterblichen abzuschlachten, der glaubte, gut genug für seine Tochter zu sein. Zu allem Überfluss waren sie nicht einfach nur ein Paar, sondern Gefährten für die Ewigkeit.

Der klügere Teil seiner selbst respektierte allerdings Issac Wakefields Selbstvertrauen. Der Ichorianer hatte sich kein einziges Mal vor Sethios verbeugt und hatte deutlich gemacht, dass seine einzige Priorität Astasiya war.

Mit der Zeit würde sich zeigen, ob der dunkle Teil die Oberhand über den klügeren Teil gewinnen würde.

Im Moment berief er sich auf letzteren. Seiner Tochter zuliebe.

Er streckte die Arme aus und zog sie an sich. Die Geste fühlte sich sowohl richtig als auch befremdlich zugleich an. Falls sie sein Zögern bemerkte, ließ sie sich nichts anmerken, sondern erwiderte seine Umarmung und folgte dann seinem Blick hinauf zu den Sternen.

»Deine Mutter und ich haben Nächte wie diese immer genossen«, erklärte er leise. »Die Gegend um Seeley Lake war sehr spärlich beleuchtet. Es hat uns ein Gefühl des Friedens und der Sicherheit vermittelt.«

Natürlich war es nur ein trügerisches Gefühl gewesen.

Sie waren nie wirklich sicher gewesen, genauso wenig wie jetzt, da die Seraphim ganz in der Nähe weilten und sein Vater versuchte, sie zur Strecke zu bringen.

Die beiden standen einen Moment lang schweigend da und blickten gen Himmel, während Sethios seinen Arm um die Schultern seiner Tochter gelegt hatte.

Für einen Moment wurde er von einem Gefühl der Gelassenheit erfasst, als er über die Entscheidungen nachdachte, die er und Caro getroffen hatten. Ihre Trennung war schmerzlich, doch am Ende hatten sie das Richtige getan.

Nach ein paar weiteren Minuten ließ er Astasiya los und

trat einen Schritt zurück, um sich ihr zuzuwenden. Sie war nicht hierhergekommen, um die Sterne zu beobachten. Er konnte die Entschlossenheit in ihren grünen Augen sehen, die seinen eigenen so ähnlich waren. Doch der Rest von ihr ähnelte durch und durch Caro. Sie war athletisch gebaut mit weiblichen Kurven, langem blonden Haar und weichen und doch eleganten Zügen. Sie war himmlisch schön.

Es schmerzte fast, sie anzusehen.

Dennoch breitete sich ein Grinsen auf seinem Gesicht aus.

»Was ist los?«, fragte Astasiya.

»Du erinnerst mich einfach so sehr an deine Mutter«, gestand er leise. Er hatte es schon einmal erwähnt, doch er verspürte das Bedürfnis, die Worte zu wiederholen. Denn es war so wahr. »Wobei ich bemerken muss, dass deine Emotionen ein wenig beeindruckender sind als ihre. Ich vermute, das hast du von mir.«

»Wenn du davon sprichst, was vorhin mit Stark passiert ist. Er hat es verdient.«

Sethios verzog die Lippen zu einem Lächeln. »Das lässt sich nicht leugnen«, stimmte er belustigt zu.

Astasiya war noch lange nicht bereit, ihrem Bruder seine Entscheidungen der letzten zwei Jahrzehnte zu verzeihen. Obwohl Sethios ihn in vielerlei Hinsicht verstehen konnte, musste er zugeben, dass Gabriel Stark einige Einzelheiten ganz und gar vermasselt hatte. Eine dieser Entscheidungen hatte sogar dazu geführt, dass Astasiya lebendig begraben worden war, was für alle Beteiligten völlig inakzeptabel war.

»Du weißt, dass er es gut gemeint hat«, versuchte Sethios sie zu trösten. »Aber ich stimme zu, dass er es ein wenig besser hätte handhaben können.«

»Ein wenig?«, wiederholte sie ungläubig. »Er hat mich in dem Glauben gelassen, dass ich für Issac *giftig* bin. Ganz zu schweigen von der Sache mit meinem Tod. Oh, und dann hat er uns allen vorgespielt, dass er mit John zusammenarbeitet.« Sie zog die Nase kraus. Die Geste erinnerte an die starrköpfige Grimasse, die sie schon als Kind immer gern gezogen hatte. »Und die Tatsache, dass er mein Gedächtnis manipuliert hat, war ebenfalls scheiße.«

Er gluckste leise und sagte: »Nun, wie ich schon sagte, er hätte es besser handhaben können.«

»Du sagtest ›ein wenig besser‹«, erwiderte sie. »Er hätte es viel besser handhaben können.«

»Er ist jung und muss noch viel lernen.« Es war weniger eine Entschuldigung als eine Tatsache. »Und ihm fehlt es an Erfahrung im Umgang mit nicht seraphischen Wesen.«

Sie stieß ein Knurren aus. »Was du nicht sagst.« Sie dachte einen Moment lang darüber nach. »Ist Mom …« Sie verstummte.

»Ähnlich wie Gabriel?«, fragte Sethios.

Astasiya nickte.

»Früher einmal, ja«, murmelte er und erinnerte sich daran, wie er Caro zum ersten Mal im Arcadia in New York getroffen hatte.

Bei der Erinnerung verzog er die Lippen zu einem liebevollen Lächeln. Sie war in ihrer erhabenen himmlischen Form erschienen und hatte vorgehabt, seinem Vater ein Edikt zu überbringen. Allerdings hatte Sethios ihr nicht gestattet, ihre Botschaft zu übermitteln, und hatte sie mittels seiner Überzeugungskraft zum Schweigen gezwungen. Danach hatte er sie mit nach Hause genommen, um sich mit ihr zu vergnügen.

»Sie hat gelernt zu fühlen«, sagte er zusammenfassend, wobei er seiner Tochter die Einzelheiten ihrer Zeugung ersparte. Er glaubte nicht, dass sie ein Interesse daran hätte, die Geschichte zu erfahren, wie er die Lieblingsmesser ihrer Mutter im Schlafzimmer eingesetzt hatte.

Erinnerst du dich an jene Nacht, mein Engel?, dachte er an

Caro gerichtet. *Wie ich dich gegen die Fensterscheibe gevögelt habe? Wie ich dich dann am nächsten Morgen mit den Klingen gereizt habe? Du bist über die Stahlschneide gekommen, bevor ich dich bis zur Besinnungslosigkeit gefickt habe.*

Ihm lief ein heißer Schauer über den Rücken, der so schnell wieder verschwand, wie er gekommen war. Er runzelte die Stirn.

Ist es das, was du brauchst, mein Engel? Willst du, dass ich dir Bilder aus unserer Vergangenheit übermittle? Er würde ihr Tausende schicken, wenn er sie damit zurückholen könnte. In seinem Gedächtnis hatte er ein ganzes Arsenal dieser Erinnerungen verstaut. Selbst mit einem kleinen Kind hatten sie immer Zeit gefunden, sich seinen dunklen Begierden hinzugeben. Vor allem, da es so vieles gegeben hatte, was er Caro hatte beibringen müssen.

Womit er wieder zu Astasiya und ihrer Frage bezüglich der Emotionen ihrer Mutter zurückkam. »Sie ist gefühlsmäßig viel besser eingestimmt als dein Bruder«, sagte er.

»Ich glaube, es gibt niemanden, der weniger Emotionen zeigt als Stark«, murmelte sie.

Sethios hatte dem nichts entgegenzusetzen. Selbst Leela und Vera schienen gefühlsbetonter als der Krieger-Seraph zu sein.

Er betrachtete seine Tochter für einen langen Moment und fragte sich neugierig, warum sie sprechen wollte. »Was wolltest du mich fragen?« Er senkte die Stimme, um sie mit seinem Tonfall wissen zu lassen, dass sie ihn um alles bitten konnte und er ihr jeden Wunsch erfüllen würde. Sie bedeutete ihm alles. Genauso wie seine Caro.

Aber ist das wirklich genug?, fragte er sich müßig, als aufs Neue Schuldgefühle in ihm aufwallten. *Du hast sie achtzehn Jahre lang vergessen. Und das nur, weil Osiris dich seinem Willen unterworfen hat.*

Sethios' Kiefer schmerzte, weil er die Zähne so fest zusammengebissen hatte. Er ärgerte sich über den Verlauf, den seine Gedanken genommen hatten, doch er konnte nichts dagegen tun. Die Erkenntnis, dass er seine gesamte Familie achtzehn Jahre lang im Stich gelassen hatte, verfolgte ihn immer wieder.

Offensichtlich war ihm anzusehen, dass er mit sich haderte, denn Astasiya trat einen Schritt zurück und schluckte. »Ich … ich wollte mit dir über Mom sprechen. Ich hatte wieder einen Traum.«

Er konzentrierte sich wieder auf seine Tochter. »Im Wasser?«

Sie nickte und runzelte dann die Stirn. »In gewisser Weise.«

Das klang nicht gut. »Was meinst du damit?«

»Es war seltsam. Wir befanden uns im Wasser, aber sie konnte atmen.«

»Hat sie etwas gesagt?«

Astasiya schüttelte den Kopf. »Nein. Sie war viel zu verängstigt, um zu sprechen.« Sie hielt inne und runzelte die Stirn. »Es war nur merkwürdig, denn wir sind nicht ertrunken. Trotzdem war alles dunkel und schwer. Es war, als befänden wir uns unter Wasser, doch irgendetwas stimmte nicht mit der Atmosphäre. Ich weiß auch nicht. Vielleicht war es nur ein ganz normaler Albtraum.« Sie verzog den Mund. »Aber ich konnte Mom deutlich spüren.«

Sethios dachte über ihre Beschreibung nach, wobei er im Geiste versuchte, Caro um eine Erklärung zu bitten. Er bekam wieder keine Antwort.

Es war so frustrierend.

Ja, zugegebenermaßen hatte er es vermasselt. Sein Vater hatte ihn auf eine Weise gebrochen, auf die er nicht vorbereitet gewesen war.

Das Problem war nur, dass er es hätte ahnen müssen.

Osiris war kreativ und den anderen immer einen Schritt voraus. Sethios hätte es besser wissen müssen und sich nicht der Hoffnung hingeben dürfen, dass er in der Lage sein könnte, ihn zu übertrumpfen.

Dennoch … In gewisser Weise hatte er seinen Vater übertrumpft, denn er hatte Astasiya vor ihm geheim gehalten.

Möglicherweise war es ein Segen gewesen, dass er seine Erinnerung komplett ausgelöscht hatte, denn dadurch war Sethios imstande gewesen, seine Liebsten zu schützen.

Er würde später noch darüber nachdenken können. Er würde sich irgendwo in ein Loch verkriechen, in dem er sich wieder seinem Selbsthass hingeben konnte. Doch im Moment nutzte er seinen Hass, um ihn zum Handeln zu bewegen. Denn es würde ihm nichts bringen, Trübsal zu blasen.

»Hat Issac deinen Albtraum gesehen?«, fragte Sethios.

»Ja.« Astasiya verzog das Gesicht. »Er hat mich geweckt, als alles zu dunkel wurde.«

»Zu dunkel?«

»Es hat mich förmlich verzehrt«, flüsterte sie. »Ich schien mich nicht mehr aus dem Loch befreien zu können.«

Er runzelte die Stirn. Die Vorstellung war beängstigend, doch er wollte die Bilder mit eigenen Augen sehen. »Wo ist Issac?«

»Im Haus. Er hätte mich begleitet, aber ich wollte mich unsichtbar machen und hierher teleportieren.«

Und er war momentan nicht in der Lage, sich ebenfalls auf diese Weise fortzubewegen, denn andernfalls würde er die Kontrolle über Skyes Verstand verlieren, woraufhin sie dem Wahnsinn anheimfallen würde. Osiris hatte ihren Geist gebrochen und hatte sie gezwungen, Selbstmord zu begehen, falls jemand sie ihm unerlaubt entzog. Doch genau das hatten Ezekiel und die anderen getan, als sie Sethios gerettet hatten. Sie hatten Osiris' wertvollstes Wirtschaftsgut entführt, als sie ihm seine Lieblingsseherin genommen hatten.

»Wann hat Issac zum letzten Mal geschlafen?«, fragte Osiris sich laut.

»Er hat überhaupt nicht geschlafen«, antwortete sie. »Nicht seit Skye hier ist.«

Denn wenn er es tat, würde die Seherin aufwachen und versuchen, sich das Leben zu nehmen. »Wir müssen für dieses Problem eine bessere Lösung finden.«

»Ich weiß. Ich habe bereits versucht, einen Weg zu finden, um Osiris' Bann zu verändern oder gar zu brechen, aber nichts hat funktioniert. Er ist einfach zu stark.«

»Du wirst es schon schaffen«, sagte Sethios, der vollstes Vertrauen in die Fähigkeiten seiner Tochter hatte. »Er hat nur ein paar Jahre mehr Erfahrung als du, das ist alles.«

»Ein paar Jahre?« Sie schnaubte. »Du meinst wohl eher zehntausend Jahre.«

»Eigentlich sind es noch mehr«, murmelte Sethios. »Aber du hast ihm etwas voraus, was er nie hat meistern können, kleiner Engel.«

»Tatsächlich? Und das wäre?«

»Du hast ein Herz«, antwortete Sethios mit einem Lächeln. »Du sorgst dich um andere. Das ist eine mächtige Waffe, die er nie verstehen wird.« Er legte ihr eine Hand auf die Schulter und drückte sie, dann bedachte er sie mit einem gutmütigen Lächeln. »Wir sollten uns mit deinem *Freund* unterhalten.« Sethios verabscheute dieses verdammte Wort zutiefst, besonders im Zusammenhang mit dem Leben seiner Tochter. »Ich will die Bilder aus deinem Traum sehen. Und danach können wir beide vielleicht gemeinsam versuchen, den Bann zu brechen, unter dem Skye steht.«

KAPITEL ZWEI

SETHIOS

DER TRAUM WAR TATSÄCHLICH SO DUNKEL, wie Astasiya ihn beschrieben hatte, und umgab sie wie ein dichtes und verworrenes Netz. Er suchte das Bild ab, das Issac ihm übermittelte, doch er konnte nichts entdecken, was auf Caros Standort hingewiesen hätte.

Allerdings spürte er ihre Angst.

Was hat sich geändert?, fragte er sie. *Warum bist du plötzlich so verängstigt, mein Engel?*

Und wieder bekam er keine Antwort.

Es war seltsam. Früher hatte er die Stille geliebt und hatte Caro sogar zum Schweigen gezwungen, als sie sich zum ersten Mal getroffen hatten. Jetzt würde er alles geben, um sie zum Sprechen zu bewegen. Er würde sich sogar mit einem Schrei begnügen.

Er seufzte und schüttelte den Kopf. »Ich kann sie nicht hören.« Wenn er diese Worte noch ein weiteres Mal laut aussprach, würde er wahrscheinlich den Verstand verlieren.

Wie zum Teufel sollte er sie finden, wenn er sie nicht einmal spüren konnte?

Doch er fühlte das Band, das an seinem Herzen haftete und dessen ausgefranste Ränder wie wütende Dornen sein Innerstes malträtierten.

Abgesehen von diesem lästigen Gefühl spürte er nichts. Und er hasste es, nichts zu spüren.

»Ich kann versuchen, wieder einzuschlafen«, schlug seine Tochter mit sanfter Stimme vor. »Vielleicht ist der Traum beim nächsten Mal deutlicher.«

»Oder er wird dich wieder verzehren«, sagte Issac, der völlig erschöpft klang. Sethios konnte die Besorgnis in seinem Blick sehen, wobei es ihm nicht um sich selbst ging, sondern um die Frau, die er eindeutig liebte.

Was wird Caro von ihrer Beziehung halten?, fragte sich Sethios unwillkürlich. Sie würde gleichermaßen schockiert sein wie er. Er vermutete jedoch, dass sie die Verbindung gutheißen würde, schon allein wegen der Art, wie Issac ihre Tochter ansah.

Sethios schüttelte den Kopf. *Das reicht jetzt.* »Wir sollten uns überlegen, was wir unternehmen können, um Skye zu helfen«, sagte er, denn er brauchte eine Ablenkung.

Außerdem fand er die Vorstellung, dass seine Tochter in das schwarze Loch zurückkehrte, sobald sie sich in einen Traumzustand versetzte, nicht sonderlich verlockend. Sie hatten in dem Traum nichts Brauchbares finden können und es wäre viel gefährlicher für ihre Psyche, als dass es für ihre Suche von Nutzen wäre. Und Caro würde es nie gutheißen, wenn Astasiya sich ihretwegen in Gefahr begäbe.

»Okay«, stimmte seine Tochter sichtlich erleichtert zu.

Issac warf Sethios einen dankbaren Blick zu und folgte dann Astasiya, als sie zur Treppe ging.

Der arme Gabriel hatte all seine Gästezimmer belegt. Die meisten teilten sich einen Raum und einige wenige schliefen auf der Couch. Doch Skye hatte ihr eigenes Bett zugeteilt bekommen.

Als sie eintraten, fanden sie Ezekiel vor, dessen Haare zerzaust und ungepflegt waren, während er seit mindestens vier Tagen die Kleidung nicht mehr gewechselt hatte. »Du solltest dich unter die verdammte Dusche stellen«, sagte Sethios zu ihm. »Und zwar sofort.«

Sein ältester Freund schnaubte. »Es geht mir gut.«

»Oh, ich hatte dabei nicht dein Wohlergehen im Sinn, sondern eher mein eigenes. Du siehst beschissen aus.«

»Und das aus dem Mund des Mannes, der letzte Woche noch einem Neandertaler ähnelte.«

Sethios verdrehte die Augen. Osiris hatte ihn bevorzugt damit gequält, seinen Haarwuchs zu erzwingen. Es tat höllisch weh, genauso wie die Rasierklinge, mit der er sie danach entfernt hatte. Nur um dann von vorn zu beginnen. Damit hatte er Sethios dafür bestraft, dass er sich einige Wochen oder Monate oder vielleicht sogar Jahre zuvor die Fäden aus dem Mund entfernt hatte.

Die Zeit war ein seltsames Konzept. Sethios konnte sich zwar an so gut wie jedes Detail seiner Gefangenschaft erinnern, doch er hatte dank seiner angeschlagenen mentalen Verfassung keine Vorstellung davon, wann sich die Dinge ereignet hatten.

Nichtsdestotrotz musste sein Freund sich wirklich unter die verdammte Dusche stellen.

»Skyes Nase wird es dir danken«, sagte er und zog eine Augenbraue in die Höhe. »Es sei denn, du hast vor, sie zu quälen, indem du in diesem Zustand bei ihr bleibst.«

Er benutzte das Wort »quälen« nur unter Vorbehalt, denn er wusste, dass Ezekiel empfindlich darauf reagierte, wenn es um Skye ging.

Offenbar zeigte es Wirkung, denn der Mann sprang auf und bewegte seinen geschmeidigen Körper mit Lichtgeschwindigkeit, als er versuchte, Sethios einen Kinnhaken zu versetzen. Die beiden kämpften nur selten miteinander, doch wenn sie es taten, war es ein ausgeglichenes Duell. Zumindest, wenn sie beide bei bester Gesundheit waren.

Und heute traf das auf Ezekiel nicht zu.

Sethios wich ihm aus, indem er einen Schritt zur Seite machte, wodurch sein bester Freund das Gleichgewicht verlor. Ezekiel prallte gegen die Wand, doch der Scheißkerl machte sich unsichtbar und tauchte hinter Sethios wieder auf, um es erneut zu versuchen.

Sie tanzten im Kreis, wobei Sethios Ezekiels Schlägen immer wieder auswich.

»Wenn es nach mir geht, könnten wir die ganze Nacht lang so weitermachen«, spottete Sethios. Er hatte eine Menge Wut aufgestaut, genauso wie Ezekiel. Osiris hatte ihm Skye vor einem Jahrhundert genommen und die beiden für seine Zwecke missbraucht.

Sie hatte vorausgesagt, dass Ezekiel ihr Untergang sein würde, und hatte mehrfach versucht, ihm zu entkommen. Doch er war in die dunkelhaarige Schönheit vernarrt gewesen und war ihr über den ganzen Globus hinterhergejagt.

Dank seiner Wurzeln als Attentäter war es für ihn ein Leichtes gewesen, sie zu verfolgen. Einen Tag, nachdem er sie eingefangen hatte, war jedoch Osiris aufgetaucht und hatte von Ezekiel verlangt, sie ihm auszuliefern.

Aus diesem Grund hatte sich Sethios' bester Freund dafür entschieden, mit Osiris zusammenzuarbeiten.

Und das nicht, weil er die geistlosen Pläne des alten Mannes guthieß, sondern weil er Skye und damit Ezekiels Herz in der Hand hatte.

Keiner hatte daran gezweifelt, dass sie sie hatten retten müssen, allerdings trieb es die arme Frau in den Wahnsinn. Ezekiel traf dabei die Hauptschuld, denn seine Verliebtheit war der Grund dafür, dass sie überhaupt in Gefangenschaft geraten war.

All das war für Ezekiels jetzigen Zustand und die aufgestaute Wut in seinem Inneren verantwortlich.

Sethios ließ zu, dass er seinen Wangenknochen mit der Faust streifte, und hoffte, dass er damit den uralten Attentäter besänftigen könnte.

Er hatte Erfolg damit.

Die Dunkelheit wich aus Ezekiels argwöhnischer Miene, während seine gold gesprenkelten schwarzen Augen voller Verständnis loderten. Er stieß einen Fluch aus und schüttelte dann den Kopf, wobei sein ungewaschenes dunkles Haar über seine schlanken Schultern fiel.

Wenn es jemanden gab, der der Hölle mit seinem Aussehen Ausdruck verleihen konnte, dann war es Ezekiel.

»Geh duschen«, sagte Sethios noch einmal. »Wir werden den Bann, unter den Osiris Skye gestellt hat, genauer unter die Lupe nehmen und sehen, was wir tun können.«

»Ihr werdet gar nichts tun können.« Ezekiels Stimme klang mitgenommen und brachte einen Teil von ihm zum Vorschein, den andere nur selten zu Gesicht bekamen. Es war der Teil, der sich um jemand anderen als sich selbst sorgte.

»Wir werden es trotzdem versuchen.« Sethios war es seinem besten Freund schuldig nach allem, was er für ihn, Astasiya und Caro geopfert hatte. »Lass es uns versuchen.«

Ezekiel schien kurz davor, sie alle zum Teufel zu jagen, und falls er es tat, würde Sethios seinem Wunsch nachkommen. Er vermutete jedoch, dass sein alter Freund eine Pause brauchte. Und Ezekiel würde niemanden außer Sethios mit der Aufgabe betrauen, Skye zu beschützen.

»Deine Tochter hat es bereits versucht.«

»Dann werde ich es auch probieren«, sagte Sethios.

»Das hast du doch bereits getan«, murmelte Ezekiel.

Ja, und es war nicht sonderlich gut gelaufen. »Hast du denn eine bessere Idee?«, entgegnete Sethios, wohl wissend, dass seinem besten Freund keine Wahl blieb, als sie in diesem auf magische Weise herbeigeführten Koma zu belassen.

Die Kiefermuskeln des Attentäters zuckten, doch dann trat er einen Schritt zurück. »Also schön«, sagte er und machte sich auf den Weg ins Badezimmer.

»Nimm dir ein paar von Gabriels Klamotten«, rief Sethios ihm nach. Er hatte bereits selbst den Kleiderschrank des Seraphs geplündert, aus dem sein derzeitiges Outfit aus Jeans und T-Shirt stammte.

Ezekiel antwortete nicht und verschwand spurlos aus dem Raum.

Issac zog eine dunkle Augenbraue in die Höhe. Ansonsten zeigte er keinerlei Reaktionen, bevor er seinen saphirblauen Blick wieder auf Skye richtete. Er verzog das Gesicht, als er der Visionen in ihrem Kopf gewahr wurde.

Seine Fähigkeit, mentale Bilder in den Köpfen anderer zu kontrollieren, erwies sich in diesem Fall als nützlich, da er die Prophetin nicht nur in einen Traumzustand versetzen konnte, sondern auch in der Lage war, ihre Albträume abzumildern.

Allerdings war ihm die Anstrengung anzusehen, die es ihn kostete, sie über sieben Tage lang in diesem Zustand zu halten. Er musste dafür ständig wach und aufmerksam sein, was für ihn als Unsterblichen kein Problem war. Doch selbst ein so mächtiges Wesen wie Issac würde sich irgendwann von den Strapazen erholen müssen.

Sethios vermutete außerdem, dass es ihn eine Menge Energie kostete, Astasiyas Gedanken zu überwachen, denn nur so hatte er es geschafft, sie aus ihrem letzten Traum zu reißen, der sich um Caro gedreht hatte.

Astasiya räusperte sich und runzelte die Stirn. »Ich habe versucht, sie meinem Willen zu unterwerfen, um ihre Träume mit verbalen Befehlen in eine bestimmte Richtung zu lenken. Allerdings enden alle meine Bemühungen wieder mit einem Selbstmordversuch.«

Issac nickte. »Ja, Osiris' Bann ist hartnäckig und umgarnt ihren Verstand auf jede nur erdenkliche Weise.«

Er hielt nicht ihren Verstand, sondern ihre Seele gefangen. Doch bevor Sethios das klarstellen konnte, ergriff Astasiya wieder das Wort.

»Ich kann es sehen. Nun, ich habe zwar kein konkretes Bild vor Augen, aber ich kann die Fesseln spüren. Sie sind wie ein dunkler Stacheldraht, der sich um ihre Psyche gewickelt hat. Ich weiß nicht, wie ich es sonst erklären soll.«

»Ich verstehe, was du meinst«, murmelte Sethios, der mit seinen Sinnen ebenfalls den Zwang wahrnahm, der sich um Skyes Seele gelegt hatte. »Wir müssen ihn zerreißen. Ich weiß nur nicht wie.« Wenn er es wüsste, hätte er dieses Wissen schon vor Jahren in die Tat umgesetzt. »Wie hast du den Bann gebrochen, unter den Osiris mich gestellt hatte?«

Falls es ihr merkwürdig vorkam, dass er seinen Vater beim Namen nannte, so ließ sie sich nichts anmerken. Wahrscheinlich lag es daran, dass sie ihn selbst als Osiris statt als ihren »Großvater« bezeichnete.

»Ich ... ich weiß es nicht. Ich war wie weggetreten. Du hast mich nicht erkannt und das tat weh, dann habe ich an dich und Mom gedacht. Ich habe mich daran erinnert, wie du mich an jenem Tag dazu gezwungen hast wegzulaufen.« Sie musste schlucken und räusperte sich. »Und dann habe ich mir überlegt, wo Mom sich jetzt befindet. In diesem Moment schien der Bann zu zerbrechen.«

Sethios dachte einen Moment darüber nach, woraufhin sein Herz einen Schlag aussetzte. Der Zement, der ihn umschlossen, erstickt und immer wieder *getötet* hatte, hatte ihn in Rage versetzt, doch dann war er befreit worden. Es hatte zu lange gedauert, bis er den Grund dafür begriffen hatte, denn sein Verstand hatte sich geweigert, die Frau, die vor ihm stand, wiederzuerkennen.

Als es ihm endlich gedämmert hatte, hatte er geglaubt,

sie wäre seine Caro. Allerdings waren es nicht ihre Augen gewesen, sie hatten vielmehr ausgesehen wie *seine eigenen*.

Er seufzte.

Diese Methode würde bei Skye nicht funktionieren. Weder Sethios noch Astasiya hatten eine gemeinsame Vergangenheit mit der Prophetin, daher war es unmöglich, den Bann mittels einer familiären Bindung zu brechen. Denn er vermutete, dass Astasiya genau das getan hatte. Sie hatte sich seine väterliche Liebe zu ihr zunutze gemacht, um in seine Seele einzudringen und auf diese Weise Osiris' Macht zu zerschlagen.

Für Skye mussten sie sich etwas anderes einfallen lassen. Sie mussten die Fesseln um ihren Verstand entwirren, statt sie zu durchschneiden.

Er verzog den Mund, als er die energetische Handschrift begutachtete, die sie umgab. Er verstand sie nur zu gut, doch er hatte keine Ahnung, wie er sie davon befreien konnte. Hätte er es gewusst, so hätte er dieses Wissen schon vor langer Zeit genutzt, um jede einzelne der mentalen Fesseln seines Vaters zu zerstören.

»Wir können sie nicht unserem Willen unterwerfen, das wird nicht funktionieren«, sagte er gedehnt. »Dadurch würde sich ihr Zustand nur verschlimmern.« Sethios hatte es schon einmal versucht, nachdem Ezekiel ihn darum gebeten hatte. »Osiris hat schon vor langer Zeit Sicherheitsmaßnahmen eingebaut, um mich daran zu hindern, den Bann zu manipulieren. Ich vermute, dass sie immer noch wirksam sind.«

»Das würde erklären, warum ihr Geist derart heftig auf Astasiyas Versuche reagiert hat«, bemerkte Issac. »Es scheint sich dabei um einen Abwehrmechanismus zu handeln.«

Sethios senkte den Kopf und erinnerte sich an eine ähnliche Reaktion, die sie vor Jahrzehnten einmal gehabt hatte. »Wir müssen …«

Plötzlich stieß er einen Fluch aus, als Caros Stimme sich wie ein mentaler Stachel in seinen Kopf rammte. *Wo bist du?*, schrie sie ihn an. *Du musst mich finden! Sofort! Nein! Nein, nicht! Es ist nicht ...*

Die Stimme verstummte schlagartig und ihm wurde die Luft aus der Lunge gepresst, als eine Reihe von Bildern auf ihn einstürmte.

»Es ist alles in Ordnung«, hörte er Issac von irgendwo im Raum sagen.

»Pst«, brachte Sethios ihn zum Schweigen und konzentrierte sich auf die Botschaft, die sein Engel ihm zu übermitteln versuchte.

Eine Straße.

Ein Gebäude.

Was ist das?, dachte er an sie gerichtet und versuchte, das verschwommene dunkle Bild zu erkennen, das sich immer wieder ein- und ausblendete. *Sind das Federn? Flügel?*

Die Vision wurde von dem Bild eines Schilds überlagert. Darauf stand ein Straßenname. In englischer Sprache. Grün. Dem Aussehen nach zu urteilen befand es sich in Amerika. Aber wo genau?

Ein weiteres Bild schoss ihm durch den Kopf. Diesmal sah er eine Küste und eine Windmühle, die sich wild im Sturm drehte.

Nicht so schnell, sagte er zu ihr, denn ein dunkler verschwommener Fleck verzerrte das Bild. *Ich kann nichts sehen, Engel.*

Kurz darauf erschienen auf ein Gebäude gekritzelte Buchstaben und eine alte Fabrik mit einer Backsteinfassade. Dann wieder das Ufer und die Windmühle. Gefolgt von dem Straßenschild. All das wirbelte wie ein Tornado durch seinen Kopf, während ihr Schrei in seinen Ohren widerhallte, bis plötzlich alles still wurde.

Er blinzelte und stellte fest, dass er auf die Knie gefallen war und den Kopf in den Händen vergraben hatte.

»Zeig es mir«, forderte eine tiefe Stimme. Sie gehörte nicht Issac, sondern Gabriel.

Einige der anderen hatten sich zu ihnen gesellt, darunter auch Ezekiel, der mit einem Handtuch bekleidet aus dem Badezimmer geeilt war, wobei er in jeder Hand eine Pistole hielt. Issacs Nachkomme, der Ire, stand neben ihm. Hinter ihnen stand ein dunkelhäutiger Hydraianer.

Sethios konnte sich nicht an die Namen erinnern, während seine Ohren noch immer von dem Ansturm dröhnten.

Skye hatte glücklicherweise von all dem nichts mitbekommen und schlief dank Issacs Bann noch immer tief und fest.

Alles war so schnell geschehen, zumindest kam es ihm so vor. Er hatte Skye gerade helfen wollen, als Caros Schrei alles zum Stillstand gebracht hatte. Sie hatte verzweifelt geklungen und die Bilder waren in einer chaotischen Weise auf ihn eingestürmt, die für ihn keinen Sinn ergab.

»Du musst es verlangsamen«, sagte Gabriel.

»Was verlangsamen?«, fragte Sethios und presste die Handfläche gegen die Stirn. *Scheiße!* Er hatte das Gefühl, als wäre er von einem verdammten Güterzug überrollt worden.

»Issac zeigt uns die Bilder, die Mom dir gesandt hat«, erklärte Astasiya. »Es sieht aus, als wäre es ein Ort an der Ostküste.«

»Wir müssen nach dem Namen und der Fabrik suchen. Ich glaube, sie will uns ihre Erinnerungen aus der Zeit zeigen, als Osiris sie auf dem Meeresgrund versenkt hat.« Als Sethios Gabriels emotionslose Stimme hörte, runzelte er die Stirn.

»Was war dieser Fleck?«

»Vielleicht Osiris in ätherischem Zustand«, schlug Gabriel vor.

Sethios schüttelte den Kopf. »Es fühlte sich ... eindringlich an.« Als hätte Caro versucht, ihm etwas zu sagen, während sie ihm die Bilder zeigte. Er konnte nicht sagen, warum oder wie er es gespürt hatte, doch seine Instinkte verrieten ihm, dass noch mehr dahintersteckte. Sie hatte versucht, ihm hinter der Maske der Dringlichkeit noch etwas anderes zu vermitteln.

Was versuchst du mir zu sagen, mein Engel?, dachte er an Caro gerichtet.

Natürlich erhielt er keine Antwort. Vielleicht war sie von Neuem ertrunken und würde sich melden, wenn sie wieder auftauchte.

Doch fünf Minuten später hatte er immer noch nichts gehört und Gabriel hatte mittels seines Handys bereits einen Standort im Internet abgerufen. Sethios erinnerte sich an eine Zeit, in der Handys nicht leistungsfähig genug waren, um solch umfangreiche Informationen zu speichern.

»Wir müssen uns das genauer ansehen«, sagte Gabriel, der Sethios mit seinen hellgrünen Augen anblickte. »Wir beide.«

»Wie bitte?« Sethios stimmte zwar zu, dass er den rot gefiederten Seraph begleiten sollte, doch er musste zuerst dafür sorgen, dass sein Kopf aufhörte, sich zu drehen.

»Du musst bestätigen, ob wir den richtigen Ort gefunden haben. Außerdem bist du mit ihr ein Band eingegangen. Wenn wir nahe genug an sie herankommen, wirst du sie vielleicht spüren können.« Er wandte sich an Astasiya. »Du musst hierbleiben.«

»Wie bitte?« Ihr Tonfall verriet ihm, was sie von dieser Anordnung hielt.

»Ein Seraph muss auf diesem Anwesen die Stellung halten, für den Fall, dass der Rat einen Abgesandten schickt.

Bis Leela oder Vera zurückkehren, bist du die Einzige, die die Insel repräsentieren kann.«

»Was soll das bedeuten?«

»Falls der Rat einen Boten schickt, wirst du verstehen, was ich meine. Ansonsten erkläre ich es dir später.« Er wandte sich wieder an Sethios. »Lass uns gehen.«

KAPITEL DREI

SETHIOS

»DU SOLLTEST WIRKLICH DARAUF ACHTEN, wie du mit Astasiya sprichst«, riet Sethios, als er und Gabriel sich an der Küste von Maine materialisierten. Der Name der Stadt war Sethios auf dem Weg entfallen, da sein Kopf immer noch schmerzte und von Caros visuellem Ansturm wie vernebelt war.

Er konnte bereits bei ihrer Ankunft spüren, dass etwas nicht stimmte, und sein Magen verkrampfte sich. Caro hatte versucht, ihm etwas zu sagen.

Doch als er sich umblickte, erkannte er all die Bilder wieder, die er gerade noch in seinem Kopf gesehen hatte. Sie hatten ohne Zweifel den richtigen Ort gefunden.

»Kommt dir hier etwas bekannt vor?«, fragte Gabriel, der Sethios' Bemerkung über Astasiya einfach ignorierte.

Typisch. Der Seraph zog Logik und Sachlichkeit den Emotionen vor.

»Es ist definitiv der Ort, den sie mir gezeigt hat«, antwortete Sethios. »Doch ansonsten kommt mir hier nichts bekannt vor. Und ich kann sie auch nicht spüren.«

Gabriel erwiderte nichts, sondern verzog nur leicht den Mund, was im Falle des Seraphs einem Stirnrunzeln gleichkam. Er ging an der Küste entlang, wobei er die Arme locker an seinem Körper herabhängen ließ. Er hatte mindestens drei Waffen dabei, die alle unter seiner braunen Lederjacke verborgen waren. Sethios vermutete, dass er obendrein ein Messer in seinem Stiefel verstaut hatte, welches er sicher unter seiner Jeans versteckte.

Im Gegensatz zu Gabriel war Sethios ganz und gar unbewaffnet. Seine Fähigkeiten, andere zu hypnotisieren und zu manipulieren, machten derartige Gegenstände überflüssig. Darüber hinaus weigerte er sich, ein Messer auch nur anzurühren, bevor er wieder mit Caro vereint war. Denn das waren ihre Lieblingswaffen in einem Kampf. Er würde erst wieder eines in die Hand nehmen, wenn sie vor ihm stand. Und dann würde er es ihr entweder als Geschenk überreichen oder es anderweitig nutzen. Vorzugsweise beim Liebesspiel.

»Ich habe Astasiya zum Schutz zurückgelassen«, sagte Gabriel, ohne ihn eines Blickes zu würdigen. Sein hellblondes Haar strahlte förmlich im Licht der Sonne, die in diesem Teil der Welt momentan hoch am Himmel stand. »Es ist nur eine Frage der Zeit, bis die Mitglieder des Rats jemanden schicken, um mein Anwesen zu überprüfen. Es wird ihnen nicht entgangen sein, dass in letzter Zeit eine Vielzahl Unsterblicher dort ein- und ausgegangen ist.«

Dann wandte er sich um und Sethios bemerkte, dass er weitaus erschöpfter wirkte, als er ihn je gesehen hatte. Die Müdigkeit war wohl etwas, das sie momentan alle gemeinsam hatten.

»Ich weiß nicht, wie sie reagieren werden, Sethios. Aber sie werden sicher nicht erfreut sein.«

Sethios runzelte die Stirn. »Warum habe ich das Gefühl, dass du mich aus einem bestimmten Grund hergebracht hast, Gabriel?«

»Ich habe lediglich die Gelegenheit genutzt, um einen Moment mit dir allein zu sein«, gestand der Seraph. »Du bist außer Leela und Vera der Einzige, der unsere politischen Strukturen versteht. Die Mitglieder des Rats werden nicht tatenlos zusehen, wie ich entartete Wesen beherberge.«

»Und als Antwort auf diese Bedrohung hältst du es also für angebracht, meiner Tochter die Verantwortung zu überlassen und mich für einen Moment wegzulocken?«

Er fuhr sich mit den Fingern durchs Haar, dessen widerspenstige Spitzen seine Ohren streiften. »Der Rat wird Stas nicht anrühren, sie ist zu wertvoll. Aber die Mitglieder könnten versuchen, Skye zu entführen. Von Elizabeth ganz zu schweigen. Wenn sie herausfinden, dass sie schwanger ist …« Er verstummte und zuckte bei dem Gedanken zusammen, der ihm gerade durch den Kopf ging. »Wir stecken in Schwierigkeiten, Sethios. Es ist eine Sache, Owen zu verstecken. Er hat sich bedeckt gehalten und das Haus nie verlassen. Aber jetzt teleportieren sich die Hydraianer ständig ein und aus, als wäre meine Insel ein verdammter Flughafen.«

»Warum hast du nichts gesagt?«

»Das habe ich, aber niemand hört auf mich.«

»Dann hoffst du also, dass ich sie zur Vernunft bringen kann«, interpretierte Sethios. »Und du hast mich erst nach Maine bringen müssen, um mit mir darüber zu reden?«

»Wie ich schon sagte, ich habe die Gelegenheit genutzt. Caro hat dabei nur den Ort zur Verfügung gestellt.«

»Ja, indem sie dir eine Erinnerung gezeigt hat, die bereits achtzehn Jahre zurückliegt«, murmelte eine tiefe Stimme. »Ich hatte dich eigentlich früher erwartet, da du wieder bei Sinnen bist. Was mich allerdings dazu veranlasst, mich über den Geisteszustand deines Seraphs zu wundern.«

Sethios gefror das Blut in den Adern, als sein Vater neben ihnen in Erscheinung trat, wobei die olivfarbene Haut auf seinem kahlen Kopf in der Nachmittagssonne glänzte. Seine schwarzen Flügel verschwanden und er stand nur noch in einem eleganten Maßanzug da, wobei die obersten Knöpfe seines weißen Hemds offen standen und er keine Krawatte trug.

»Kämpft nicht gegen mich an. Macht euch nicht unsichtbar. Lauft nicht weg.« Osiris äußerte die Befehle in rascher Abfolge hintereinander, wobei er seinen Worten die Kraft der Überzeugung verlieh. »Wenn ich es mir recht überlege, bewegt eure Beine nicht. Ich habe euch einiges zu sagen und würde mich in Anbetracht der Umstände unseres Treffens gern kurzfassen.«

»Hallo, Vater«, grüßte Sethios instinktiv, wobei er einen gelangweilten Tonfall aufsetzte, der dank seiner langen Lebensdauer durchaus glaubwürdig erschien. Er weigerte sich, in der Nähe dieses Mannes Angst zu zeigen. Wut schon eher, aber sonst nichts.

Das wolltest du mir also damit sagen, nicht wahr, mein Engel? Der verschwommene schwarze Fleck war Osiris gewesen. Das war ein interessanter Punkt. Sein Vater hatte seine »Vision« als eine achtzehn Jahre alte Erinnerung bezeichnet, was bedeutete, dass Caro schon einmal hier gewesen war. Und wenn er tatsächlich der schwarze Fleck war, dann hatte sie diesen Ort *mit ihm gemeinsam* besucht.

Sein Herz setzte einen Schlag aus.

Es gab nur einen Grund, warum sie zusammen hier gewesen sein konnten.

Hierher hat er dich gebracht …

»Mein Sohn«, erwiderte Osiris. »Du siehst gesünder aus als bei unserer letzten Begegnung.«

Sethios musste all seine Kraft zusammennehmen, um äußerlich ruhig zu bleiben, während in seinem Inneren ein Chaos tobte. Er wollte nichts lieber, als den Scheißkerl zu töten und Caro ausfindig zu machen. Doch dank des verdammten Banns, unter den sein Vater ihn gestellt hatte, konnte er weder die Beine bewegen noch kämpfen.

Also täuschte er Gelassenheit vor, eine Fähigkeit, die er ein Leben lang perfektioniert hatte. »Mein Haar wächst mittlerweile wieder auf natürliche Weise«, murmelte er. »Außerdem genießt meine Haut die frische Luft, statt Verbrennungen durch flüssigen Zement ertragen zu müssen.« Seine ruhige Stimme stand im Widerspruch zu den unendlichen Qualen, die er durch diese Erfahrungen hatte durchleiden müssen.

»Hm. Und dein Verstand genießt offenbar auch seine Freiheit, nicht wahr?«

»Ist er denn frei?«, entgegnete Sethios, dem bewusst war, dass die überzeugende Kraft in den Befehlen seines Vaters zuweilen auch erst verzögert Wirkung zeigte.

Er gab ihm darauf keine Antwort, sondern fragte stattdessen: »Wie geht es eigentlich Skye? Ist sie schon tot?«

»Bist du deshalb hier? Um zu erfahren, wie es denen ergeht, die du mit Vorliebe quälst?« Sethios war nicht daran interessiert, auf dieses Spiel einzugehen, und machte das mit seinem gleichgültigen Tonfall deutlich. »Was willst du, Vater?«

Es wäre klug, den alten Mann weiterreden zu lassen, damit sie sich einen Fluchtplan überlegen konnten, doch Sethios musste feststellen, dass er mit seiner Geduld am Ende war.

Gabriel sagte nichts und verschränkte lediglich die Arme vor der Brust, während er Osiris mit einem unbekümmerten Ausdruck im Gesicht beobachtete. Der Seraph fürchtete nichts, nicht einmal seinen eigenen Tod. Wahrscheinlich war er bereits dabei, sich einen Plan zurechtzulegen, wobei er sich nicht das Geringste anmerken ließ. Währenddessen konnte Sethios nur daran denken, einfach alles über sich ergehen zu lassen, was sein Vater ihm antun wollte, um sich dann später zu befreien.

Beim letzten Mal hatte das allerdings weniger gut funktioniert.

Doch damals hatten Sethios und Caro gar nicht die Absicht gehabt zu fliehen, denn sie hatten Astasiya beschützen wollen. Jetzt, da er von ihrer Existenz wusste, war Sethios in der Lage zurückzuschlagen.

»Du kommst wie immer gleich zum Punkt«, sagte sein Vater. »Was ebenfalls eine weise Entscheidung ist, wenn man bedenkt, dass ich nicht der Einzige bin, der diese Gegend überwacht. Und da im Moment nicht viele Touristen hier sind, fallen wir ohne Zweifel auf.«

Sethios schwieg, doch er fragte sich, was sein Vater damit gemeint hatte. *Wer überwacht diesen Ort noch? Und warum?*

»Hat der Hohe Rat von Seraph bereits um Audienz bei Stas gebeten?«, wollte sein Vater wissen. »Ich kann mir vorstellen, dass ihre Fähigkeiten von großem Interesse für die Mitglieder sind. Sie ist sicher eine bevorzugte Kandidatin, um mich am Tisch zu ersetzen. Natürlich wärst du das auch, falls du je deine Flügel entwickeln solltest.«

Sethios entging der Seitenhieb seines Vaters nicht. Er hatte ihm immer vorgeworfen, kein Reinblut zu sein. Es war zwar Osiris gewesen, der sich dazu entschlossen hatte, sich mit einer Sterblichen zu paaren, statt sich mit einem anderen Seraph fortzupflanzen, aber er gab dennoch seinem Sohn die Schuld.

Für gewöhnlich prallten die kränkenden Worte einfach an Sethios ab, ohne Spuren zu hinterlassen, doch heute verspürte er einen schmerzenden Stich im Herzen. Dank seines Blutsbands mit Caro sollten ihm längst Flügel gewachsen sein. Doch das war nicht geschehen und er nahm an, es hatte etwas damit zu tun, dass sie so lange voneinander getrennt gewesen waren.

Sie hatte behauptet, dass nichts und niemand das Band brechen konnte.

Allerdings flüsterte ihm eine unsichere Stimme in seinem Inneren zu, dass sie sich geirrt haben könnte.

Wie dem auch sei, er konnte sich im Moment nicht den Kopf darüber zerbrechen, solange Osiris vor ihm stand.

Sein Vater nährte sich von dem Schmerz und der Angst anderer. Sethios verfügte über beides in Hülle und Fülle. Aber er würde im Stillen leiden und sich eher innerlich bei lebendigem Leib häuten, bevor er jemals auch nur den Anflug einer Emotion in Gegenwart seines Schöpfers nach außen tragen würde.

Osiris betrachtete ihn einen Moment lang, wobei er die Lippen gerade genug kräuselte, um seine wachsende Belustigung anzudeuten. Vielleicht brachte er damit auch Stolz zum Ausdruck. Sethios hatte Schwierigkeiten, die Mimik des alten Mannes zu deuten, denn er war viel zu geistesgestört, als dass ihn jemand hätte wirklich verstehen können.

»Vielleicht bist du doch schon bereit«, sagte er, wobei seine Stimme sanfter als gewöhnlich klang. Es hatte fast den Anschein, als hätte er die Worte an sich selbst statt an seine Zuhörer gerichtet. »Das ist gut, mein Sohn. Du wirst diese Stärke brauchen, wenn man bedenkt, was auf uns zukommt. Vor allem jetzt, da du dich meinem Wirkungskreis entzogen hast.«

Es kostete ihn große Anstrengung, ihn nicht um eine Erläuterung zu bitten. Sethios konnte es sich nicht leisten, neugierig zu erscheinen, selbst wenn die unheilvolle Drohung über das, »was auf uns zukommt«, sein Interesse geweckt hatte.

»Auch wenn die Ratsmitglieder dich bisher noch nicht aufgesucht haben, so werden sie es schon bald tun. Sie werden mit deiner Tochter sprechen wollen. Ich schlage vor, dass du das verhinderst, wenn dir ihr Leben lieb ist.«

»Natürlich, und wenn ich raten müsste, würde ich sagen,

dass ich sie an dich übergeben soll, damit du für ihre Sicherheit sorgen kannst«, vermutete Sethios mit gedehnter Stimme.

»Das wäre ein kluger Schachzug.«

»Ganz sicher.« Sethios untermalte seine Worte mit einem sarkastischen Unterton. »Ich werde mich sofort darum kümmern.«

Sein Vater stieß ein verärgertes Schnauben aus. »Ich ziehe meine Bemerkung bezüglich deiner Einsatzbereitschaft zurück.«

»Astasiya trifft ihre eigenen Entscheidungen«, warf Gabriel ein, bevor Sethios seinem Vater eine weitere sarkastische Bemerkung an den Kopf werfen konnte. »Sie bräuchte einen sehr guten Grund, um gerade jetzt mit dir zu sprechen. Der Gedanke, freiwillig zu dir zu gehen, hat keinerlei praktischen Nutzen«, sagte Gabriel schnaubend. »Dazu wird es niemals kommen.«

»Willst du damit etwa sagen, dass ich das Vertrauen meiner Enkelin gewinnen muss?«

»Ich will damit sagen, dass ich gesehen habe, wozu sie fähig ist, und ich glaube kaum, dass sie sich einfach so von ihrem Vater überzeugen lassen wird. Und deinem Willen wird sie sich genauso wenig unterwerfen.« Gabriel schüttelte sein Handgelenk, wobei sich seine Uhr in der Sonne spiegelte. Es war nur eine flüchtige Bewegung, während der Rest seines Körpers dank des Banns, unter den Osiris sie beide gestellt hatte, völlig unbeweglich blieb. »Sie würde einen derart absurden Gedanken nur in Betracht ziehen, wenn du ihr einen Grund dafür lieferst. Und bisher habe ich noch keinen gesehen.«

Sethios hätte fast die Mundwinkel nach unten gezogen, denn die Aussage des jungen Seraphs war äußerst seltsam. Astasiya würde niemals zustimmen, sich auch nur in Osiris'

Nähe zu begeben, selbst wenn es einen triftigen »Grund« dafür gäbe.

Was soll das werden, Gabriel?, fragte sich Sethios und versuchte nachzuvollziehen, welche Strategie der Mann verfolgte. Er hatte eindeutig etwas vor. Die Bewegung seines Handgelenks war ebenfalls Absicht gewesen. Hatte Osiris es bemerkt?

»Vielleicht sollte ich euch beide gefangen nehmen«, schlug Osiris vor. »Das würde ihr die nötige Motivation für einen Besuch liefern.«

Gabriel zuckte mit den Schultern und war von der drohenden Gefahr völlig unbeeindruckt. »Es wäre eine Möglichkeit, doch das würde sie nur noch mehr erzürnen.«

»Ich kann mit Wut umgehen.«

»Tatsächlich?«, entgegnete Gabriel. »Deine Enkelin ist unter Menschen aufgewachsen, Osiris. Sie denkt mit dem Herzen, statt sich von der Logik ihres Geburtsrechts leiten zu lassen. Wenn du ihr wehtust, wirst du sie nur noch weiter von dir stoßen.«

»Ich denke, du solltest auf ihn hören, Vater. Er ist momentan derjenige, der ihren Zorn zu spüren bekommt. Sie hat ihm gerade erst heute Morgen die Nase gebrochen. Das war was? Das dritte Mal diese Woche?« Sethios gab vor, darüber nachzudenken. »Oder war es das vierte Mal?«

»Das zweite«, korrigierte Gabriel ihn mit emotionsloser Stimme, obwohl Sethios versuchte, ihn zu verärgern. Er blickte ihn kein einziges Mal an, sondern hatte den Blick starr auf Osiris gerichtet.

»Du hast recht«, räumte Sethios ein, der seine Stimme Gabriels ausdruckslosem Tonfall anpasste, während er jedoch innerlich grinste. »Mit dem ersten Schlag hat sie dir nur ein blaues Auge verpasst.«

Gabriel ignorierte ihn. »Wie dem auch sei, Tatsache ist, dass Stas nicht freiwillig zu dir gehen wird, Osiris. Nicht einmal, wenn du jeden entführst, den sie liebt. Sie wird dich bekämpfen und obwohl du möglicherweise in der Lage sein wirst, sie zu besiegen, wird sie nicht nachgeben, bis sie ganz und gar gebrochen ist. Wenn das dein Ziel ist, dann musst du tun, was du nicht lassen kannst. Aber wir beide wissen doch, dass eine defekte Waffe nicht in deinem Interesse ist.«

Aha, darauf willst du also hinaus, erkannte Sethios. Er schlug in der Tat vor, dass Osiris versuchen sollte, Astasiyas Vertrauen zu gewinnen, womit er niemals Erfolg haben würde. Aber sein Vater wäre arrogant genug, es zu versuchen. Denn Gabriel hatte recht – um Osiris' Pläne in die Tat umzusetzen, musste Astasiya unbeschädigt und funktionsfähig sein.

Er hatte vor, gegen die Seraphim in den Krieg zu ziehen. Sethios wusste schon seit Jahrhunderten, dass das sein Ziel war. Und sie hatten endlich den Punkt erreicht, an dem der Schachmeister seine einflussreiche Königin einsetzen konnte.

»Du hast dir selbst keinen Gefallen getan«, fügte Sethios zu Gabriels Bemerkung hinzu. »Und Gabriel hat mit seiner Einschätzung recht. Ich bin nicht stark genug, um sie meinem Willen zu unterwerfen. Selbst wenn du mir einen Grund geben würdest, um es zu versuchen, würde ich nicht viel ausrichten können.«

Sethios bemühte sich um einen neutralen Tonfall und ließ sich äußerlich nichts anmerken. Mit jedem Wort vermittelte er seinem Vater die Gewissheit, dass ihn der Gedanke, seine eigene Tochter seinem Willen zu unterwerfen, völlig gleichgültig ließ.

Oh, möglicherweise hätte er damit sogar Erfolg.

Doch das musste sein Vater nicht wissen. Und das Funkeln in seinen grünen Augen, die den gleichen Farbton hatten wie Astasiyas und seine eigenen Augen, verriet ihm, dass er ihre Bemerkungen nicht auf die leichte Schulter nahm.

Gut so.

Das bedeutete, dass sie vielleicht gerade so lebend aus der Sache herauskommen würden. Wobei Osiris allerdings keinen von ihnen töten konnte. Sethios vermutete außerdem, dass Gabriel mit der Uhr eine Art Alarm ausgelöst hatte, was sein Vater offenbar nicht bemerkt hatte. Vielleicht war es ihm auch aufgefallen und er hatte nichts unternommen, weil er wollte, dass seine Enkelin vor ihm erschien.

Hm. Wirklich schade, alter Mann. Das Signal war höchstwahrscheinlich an Vera und Leela gesandt worden, die im Moment beide nicht bei Astasiya, sondern bei den Hydraianern waren.

»Also gut«, sagte Osiris, dessen Aussage Sethios schockiert aufhorchen ließ.

Er hätte nie erwartet, diese Worte je aus dem Mund seines Vaters zu hören, und sie setzten ihn sofort in äußerste Alarmbereitschaft.

Er wartete darauf, dass der Seraph der Wiedergeburt fortfuhr, doch er sagte nichts weiter. Er verschränkte lediglich die Hände, während seine Miene ausdruckslos blieb.

Was hast du vor?, wollte Sethios ihn fragen, als er die machtvolle Energie spürte, die ihm die Härchen auf den Armen zu Berge stehen ließ und seine defensiven Instinkte zum Leben erweckte. Er spürte die überzeugenden Kräfte, doch er wusste nicht, welchem Zweck sie dienten.

Ein Klingeln unterbrach die erdrückende Stille.

Keiner von ihnen bewegte sich.

Es klingelte weiter, bis Osiris ein Seufzen ausstieß. »Nimm das Gespräch an.« Er verwob seinen Befehl mit der Kraft der Überzeugung, die Gabriel zum Handeln zwang.

Er zog das Handy aus der Tasche und presste es an sein Ohr. »Ja?« Während er dem Anrufer lauschte, weiteten sich seine hellen Augen und er blickte Sethios an. Ein alarmierter Ausdruck huschte über sein Gesicht, was Sethios verriet, dass etwas Unerwartetes geschehen war. Es war sicher nichts Gutes.

»Was hast du getan?«, wollte Sethios wissen, wobei sich die unsichtbaren Stränge der Macht in Osiris zurückzuziehen schienen. Ein jeder von ihnen berührte Sethios' Körper auf einer anderen Daseinsebene und erinnerte ihn daran, wer ihm das Leben geschenkt hatte.

Deine Macht ist meine Macht, flüsterte ihm eine Stimme zu. *Du bist mein.*

»Ich habe euch meine Version eines Geschenks gemacht«, erklärte Osiris, als sich das Energiefeld um ihn herum auflöste und in seinen Körper zurückzuweichen schien. »Zugleich dient es als eine Art Praktikum, wenn man bedenkt, dass du die Führung im Moment nötiger hast als ich.«

Ein Praktikum?, wiederholte Sethios in Gedanken, während die Luft um ihn herum abkühlte. Er begann langsam, sich zu entspannen, als die Energie, die seine Haut zum Vibrieren gebracht hatte, nachließ.

Sein Vater ließ seinen Nacken rollen und erschauderte kaum merklich, als er all die Energie zügelte und in sich aufnahm.

Gabriel hatte immer noch kein Wort gesagt, doch er schien überrascht zu sein.

»Ich hatte gehofft, uns bliebe noch etwas Zeit, aber ich kann fühlen, wie sich die Gezeiten ändern.« Osiris wandte den Blick gen Himmel und seufzte. »Das ist das Problem, wenn man so alt ist wie ich. Ich rechne in Jahrhunderten, nicht in Minuten. Doch das lässt sich jetzt nicht ändern. Ich habe euch all die notwendigen Hilfsmittel geliefert. Ihr müsst sie nur benutzen.«

Sethios hätte fast ein Schnauben ausgestoßen. Das einzige »Hilfsmittel«, das sein Vater ihnen gegeben hatte, waren Lektionen in körperlicher und mentaler Folter.

»Du hast Skye aus deinem Bann befreit«, sagte Gabriel, woraufhin Sethios die Augenbrauen fast bis zum Haaransatz hochzog. »Und obwohl es ein lohnendes Geschenk ist, glaube ich, dass Astasiya sich mehr darüber freuen würde, ihre Mutter wiederzusehen.«

Heilige Scheiße, dachte Sethios verblüfft. *Gabriels Taktik hat tatsächlich funktioniert.*

Die Prophezeiungen, die sich um Astasiya drehten, beschrieben sie alle als mächtiges Wesen, das die Kraft hatte, alles zu zerstören, was sich ihr in den Weg stellte. Sethios war nicht naiv, er wusste genau, warum sein Vater sie auf seiner Seite haben wollte. Er hatte jedoch nicht gewusst, dass Osiris sich sogar dazu herablassen würde, um ihre Loyalität zu buhlen.

Im Gegensatz dazu hatte Gabriel geahnt, wie weit sein Vater gehen würde, um sich mit ihr zu verbünden. Und er hatte diese Ahnung gekonnt zu seinem Vorteil genutzt.

In diesem Moment wuchs Sethios' Respekt für den Mann um Längen.

Osiris senkte langsam das Gesicht, um dem jungen Seraph in die Augen zu blicken. »Das liegt nicht in meiner Hand.«

»Du könntest uns sagen, wo du sie zurückgelassen hast«, schlug Gabriel vor.

»Das könnte ich.« Er blickte aufs Meer hinaus. »Aber das würde euch nicht helfen.« Er legte den Kopf schief. »Sie ist nicht mehr dort.«

Gabriel und Sethios tauschten einen Blick aus, während sie beide versuchten, die Worte des bösen Mannes zu entschlüsseln.

»Mein Angebot, Astasiya zu beschützen, bleibt bestehen«, sagte sein Vater leise. »Sie wird meinen Schutz brauchen.« Kurz darauf spreizte Osiris seine Flügel. »Ich werde auf deinen Anruf warten.«

Dann verschwand er.

Sethios schwieg einen langen Moment und blickte Gabriel an. Der Seraph musterte ihn ebenfalls. »Caro befindet sich nicht mehr unter der Wasseroberfläche.«

»Wie bitte?« Wie hatte er das aus den Worten seines Vaters herausgehört?

»Osiris sagte, die Vision sei eine achtzehn Jahre alte Erinnerung. Dann hat er sich zu ihrem Geisteszustand geäußert, von dem ich dachte, dass er eine Folge ihrer immer wiederkehrenden Todeserfahrung sei. Allerdings hat er daraufhin behauptet, dass sie nicht mehr hier ist. Er deutete außerdem an, dass er nicht weiß, wo sie ist, was bedeutet, dass jemand sie vor uns gefunden hat.«

Sethios dachte darüber nach und versuchte, sich an den genauen Wortlaut seines Vaters zu erinnern. Osiris liebte die Kunst der Strategie, wobei sowohl seine Entscheidungen als auch seine Wortwahl immer nur seinem eigenen Interesse dienten.

Es war möglich, dass er sie auf eine falsche Fährte locken wollte, um ihnen eine Falle zu stellen und sie alle gefangen zu nehmen. Doch er hatte ihnen nicht genügend Informationen geliefert, um ihnen wirklich einen Anhaltspunkt zu geben.

»Wer hätte sonst noch auf der Suche nach ihr sein können?«, überlegte Sethios laut und dachte über Gabriels Bemerkung nach, dass jemand sie bereits vom Meeresgrund gerettet hatte.

»Das beunruhigt mich eigentlich weniger«, antwortete der Seraph. »Vielmehr mache ich mir Sorgen darüber, wer überhaupt dazu in der Lage ist, sie zu finden.«

Sethios starrte ihn an, als ihm ein Gespräch aus der Vergangenheit durch den Kopf ging. Die Unterhaltung hatte kurz nach Astasiyas Geburt stattgefunden. Aufgrund ihrer Blutlinie konnte Caro nicht aufgespürt werden. Er runzelte die Stirn. »Sie sagte, dass du ihre Spur verfolgen könntest.«

»Ja«, stimmte er zu, »ich sollte dazu in der Lage sein. Aber ich habe sie nicht mehr wahrgenommen, seit Osiris sie im Ozean versenkt hat. Ich dachte, es läge daran, dass sie sich unter der Erde befindet. Jetzt frage ich mich allerdings, ob meine Fähigkeit, sie aufzuspüren, anderweitig beeinträchtigt wurde.«

»Willst du damit sagen, dass sie während der letzten achtzehn Jahre gar nicht ertrunken ist? Dass sie die ganze Zeit über an einem völlig anderen Ort gewesen ist?« Als ihm die Frage über die Lippen kam, wurde ihm bereits klar, dass es durchaus im Bereich des Möglichen lag. »Kann ich sie aus diesem Grund nicht spüren?«

Dank des Banns, unter den Osiris ihn gestellt hatte, war er immer noch nicht imstande, seine Beine zu bewegen, doch es war das Einzige, was ihn aufrecht hielt.

Verdammte Scheiße.

»Aber du und Astasiya, ihr träumt doch beide von ihr?«, sagte er, wobei er seinen Gedanken Ausdruck verlieh. »Sie schickt euch Visionen.«

»Tut sie das wirklich?«, fragte Gabriel, wobei sein Gesichtsausdruck die ersten Anzeichen von Emotionen zeigte. »Oder handelt es sich nur um eine Schleife, die uns ablenken soll?«

»Eine Schleife?«

»Eine immer wiederkehrende Erinnerung, die uns zugeführt wird«, erklärte er. »Wir müssen die Visionen auswerten. Wir müssen alles auswerten.« Er warf einen Blick auf die Uhr und sah dann wieder Sethios an. »Nur ein Wesen hat außer uns die Fähigkeit, meine Mutter zu finden.«

»Caros Mutter«, sagte Sethios, als er sich an die andere Person erinnerte, die in jener Unterhaltung vor fünfundzwanzig Jahren zur Sprache gekommen war. »Aber ich dachte, Leela würde den Rat überwachen.« Das war ihre Aufgabe gewesen und der Grund, warum sie sich geweigert hatte, Astasiya die Treue zu schwören. »Sie sollte uns Bescheid geben, falls die Mitglieder des Hohen Rates sich entschlossen, Caros Mutter aus ihrem himmlischen Koma zu erwecken.«

»Richtig, sie ist unsere Augen und Ohren im Inneren«, sagte Gabriel leise und warf erneut einen Blick auf die Uhr. »Und eigentlich sollte sie auch reagieren, falls ich Alarm schlage.«

Sethios' Beine zuckten, als der Bann, der ihn festgehalten hatte, mit einem Ruck verbleibender Energie gebrochen wurde. Sein Vater hatte Gabriel und ihn vollständig davon befreit, sodass sie sich wieder frei bewegen konnten.

Gabriel machte sich unsichtbar, da er wahrscheinlich seine Flügel auf ihre Funktion testen wollte, dann tauchte er in seiner körperlichen Form wieder auf. »Wir sollten nach Skye sehen und uns mit Leela unterhalten. Und danach sollten wir alle Träume auswerten. Denn wenn Osiris damit recht hat, dass die heutige Vision lediglich eine Erinnerung ist, dann nehme ich an, dass es sich mit den anderen ebenso verhält.«

Sethios schluckte, während ihm das Herz bis zum Hals schlug.

Die ganze Woche über hatte er gespürt, dass etwas nicht stimmte. Er sollte eigentlich in der Lage sein, Caro zumindest zu spüren, doch die einzig greifbare Verbindung zwischen ihnen war der Stacheldraht, der sich in sein Herz bohrte.

Er hatte sich Sorgen gemacht, dass sie ihn blockiert hatte, um die Schmerzen nicht ertragen zu müssen.

Was wäre jedoch, wenn es gar nicht daran lag? Was wäre, wenn jemand oder etwas ihr Band durchtrennt hatte?

Oh, mein Engel … Ihm brach das Herz aufs Neue. *Wo zum Teufel steckst du?*

43

KAPITEL VIER

CARO

CARO FÜHLTE NICHTS. Weder den kalten Metallstuhl, auf dem sie saß, noch die abgestandene Luft im Raum. Sie konnte nicht einmal die Wärme der Sonne spüren, die durchs Fenster fiel.

Sie existierte nur in einem Nebel.

Als eine Vergessene.

Nein, das war falsch. Sie war ganz und gar nicht vergessen worden. Aber sie musste einen klaren Kopf behalten. Ihr Geist musste offen und leer bleiben. Anders würde sie hier nicht weiterkommen.

Sie alle waren in ihrem Inneren und arbeiteten mit ihren Kräften daran, ihre seraphische Seele zu rehabilitieren. Sie versuchten, das Wesen neu zu erschaffen, das sie sein sollte. Sie ließ sie gewähren. Sie akzeptierte es und ermutigte sie sogar.

Denn tief im Inneren hatte sie einen winzigen Riss in der Programmierung entdeckt, und sie wollte nicht, dass sie ihren derzeitigen Aufenthaltsort ausfindig machten.

In den Tiefen ihrer Psyche.

Sie erforschte sie.

Und zog daran.

Sie stieß vorsichtig gegen die Erinnerungsschleife, die in

die Verbindung eingefügt worden war. Es kostete sie all ihre mentale Kraft, um nicht zusammenzuzucken, als die visuellen Qualen ihr den Atem raubten und sie vor Angst fast erstarren ließen.

Seraphim fühlen nicht.

Seraphim lieben nicht.

Seraphim reagieren nicht.

Sie flüsterte die Worte im Geiste und täuschte damit vor, sich der Umprogrammierung ihrer Seele hinzugeben, während sie versuchte, nicht zu vergessen, dass in ihrem Inneren eine Schlacht tobte.

So viel Macht. So viel Autorität. So viel *Gewicht*.

Caro nahm all ihre Konzentration zusammen, um den richtigen Faden zu finden, der sie mit dem verbotenen Ort verbinden würde.

Lautlos.

Vorsichtig.

Ruhig.

Sie konnte es sich nicht leisten, irgendetwas preiszugeben, dabei wurde sie von so vielen von ihnen umgeben. Und sie alle waren darauf aus, sie zurechtzuweisen. Sie wollten, dass sie sich anpasste, sich änderte und wieder zu dem Seraph wurde, der sie früher einmal gewesen war.

Caro war ein Niemand.

Sie hatte aufgehört zu existieren.

Ein Gefäß der Magie. Ein Wesen, das dazu da war, um es zu besitzen.

Diese Gedanken schwirrten ihr durch den Kopf, als sie von einer berauschenden Präsenz erfüllt wurde, die sie reformieren wollte. Sie widersetzte sich nicht, zumindest nicht offensichtlich. Stattdessen zog sie sich lautlos an den verbotenen Ort zurück, nach dem sie sich sehnte. Jedes Mal wenn sie eine der künstlich geschaffenen Erinnerungen veränderte, änderte sich auch die Botschaft. Sie konnte nicht riskieren, sie zu sehr umzuwandeln, sonst würde es einer von ihnen vielleicht bemerken. Doch die Erinnerungen wiederholten sich immer wieder.

Caro, die ertrank.

Caro, die weinte.

Caro, die vor Qualen aufschrie.

Es fühlte sich an, als läge es Jahrhunderte zurück. Sie konnte sich nicht mehr daran erinnern, wie sich das Wasser angefühlt oder wie es sie ertränkt hatte. Es blieb nur der Schmerz, der sich wie eine tief sitzende Narbe in ihr Herz eingebrannt hatte.

Sie wagte sich weiter vor und hoffte, noch einen Fußabdruck hinterlassen zu können, indem sie einen Satz oder eine Formulierung änderte.

Wie oft war sie gestorben und wiederauferstanden?

Die Schleife zeigte nur eine Handvoll Erinnerungen und sie fragte sich unwillkürlich, wie lange sie tatsächlich auf dem Grund des Ozeans gewesen war. Minuten? Stunden? Tage? Monate?

War es wichtig?

Nein. Nicht wirklich. Sie hatte eine Mission zu erfüllen, musste eine Erinnerung abändern und einen Weg finden, um …

Plötzlich wurde sie einer Präsenz gewahr und sie verbannte ihre Gedanken aus ihrem Verstand.

Einer von *ihnen* hatte sicher ihre erhöhte mentale Aktivität bemerkt.

Seraphim fühlen nicht.

Seraphim lieben nicht.

Seraphim reagieren nicht.

Sie atmete kurz durch und fügte sich wieder ein, wobei sie sich weit von dem kostbaren Ort entfernte. Heute würde sie nichts mehr ändern können. Nicht, solange *er* in ihrem

Kopf war und darin herumstocherte, um nach Fehlern in ihrer Rehabilitation zu suchen.

Sie wurde von einer Stille durchdrungen.

Gelassenheit.

Nichts.

Caro existierte nicht mehr.

Sie hatte keinerlei Bande.

Keine Familie.

Keine Liebe.

Sie war nur noch eine seraphische Seele, die davonschwebte.

DIE ZEIT HATTE keinerlei Bedeutung mehr.

Caro wurde wiedergeboren, starb und wurde wiedergeboren.

Sie ertrank ohne Wasser.

Sie wurde aus ihrem Körper gespült und wieder mit ihm vereint.

Tat es weh? Möglicherweise. Sie spürte nichts, da ihr Verstand in einer anderen Stratosphäre als ihre Seele existierte.

Das stimmte nicht ganz. Sie waren in gewisser Weise miteinander verbunden. Sie blinzelte, schwankte und starb aufs Neue.

Ein leuchtender Strang erregte ihre Aufmerksamkeit. Er war so dezent und leicht, ein Hauch von Wahnsinn, der ihre Schatten erhellte. Sie schwamm vorsichtig, leise, heimlich darauf zu und suchte nach dem Ausweg, den ihre Seele begehrte.

Niemand beobachtete sie heute. Zumindest nicht genau. Ihre Rehabilitation war fast abgeschlossen und sie würde schon bald mit einer neuen Bestimmung erwachen. Die

Entwicklung weckte in ihr keinerlei Gefühle, sie wurde nur von Akzeptanz erfüllt.

Sie würden ihr eine Aufgabe zuweisen.

Sie würde sie erfüllen.

Es wäre unpraktisch, nicht zu gehorchen.

Genauso wie es unpraktisch wäre, diesem trüben, stacheligen Strang zu folgen. Sie wurde von Visionen aus der Vergangenheit umgeben. Sie verbarg ihre Absichten und beobachtete die Bilder durch das geistige Auge eines passiven Betrachters.

Niemand hielt sie auf.

Sie nahm nicht einmal einen Stachel in ihrem Bewusstsein wahr.

Sie war jetzt völlig reformiert und stellte für niemanden mehr einen Grund zur Besorgnis dar.

Und genau deshalb hatte sie die Möglichkeit, mit den Erinnerungen zu spielen und die Nachricht noch einmal zu verändern. Sie hatten diese Schleife geschaffen, um die Stränge ihrer Bindungen zu überlagern und damit die falschen Erinnerungen an diejenigen zu übermitteln, die sie nicht benennen durfte. Denn wenn sie es tat, würde sie riskieren, ertappt zu werden.

Fast unmerklich berührte und streichelte sie die Stränge und fügte ihre eigenen Worte, ihr Blinzeln und ihre Laute hinzu.

Niemand störte oder behelligte sie, denn ihr Verstand stand immer noch unter dem Bann der seraphischen Mächte, wurde jedoch nicht offen überwacht.

Caro ließ ein Bild unscharf erscheinen, justierte ein Detail und entfernte das Wasser aus einer der Erinnerungsschleifen. Dann wartete sie.

Nichts geschah.

Zeigten ihre Visionen überhaupt Wirkung? Oder hatten diejenigen, die für ihre Rehabilitation verantwortlich waren, ihrem Verstand einen Streich gespielt? Vielleicht war dies alles nur ein Test? War sie selbst jetzt noch im Begriff zu versagen?

Sie berührte im Geiste noch einmal die Schleife und suchte nach der Erinnerung an den Tag, an dem sie ertrunken war. Es war alles so verschwommen und kaum wahrnehmbar.

Es war ein Risiko.

Doch sie mussten es sehen.

Sie wurde von einem Gefühl der Rechtschaffenheit ergriffen, welches ihr eisiges Dasein kaum merklich mit Wärme erfüllte. Handelte es sich dabei auch nur um eine Sinnestäuschung? Oder ein Experiment?

Wenn sie es nicht bestand, würden sie einfach von vorn beginnen.

Aber wenn sie es nicht versuchte, würde sie vielleicht niemals entkommen.

Sie war es gewohnt, Opfer zu bringen, und sie würde noch mehr Schmerzen ertragen, wenn sie dadurch eine Chance zur Flucht hatte.

Sie tauchte noch tiefer in die Erinnerungsschleife ein, wobei sie darauf achtete, nicht von denjenigen entdeckt zu werden, die sie geschaffen hatten. Sie betrat den geistigen Irrgarten tief im Inneren.

In dem Kreislauf befand sich irgendwo eine Schnittstelle zu der Verbindung, die ihr Schlüssel zum Überleben war.

Sie musste sie warnen.

Bevor es zu spät war.

KAPITEL FÜNF

SETHIOS

»Osiris hat Skye von dem Bann befreit, unter den er sie gestellt hat, um mir ein Geschenk zu machen?« Astasiya blickte genauso ungläubig drein, wie sie klang.

Sethios nickte zur Bestätigung. »Gabriel hat ihn davon überzeugt, dass du ein Zeichen des guten Willens brauchst, um eine Zusammenarbeit mit ihm in Betracht zu ziehen.«

»Ich werde niemals mit ihm zusammenarbeiten«, entgegnete sie wie aus der Pistole geschossen.

»Das ist ganz offensichtlich«, sagte Gabriel, der in seinem Wohnzimmer im Fernsehsessel saß. Er hatte die Augen geschlossen und einen Fuß über das andere Knie gekreuzt. Er gab ein Bild der Gelassenheit ab. Die aufgehende Sonne verriet ihnen, dass es früh am Morgen war und sie alle eine weitere schlaflose Nacht hinter sich hatten.

»Osiris kennt weder dich noch deine Entschlossenheit«, fügte Sethios hinzu, als der Seraph im Sessel weiterhin gleichmütig schwieg. »Dein Bruder hat sich diesen Umstand zunutze gemacht, weil er, wie ich glaube, wollte, dass Osiris uns verrät, wo deine Mutter sich derzeit aufhält. Stattdessen hat er uns jedoch Skye gegeben.«

»Dann glaubt er also, ich vergebe ihm, weil er eine böse Tat rückgängig macht?«

»Mein Vater ist ein Meister der Strategie. Deshalb vermute ich, dass er den Bann auch aus einem eigennützigen Grund aufgehoben hat.« Darauf hatte er mit seiner Bemerkung, dass es sich um ein Praktikum handelte, hingewiesen. »Er behauptete, wir bräuchten sie dringender als er, was darauf schließen lässt, dass sie uns eine Art Prophezeiung überbringen soll, die uns wahrscheinlich direkt auf seinen Pfad führt.«

Astasiya schauderte sichtlich. »Nein danke.«

Issac, der neben ihr auf der Couch saß, legte einen Arm um sie und zog sie an sich. Es war eine so natürliche Bewegung, die sie mit Vertrauen und einem offenen Herzen annahm. Während der Gedanke, dass sie einen Gefährten hatte, Sethios aufs Äußerste verärgerte, stellte er doch jedes Mal in ihrer Gegenwart fest, wie stark ihre Verbindung war.

Statt etwas dazu zu bemerken – oder Issac den Arm zu brechen –, setzte Sethios sich auf den Stuhl gegenüber von Gabriel und ließ die beiden Turteltauben auf der Couch sitzen. »Hast du schon etwas von Leela gehört?«

»Nein.«

»Das gibt Anlass zur Sorge.«

Gabriel zuckte mit der Schulter, was offenbar ein Zeichen dafür sein sollte, dass er nicht mit ihm übereinstimmte. »Laut Owen ist sie bei Jayson, Balthazar und Elizabeth.«

»Und wo ist Vera?«, wollte Sethios wissen.

»Diese Frage ist schon besorgniserregender«, murmelte Gabriel und öffnete schließlich die Augen. »Mein Alarmsignal wird auch an sie gesandt und sie befindet sich weder hier noch in Hydria.«

Sethios dachte darüber nach. Sie hatten zwar Leela mit der Überwachung des Hohen Rates betraut, doch Vera verfügte über dieselben Einblicke.

»Du hast bei deiner Rückkehr die Möglichkeit

angesprochen, dass Caros Mutter – Astasiyas Großmutter – sie gefunden haben könnte.« Issac blickte zuerst Sethios und dann Gabriel an. »Wie stehen Leela und Vera in Beziehung zueinander?«

»Leela sollte die Entscheidungen des Rates überwachen«, antwortete Sethios. »Es war ihre Aufgabe, Gabriel zu warnen, falls es Anzeichen dafür gäbe, dass sie sich entschieden haben, Caros Mutter zu wecken.«

»Sie zu wecken?«, wiederholte Astasiya.

Richtig. Sie wusste wahrscheinlich nichts von der Vorliebe der Seraphim, jahrhundertelange Nickerchen zu machen. Sethios hatte auch nichts davon gewusst, bis Caro ihm alles erklärt hatte. »Wie viel weißt du über die Seraphim?«, fragte er und war neugierig zu erfahren, an welchem Punkt sie diese Unterhaltung beginnen sollten. »Bist du dir ihrer politischen Strukturen bewusst?«

»Zu diesem Teil ihrer Ausbildung sind wir noch nicht gekommen«, warf Gabriel ein.

»Ja, weil jemand die letzten achtzehn Jahre meines Lebens damit verbracht hat, in meinem Kopf herumzupfuschen.«

Gabriel verdrehte die Augen. An einem normalen Tag hätte Sethios die Geste belustigend gefunden.

Leider war heute aber kein normaler Tag.

Also ignorierte er die Zurschaustellung von Verärgerung und konzentrierte sich stattdessen auf seine Tochter. »Der Hohe Rat von Seraph ist das leitende Organ der Seraphim. Er erlässt Edikte und verlässt sich bei seinen Entscheidungen stark auf die Schicksalsgöttinnen. Auf diese Weise haben deine Mutter und ich uns kennengelernt. Der Rat hatte sie gesandt, um Osiris ein Edikt zu überbringen.«

Bei der Erinnerung an jenen Abend hätte er fast gelächelt. Er hatte ihre hübschen blauen Flügel von der anderen Seite des Arcadia Nachtklubs leuchten sehen und hatte sich zu ihr gesellt, um mit ihr zu plaudern. Sie war über sein Interesse alles andere als erfreut gewesen. Daraufhin hatte er sie seinem Willen unterworfen und sie gezwungen, sich nicht zu bewegen und zu schweigen, als sein Vater sich ihnen genähert hatte. Dadurch hatte er ihr das Leben gerettet, doch sie hatte kurz darauf gedroht, ihn zu töten.

Für Sethios war es Lust auf den ersten Blick gewesen.

Der temperamentvolle kleine Engel und ihre Vorliebe für Klingen.

Verdammt, er vermisste diese Nacht. Er vermisste *sie*.

Aber darum ging es hier nicht. Er musste dafür sorgen, dass seine Tochter die Vergangenheit verstand, damit sie die Gegenwart verarbeiten konnte.

Also erzählte er ihr alles, was er wusste. Er erklärte ihr, dass die Mitglieder des Rates die Ältesten und Mächtigsten der Seraphim waren, wobei jeder Ratsherr oder jede Ratsfrau das Oberhaupt ihrer sprichwörtlichen Blutlinie war und jede Linie über eine bestimmte Fähigkeit oder Eigenschaft verfügte.

Was Caro anging, so entstammte sie der Linie der Boten, und ihre natürlichen Fähigkeiten erlaubten es ihr, ihren Aufenthaltsort zu verbergen. Darüber hinaus hatte sie von ihrer Mutter eine heilende Kraft geerbt, die jedoch in ihr schlummerte und noch nicht an die Oberfläche getreten war. Zumindest für den Moment. Die Schicksalsgöttinnen hatten behauptet, dass sie sie eines Tages brauchen würde, wobei dieser Tag jedoch noch nicht gekommen war.

Gabriels Vater Adriel war der Anführer der Linie der Krieger, woraufhin Astasiya Sethios mit einem Schnauben unterbrach: »Das wundert mich nicht.«

Nachdem er die Struktur der Blutlinien erläutert hatte, ging er auf die Abläufe in der Gesellschaft ein und wie die Seraphim sich selbst regierten. »Der Rat ist für alle

Entscheidungen zuständig«, erklärte er. »Falls deine Großmutter tatsächlich aus dem Schlaf gerissen wurde, dann weil die Mitglieder es beschlossen haben. Und sie hätten dabei nur das eine Ziel verfolgt, deine Mutter zu finden.«

»Sie ist die Einzige, die außer dir, mir und Sethios dazu in der Lage ist«, fügte Gabriel hinzu. »Ich dachte, ich könnte sie nicht finden, weil sie sich unter der Erde befindet. Genauso wie ich dich nicht ausfindig machen konnte, als Issac dich begraben hatte. Ich konnte ihren Standort nicht im Geringsten spüren, obwohl ich dazu in der Lage hätte sein müssen.«

»Es ist also durchaus möglich, dass sie immer noch ertrinkt«, erwiderte Issac.

»Ja«, stimmte Gabriel zu, »aber es gibt noch andere Anzeichen, die wir berücksichtigen müssen. Sethios kann sie zum Beispiel auch nicht wahrnehmen. Als du mit Astasiya das Blutsband eingegangen bist, habe ich dich davor gewarnt, dass du ständige Qualen durchleben würdest, falls ihr je etwas zustößt.« Er zeigte auf Sethios. »Ganz offensichtlich ist das bei ihm nicht der Fall.«

»Doch das war es einmal«, sagte Sethios und dachte an seine Gefangenschaft zurück. »Ich habe mehrere Male gespürt, wie Caro gestorben ist, wobei ich nie verstanden habe, wer sie war oder warum ich ihren Tod mit ihr durchlebe. Doch dann hat Osiris mich seinem Willen unterworfen und die Empfindungen ließen nach.« Er runzelte die Stirn. »Es gab hin und wieder Momente, in denen ich ihren Schmerz fühlte, doch sie waren nie von Dauer. Heute ist es, als wäre sie gar nicht da.«

Er erinnerte sich an das erste Mal, als Caro gestorben war. Es war so furchtbar gewesen, nicht zu verstehen, warum er das Gefühl hatte, an Land zu ertrinken. Die Schmerzen in seiner Brust hatten ihm fast den Verstand geraubt, während seine Seele von den Qualen wie gelähmt war. Einen Moment später hatte es aufgehört und sich dann mehrere Male an jenem Tag wiederholt, bis sein Vater eingetroffen war und ihn mit einem Befehl zum Schweigen gebracht hatte.

Wie lange war das so gegangen? Die Stunden oder Tage, in denen sich das Sterben wiederholte und er weder schreien noch sich bewegen konnte?

Er blinzelte. Wann hatte das alles aufgehört? Hatte Osiris ihn aus Langeweile davon befreit? Oder war etwas ganz anderes der Grund dafür gewesen?

»Ich dachte, du hörst täglich von Caro?«, fragte Issac, als er sich Gabriel zuwandte. »Hast du das nicht gesagt, als du in Hydria angekommen bist? Du hast irgendetwas von Kopfschmerzen erzählt.«

»Ihre Visionen verfolgen mich, das ist richtig«, antwortete Gabriel. »Aber eher in einem metaphorischen Sinn. Ich höre oder sehe sie nicht wirklich, aber jedes Mal, wenn ich schlafe, träume ich von ihrem Ertrinken. Die Träume sind zwar lebhaft, doch es sind immer die gleichen. Aus diesem Grund will ich sie jetzt vollständig auswerten, um festzustellen, ob es sich dabei um eine Erinnerungsschleife handelt. Ich will auch Stas' Träume genauer unter die Lupe nehmen.«

»Meine sind immer unterschiedlich«, antwortete sie und runzelte die Stirn. »Sie hängen für gewöhnlich mit etwas anderem zusammen. Nachdem ich am Konklave teilgenommen hatte, hat sich die Vision vom Ertrinken zum Beispiel in ein Bild von mir verwandelt, bei dem ich wie Sierra von ihm gefoltert werde.«

»Wer ist Sierra?«, fragte Sethios. Er kannte den Namen nicht.

»Eine Ichorianerin, die mich in New York gefunden, jedoch nicht an Osiris ausgeliefert hat«, erklärte Owen, als er den Raum betrat und sich neben Astasiya und Issac auf die Couch fallen ließ. »Soweit ich gehört habe, hat er ihren

Ungehorsam auf grausame Weise zur Schau gestellt.« Seine Stimme war ausdruckslos, doch in seinen dunklen Gesichtszügen zeichnete sich ein Ausdruck des Bedauerns ab.

Sethios nahm an, dass die Frau furchtbare Qualen durchlitten hatte, vor allem, wenn sie an diesem Abend die Hauptattraktion des Konklaves gewesen war. »Und du warst Zeuge dieses Schauspiels?«, fragte er seine Tochter.

»Ja.« Sie schluckte sichtlich. »Es war meine Einführung in das Leben der Ichorianer.«

Genau. Eine großartige Einführung. Er kniff die Augen zusammen und betrachtete den Ichorianer neben ihr mit einem argwöhnischen Blick. »Du hast sie zu einem verdammten Konklave mitgenommen?«

Der Mann schnaubte. »Es war sicher nicht meine Absicht gewesen.«

»Man nimmt nicht einfach aus Versehen an einem Konklave teil, Issac.«

»Ich habe nie behauptet, dass es ein Versehen war. Ich sagte, ich habe sie nicht freiwillig mitgenommen.«

»Das musst du mir schon genauer erklären«, verlangte Sethios, der kurz davor stand, dem Mann den Hals umzudrehen, weil er seine Tochter derart in Gefahr gebracht hatte.

»Tom hatte ihr vom Arcadia erzählt«, antwortete Gabriel, bevor Issac etwas erwidern konnte. »Er glaubte, es wäre eine gute Möglichkeit, ihr Issacs wahre Natur zu zeigen. Er wusste nicht, dass in jener Nacht ein Konklave stattfand.«

»Wenn du ihn deshalb umbringen willst, sehe ich gern dabei zu«, sagte Issac. Sethios konnte spüren, wie wütend der Ichorianer wegen des Vorfalls war, was seinen eigenen Zorn etwas besänftigte.

»Es geht mir gut, in Ordnung? Ich bin nicht gestorben. Können wir uns jetzt bitte auf Mom konzentrieren?«

»Nein, ich hätte da noch eine andere Frage«, warf Sethios ein. »Wer zum Teufel ist Tom?«

»Jonathan Fitzgeralds Sohn.« Gabriel verlagerte das Gewicht, ließ einen Fuß auf den Boden sinken und hob den anderen an, um ihn auf das gegenüberliegende Knie zu legen. »Er ist ein Hydraianer und außerdem wertvoll. Du darfst ihn nicht töten.« Er warf Issac einen eindringlichen Blick zu. »Es würde Amelia aufs Äußerste bestürzen.«

»Blödsinn«, murmelte der Mann als Antwort.

»Im Ernst, nichts davon ist von Belang. Du sagtest, Mom ist möglicherweise in einer Erinnerungsschleife gefangen. Ich will wissen, was das zu bedeuten hat, wie es funktioniert und was wir dagegen unternehmen können, falls es tatsächlich wahr ist.« Astasiyas Tonfall ähnelte der nüchternen Stimme ihrer Mutter, mit der sie sprach, wenn sie jemanden tadelte, ohne ihren Worten viele Emotionen zu verleihen. Bei der Erinnerung verspürte Sethios einen stechenden Schmerz in der Brust, der seine Bedenken hinsichtlich des Konklaves in den Hintergrund drängte.

Seine Tochter hatte recht. Sie hatten wichtigere Dinge zu besprechen.

»Zeig Issac deine Träume, Gabriel. Dann kann er sie uns allen übermitteln, was uns die Möglichkeit gibt, sie auf Schleifen zu untersuchen. Astasiya kann dasselbe tun. Ich werde das wenige beisteuern, das mir zur Verfügung steht. Dann werden wir ja sehen, ob sich deine Theorie bestätigt.«

Gabriel nickte, da er den praktischen Ansatz offensichtlich guthieß.

Issac zuckte sichtlich zusammen, als der Seraph ohne ein weiteres Wort begann, ihm seine Gedanken zu übermitteln.

Sethios warf einen Blick auf seine Tochter und sah den besorgten Ausdruck in ihrem Gesicht. Er entschied sich dazu, sie abzulenken, indem er auf eine ihrer Bemerkungen reagierte.

»Wie du weißt, kann Vera Erinnerungen manipulieren und verändern. Aber sie ist nicht die Einzige, die über diese Fähigkeit verfügt. Wenn deine Mutter tatsächlich von den Seraphim festgehalten wird, ist es möglich, dass sie versuchen, sie zu rehabilitieren, und ihre Erinnerungen während dieses Prozesses in einer Schleife weiterlaufen lassen.«

»Aber warum sollten sie das tun?«

»Um sicherzustellen, dass diejenigen, die mit ihr verbunden sind, die Veränderung ihres Aufenthaltsortes nicht wahrnehmen«, antwortete Sethios. »Wenn das stimmt, bedeutet das allerdings, dass sie Gabriel nicht länger vertrauen.«

»Es impliziert auch, dass sie von meinem Treueschwur gegenüber Astasiya wissen, was sie jedoch bisher in keiner Disziplinaranhörung angedeutet haben.« Der Seraph wandte den Blick nicht von Issac ab. »Wenn wir mit unseren Vermutungen recht haben, dann werden wir überwacht. Und das bedeutet, dass wir hier nicht sicher sind.«

»Meine Güte, mach langsam«, sagte Issac atemlos. »Du ertränkst mich förmlich in Einzelheiten.«

»Dann musst du eben schneller arbeiten.«

Issac kniff die Augen zu dünnen Schlitzen zusammen und der Seraph musste plötzlich würgen. »Ist das schnell genug für dich, Kumpel?«

Gabriel hustete und spuckte, als würde er ertrinken, während Issac mit einem Ausdruck höchster Konzentration eine machtvolle Energie verströmte.

»Das ist eine sehr nützliche Fähigkeit«, murmelte Sethios.

»In der Tat«, erwiderte er. »Und ich kann bereits sehen,

dass es sich um eine manipulierte Erinnerungsschleife handelt. Ihre Bewegungen sind eingeschränkt.«

»Sie ist an einen Stuhl gefesselt«, bemerkte Gabriel mit heiserer Stimme.

»Das habe ich nicht gemeint. Sieh nur. Sieh dir ihre Augen und ihren Mund an. Sie bewegen sich immer wieder aufs Neue in gleicher Abfolge.«

Caro erschien Sethios vor seinem geistigen Auge, wobei sie so real und greifbar war und nur etwa einen halben Meter von ihm entfernt zu sein schien. Er griff instinktiv nach ihr, doch seine Finger bekamen nur Luft zu fassen. *Eine Vision. Es war nichts als eine grauenvolle Vision.*

Die Schmerzen verzerrten ihr hübsches Gesicht, während ihre stummen Schreie sichtbar wurden, als ihr Mund wortlose Laute formte. Sie begann zu würgen und sein Herzschlag beschleunigte sich, als er seinen eigenen Qualen freien Lauf ließ.

»Nein!« Er stürzte sich auf sie, griff jedoch ins Leere und landete auf dem Boden.

»Hör auf!«, forderte Astasiya.

Die Vision verschwand und Caros Qualen lösten sich in einem Nebel auf, der Gabriels Wohnzimmer wieder zum Vorschein brachte. Sethios lag keuchend auf dem Boden und hatte das Gefühl, dass ihm das Herz aus der Brust gerissen worden war.

Sein Engel … *Oh scheiße …*

Er rollte sich zusammen, als die Schmerzen sein Innerstes zu zerreißen drohten.

All die grauenhaften Qualen, die Osiris ihm je zugefügt hatte, waren nichts im Vergleich zu dem, was Caro durchmachte. Oh, wie sie gelitten hatte. Er suchte nach ihr, während seine zerfetzte Seele davonglitt und das Blut ihm in den Adern gefror. *Verdammt, Caro. Sag etwas!* Er schrie die

Worte förmlich durch ihr Band, wobei die Wut seine Sinne peitschte. *Sprich mit mir! Sofort!*

Pst, versuchte ihre Stimme ihn zum Schweigen zu bringen. *Sie werden dich hören.*

Sethios erstarrte. *Caro?*, hauchte er und glaubte schon, dass ihm sein Verstand einen grausamen Streich spielte.

Als sie nicht antwortete, stieß er sowohl durch das Band als auch für alle anderen hörbar ein Knurren aus. *Wenn du mir nicht sofort antwortest ...*

Sei still, flüsterte sie mit drängender Stimme. Dann spürte er, wie sie an seiner Seele zerrte und ihn mit einem Ruck an sich zog. Es war ein seltsames Gefühl, wenn man bedachte, dass er sich immer noch in Gabriels Haus befand. *Sie wissen, dass du hier bist. Oh, die Schicksalsgöttinnen! Sie kommen. Du musst verschwinden. Lauf weg!*

Aber es war bereits zu spät.

Ein Seraph mit durchscheinenden goldenen Flügeln erschien im Raum, bevor Sethios etwas erwidern konnte.

Scheiße.

KAPITEL SECHS

STAS

DIE WELT DREHTE sich um Stas und tauchte sie in ein Chaos aus Farben. Gerade eben hatte sie noch auf dem Boden gekniet und versucht, mit ihrem Vater zu sprechen, und im nächsten Moment flog sie durch die Luft

Allerdings nicht aus eigenem Antrieb und auch nicht mit ihren eigenen Flügeln. Sie sah nichts als einen schwarzen verschwommenen Nebel, den sie nicht zuordnen konnte.

Als ihre Füße den Sand berührten, stieß sie jemanden von sich, der viel größer war als sie selbst, und erstarrte, als sie in ein Paar müde schwarze Augen blickte. In seinen Iriden wirbelten die goldenen Flecke wild umher und verliehen ihm einen leicht wahnsinnigen Ausdruck. Er hatte sein langes, dunkles Haar zu einem für ihn untypischen Pferdeschwanz zusammengebunden und auf sein Markenzeichen, die Lederjacke, verzichtet.

»Ezekiel?« Sie stieß den Namen wie eine Frage hervor. Natürlich wusste sie, wer der Attentäter war. Sie verstand nur nicht, warum er … Sie runzelte die Stirn und nahm ihre Umgebung in Augenschein. Sie hatte keine Ahnung, warum er sie nach Hydria gebracht hatte. »Was zum Teufel soll das?«

»Skye«, antwortete er krächzend. »Sie hatte eine Vision und ich habe sofort reagiert.«

»Eine Vision? Was für eine Vision?«

»Eine, in der es um goldene Federn und deine Gefangennahme ging«, erklärte er, als Jacque von Luc und Alik flankiert neben ihnen erschien. »Ich muss zurückgehen, aber du bleibst hier.«

»Was ist mit Issac?«

»Er kann auf sich selbst aufpassen.«

»Und ich kann das nicht?«, wollte sie wissen.

Es herrschte Stille.

Denn der Ichorianer war bereits wieder verschwunden.

Sie hatte große Lust, ihm zurück zu Starks Haus zu folgen und ihm eine Lektion zu erteilen, doch ihr gesunder Menschenverstand hielt sie davon ab.

Es musste einen Grund dafür geben, dass er sie hierhergebracht hatte. Und tatsächlich bestätigte Issac ihn weniger als eine Sekunde später, als sie ihn durch das Band murmeln hörte: *Ich nehme an, Ezekiel hat dich wegen des Seraphs mit den goldenen Flügeln entführt, der sich in Gabriels Wohnzimmer befindet?*

Er sagte, Skye habe eine Vision von goldenen Federn und meiner Gefangennahme gehabt.

Ich verstehe, antwortete er. In ihren Gedanken kam sein englischer Akzent deutlicher zum Vorschein. Ihr gefiel dieser sexy Tonfall, doch natürlich war jetzt nicht der richtige Zeitpunkt, um darüber nachzudenken.

Falls Gabriel von dem Erscheinen des Seraphs überrascht ist, so lässt er sich nichts anmerken, fuhr Issac fort. *Sethios scheint ebenso unbeeindruckt zu sein. Wohin hat Ezekiel ... Wenn ich es mir recht überlege, sag es mir besser nicht, für den Fall, dass sie dich durch mich aufspüren können.*

»Stas?«, fragte Luc, der die muskulösen Arme vor der Brust verschränkt hatte. »Was ist hier los?«

Jacque war bereits verschwunden. Möglicherweise hatte er sich zu Starks Haus teleportiert, um dort nach dem Rechten zu sehen. Vielleicht war er auch an einen anderen Teil der Insel gerufen worden. Der arme Teleporter war ständig im Einsatz.

»Ein Seraph ist gerade in Starks Haus erschienen«, sagte Stas. »Ezekiel hat mich hierhergebracht, bevor ich entdeckt werden konnte. Zumindest glaube ich, dass das seine Absicht war.«

»Welcher Seraph?«, fragte eine weibliche Stimme, als ein purpurfarbener Wirbel durch die Luft rauschte. Leela materialisierte sich vor ihnen, wobei ihr blondes Haar im Mondlicht glänzte. In Starks Haus war gerade der Morgen angebrochen, doch hier in Hydria schien es etwa acht oder neun Uhr abends zu sein.

Diese ganze Sache mit der Teleportation konnte einen wirklich durcheinanderbringen.

Stas blickte den atemberaubenden Seraph mit zusammengekniffenen Augen an, als sie sich an die Bemerkung ihres Vaters bezüglich Leelas Aufgabe erinnerte, den Hohen Rat zu überwachen. Entweder hatte sie versagt oder sie spielte ein gefährliches Spiel als Doppelagentin.

Sie blinzelte. »Warum zum Teufel siehst du mich so an?«

»Ist meine Großmutter aufgewacht?«, entgegnete Stas.

Leela blinzelte noch einmal. »Ich ... deine Großmutter? Warum sollte sie ...« Sie legte den Kopf auf eine Weise schief, die ausgesprochen unmenschlich wirkte. »Was soll diese Frage? Was hat Sethios herausgefunden?« Dann zog sie die Augenbrauen in die Höhe. »Moment mal, glaubt er etwa ... Oh nein ...« Bevor sie noch etwas sagen konnte, begann sie zu flackern und verschwand dann vollständig.

Stas sah ihr mit finsterer Miene nach. »Das war äußerst hilfreich.«

»Was hat Sethios denn herausgefunden?«, wollte Luc

wissen, in dessen smaragdgrünen Augen Wissen aufflackerte, das nicht von dieser Welt war. Manchmal verängstigte sie seine Allwissenheit, obwohl die Nützlichkeit seiner strategischen Fähigkeiten nicht von der Hand zu weisen war.

Sie verspürte einen Stich im Herzen, als sie an den Verlust seines Vaters dachte, dessen Tod sich genau an diesem Strand zugetragen hatte.

Falls Luc deshalb bedrückt war, so ließ er sich nichts anmerken. Allerdings waren die dunklen Ringe unter seinen Augen ein Hinweis darauf, dass er seit geraumer Zeit nicht mehr geschlafen hatte. Hydraianer brauchten zwar keinen Schlaf, doch sie nahm an, dass der Schlafmangel durchaus schmerzhaft war.

Sie räusperte sich, um sich auf seine Frage zu konzentrieren, und erzählte ihm von dem Gespräch, das sie gerade mit ihrem Vater und Gabriel geführt hatte, wobei sie ihm von ihrer Vermutung berichtete, dass ihre Mutter sich möglicherweise gar nicht auf dem Grund des Ozeans befand.

»Sie sind Osiris über den Weg gelaufen?«, fragte Alik und legte die Stirn in Falten. »Und ich war nicht zu der Party eingeladen?«

»Er hat ihnen in Maine aufgelauert«, erklärte Stas. »Ich nehme an, er wusste, dass sie irgendwann dort auftauchen würden, weil sich der Ort in der Nähe der Stelle befindet, an der meine Mutter ertrunken ist. Er hat ihnen jedoch gesagt, dass sie nicht mehr dort ist.«

»Und sie haben ihm geglaubt?« Alik bemühte sich nicht, seine Verärgerung zu verbergen.

»Er hat Skye von seinem Bann befreit«, fügte Stas hinzu. »Er behauptete, mir damit ein Geschenk machen zu wollen.«

Luc starrte sie an. »Ein Geschenk?«

»Ja, Gabriel hat ihn davon überzeugt, dass ich einen Beweis des guten Willens brauche, um eine Unterredung mit ihm in Erwägung zu ziehen.« Sie schnaubte. »Natürlich wird es nicht dazu kommen.«

Alik stieß ein ebenso spöttisches Lachen aus, wie Stas es getan hatte, als sie zum ersten Mal von dieser törichten Idee gehört hatte. Luc hingegen nickte, wobei er vor allem seinen eigenen Gedankengang zu bestätigen schien.

»Das ist keine schlechte Strategie. Wahrscheinlich hat er auch die Freilassung deiner Mutter als Anerbieten vorgeschlagen, woraufhin Osiris behauptet hat, dass er ihnen den Wunsch nicht erfüllen kann, weil sie sich nicht mehr an dem Ort befindet, an dem er sie zurückgelassen hat.« Er senkte wieder den Kopf. »Ja, ich kann verstehen, warum sie ihm glauben. Caro wäre Osiris' Ass im Ärmel, das er jedoch nicht ausgespielt hat. Das deutet darauf hin, dass er nicht imstande ist, den Spielzug zu tätigen. Interessant.«

Alik dachte darüber nach und zuckte mit den Schultern. »Vielleicht hat er vor, die Karte erst später auszuspielen.«

Aya, der Seraph hat Gabriel gerade den Erlass erteilt, sein Anwesen von den entarteten Wesen zu befreien, vorzugsweise, indem er sie tötet. Daraufhin soll er beim Hohen Rat vorstellig werden. Und du sollst ihn begleiten. Issacs sanfter Tonfall strafte die schreckliche Bedeutung seiner Worte Lügen.

Stas erstarrte. *Was hat er geantwortet?*

Er hat mehr oder weniger zugestimmt.

Ist Ezekiel zurückgekehrt?, fragte sie sich.

Hier in diesem Raum ist er nicht aufgetaucht. Der Seraph hat nur mich, Sethios, deinen Bruder und Owen gesehen. Ich vermute, er kümmert sich um Skye.

Was ist mit Tristan? Er war momentan der einzige andere Ichorianer, der sich in Starks Haus aufhielt. Alle anderen waren vorerst nach Hydria zurückgekehrt.

Er ist oben und hält sich ruhig.

Stas mochte den geräuschkontrollierenden Ichorianer nicht sonderlich, aber er war Issacs Nachkomme und damit wichtig. Also empfand sie einen Anflug von Genugtuung, als sie erfuhr, dass es ihm gut ging.

Soll ich Jacque holen und ihn zu dir schicken? Sie formulierte ihre Worte auf eine Weise, die ihren Standort nicht preisgab, da er nicht wollte, dass sie ihm verriet, wohin Ezekiel sie gebracht hatte.

Nein, der Seraph scheint zu glauben, dass das Edikt ausreicht, um Gabriels Zustimmung zu erzwingen.

Reicht es denn aus? Sie hatte damit eher eine Überlegung anstellen, als ihm eine Frage stellen wollen, doch Issac antwortete trotzdem.

War es denn für deine Mutter ausreichend?, konterte er mit einem Lächeln in der Stimme.

Nein.

Dann bezweifle ich, dass es für deinen Bruder ausreichend ist.

»Die Seraphim haben Gabriel ein Edikt überbracht. Sie wollen, dass er die entarteten Wesen von seinem Grundstück entfernt, vorzugsweise, indem er sie tötet. Und sie wollen, dass er vor dem Hohen Rat erscheint. Mit mir zusammen.« Stas sah Luc an. »Dazu wird es nicht kommen.«

»Du hast recht, das wird es nicht«, stimmte Leela zu, als sie wiederauftauchte. »Wenn sie deine Mutter tatsächlich in Gewahrsam haben, dann wird sie rehabilitiert. Genau dorthin werden sie dich und Gabriel nach eurer Ankunft auch bringen. Und falls sich die Theorie über deine Großmutter Chanara tatsächlich bewahrheitet, dann werde ich ebenfalls dort landen.« Die Vorstellung ließ sie sichtlich erschaudern.

»Wie rehabilitiert man einen Seraph?«, fragte Luc.

»Das Mittel der Rehabilitation wird eingesetzt, um die Abtrünnigen unserer Art wieder auf den rechten Pfad zu führen«, antwortete sie leise. »Es ist ein Programm, das uns hilft, unsere Stellung im Leben neu zu erlernen, und uns daran erinnert, dass Emotionen keinen Platz in unserer Gesellschaft haben.«

»Indem was getan wird?«, fragte er mit Nachdruck.

»Was auch immer nötig ist.« Sie schluckte. »Wenn Caro wirklich dort ist, dann würden sie alles tun, um ihr Blutsband mit Sethios zu brechen. Oder es zumindest so weit abzuschwächen, dass sie es nicht mehr als wichtig erachtet.«

»Das würde erklären, warum mein Vater sie nicht spüren kann.«

»Ja«, flüsterte Leela. »Weil es dann nichts mehr zu spüren gäbe. Sie würde von sich selbst glauben, nicht zu existieren, was dazu führen würde, dass sie tatsächlich nicht existiert. Sie hätte weder einen Herzschlag noch irgendwelche Gedanken. Sie wäre nur ein Wesen, das darauf wartet, wiedergeboren zu werden, um eine Bestimmung zu erfüllen, die der Hohe Rat ihm zuweist.«

Das klang … *furchtbar*. »Gabriel ist der Meinung, dass ihre Erinnerungen in einer Schleife abgespielt werden.«

Leelas leuchtende blaugrüne Augen flackerten voller Verständnis auf. »Sie machen sich ihren Schmerz zunutze, um die Emotionen derjenigen zu manipulieren, die mit ihr verbunden sind. Wenn es zu schmerzhaft ist, ihrem Geist und ihrer Seele Beachtung zu schenken, dann ignoriert man das Offensichtliche.«

Stas wusste nicht, was sie darauf erwidern sollte. Vor allem, da ihr eine so gefühlskalte Grausamkeit nicht begreiflich war. Doch mit jeder neuen Information, die sich in das Gesamtbild einreihte, schien es immer wahrscheinlicher, dass ihre Mutter nicht mehr auf dem Meeresgrund ertrank. Sie war in ein schlimmeres Gefängnis verlegt worden – in die seraphische Rehabilitation.

Issac, flüsterte Stas, bevor sie ihm alles berichtete, was Leela gerade gesagt hatte. *Ich denke, Stark und mein Vater haben recht*, schloss sie. *Die Seraphim haben meine Mutter.*

Nein, Aya, antwortete er, da er bereits wusste, was sie vorschlagen würde. *Du wirst nicht mit Gabriel dorthin gehen.*

Aber es ergibt Sinn, nicht wahr? Sie haben uns gerade eine perfekte Gelegenheit geboten, sie zu finden und zu retten.

Oder sie wollen dich in eine Falle locken und in denselben verdammten Zustand versetzen, blaffte er. *Auf gar keinen Fall.* Noch während er die Worte äußerte, konnte sie spüren, dass sein Verstand zu demselben Schluss kam, zu dem auch sie gekommen war.

Ich will damit nicht sagen, dass ich sofort gehen werde, versicherte sie ihm mit sanfter Stimme. *Ich denke nur … dass wir die Möglichkeit in Betracht ziehen sollten.*

Er erwiderte nichts. Sie konnte sein Zögern und seine Angst durch das Band deutlich spüren.

Erzähle Gabriel davon, sagte sie, wobei die Worte eher ein Vorschlag als ein Befehl waren. *Hör dir an, was er dazu zu sagen hat.*

Ich weiß jetzt schon, was er sagen wird, murmelte Issac. *Ich werde es stattdessen deinem Vater erzählen. Er wird die Sache vernünftig betrachten.*

Sie schnaubte. *Jetzt verbündest du dich also mit meinem Vater gegen mich?*

Wenn es nötig ist, um dich zu beschützen, dann werde ich es tun.

Zieh es einfach in Betracht.

Nein.

Lügner, beschuldigte sie ihn leise. *Ich weiß, dass du darin ebenfalls eine gute Gelegenheit siehst.*

Sie musste sich eingestehen, dass es eine voreilige Entscheidung war, die sie zuerst vollständig durchdenken wollte, bevor sie sich darauf einließ. Dennoch wünschte sie sich, dass ihr Geliebter es mit ihr gemeinsam in Erwägung zog.

Stattdessen verstummte er wieder, woraufhin sie einen Seufzer ausstieß.

»Dein Bruder ist starrköpfig«, sagte sie zu Luc. Sie waren eigentlich keine Brüder, denn sie waren nicht blutsverwandt, doch sie teilten sich in Aidan eine Vaterfigur. Er war Lucs leiblicher Vater und Issacs Schöpfer.

Jacque erschien plötzlich mit einem Teller in der Hand und einer Gabel an den Lippen. Er schien eine Art Kuchen zu essen. »B braucht dich, Flügelchen. Er will sich mit dir in Jays Haus treffen.« Er verschwand in dem Moment, in dem ihm das letzte Wort über die Lippen kam.

»Flügelchen?«, wiederholte Stas.

»Leela«, erklärte Alik und verdrehte die Augen. »Jacque hat ihr den Kosenamen gegeben.«

Der Seraph lächelte. »Hast du dir auch schon einen für mich ausgedacht, Hübscher?«

»Schererei«, murmelte er als Antwort.

Ihre türkisblauen Augen funkelten. »Das gefällt mir.«

»Das kann ich mir denken«, entgegnete er. »Geh und spiel mit B. Er ist schon eher dein Stil.«

»Und woher willst du das wissen?«, fragte sie ihn.

»Weil du ihm am Strand das Leben gerettet hast?«, warf Stas ein und zog eine Augenbraue in die Höhe. »Ich will mich sicher nicht darüber beschweren, aber ich würde zu gern wissen, warum du es getan hast.«

»Sie hat Balthazar das Leben gerettet?«, fragte Luc, dessen Augenbrauen in die Höhe schnellten.

Leela setzte eine übertrieben unschuldige Miene auf. »Ich habe wirklich keine Ahnung, wovon ihr alle redet.« Sie warf Stas noch einen vielsagenden Blick zu und verschwand in einem violetten Wirbel.

»Was hast du gesehen?«, wollte Luc wissen. »Redest du von der Nacht der Hochzeitsfeier?«

Oh je. Sie hatte sich nicht in eine Angelegenheit einmischen wollen, über die sie nur wenig wusste.

»Äh, ja, sie war in jener Nacht dort und wurde von ein

paar Kugeln getroffen, die für B bestimmt waren. Zumindest glaube ich, es gesehen zu haben. Aber es geschah alles so schnell, dass ich auch falschliegen könnte.« Sie irrte sich nicht. Sie wusste, was sie in jener Nacht gesehen hatte. Sie war davon derart abgelenkt gewesen, dass sie dabei ihren eigenen Tod verursacht hatte. Und das hatte wiederum dazu geführt, dass sie lebendig begraben worden war. Und ja, das war ziemlich beschissen gewesen.

Sie räusperte sich. »Wie geht es eigentlich Lizzie?« Ihre beste Freundin war hochschwanger, obwohl sie das Kind erst im Oktober empfangen hatte. Und es war erst Januar, oder war es bereits Februar? Stas hatte das Zeitgefühl verloren, denn sie war gestorben und wiederauferstanden, hatte ihren Vater vor einem wahnsinnigen, jahrtausendealten Unsterblichen gerettet und auch dazwischen noch so einiges durchgemacht.

Ihr Kopf drehte sich, als sie an all die Dinge dachte, die seit Weihnachten geschehen waren. Als sie erfahren hatte, dass ihre beste Freundin nicht wirklich menschlich war und wahrscheinlich einen Seraph zur Welt bringen würde, war das nur das Sahnehäubchen gewesen.

»Kann ich sie sehen?«, fragte sie, als niemand antwortete.

»Das kommt ganz darauf an. Wie stehst du hormongesteuerten Frauen gegenüber?«, fragte Alik, während er sie eindringlich betrachtete. »Keine Sorge, du wirst schon klarkommen.« Er wandte sich um und begann, am Strand entlangzugehen, wobei er sich von den Häusern entfernte und auf ein abgelegeneres Gebiet zusteuerte. »Wenn mich jemand braucht, ich bin auf Patrouille.«

»Ich bringe dich zu Lizzie«, bot Luc mit sanfter Stimme an. »Wenn du mir erzählst, was genau du in jener Nacht gesehen hast.«

Offenbar hatte er nicht vor, es so einfach auf sich

beruhen zu lassen. Vor allem, weil er allwissend und der König der Hydraianer war. Er musste verstehen, was geschehen war, um die Situation besser verarbeiten zu können. »Kann ich es dir unterwegs erzählen?«

»Ja«, stimmte er zu und zeigte auf den Pfad hinter ihnen, statt der Spur zu folgen, die Alik mit seinen Turnschuhen gebildet hatte. »Dann kannst du mir auch von dem Plan erzählen, den mein Bruder missbilligt. Vielleicht kann ich dir dabei helfen.«

Stas hatte nicht erwähnt, dass Issac ihre Idee missbilligte. Allerdings überraschte es sie nicht, dass Luc diesen Schluss aus ihrer Bemerkung über die Starrköpfigkeit seines Bruders gezogen hatte. Es schockierte sie auch nicht, dass Luc vielleicht helfen wollte. Er neigte dazu, die Stimme der Vernunft zu sein. Aus diesem Grund lieferte sie ihm alle Einzelheiten, die er wissen wollte, und ließ dabei nicht einmal aus, dass sie Aidan hatte zu Boden fallen sehen.

Es war schmerzhaft, über jene Nacht zu sprechen, doch in gewisser Weise hatte es eine therapeutische Wirkung auf sie. Jonathan hatte ihnen allen so viel genommen. Er war mittlerweile tot, doch sein Vermächtnis hing über ihren Köpfen wie eine unheilvolle Gewitterwolke, die sie unbedingt beseitigen wollte. Und mit jedem Wort, das sie äußerte, konnte sie spüren, wie diese Macht schwächer wurde.

Auf eine faszinierende Art war es wie eine innere Reinigung.

Sie hoffte nur, dass es Luc ebenso erging, denn von ihnen allen war er derjenige, der seine Wut bisher noch am wenigsten verarbeitet hatte.

Leider glaubte sie jedoch, dass es für ihn nicht ganz so einfach sein würde. Er hatte in jener Nacht so viel verloren. Statt zu trauern, trug er die Hauptlast der Ereignisse auf seinen Schultern. Denn er musste stark sein für sein Volk, das ihm nicht gestattete zu zerbrechen.

LEXI C. FOSS

Wie einsam er sich fühlen muss, dachte sie und verspürte einen Stich im Herzen. Doch sie wusste, dass es besser wäre, darüber kein Wort zu verlieren. Er konnte es sich nicht leisten, dass jemand die Zurschaustellung seiner vermeintlichen Stärke durchschaute. Also vertraute sie stattdessen auf seine Weisheit und verlieh ihm die Macht, die er brauchte, um zu wachsen.

Wir sind unterwegs, Aya, informierte Issac sie, als sie Jaysons Haus erreichten. *Bis gleich, Liebes.*

KAPITEL SIEBEN

SETHIOS

ASTASIYAS BESTE FREUNDIN WAR HOCHSCHWANGER. Sethios hatte die Frau schon einmal unter weniger angenehmen Umständen getroffen. Er hatte ihr geholfen, der Gefangenschaft seines Vaters zu entkommen, indem er sie seinem Willen unterworfen und gezwungen hatte zu fliehen.

Obwohl sie hinter seiner Tat wahrscheinlich eine edle Absicht vermutete, war sie nicht für sie bestimmt gewesen. Sethios hatte lediglich seinen Vater erzürnen wollen.

Der Scheißkerl hatte Sethios gezwungen, sich den Mund zuzunähen, weil er ihn für seinen mangelnden Gehorsam bestrafen wollte. Damals hatte er es nicht verstanden, doch heute erkannte er, dass es dabei immer noch um seine Beziehung zu Caro gegangen war. Um es dem alten Mann heimzuzahlen, hatte Sethios die kurvenreiche Rothaarige zur Flucht ermutigt.

Sein Vater hatte sich daraufhin revanchiert, indem er seinen Haarwuchs erzwungen hatte.

Es war äußerst schmerzhaft, aber lohnend gewesen. Vor allem, da er jetzt wusste, wie wichtig das Mädchen seiner Tochter war.

Die beiden saßen auf der Couch und hielten jede eine

Schüssel Eiscreme in der Hand. Elizabeth, oder Lizzie, wie sie es vorzog, genannt zu werden, sprach angeregt über das Kinderzimmer, das Jayson für das Baby hergerichtet hatte. Sethios hatte noch nie zuvor gehört, dass ein Hydraianer in der Lage war, sich fortzupflanzen, und genau das sagte er jetzt auch zu Issac.

»Elizabeth wurde in Jonathans Labor erschaffen«, antwortete der Mann mit gedämpfter Stimme, damit die Frauen in Jaysons Wohnzimmer ihn nicht hören konnten. Der Grund für seine Vorsicht lag offensichtlich in der heiklen Natur seiner Aussage.

»Du meinst Jonathan, den Ichorianer, der anderen die Wahrheit abzwingen konnte?«, fragte Sethios, um sicherzustellen, wen er meinte.

»Genau der. Er und dein Vater haben zusammen an Experimenten gearbeitet, die sie in der Stiftung für Katastrophenhilfe durchgeführt haben.«

»Ich bin mit der CRF und den Lieblingsprojekten meines Vaters vertraut«, sagte Sethios, »aber in die Einzelheiten war ich nicht eingeweiht.« Um ehrlich zu sein, hatte er sich nicht die Mühe gemacht, mehr darüber in Erfahrung zu bringen. Er hatte einfach angenommen, dass es sich dabei um ein weiteres seiner Projekte handelte, eine stärkere Armee gegen die Seraphim zu erschaffen.

»Eines dieser Lieblingsprojekte ist Elizabeth. Sie hat die genetische Beschaffenheit eines Seraphs, wurde aber von einer sterblichen Frau ausgetragen«, murmelte Issac. »Nach dem zu urteilen, was wir von Ezekiel erfahren haben, hat dein Vater sie geschaffen, um sich mit ihr zu paaren. Und um dich zu ersetzen.«

Sethios schnaubte. »Das sieht ihm ähnlich. Aber das Baby ist nicht von ihm, richtig?«

»Jayson ist der Vater.«

»Interessant. Es überrascht mich, dass Osiris ihr erlaubt

hat, das Kind zu behalten.« Unmittelbar nachdem er die Worte ausgesprochen hatte, kam ihm ein weiterer Gedanke. »Ah, ich verstehe. Er betrachtet es als einen Testlauf.«

Es sähe seinem Vater ganz und gar ähnlich, das Experiment zuerst auf Herz und Nieren zu prüfen, bevor er sich die Mühe machte, das Produkt anzuwenden. Leider bedeutete das, dass Elizabeth eine tickende Zeitbombe war. In dem Moment, in dem sie sich als brauchbar erwies, würde Osiris sie wieder zurückfordern.

»Was für Sicherheitsmaßnahmen habt ihr ergriffen, um sie zu beschützen?«, fragte Sethios sich laut. »Abgesehen von den üblichen Wächtern.«

»Sollte ich das als eine Beleidigung auffassen?«, fragte Jayson, als er die Küche betrat, von der aus man sein Wohnzimmer überblickte. »Denkst du etwa, ich kann meine Ehefrau nicht beschützen?«

»Ehefrau?« Sethios zog die Augenbrauen fast bis zum Haaransatz nach oben. »Ist das dein Kosename für sie oder glaubst du diesen menschlichen Schwachsinn tatsächlich?«

Issac grinste und erklärte dann: »Elizabeth ist in einer sterblichen Gesellschaft aufgewachsen. Sie legt sehr viel Wert auf das Sakrament der Ehe. Ich warte darauf, dass sie anfängt, Astasiyas Hochzeit zu planen.«

Sethios starrte den Mann an. »Jetzt willst du meine Tochter auch noch heiraten?«

Er zuckte mit den Schultern. »Es ist nur eine alberne Zeremonie, um Familie und Freunde zu besänftigen.«

Ja, von wegen. »Darüber wäre ich nicht im Geringsten erfreut.«

»Heißt das etwa, dass du mir deinen Segen nicht gibst?«

»Wenn man bedenkt, dass sie in meinen Augen immer noch sieben ist, nein. Auf keinen Fall.«

»Dann ist es wohl ein Glücksfall, dass Astasiya deine

Zustimmung nicht braucht, um zu heiraten«, erwiderte Issac wie aus der Pistole geschossen.

»Und was soll ich jetzt tun?«, fragte Astasiya, als sie sich zu ihnen gesellte. Sie starrte den Mann im Anzug mit großen Augen an. »Wir sind doch schon verheiratet.«

Issacs Lippen umspielte ein Lächeln. »Das sind wir in der Tat«, stimmte er zu.

Sethios gefror das Blut in den Adern. »Du hast meine Tochter geheiratet?«

»Ich spüre einen Hauch von Feindseligkeit, was diese ganze Hochzeitsgeschichte angeht«, warf Jayson ein und wedelte mit der Hand in der Luft. »Ich hatte ja keine Ahnung, dass du an diesen *menschlichen Schwachsinn* glaubst.«

Es hatte einmal eine Zeit gegeben, in der Sethios und seine Fähigkeiten von allen gefürchtet worden waren. Er fragte sich, wann sich das verdammt noch mal geändert hatte. Weniger als zwei Jahrzehnte in Gefangenschaft waren kein Vergleich zu einem Leben, das mehrere Jahrtausende überdauert hatte.

»Hast du unsere Hochzeit gerade als *Schwachsinn* bezeichnet?« Die weibliche Stimme lenkte die Aufmerksamkeit aller auf die Frau, die im Türrahmen stand.

In diesem Moment wich die Bräune aus Jaysons Gesicht und er lief kreidebleich an.

Sethios schmunzelte erheitert.

Bis die Frau in Tränen ausbrach.

Das dämpfte seine Belustigung schlagartig und ließ ihn stattdessen vor Schreck erstarren. Er war nicht sonderlich bewandert darin, mit aufgebrachten Frauen umzugehen.

»Nicht doch, Rotschopf. Ich schwöre, dass ich das nicht damit gemeint habe.« Jayson wollte die Frau trösten und streckte die Arme nach ihr aus, doch sie trat einen Schritt zurück, wobei ihre Unterlippe bebte und Astasiya sofort aufsprang, um sie in die Arme zu schließen.

»Sie haben über mich und Issac gesprochen«, erklärte sie schnell. »Du weißt, dass Jay dich liebt. Er hat die ganze Hochzeit geplant, Liz. Er hat es für dich getan.«

»Aber er hält es für Schwachsinn«, sagte die Rothaarige und ließ die Schultern hängen.

Oh, zum Teufel damit. »Ich habe behauptet, es sei Schwachsinn«, warf Sethios ein. »Er hat nur wiederholt, was ich gesagt habe. Hochzeiten sind eine menschliche Erfindung, für die mir offensichtlich das Verständnis fehlt.«

Wie zur Hölle waren sie von der Unterhaltung über Caros Verbleib in der Welt der Seraphim dazu übergegangen, sich über Hochzeiten zu streiten?

Sethios schüttelte den Kopf und verließ den Raum, denn er hatte keine Zeit für diese alberne Diskussion. Er hatte den Sachverhalt mit ein paar Worten erklärt. Wenn das Mädchen sich entschied, ihren Schwangerschaftshormonen nachzugeben, war das ihr Problem.

Er ging nach draußen, um die Inselluft einzuatmen, während sein Herz schmerzhaft in seiner Brust pochte.

Ein Teil von ihm konnte es nicht ertragen, in der Nähe der schwangeren Frau zu sein, weil sie ihn zu sehr an Caro erinnerte, als sie mit Astasiya schwanger gewesen war. Was würde er nur dafür geben, die Zeit zurückzudrehen, um sie beide noch einmal in den Armen halten und beschützen zu können.

Caro hatte seit der Ankunft des Seraphs nicht mehr mit ihm gesprochen. Fast glaubte er, dass er sich die ganze Sache nur eingebildet hatte. Doch er hatte sie *gespürt*. Für diesen kurzen Moment war sie in ihm gewesen, wobei die Erfahrung eine völlig andere gewesen war als bei dem Bild, das ihm ein paar Stunden zuvor geschickt worden war.

Er vermutete, dass das Bild von der Küste von Maine als eine Art Test gedient hatte, bei dem er und Gabriel versagt hatten. Es war sicher kein Zufall, dass nur wenige Stunden, nachdem sie den Ort aufgesucht hatten, ein Seraph mit einem Edikt in Gabriels Haus erschienen war. Sie hatten ihm diese Erinnerung eingepflanzt, um ihn herauszulocken und sie aufzuspüren. Wahrscheinlich hatten sie Gabriel und ihn bis in den Südpazifik zurückverfolgt.

Was darauf schließen ließ, dass Osiris überhaupt nicht dafür verantwortlich gewesen war. Der Gedanke jagte Sethios einen unbehaglichen Schauer über den Rücken.

»... brauchbar, ja.« Der tiefe Bariton kam von einem Mann, den Sethios schon lange nicht mehr gesehen hatte.

»Lucian«, sagte er, als er den blonden, gottähnlichen Mann erblickte. Er wurde von einer charismatischen und machtvollen Aura umgeben, die keine Zweifel daran ließ, warum er die Rolle des Anführers seines Volkes übernommen hatte. Sethios hatte sich trotz all ihrer offenkundigen Unterschiede immer einen gewissen Respekt für den Mann bewahrt.

»Hallo, Sethios«, antwortete Lucian.

Gabriel stand neben ihm, wobei seine Miene so ausdruckslos wie immer war. »Ich habe ihn auf den neuesten Stand gebracht.«

»Gut. In der Zwischenzeit habe ich im Haus für Aufruhr gesorgt«, gestand Sethios. »Ich bin mir ziemlich sicher, dass Jayson mich jetzt umbringen will.« Er würde die Herausforderung willkommen heißen, sei es auch nur, um sich einen Moment lang zu amüsieren. Der hydraianische Älteste hatte die Fähigkeit, Metall zu kontrollieren, was in einem Kampf eine faszinierende Gabe war.

Natürlich könnte Sethios diese Fähigkeit mit ein paar sorgfältig formulierten Befehlen zu seinem eigenen Vorteil nutzen.

»Stas sagt, dass sie dem Hohen Rat zusammen mit Stark einen Besuch abstatten will. Ich stimme zwar zu, dass dies eine ideale Gelegenheit wäre, um weitere Informationen zu sammeln, aber wir haben einen alternativen Plan besprochen, der vielleicht besser funktioniert«, sagte Lucian und kam direkt zur Sache.

Deshalb mochte Sethios ihn, er verschwendete nie Zeit mit Belanglosigkeiten. »Beinhaltet dieser Plan immer noch, dass sie zum Rat geht?«, fragte er. »Wenn ja, werde ich mein Veto einlegen.«

Issac hatte ihm von Astasiyas Überlegungen erzählt, mit Gabriel gemeinsam beim Rat vorzusprechen. Er bewunderte zwar ihren Mut, doch es war genau das, was Osiris vorausgesagt und wovon er abgeraten hatte. Und obwohl Sethios die Anweisungen seines Vaters für gewöhnlich ignorierte, waren sie sich in diesem Fall einig.

»Die Mitglieder des Hohen Rates wollen sie, genau wie Osiris, für sich beanspruchen«, sagte Gabriel und sprach damit das Offensichtliche aus. »Ich denke, wir sollten eine ähnliche Strategie anwenden. Das heißt, ich muss allein gehen.«

Sethios hörte zu, als Gabriel den Plan detailliert erläuterte, wobei seine Bewunderung für den Seraph mit jeder Sekunde wuchs. Caro hatte einmal erwähnt, dass Gabriel einer alten Linie von Kriegern entstammte. Er hatte angenommen, es bedeutete, dass sich der junge Seraph im Kampf körperlich behaupten konnte, doch am Ende des Gesprächs wurde ihm klar, dass dies auch für seine strategischen Fähigkeiten galt.

»Ich hatte ja keine Ahnung, dass du so manipulativ sein kannst«, sagte Sethios gedehnt.

Gabriel blinzelte ihn nur an und führte dann seine Pläne weiter aus. »Ich brauche jemanden, der überprüfen kann, wie groß der sterbliche Einfluss auf mich ist. Gibt es auf der Insel einen Empathen?«

»Du willst sicherstellen, dass die Seraphim keine

Emotionen in dir feststellen können«, interpretierte Lucian seine Worte.

»Genau.«

Der hydraianische König betrachtete ihn. »Ich dachte, du seist immun gegen unsere Fähigkeiten.«

»Das bin ich«, bestätigte Gabriel, »aber es gibt Möglichkeiten, das zu umgehen.«

Er zog eine Augenbraue in die Höhe. »Das musst du mir genauer erklären.«

»Habt ihr hier einen Empathen?«, konterte Gabriel.

»Ja. Aber sie wird sich vielleicht nicht bereitwillig zur Verfügung stellen.«

Gabriel starrte ihn an. »Ihre Kooperation ist nicht unbedingt notwendig. Ich brauche nur etwas von ihrem Blut.«

Nun, das ist interessant. »Du willst also ihren Lebenssaft trinken?«, fragte Sethios.

»Ja«, antwortete Gabriel mit ausdrucksloser Stimme. »Aber nicht viel.«

»Das ist nicht der Grund, warum sie vielleicht nicht kooperieren will«, informierte Lucian sie. »Die einzige Empathin auf der Insel befindet sich derzeit in Gewahrsam.«

»Clara«, sagte Gabriel.

»Wer ist Clara?«, wollte Sethios wissen, dem all die neuen Namen und deren Verbindungen untereinander zuwider waren. Mit nur einer Handvoll neuer Bekannter würde er sich wesentlich besser zurechtfinden, doch die Hydraianer funktionierten als eine Familieneinheit. Daher ähnelte ihre hierarchische Struktur eher einer Bruderschaft als einer Diktatur.

»Sie ist eine Ichorianerin. Aidan hat sie geschaffen. Und sie hat uns alle an Jonathan verraten.« Aus Lucians Stimme war der wütende Unterton deutlich herauszuhören, während seine smaragdgrünen Augen zornig aufloderten.

»Sie ist in der Versorgungsbaracke am Strand eingesperrt. Ich denke, wir könnten B darum bitten, ihre Reaktion aus ihren Gedanken abzulesen, wenn du denkst, dass das ausreicht. Aber sie ist momentan nicht sehr auskunftsfreudig.«

Sethios betrachtete ihn. »Ist sie der Grund dafür, dass meine Tochter erschossen und anschließend lebendig begraben wurde?« Eigentlich trug Gabriel einen Teil der Schuld an dieser Abfolge von Ereignissen, aber hätte der Angriff am Strand nicht stattgefunden, wäre die Beerdigung gar nicht nötig gewesen.

»Ja«, antwortete Lucian. »Sie hat Jonathan von der Hochzeit erzählt.«

»Dann sollte ich vielleicht mitkommen«, schlug er vor. »Wenn es etwas gibt, was mein Schöpfer mir beigebracht hat, dann, wie man jemanden durch Einschüchterung dazu bringt zu kooperieren.« Sethios' grausamer Ruf erstreckte sich über Jahrtausende und war etwas, das sie jetzt zu ihrem Vorteil nutzen konnten.

Es sei denn, sie würde ihn genauso wenig fürchten wie die Unsterblichen in Jaysons Haus.

Bei dem Gedanken verzog er den Mund. Er war erst seit fünfundzwanzig Jahren nicht mehr aktiv. Verglichen mit der Lebensspanne der Unsterblichen kam das lediglich einigen Wimpernschlägen gleich. Hatten sie angenommen, er hätte sich gebessert, während er unter dem Bann seines Vaters gestanden hatte, der seine Version von Hausarrest gewesen war?

»Wenn ich es mir recht überlege, könnte uns das tatsächlich helfen«, sagte Lucian mit nachdenklicher Miene. »Sie ist alt genug, um zu wissen, wer du bist. Die Tatsache, dass sie deine Tochter in Gefahr gebracht hat, sollte sie ebenfalls dazu bewegen, zumindest ein bisschen zu kooperieren. Außerdem hast du den Vorteil, dass euch keine

Vorgeschichte verbindet. Das heißt, sie wird wissen, dass du sie nicht schonen wirst.«

»Ja, und als Empathin wird sie in der Lage sein, meine Wut wahrzunehmen.« Und davon verspürte er reichlich. Zumal Caro ihn wieder ausgeschlossen hatte und er war es langsam leid, sie nicht fühlen zu können.

»Wann musst du dich beim Rat melden?«, fragte Lucian.

»Edikte sind dazu da, um befolgt zu werden, daher erwarten sie sicher, dass ich ihrer Aufforderung schnellstmöglich nachkomme. Aber wahrscheinlich bleiben mir noch ein paar Stunden und vielleicht sogar Tage, bis ein weiterer Bote eintrifft. Möglicherweise räumen sie mir auch noch etwas Zeit ein, weil ich zuerst das Problem der entarteten Wesen auf meinem Grundstück beseitigen muss.«

Sethios schnaubte. »Was geschieht, wenn Issac und mir irgendwann Flügel wachsen? Werden wir dann immer noch als entartete Wesen gelten?« Durch das Blutsband würden sie beide schließlich zu Seraphim werden.

Irgendwann, wiederholte Sethios verärgert im Geiste. Eigentlich sollte er schon längst Flügel entwickelt haben, zumindest hatte Caro ihm das vor fünfundzwanzig Jahren gesagt.

»Dafür gibt es keinen Präzedenzfall, daher nehme ich an, dass die Mitglieder des Hohen Rates sich miteinander beraten werden, um über euer Schicksal zu bestimmen.«

»Du meinst also, dass sie über meines noch nicht entschieden haben?«, fragte Sethios erstaunt.

»Nicht dass ich wüsste. Aber da meine Großmutter möglicherweise ohne mein Wissen oder meine Rücksprache erweckt wurde, sind meine Kenntnisse in dieser Angelegenheit wahrscheinlich gleich null.«

Stets so praktisch und stoisch.

Sethios hatte wirklich geglaubt, dass Gabriel unter

Ezekiels Einfluss im Laufe der Jahre ein wenig lockerer geworden wäre, doch er war noch immer ganz der Alte.

»Also schön. Sollen wir uns jetzt mit der Empathin unterhalten?«, schlug Sethios vor, der eine Ablenkung brauchte.

Auf dem Weg dorthin begegnete ihnen Balthazar, der mit einem T-Shirt und Shorts bekleidet war. »Lasst uns gehen«, sagte er nur und ging ohne ein weiteres Wort voraus.

Lucian musste dem Gedankenleser ihren Plan mitgeteilt haben. Da er ebenfalls ein Ältester war, ergab es Sinn. Es gab fünf von ihnen, die im Grunde die hydraianische Rasse anführten. Zumindest waren es fünf gewesen, als Sethios das letzte Mal nachgezählt hatte.

Lucian, Balthazar, Alik, Jedrick, der sich jetzt Jayson nannte, und Eli.

Sethios runzelte die Stirn, als er an Letzteren dachte. Er hatte den stattlichen Unsterblichen nirgendwo gesehen. Alik hatte am Strand Wache gehalten. Jayson war im Haus und kümmerte sich um seine schwangere Frau. Und wo war Eli? Vielleicht mit Amelia unterwegs?

Aber hatte Gabriel nicht erwähnt, dass Jonathans Sohn ihr wichtig war? Sethios hatte sich nicht die Mühe gemacht, nach dem Grund zu fragen, denn bei seinem Interesse an dem Mistkerl drehte es sich um eine völlig andere Sache, nämlich um die Tatsache, dass er seiner Tochter vom Arcadia erzählt hatte.

Statt sich den ganzen verdammten Tag darüber den Kopf zu zerbrechen, fragte Sethios: »Wo ist Eli? Ich habe ihn bisher noch nirgendwo entdecken können.« Dabei mochte er den hünenhaften Rohling durchaus. Er konnte mit einer einzigen Berührung töten, was eine überaus nützliche Eigenschaft war.

Lucian und Balthazar blieben auf der Stelle stehen und drehten sich um, um ihn genau zu betrachten.

Sethios zog die Augenbrauen in die Höhe. »Warum seht ihr mich so an?«

»Eli ist tot«, erwiderte Lucian schlichtweg. »Jonathan hat ihn umgebracht.«

Als Sethios das hörte, schien alles um ihn herum zu verstummen und sein Herz setzte einen Schlag aus. »Jonathan hat Eli getötet? Wie zum Teufel konnte dieser Schwachkopf einen der Ältesten der Hydraianer zu Fall bringen?«

»Indem er unser Vertrauen missbraucht hat.«

»Warum solltet ihr ihm trauen?« Dann dämmerte es ihm, warum es für ihn so einfach gewesen war, in ihre Welt einzudringen und dieses ganze Chaos zu verursachen. »Natürlich. Aidan nahm ihn auf, als er ein herumstreunender Unsterblicher war.« Und als Issacs Schöpfer und Lucs Vater würde jedem, der sich ihm anschloss, ein gewisses Maß an familiärem Vertrauen entgegengebracht werden. »Scheiße. Es tut mir leid, das zu hören.«

Eli war ein eindrucksvoller Gegner gewesen, und das hatte Sethios immer respektiert.

Balthazar nickte ihm dankend zu, während Lucian sich einfach umdrehte und weiterging.

»Was habe ich sonst noch verpasst?«, fragte Sethios sich laut.

»Es gab keine weiteren Todesfälle, wenn du das meinst«, antwortete Balthazar. »Zumindest keine, die dir ein Begriff wären.«

»Jonathan hat Amelia entführt und mehrere Jahre lang an ihr experimentiert«, sagte Lucian. »Ein weiteres seiner Testobjekte wird in der Versorgungsbaracke festgehalten. Amelia und Tom sind fest entschlossen, ihn zu rehabilitieren.«

»Und Tom ist Jonathans Sohn«, sagte Sethios. Es war

keine Frage, sondern eine Feststellung. »Nach allem, was sein Vater getan hat, vertraut ihr ihm?«

»In der Tat«, bestätigte Balthazar, als sie vom kopfsteingepflasterten Weg auf einen schmalen Betonpfad abbogen, der hinunter zum Strand führte. »Er und Amelia haben Jonathan gemeinsam getötet.«

»Er war auch maßgeblich daran beteiligt, die CRF zu Fall zu bringen«, murmelte Lucian.

»Und Amelia hat ihn als ihren Geliebten gewählt«, warf Gabriel ein. »Sie ist der Grund dafür, dass sie ihm vertrauen.«

Amelia ist mit dem Sohn von Elis Mörder liiert?, dachte Sethios und stieß im Geiste einen leisen Pfiff aus. *Das ist ganz schön verkorkst.* Er war jedoch nicht in der Lage, das zu beurteilen. Seine Beziehung mit Caro hatte nicht gerade harmonisch begonnen. Er hatte sie in sein Bett gelockt und dann seinen Teil ihrer Vereinbarung nicht erfüllt, als er versucht hatte, sie zu behalten. Sie war nicht gerade begeistert von ihm gewesen.

Vermisst du deine Messer, Caro?, fragte er sie mit einem Anflug von Belustigung. *Wenn du mit mir sprichst, erlaube ich dir vielleicht, mit ihnen zu spielen, nachdem ich dich gefunden habe.*

Es folgte eine dröhnende Stille, die ihm ein Seufzen entlockte.

Ich werde dich finden, mein Engel, versprach er. *Und dann werde ich dich monatelang ficken, nur um dich schreien zu hören. Denn ich kann dein Schweigen nicht länger ertragen.*

Hatte sie sich genauso gefühlt, als er sie nicht erkannt hatte? Hatte sie versucht, mit ihm in Kontakt zu treten, nur um von ihm ignoriert zu werden?

Er versuchte, sich zu vergegenwärtigen, was ihm noch im Gedächtnis war, und verzog mit jeder auffrischenden Erinnerung den Mund. Sethios konnte sich nicht entsinnen, dass sie je versucht hatte, mit ihm Kontakt aufzunehmen. Er konnte sich nur an die Visionen erinnern, die er von ihrem Ertrinken hatte, und an die brennenden Schmerzen, die er verspürt hatte, als er den Tod gemeinsam mit ihr durchlebt hatte. Aber selbst diese waren über die Jahre hinweg immer weniger schmerzhaft geworden, als hätte er sich irgendwie dagegen abgestumpft.

Vielleicht lag es auch daran, dass die Wirkung, die der visuelle Zyklus auf ihn gehabt hatte, mit jeder wiederholten Erfahrung nachgelassen hatte.

Wenn es tatsächlich alles eine Abfolge von Bildern gewesen war, wie Gabriel vermutete, dann war sie nur künstlich geschaffen worden und ihr Band müsste sie mehr oder weniger überlagern. War das der Grund, warum er sie nicht spüren konnte? Weil sie mittlerweile ganz und gar von ihm abgeschnitten war und die Erinnerungsschleife, die die Seraphim geschaffen hatten, um ihn vorübergehend zu beschäftigen, gar keine Verwendung mehr fand?

»Wir müssen unsere Träume weiter vergleichen«, sagte er und unterbrach Lucian und Balthazar, die sich gerade miteinander unterhielten. »Wir haben bisher nur deine überprüft.«

»Ja, aber wenn meine Theorie sich bewahrheitet, dass der Rat meine Mutter hat, ist die Überprüfung der Träume hinfällig.«

»Nicht, wenn sie versucht hat, durch die Visionen hindurch mit uns zu kommunizieren«, sagte Sethios. »Ich habe sie gehört, kurz bevor der seraphische Bote eingetroffen ist. Sie hat mich gewarnt.«

»Bist du sicher, dass sie es war und nicht irgendeine erzwungene Vision?«

»Ich konnte sie spüren, Gabriel. Ich habe ihre Stimme gehört und nicht irgendein verschwommenes Bild vor mir gesehen.« Und jetzt schwieg sie wieder. *Mein starrköpfiger Engel.*

Gabriel starrte ihn an und nickte dann. »Wir werden sehen, wie ausgeprägt meine empathischen Eigenschaften sind, dann werden wir mit Stas über ihre Träume sprechen. Und danach werden wir einen Plan ausarbeiten und entsprechend vorgehen.«

KAPITEL ACHT

GABRIEL

GABRIEL WARF einen Blick auf sein Handy, als er die Baracke betrat. Ezekiel hatte ihm eine Nachricht geschickt, in der er ihm mitgeteilt hatte, dass er mit Skye und Owen an einem unbekannten Ort eingetroffen war. Da Letzterer als Exil-Hydraianer galt, war er in Hydria noch nicht wirklich willkommen.

Okay, antwortete Gabriel.

Dann überprüfte er sein Telefon auf irgendwelche Nachrichten von Vera. Nichts. Seine Lippen drohten zu zucken, was nur selten geschah. Sie hätte schon längst anrufen müssen.

Er hatte seinen Verdacht den anderen gegenüber noch nicht geäußert, aber er wurde von Minute zu Minute stärker. Es waren einfach zu viele Zufälle.

Vera konnte Erinnerungen manipulieren, was sie dazu befähigen würde, eine mentale Schleife von Caros Erinnerungen zu erstellen. Außerdem hatte Vera Zugang zu Stas und Gabriel und wäre in der Lage, ihre Interpretationen dieser Visionen durch Träume zu beeinflussen. Sie hätte mit Leichtigkeit die Bilder in ihren Verstand einfügen können, während sie schliefen, ohne dass einer von ihnen die Störung bemerkt hätte.

Allerdings hätte sie keinen Zugang zu Sethios' Gedanken gehabt. Die Tatsache, dass er seit Jahren nicht mehr von Caro geträumt hatte, deutete darauf hin, dass der sich ständig wiederholende Zauber bei ihm entweder keine Wirkung zeigte oder dass der Seraph, der die Visionen auslöste, nicht in seinen Traumzustand eindringen konnte.

Die Erinnerung aus Maine könnte ihm aus der Nähe geschickt worden sein und Gabriel hätte nicht gespürt, dass jemand etwas in seinen Verstand hatte einfließen lassen, da Vera ein willkommener Gast auf seinem Anwesen war. Seine Schutzsymbole hätten ihn nicht auf ihre Anwesenheit aufmerksam gemacht.

Die Tatsache, dass sie weder auf seine SMS antwortete noch auftauchte, um ihre Unschuld zu beteuern, bestätigte Gabriels Bedenken.

Er würde sie den anderen gegenüber äußern, nachdem er den Test mit der gefangenen Ichorianerin beendet hatte. Er wollte, dass Leela bei der Unterhaltung anwesend war. Zum einen würde es sie entlasten und zum anderen wäre es eine Bestätigung dafür, dass die Ratsmitglieder von ihrer Beteiligung wussten – weil Vera es ihnen wahrscheinlich erzählt hatte.

Loyalität war unter den Seraphim ein dehnbarer Begriff. Er würde es ihr nicht unbedingt übel nehmen, wenn sie sie verraten hätte. Für sie wäre es lediglich eine praktische Tat gewesen.

Genauso wie er es als eine praktische Reaktion ansehen würde, sie zu töten. Vielleicht war er aber auch nur emotional. Sie würde sich letztendlich regenerieren, also wäre seine Bestrafung nicht gerade endgültig.

Er steckte das Handy zurück in seine Tasche und folgte den anderen einen kurzen Korridor entlang. Die Hydraianer verfügten nur über eine Handvoll Arrestzellen, die alle durch

89

solide Türen verschlossen waren. Offenbar gab es nicht viele Gefangene hier auf der Insel.

Auf dem Gang standen zwei Frauen, von denen eine aschblondes Haar und die andere eine Mähne aus seidigen dunklen Strähnen hatte. Sie waren beide Hydraianerinnen. Die dunkelhaarige Frau war jedoch relativ neu. Er erkannte sie als einen kürzlich zu ihnen gestoßenen ehemaligen Sprössling wieder, doch er konnte sich nicht an ihren Namen erinnern.

»Luc«, sagte die ältere Hydraianerin und nickte ihm zu. Dann wandte sie sich an Balthazar und in ihren azurblauen Augen blitzte ein verführerisches Funkeln auf. »B.«

Der hydraianische Gedankenleser nickte ihr lediglich zu und bedachte sie mit einem für ihn untypischen emotionslosen Ausdruck in den Augen. Für gewöhnlich strotzte er vor sinnlicher Energie, doch heute wirkte er eher verschlossen. Vielleicht graute ihm vor dem, was ihnen bevorstand. Gabriel fragte sich unwillkürlich, worauf sie sich eingelassen hatten.

»Was tust du hier unten, Eliza?«, wollte Luc wissen, als er die Brünette anblickte.

Sie zuckte sichtlich zusammen, als sie den feindseligen Tonfall in seiner Stimme hörte. »Ich ... ich wollte nur ...«

»Du wolltest nur was?« Seine finstere Stimme ließ ihr die Härchen auf ihren nackten Armen zu Berge stehen, doch ihre zerknirschte Miene wich schlagartig einem verärgerten Ausdruck.

»Ash hat mich über die Pflichten eines Wächters aufgeklärt«, blaffte sie. »Ich bin jetzt eine Hydraianerin und brauche daher einen Job. Ich dachte, dies könnte ein Gebiet sein, auf dem ich mich nützlich machen kann.«

Lucian schnaubte. »Als ob du das Zeug dazu hättest, eine Wächterin zu werden.«

Gabriel musterte die Frau neugierig. Sie trug Jeansshorts

und ein helles Trägerhemd, die ihre durchtrainierten Arme und athletischen Beine zur Geltung brachten. Dadurch war sie wahrscheinlich leichtfüßig und vielleicht sogar eine schnelle Läuferin.

»Sind ihre Kräfte etwa nicht defensiver oder offensiver Natur?«, fragte er sich laut. Denn ihr gesamter Körperbau deutete auf ihre Stärke und ein Potenzial als Kriegerin hin.

»Ihre Kräfte sind nicht das Problem«, stieß Lucian zwischen zusammengebissenen Zähnen hervor, »sondern ihre Disziplin.«

»Er will damit sagen, dass ich mir seinen Scheiß nicht gefallen lasse, also denkt er, ich sei ungehorsam«, interpretierte sie seine Worte.

»Ich verstehe.« Gabriel war sich nicht sicher, was er dazu noch sagen sollte. Lucians Einschätzung war zutreffend – ein ungehorsamer Soldat war ein untauglicher Soldat. »In welchem Raum befindet sich Clara?«

Er wollte den nächsten Teil so schnell wie möglich hinter sich bringen. Um seiner Verteidigungsrune entgegenzuwirken, musste er das Blut der Ichorianerin in sich aufnehmen. Es war ein magisches Mal, das er an seinem Kreuz zu einem etwas anderen Zweck verändert hatte, aber es würde ihm jetzt nützen.

Wenn er das Blut der Ichorianerin trank, würde sie in der Lage sein, ihre Gabe an ihm anzuwenden. Und im Gegenzug würde er vorübergehend auch über ihre Fähigkeiten verfügen. Das war der Hauptzweck seiner Rune gewesen. Er wollte in der Lage sein, bei Bedarf Kräfte zu stehlen, wenn er im Einsatz war. Leider hatte es den negativen Nebeneffekt, dass seine Abwehrkräfte dabei vorübergehend geschwächt wurden.

Im Blut lauerte Macht. Alles war ein Geben und Nehmen. Und zum Glück für die Hydraianer und Ichorianer konnten nicht viele diese Rune kopieren. Zusätzlich zu dem

Mal war nämlich Gabriels Blutlinie väterlicherseits dafür verantwortlich, dass der Austausch vollzogen werden konnte.

Als Sohn eines ursprünglichen Seraphs besaß Sethios eine ähnliche Fähigkeit. Leider wurde diese Gabe mit jeder Generation weiter abgeschwächt, was bedeutete, dass Stas wahrscheinlich nicht über diese Kraft verfügte. Gabriel würde ihr zu einem späteren Zeitpunkt mehr über die zauberhaften Zeichnungen beibringen müssen, um seine Theorie auf die Probe zu stellen.

»Hier entlang«, sagte Balthazar und übernahm die Führung. Lucian folgte ihm nicht, sondern bedachte Eliza mit einem finsteren Blick. Sie wich nicht zurück, was ein Beweis für ihren Kampfgeist war. Die Frau würde sich wahrscheinlich als nützlich erweisen, sobald sie die Zweckmäßigkeit der Hierarchie verstanden hatte.

Gabriel wandte sich von ihr ab, um Balthazar zu folgen. Sethios schloss sich ihm an und schlenderte lässig hinterher, als sie sich der letzten Tür am Ende des Korridors näherten.

Balthazar seufzte und schüttelte den Kopf. »Sie wiederholt immer noch die gleichen Worte im Geiste. Keine Entschuldigungen. Nur Ausreden. Darüber hinaus lässt sie mich nichts hören.«

»Dann wollen wir mal sehen, ob sich diese Gedanken nicht ändern, wenn sie meiner gewahr wird«, sagte Sethios und trat einen Schritt vor.

Balthazar stellte sich ihm in den Weg und baute sich vor der Tür auf. »Tu ihr nicht weh. So handhaben wir die Dinge hier nicht.«

»Wir sind immer noch dabei, bei diesem Thema eine Einigung zu finden«, rief Lucian ihnen zu. »Bei manchen Übertretungen sind Schmerzen als Bestrafung notwendig.«

Der Gedankenleser spannte die Kiefermuskeln an. »Heute nicht.«

Sethios zuckte mit den Schultern. »Gut. Ich kann sie

einschüchtern, ohne sie wirklich zu verletzen. Und jetzt öffne die Tür.«

»Vielleicht sollte ich zuerst eintreten. Zwischen mir und der Ichorianerin herrschen keinerlei Unstimmigkeiten. Ich will mir nur ihre Fähigkeit ausleihen.«

Balthazars Augen blitzten voller Misstrauen auf. »Ausleihen?«

»Ja.« Gabriel hielt es nicht für nötig, seine Aussage zu erläutern. Er hatte diesen Begriff absichtlich gewählt.

Balthazar kniff seine blauen Augen zu dünnen Schlitzen zusammen. »Erkläre mir doch bitte, wie du dir ihre Gabe ›ausleihen‹ willst.«

»Es wäre klüger, es dir stattdessen zu zeigen.« Gabriel war es im Grunde egal, wenn sie von seiner Rune erfuhren. Schließlich waren sie nicht imstande, sie zu entfernen oder zu kopieren.

Gabriel machte einen Schritt nach vorn, doch Balthazar stellte sich ihm, wie zuvor auch Sethios, ebenfalls in den Weg. »Wird es ihr wehtun?«

»Kleine Kratzer verursachen bei manchen Wesen Schmerzen, also ist es durchaus möglich.« Er hatte vor, ihr mit einem Messer in die Handfläche oder ihr Handgelenk zu schneiden, je nachdem, was sich als einfacher erwies.

Statt auf eine Antwort zu warten, machte Gabriel sich unsichtbar und trat auf der anderen Seite der Tür wieder in Erscheinung. Lucian hatte ihm bereits seine Erlaubnis für dieses Experiment gegeben, er brauchte nicht auch noch die Zustimmung des Gedankenlesers. Er wollte nur seine Bereitschaft, ihm die Gedanken der Gefangenen zu übertragen. Und das würde er sicher tun, sobald er feststellte, dass das Mädchen weitgehend unverletzt war.

Ihr Anblick ließ Gabriel jedoch innehalten.

Sie saß in einer Ecke und hatte die schlanken Arme um die nackten Beine geschlungen. Sie trug ein langes Hemd, das jedoch kaum ihre Oberschenkel bedeckte. In ihren kristallblauen Augen lag ein wahnsinniger Ausdruck, der ihren seltsamen Bewegungen Nachdruck verlieh.

Sie schaukelte vor und zurück.

Vor und zurück.

Seitwärts.

Dann wiederholte sie alles von vorn.

Er runzelte die Stirn, als er die schnelle Bewegungsabfolge sah, und hielt überrascht inne. Sein Zögern kostete ihn wertvolle Sekunden und gab Balthazar genügend Zeit, die Tür aufzuschließen und einzutreten.

Gabriel materialisierte sich, versuchte aber nicht, sich der Frau zu nähern. Stattdessen beobachtete er sie und bemerkte die bizarre Aura, die sie umgab. Ihre blonden Locken waren zerzaust, was darauf hindeutete, dass sie sie schon seit ein paar Tagen nicht mehr gebürstet hatte. Allerdings verwirrte ihn dieser Anblick nicht so sehr wie das Badezimmer, das an ihre Zelle angeschlossen war. Darin befand sich eine Dusche, die sie augenscheinlich seit einiger Zeit nicht mehr benutzt hatte. Falls sie überhaupt geduscht hatte.

Rebellierte sie etwa? Es würde auch die unangetastete Mahlzeit erklären. Aber welchen praktischen Nutzen hatte ihr Verhalten? Sie verletzte sich selbst mehr als andere, wie man an den dunklen Ringen unter ihren Augen sehen konnte.

Ichorianer brauchten Blut, und diese Frau hatte in letzter Zeit eindeutig nicht viel getrunken. Balthazars Bedenken, dass Gabriel ihr Schaden zufügen könnte, waren völlig unnötig gewesen. Sie schaffte das auch ziemlich gut ohne ihn.

Glücklicherweise musste sie nicht bei Verstand sein, damit Gabriel sich ihre Fähigkeiten leihen konnte.

Er machte sich erneut unsichtbar und tauchte mit einem Messer in der Hand neben ihr auf, dann kniete er sich hin.

»Ich brauche eine Probe von deinem Blut«, informierte er sie leise.

Er hatte eigentlich nicht vorgehabt, sie aufzuklären, doch die Worte kamen ihm ungebeten über die Lippen. Sie brauchte nicht zu wissen, was er wollte oder warum er vorhatte, sie zu berühren. Gefangene hatten keine Rechte. Außerdem hatte sie dieses Schicksal mehr als verdient. Dennoch verspürte ein Teil von ihm das Bedürfnis, sich zu erklären.

Statt noch länger darüber nachzudenken, ließ er das Messer schnell über ihren Unterarm gleiten. Sie zuckte weder zusammen, noch reagierte sie anderweitig, sondern schaukelte starr geradeausblickend weiter vor und zurück.

Bei dem Anblick hätte er fast den Mund verzogen, doch stattdessen schmeckte er den Lebenssaft, der seine Klinge überzog.

Blut hatte ihn nie wirklich gereizt, obwohl es für seinesgleichen eine wesentliche Kraftquelle war. Claras Lebenssaft hatte jedoch einen herben Geschmack, der für einen kurzen Moment seine Aufmerksamkeit erregte, als er ihn hinunterschluckte. Dann begann das untere Ende seiner Wirbelsäule zu kribbeln, als seine Rune zum Leben erwachte, und lenkte ihn von dem Geschmack der Frau ab.

Er steckte die Klinge zurück in die Scheide und wartete darauf, dass die Kräfte durch seinen Körper strömten. Das letzte Mal hatte er so etwas vor etwa zwanzig Jahren getan, und damals hatte es nur ein paar Sekunden gedauert, bis er die Wirkung der neuen Gabe gespürt hatte.

Diesmal schien der Prozess langsamer vonstattenzugehen, wahrscheinlich weil er diesmal weniger Blut getrunken hatte. Er könnte noch mehr trinken, falls …

Er wäre fast zusammengesackt, als die volle Wucht ihrer Fähigkeit ihn durchströmte und ihm den Atem raubte.

Scheiße!

Dieser Schmerz.

Er zerrte an seinem Herzen und drückte es so fest zusammen, dass er nicht mehr atmen konnte. Er überwältigte ihn und trieb ihm Tränen in die Augen. So etwas hatte er noch nie gespürt. Es war, als hätte ihm jemand einen Dolch tief in die Brust gerammt.

Ein Wind rauschte wütend durch seine Ohren, überschwemmte seine Sinne und setzte ihn völlig außer Gefecht. Woher kam dieser Schmerz? Wie war das möglich?

Weitere Tränen strömten ihm übers Gesicht und ließen seine Wangen brennen. Scheiße, er atmete nur noch keuchend und landete irgendwann neben der Frau auf dem Boden. Sie starrte mit stechend blauen Augen auf ihn herab, in denen sich die Qualen spiegelten, die er in seinem Inneren fühlte.

Wie konnte sie ihm das antun? Wie war sie imstande, ihn mit dieser Welle des *Schmerzes* zu überrollen, der ihn derart lähmte?

Er hörte tiefe Stimmen über sich und das Dröhnen schien ihn bei lebendigem Leib zu häuten. Er hatte noch nie eine solche Brutalität erlebt und konnte nicht verstehen, wo sie ihren Ursprung hatte.

Was war das für eine Kraft? Es erinnerte ihn an Aliks Talent, seine Opfer mental zu foltern. Aber Gabriel war immun gegen diese Fähigkeiten. Es sei denn, Claras Blut war irgendwie damit verbunden, doch das bezweifelte er.

Ihr Blut, dachte er bei sich und versuchte, sich wieder zu konzentrieren. *Es ist ihr Blut.*

Nein, nicht ihr Blut.

Ihre *Kraft.*

Er fühlte die Auswirkungen ihrer empathischen Fähigkeiten. *Emotionen.*

Er riss die Augen auf, als er erkannte, dass er *ihre* Emotionen durch die Kraft der Empathie erlebte. Und auch alle Emotionen, die sie umgaben. Und das alles gleichzeitig. In seinem ganzen Leben war er noch nie so einer Erfahrung ausgesetzt gewesen.

Er hatte nur sein eigenes Maß an menschlicher Empfindsamkeit testen wollen. Er hatte nicht bedacht, was das Aktivieren dieser Fähigkeit für ihn in Bezug auf andere bedeuten würde.

Er verinnerlichte die Emotionen aller um ihn herum.

Und Gabriel wusste nicht, wie er mit diesem erzwungenen Ansturm der Gefühle umgehen sollte. Es hatte sich für ihn nie ein praktischer Grund ergeben, es zu lernen.

Was ihn jedoch noch mehr erschreckte, war die Angst, die von Clara ausging, und die Tatsache, dass er ihr helfen wollte. Denn niemand sollte jemals diese Art von Qualen erleiden müssen.

Aber nein, sie hatte diesen Schmerz verdient.

Hat sie das wirklich?, fragte er sich, denn das Gefühl, das ihre emotionale Aura ausstrahlte, war verwirrend.

Er schüttelte den Kopf und versuchte, einen klaren Gedanken zu fassen. Die Worte der anderen begannen, in seinen Verstand einzudringen. Balthazar sagte etwas davon, dass Gabriel sich Claras Fähigkeit nicht nur ausgeliehen, sondern sie förmlich verzehrt hatte.

Was offensichtlich war.

Allerdings sollten sie sich eher auf Claras Schmerz konzentrieren. Konnten sie ihn nicht spüren? Konnte Balthazar nicht hören, wie gequält sie war? Konnte es wirklich niemand außer ihm fühlen? Die Emotionen brannten sich in Gabriels Gewissen und zwangen ihn zum Handeln. Er musste es unterbinden, damit er sich konzentrieren konnte! Er musste wieder zu sich selbst finden und warten, bis die negativen Auswirkungen ihrer Fähigkeit nachgelassen hatten.

Doch eines wurde ihm schlagartig klar – er befand sich

nicht auf einer emotionalen Ebene, die ein Risiko für ihn darstellte.

Allerdings war es möglich, dass es nach dieser Erfahrung durchaus der Fall sein würde. *Verdammt.*

»Helft ihr«, brachte er durch seine trockene Kehle hervor. »Verdammt. Macht, dass es aufhört!«

Auf seine Worte folgte nur Stille.

Das war eine Reaktion, die er nicht akzeptieren konnte.

»Sie leidet Höllenqualen.« Gabriels Kiefer krampfte sich bei den Worten zusammen und seine Hände ballten sich zu Fäusten. »Bringt es wieder in Ordnung.« Kaum hatte er die Worte ausgesprochen, wurde ihm klar, wie er das Problem lösen konnte. Sein seraphischer Verstand gewann die Oberhand und er teleportierte sich so weit weg von Hydria wie möglich.

Allerdings führte ihn das an den einzigen Ort, an den er nicht hätte gehen sollen – nach Hause.

Und in seinem Wohnzimmer warteten bereits zwei seraphische Boten auf ihn.

Offenbar existierte doch eine Frist.

Und sie war genau in diesem verdammten Moment abgelaufen.

KAPITEL NEUN

SETHIOS

»WAS ZUM TEUFEL ist gerade passiert?«, wollte Lucian wissen, der den Raum etwa fünf Minuten zu spät betrat. Er war so sehr mit dieser Eliza beschäftigt gewesen, dass ihm Gabriels heftige Reaktion auf Claras Kräfte völlig entgangen war.

Offenbar war es zu viel für den Seraph gewesen, den Ansturm von Emotionen zu durchleben, nachdem er sie sein Leben lang ignoriert hatte. Genauer gesagt hatten ihn die Qualen gelähmt, die von der blonden Ichorianerin in der Ecke ausgegangen waren.

Sethios musterte sie, während Balthazar Lucian mit einer kurzen Zusammenfassung der Ereignisse auf den neuesten Stand brachte. »Gabriel hat etwas von Claras Blut getrunken und sich dadurch ihre empathischen Fähigkeiten einverleibt. Augenscheinlich hat er die Erfahrung nicht sonderlich genossen.«

»Er sagte, er bräuchte einen Empathen, um das Ausmaß seiner Emotionen zu testen. Ich nahm an, dass er damit jemanden meinte, der imstande ist, seine Gefühle wahrzunehmen, und nicht jemanden, dessen Kraft er buchstäblich in sich aufnehmen kann.« Lucian wurde nachdenklich. »Ich frage mich, ob alle Seraphim dazu in der Lage sind.«

»Caro ist es nicht«, murmelte Sethios, als er vor Clara in die Hocke ging und einen Strang ihm vertrauter Energie wahrnahm.

»Stas ist nicht imstande, die Sehkraft anderer zu manipulieren, obwohl sie Wakefield gebissen hat«, fügte Balthazar hinzu. Seine Worte riefen ein unwillkommenes Bild in Sethios' Kopf hervor. Er beschloss, es zu ignorieren und stattdessen den magischen Fäden zu folgen, die ein unsichtbares Netz über Claras grazile Gestalt woben. Es gab nicht viele, die diese Energie erkennen oder gar identifizieren konnten, aber er hatte viel Erfahrung im Umgang mit derartigen Zaubern.

Immerhin waren es die Lieblingskreationen seines Vaters.

Diese war nur grob gefertigt, als wäre er entweder in Eile gewesen oder hätte absichtlich keine Sorgfalt walten lassen, als er sie mit dem Bann belegt hatte. Vielleicht hatte er damit gerechnet, dass jemand ihn wahrnimmt und die zwanghaften Kräfte rückgängig macht. »Hat Astasiya Clara gesehen, seit sie hier gefangen gehalten wird?«, fragte Sethios, der sich weiterhin auf die losen Stränge konzentrierte.

»Nein, warum?«, fragte Lucian.

»Weil ich glaube, dass mein Vater ihr ein Geschenk hinterlassen hat, das sie enträtseln soll.« Es wäre typisch für ihn, jemanden zu Trainingszwecken seinem Willen zu unterwerfen. Sethios hielt einen Moment inne und überlegte, ob er die Gelegenheit wahrnehmen sollte, sie zu unterweisen, entschied sich jedoch dagegen. Er wollte zuerst wissen, wozu sein Vater dieses Mädchen gezwungen hatte, bevor er seine Tochter mit dieser Aufgabe vielleicht in Gefahr brachte.

Nur noch ein paar Stränge, dachte er und löste den Knoten mit seinem Verstand. *Und ... fertig.*

Das Mädchen stieß augenblicklich einen schrillen Schrei aus, der laut genug war, um seine Ohren bluten zu lassen. Er hätte sie fast seinem Willen unterworfen, um sie zum Schweigen zu bringen, doch die Worte strömten nur so aus ihr heraus. In rascher Abfolge kam ihr eine Reihe Beleidigungen und Anschuldigungen über die Lippen, die alle ineinander überzugehen schienen. Nichts davon war für ihn bestimmt, sondern richtete sich an die beiden Ältesten hinter ihm.

»Wie konntet ihr nur?«, wollte sie wissen, doch ihre Stimme brach, als sie von einem Schluchzen ergriffen wurde, woraufhin Balthazar sofort vor ihr niederkniete. »Das würde ich nie tun! Ihr wisst, dass ich das nie tun würde! Meine Güte, und die Ausrede. Issac. Wollt ihr mich verarschen? Aidan war mein Vater. Meine Familie. Ich würde das niemals ... Ich würde so etwas niemals tun!«

Sethios trat beiseite, als der Gedankenleser die Hand nach dem Mädchen ausstreckte. Er wollte nicht zwischen den Fronten stehen, denn er hatte keine Ahnung, was vor sich ging.

Es stellte sich als die richtige Entscheidung heraus, denn Clara verpasste Balthazar eine Sekunde später einen Kinnhaken. Dann schrie sie wieder entsetzt auf.

Der Älteste massierte seinen Kiefer und blickte dann Sethios mit zusammengekniffenen Augen an. »Was hast du mit ihr gemacht?«

»Ich habe sie von Osiris' Bann befreit«, antwortete er. »Ich weiß nicht, wozu er sie gezwungen hat, aber ich habe die Stränge entfernt.«

»Dazu bist du in der Lage?« Lucian klang fasziniert.

»Normalerweise nicht, nein. Doch dieser scheint mit einer bestimmten Absicht gefertigt worden zu sein. Ich glaube, er wollte, dass Astasiya sie davon erlöst.« Angesichts der Reaktion des Mädchens war er froh, dass er sich selbst des Problems angenommen hatte, statt seine Tochter damit zu betrauen.

Jemand räusperte sich hinter ihnen, woraufhin Sethios und Lucian sich beide umdrehten.

Alik stand mit vor der Brust verschränkten Armen in der Tür und hatte die Hüfte gegen den Türrahmen gelehnt. »Ich nehme an, das heißt, dass Clara gar nicht unser Verräter ist. Sie wurde von jemandem hinters Licht geführt.« Er formulierte es nicht als Frage, sondern als eine Feststellung. »Was bedeutet, dass wir ein noch größeres Problem haben.«

»Es sei denn, Clara kann uns sagen, wer es getan hat«, gab Lucian zu bedenken.

»Sie weiß es nicht«, murmelte Balthazar, als er eine Hand an die Wange des Mädchens legte. Sie hatte sich ein wenig beruhigt, da er möglicherweise seine Fähigkeit, Gefühle zu manipulieren, bei ihr angewandt hatte. Sethios war noch nie Zeuge dieser Gabe geworden, doch konnte sich vorstellen, wie nützlich sie in dieser Situation war.

»Was weiß sie dann?«, fragte Lucian.

»Dass jeder, den sie liebte, sie verraten hat«, knurrte Balthazar. »Dass wir es vorgezogen haben, uns von einem grausamen Trick in die Irre führen zu lassen, statt auf eine jahrzehntelange Freundschaft zu vertrauen.«

»Sie hat ihre Schuld eingestanden«, sagte Alik gedehnt. »Und es gab gute Gründe für ihr Handeln.«

»Gründe, die ich für schwachsinnig hielt«, konterte Balthazar. »Sie hat nie romantische Gefühle für Wakefield gehegt. Das wissen wir alle. Wir hatten es nur eilig, ihr die Schuld zuzuweisen, weil wir eine Lösung für das Problem haben wollten.«

»Jonathan hat einen Anruf mit dem Standort erhalten, den wir ihr gegeben haben«, sagte Lucian mit sanfter Stimme. »Mateo hat die Liste der Anrufe zurückverfolgt.«

»Ich war es nicht!«, schrie Clara. »Warum sollte ich diesem Monster irgendetwas geben?«

Sethios wollte schon fragen, was all das zu bedeuten hatte, doch er war mit Caro genug beschäftigt und hätte außerdem zu gern gewusst, wohin Gabriel verschwunden war.

»Meine Dienste werden hier nicht mehr benötigt«, sagte er und ging zur Tür. »Gebt mir Bescheid, falls ihr einen Gefangenen habt, mit dem ich tatsächlich spielen kann.«

Er wartete nicht auf eine Antwort, sondern verließ den Raum, nachdem Alik einen Schritt beiseitegetreten war, und ging den Korridor entlang.

Die Wächterin wartete am Ende des Flurs. Sethios wusste nicht, was Lucian zu ihrer Freundin gesagt hatte, aber sie war längst verschwunden. Er bedachte die Wächterin mit einem Nicken und verließ dann die Hütte, um sich auf den Weg zu Astasiya zu machen. Sie mussten sich über ihre Träume unterhalten. Gabriel würde irgendwann zurückkommen. Falls er es nicht tat, würde Sethios Leela bitten, ihn zu suchen.

Ich bin es leid, Zeit zu verschwenden, mein Engel, dachte er an Caro gerichtet. *Wenn du mir nicht antworten willst, ist das in Ordnung. Aber ich werde dich finden. Selbst wenn es bedeutet, die Kammern des Hohen Rates zu stürmen und dich nach Hause zu zerren.*

Je länger er über diesen Plan nachdachte, desto mehr gefiel er ihm.

Was würden sie tun? Ihn ebenfalls rehabilitieren?

Er hätte fast gelacht.

Wenn sie seinen Vater nicht heilen konnten, konnten sie ihn ganz sicher auch nicht heilen. Außerdem war es nicht möglich, einen von ihnen zu töten. Warum also nicht?

Wenn ich nur schon meine Flügel hätte, dachte er. *Dann könnte ich mich unsichtbar machen und mich zu dir teleportieren, um dich zu holen.*

Ich vermisse dich, flüsterte sie zurück. Er ging gerade am Strand entlang und erstarrte.

Caro? War sie es wirklich oder nur eine Erinnerungsschleife, die ihn zum Narren halten sollte?

Pst, flüsterte sie ihm zu. *Sie werden dich hören.*

Wer denn?

Ich sollte nicht hier sein. Ich muss gehen.

Wohin gehen?, wollte er wissen.

Es kam keine Antwort.

Er stieß ein leises Knurren aus, denn er war dieses Spiel leid, bei dem er ständig auf Hinweise stieß, jedoch nie eine Lösung fand. *Ich habe genug davon*, sagte er. *Es wird Zeit, dass wir die Dinge auf meine Weise erledigen.*

Mit roher Gewalt.

Mit Wut.

Und mit einer verdammt großen Menge Blut.

Er musste nur wissen, wo sich die Rehabilitationseinrichtung befand, und er wusste genau, von wem er diese Information bekommen würde. Nämlich von dem einzigen Seraph, der sich momentan auf dieser verdammten Insel befand. *Leela.*

KAPITEL ZEHN

GABRIEL

ES GAB EINEN GRUND DAFÜR, dass Gabriel es vorzog, außerhalb der Grenzen des seraphischen Reiches zu leben. Und dieser Grund war seine Privatsphäre. Denn hinter dem Wasserschleier, der die wichtigste Inselgruppe im Südpazifik umgab, existierte so etwas nicht.

Die Barrieren wurden errichtet, um Sterbliche fernzuhalten. Schiffe und Flugzeuge wurden durch technologische und magische Einflüsse von dem Gebiet ferngehalten, die diesen Ort auf der Weltkugel im Wesentlichen geheim hielten. Kein Sterblicher hatte ihn je entdeckt.

Nun, jedenfalls kein lebender Sterblicher.

Gabriel hatte einmal von einem Sterblichen in einer Kneipe einen Mythos über das Bermudadreieck gehört. Er nahm an, dass das Gebiet der Seraphim nach einem ähnlichen Prinzip funktionierte, allerdings war es real und völlig undokumentiert. Und seinesgleichen sorgte dafür, dass es so blieb.

Wenn man erst einmal die Nebelmauern durchdrungen hatte, offenbarte sich eine Stadt voller fortschrittlicher Technologien und Wohlstand, die sich über Hunderte von

Inseln erstreckte. Sie waren alle unterschiedlich groß, bis auf die Hauptinsel im Zentrum.

Das Zentrum der Stadt war in einem inaktiven Vulkan errichtet worden, den die Seraphim unter Kontrolle hielten. Sie beherbergte alle wichtigen Unternehmensfunktionen ihrer Welt, einschließlich der Ratskammern.

Gabriel ließ sich von einer Brise durch die Luft tragen, denn er zog es vor zu fliegen, statt sich direkt vor ihrer Tür zu materialisieren. Er brauchte Zeit, um sich von Claras Kräften zu befreien. Glücklicherweise würde er hier, wo er von gefühllosen Seraphim umgeben war, kaum eine Reaktion erfahren. Das Problem war eher, dass er dadurch selbst fühlte. Auf gewisse Weise. Zumindest glaubte er, dass es der Grund für diese merkwürdige, undeutliche Empfindung in seiner Brust war.

Verspürte er einen Anflug von Nostalgie? Nein. Das konnte nicht sein.

War er besorgt? Möglicherweise.

Er runzelte die Stirn. *Was ist das nur für ein nagendes Gefühl? Und warum lassen sich die Menschen diesen Blödsinn gefallen?* Es verstimmte ihn und rief in ihm den Wunsch hervor, seinen Bestimmungsort zu meiden.

Vielleicht verspürte er einen Anflug von Furcht. Es war wie ein negativer Sog, der ihn dazu veranlasste, nach Hydria zurückkehren zu wollen und sich nicht weiter ins Gebiet der Seraphim vorzuwagen. Er hatte so etwas noch nie zuvor erlebt.

Normalerweise erfüllte er nur seine Pflicht und verschwand danach wieder. Es ging schneller und war effizienter, als durch die Wolken zu schweben.

Doch irgendwie vermittelte ihm der Wind in seinen Federn ein angenehmes Gefühl.

Warum vermeide ich das für gewöhnlich?, fragte er sich, als er

sich auf den Rücken rollte, um sich treiben zu lassen. *Es ist ...
beruhigend.* Er verzog den Mund. *Habe ich gerade etwas als
»beruhigend« bezeichnet?*

»Verdammt«, murmelte er, rieb sich mit einer Hand
übers Gesicht und starrte mit ausdrucksloser Miene zur
blendenden Sonne hinauf. Hier war es schon fast Mittag.
Vielleicht. Sein Zeitgefühl war durch das Herumreisen und
den Schlafmangel durcheinandergeraten. Eigentlich
brauchte er keine Erholung, aber es half ihm dabei, eine
Routine zu entwickeln. Allerdings konnte er in letzter Zeit
nicht gerade von einer Routine in seinem Leben sprechen.

Mit einem Seufzen – welches ein Laut war, den er
wahrscheinlich noch nie zuvor auf diese Weise ausgestoßen
hatte – tauchte er durch die Wolken und steuerte auf sein
Ziel zu.

Diese empathische Gabe würde er so schnell nicht wieder
abschütteln können. Also würde er sie stattdessen zu seinem
Vorteil nutzen und sehen, ob eines der Ratsmitglieder
Anzeichen von Emotionen zeigte, die er gegen sie verwenden
konnte. Denn diese Unterhaltung würde in der Tat
schmerzhaft werden.

Gabriel bewunderte das Gold und Silber der Hauptinsel,
als er sich ihr näherte. Ihm war noch nie aufgefallen, wie
sehr hier alles glitzerte, während das Sonnenlicht auf die
Stadt herabschien und den Metallstrukturen ein
majestätisches Aussehen verlieh. Hohe Palmen und andere
Pflanzen schmückten die Umgebung und trugen zu der
verwunschenen Atmosphäre bei.

Sowohl auf den Dächern als auch in den Gebäuden
wuchsen Bäume, denn die Seraphim hatten die Stadt um die
natürliche Landschaft herum errichtet. Äste ragten durch die
unzähligen glaslosen Fenster, während das Stadtklima trotz
der Feuchtigkeit für alle angenehm war. Es war wie ein

magisches Gegenmittel, das Gabriel nie wirklich bedacht hatte, es aber jetzt in ganz neuem Licht betrachtete.

Dies war tatsächlich das Paradies.

Obwohl es niemand wirklich anerkannte.

Die Lebensbedingungen sorgten dafür, dass sich jeder wohlfühlte, und Komfort erhöhte die Produktivität.

Genau das war der Zweck des Lebens innerhalb der Barrieren. Die Welt der Seraphim sollte florieren.

Die Gemeinschaft war völlig autark und nutzte Solarenergie, Wasserkraft und eine Vielzahl anderer Errungenschaften, um die Welt um sie herum aufblühen zu lassen. Die menschliche Natur war über die Jahrtausende gewachsen, aber sie hatte noch nicht einmal ein Zehntel des Potenzials erreicht, das hier herrschte.

Natürlich war es hilfreich, dass die Seraphim ätherische Wesen mit besonderen angeborenen Kräften waren. Die Menschen waren zum Teil aus dem Genmaterial der Seraphim erschaffen worden. Zumindest waren sie davon beeinflusst. Aus diesem Grund wurden Osiris' entartete Wesen alle mit gesteigerten Talenten wiedergeboren, denn sie hatten ihren Ursprung in den Blutlinien.

In Gabriels Hosentasche summte es, als er außerhalb des riesigen Kolosseums des Rates landete. *Biege links und dann rechts ab*, lautete die Nachricht.

Natürlich musste Vera sich jetzt dazu entschließen, ihm endlich zu antworten. Wahrscheinlich wusste sie von seiner Vorladung und hatte damit gerechnet, dass er direkt vor dem Eingang des Kolosseums eintreffen würde.

Er kniff irritiert die Augen zusammen, dann erinnerte er sich an seine Umgebung und setzte eine ausdruckslose Miene auf. Dieser empathische Mist würde zu einem Problem werden. Beim letzten und bis vor Kurzem einzigen Mal, als er sich eine Kraft auf diese Weise einverleibt hatte, hatte es mehrere Stunden gedauert, bis sie nachgelassen hatte.

Verdammt.

Er steckte sein Handy zurück in die Tasche, folgte den Anweisungen, die Vera ihm gerade geschickt hatte, und traf sie vor einem Café an, wo sie mit ihren leuchtend marineblauen Flügeln um sich flatterte. In diesem Zustand waren ihre Augen bläulich-grün, doch sie wandelten sich zu einem schimmernden Silber, als sie ihre körperliche Gestalt annahm.

Es war eine ungewöhnliche Eigenschaft unter den Seraphim. Gabriels Iriden blieben hellgrün, egal in welchem Zustand er sich befand. Leelas Augen waren auch während ihrer Verwandlung türkis. Und Stas' Augen blieben immer grün. *Ich frage mich, welches Pigment …*

Er blinzelte und verdrängte die Gedanken an Farben aus seinem Kopf. In Bezug auf die gegenwärtige Situation waren solche Überlegungen nicht von Belang. Scheiße, als Nächstes würde er wahrscheinlich anfangen, alle möglichen Farbtöne der Federn zu analysieren.

Gabriel hätte fast die Augen verdreht, erkannte jedoch, dass ihm das auch nicht weiterhelfen würde.

Genug davon.

»Bist du hier, um zu beichten?«, fragte er mit ausdrucksloser Stimme, wie man es von ihm erwartete.

Sie schnaubte. »Nicht direkt.« Sie legte eine zierliche Hand an seine Wange und er konnte den Energiefluss zwischen ihnen spüren.

Er versuchte, einen Schritt zurückzutreten, um auszuweichen, aber es war zu spät. Eine Reihe von Erinnerungen entfaltete sich in seinem Kopf, von denen jede einzelne eine neue Erklärung bot, die ihn laut aufstöhnen ließ.

»Du musst sie entfernen. Es ist der einzige Weg«, sagte Gabriel mit emotionsloser Stimme. Dennoch verspürte er einen stechenden Schmerz in seinem Herzen, weil er diese Entscheidung treffen musste.

Es ist besser für sie, redete er sich ein. *Wenigstens wird sie nicht ertrinken.*

Doch als die Erinnerung sich zu verändern begann, fragte sich Gabriel, ob sie einen Fehler gemacht hatten. Was wäre, wenn er es auf einem anderen Weg herausfinden würde? Würde er alle seine Eide brechen, um sie zu retten?

»Die Erinnerungsschleife wird helfen«, versprach Vera. »Ich werde tun, was ich kann, um sie für euch alle zu regulieren.«

»Ich weiß«, erwiderte Gabriel. »Tu, was du tun musst. Lass mich vergessen.«

Der Rat hatte Caro nur Stunden, nachdem Osiris sie auf dem Grund des Atlantiks zurückgelassen hatte, gefunden. Sie hatten sie gerettet, nur um sie dann in eine andere Art von Käfig zu stecken, in dem sie alles daransetzen würden, um sie zu reformieren.

Aber ihre Verbindung zu Sethios konnte nie wirklich gelöst werden.

Selbst hundert Jahre in der Reformationskammer würden nicht ausreichen, um ihr Band zu zerstören.

Er würde sie zurückbringen.

Er musste es tun. Es gab keine Alternative.

Als die Erinnerung an die Gefangenschaft seiner Mutter verblasste, trat eine andere in den Vordergrund. Er sah Vera vor sich, die die Nachricht überbrachte, dass die Ratsmitglieder Caro aus ihrem Wassergefängnis befreit hatten.

Darauf war eine Diskussion gefolgt. Sie jetzt zu retten könnte alles zunichtemachen, worauf sie hinarbeiteten, nicht nur in Bezug auf Osiris, sondern auch in Bezug auf Astasiyas Sicherheit. Sie war zu jung und würde ihrem Einfluss erliegen. Wenn die Seraphim sie jetzt finden würden, wäre alles, was Sethios und Caro aufgegeben hatten, umsonst gewesen.

Nein, sie mussten den Dingen ihren Lauf lassen. Eine Reformation würde nicht schaden. Es würde Caro nur in einen Schwebezustand versetzen, in dem ihr Geist ständig auf alle Anzeichen von Emotionen überwacht würde. Ein anderer Seraph würde sie zurückholen, um sie auf ihre wahre Bestimmung umzuprogrammieren, nämlich ein Leben zu führen, in dem sie einen praktischen Nutzen erfüllte.

Sie war in diesem Umfeld aufgewachsen. Dann hatte Sethios alles verändert. Er würde es einfach noch einmal tun müssen.

»Es war der beste Weg«, flüsterte Vera jetzt und riss Gabriel aus seinen Gedanken.

Als Nächstes zeigte sie ihm die Erinnerung, wie sie auch Leelas Verstand verändert hatte. Sie hatte das Wissen darüber, was die Ratsmitglieder getan hatten, entfernt und kleine Veränderungen eingefügt, die sie davor bewahren sollten, entdeckt zu werden.

Keiner wusste, dass sie nach Caro suchten.

Vera hatte alles inszeniert und die Erinnerungsschleife im Verstand seiner Mutter verformt, um dafür zu sorgen, dass die regelmäßigen Ausbrüche unbemerkt blieben.

»Aber sie schafft es immer wieder, sie aufzutrennen«, murmelte Vera und riss Gabriel aus seinen Gedanken. »Deine Mutter ist viel mächtiger, als ihr bewusst ist. Sie greift immer wieder auf diese Hintertür zu, weil sie sie als Verbindung zu ihren Bindungen sieht. Ich muss sie jedes Mal wieder hinauswerfen, damit die anderen nicht bemerken, was ich getan habe.«

»Warum zeigst du mir das jetzt?«, fragte Gabriel, dessen Stimme nur noch ein Krächzen war, während der Energiestrom durch seinen Kopf rauschte und Pfade öffnete, die von dem Seraph neben ihm auf magische Weise verändert worden waren.

»Weil du bereits weißt, dass sie Caro haben. Adriel hat dich über die Entscheidung des Rates informiert, sie zu rehabilitieren, und du hast zugestimmt.«

Eine weitere Erinnerung drängte sich ihm auf. Er sah das goldene Haar und die feuerroten Flügel seines Vaters vor sich – beides Eigenschaften, die Gabriel von ihm geerbt hatte.

Er war nur wenige Stunden, nachdem Gabriel Astasiya bei den Davenports abgesetzt hatte, in Gabriels Haus im Südpazifik eingetroffen.

Und das war nur wenige Minuten, nachdem Vera erschienen war, um ihn vor Caros Schicksal zu warnen.

Adriel hatte ihm ganz unverblümt von Caros Entscheidung erzählt, ein Band mit Sethios einzugehen und ein Leben zu schaffen, das sie dann versteckt hatte. Dann hatte er seine Ausführungen mit einem knappen »Sie wird rehabilitiert und von ihrer gespaltenen Denkweise geheilt werden« geendet.

Gabriel hatte stumpfsinnig erklärt, dass er es für die richtige Vorgehensweise hielt.

Und das war alles gewesen.

Er hatte das Schicksal seiner eigenen Mutter besiegelt.

Dann war Vera zurückgekehrt, um die Erinnerungen mit Gabriels Erlaubnis zu entfernen.

»Benutze das hier«, sagte sie eindringlich und warf einen Blick auf ihr Handgelenk, an dem ein Armband mit violetten Lichtern blinkte.

Ah, ein Frequenzstörer, dachte er. *Sie wollte also, dass dieses Gespräch privat bleibt.*

»Wir haben nur dreißig Sekunden, bevor die Überwachungsgeräte um uns herum zurückgesetzt werden. Die Audio- und Videoaufzeichnungen werden wieder einsetzen. Du hast genügend Informationen, mit denen du arbeiten kannst. Lass mich nicht im Stich.«

Gabriel starrte sie an. »Welche meiner Erinnerungen hast du sonst noch verändert?« Er konnte spüren, dass es noch weitere gab. Sehr viele sogar.

Sie schenkte ihm ein geheimnisvolles Lächeln. »Wer sagt denn, dass diese überhaupt real sind und ich mir das nicht alles nur ausgedacht habe?«

Stets der schelmische Engel. Sie glich in keiner Weise einem typischen Seraph. Aus diesem Grund waren sie und Leela so eng miteinander befreundet, denn sie fanden beide keinen Gefallen an der stoischen Natur ihrer Rasse.

»Du hast Astasiya die Treue geschworen.« Er war zwar nicht in der Lage, es wahrzunehmen, doch er spürte die Wahrhaftigkeit ihrer Worte tief in seinem Inneren. Wahrscheinlich lag es daran, dass er sich jetzt daran erinnern konnte. Allerdings hatte er den Schwur geleistet, als Astasiya noch ein Baby und nicht sieben Jahre alt gewesen war. Und das bedeutete, dass er noch andere Gedächtnislücken aus dieser Zeitspanne ihres Lebens hatte.

Es sei denn, es war alles eine Lüge.

Er runzelte die Stirn.

Seine Schwester würde in der Lage sein wahrzunehmen, falls Vera ihr die Treue geschworen hatte. Genauso wie sie imstande sein würde, seine Loyalität ihr gegenüber zu spüren, wenn sie tief genug danach suchte.

Gabriel betrachtete Vera und wog die Wahrscheinlichkeit ab, dass alles nur eine List war. Er könnte sie fragen, wie es möglich war, dass die Mitglieder des Rates ihren Loyalitätswechsel noch nicht entdeckt hatten. Doch dieselbe Frage könnte sie ihm auch stellen. Die Mitglieder wussten nichts davon, dass er seiner Schwester die Treue geschworen hatte, weil sie ihr noch nie begegnet waren. In dem Moment, in dem sie ihr gegenüberstanden, würden sie die Verbindung zwischen ihnen spüren und erkennen, dass seine Loyalität ihr statt dem Hohen Rat galt.

Doch da es bisher keinen Anlass gegeben hatte, sein Verhalten zu untersuchen, war niemand auf die

Veränderung aufmerksam geworden. Es war gut möglich, dass dies der Zweck der heutigen Unterredung war.

In Anbetracht seines merkwürdigen Verhaltens in letzter Zeit hatten sie wahrscheinlich sein Wesen genauer untersucht und die Wandlung in ihm bemerkt. In diesem Fall würden sie ihn aus der Gesellschaft der Seraphim verbannen. Es wäre eine Strafe, die er mit Freuden akzeptieren würde.

Allerdings hatte Vera in den letzten fünfundzwanzig Jahren viel Zeit im Rat verbracht. Es überraschte ihn, dass niemand ihren Mangel an Loyalität gegenüber den höhergestellten Seraphim bemerkt hatte.

Es sei denn, sie hatte ihre Fähigkeit benutzt, um auch ihr Gedächtnis zu beeinflussen, damit sie sich nicht daran erinnerten, sie ertappt zu haben.

Astasiya war die Einzige, die die Existenz des Schwurs bestätigen konnte, aber er hatte im Moment keine Möglichkeit, sie danach zu fragen. Darüber hinaus würde er sie erst unterweisen müssen, bevor sie imstande wäre, das Band wahrnehmen zu können. Dafür blieb ihm jedoch keine Zeit mehr, da der Rat jetzt seine Anwesenheit verlangte.

»Wenn das alles nur ein mentaler Trick ist, dann ist mein Schicksal ohnehin bereits besiegelt«, fügte er hinzu. »Ich werde mich einfach entschließen müssen, dir zu vertrauen.«

»Eine weise Entscheidung«, erwiderte sie, als ihre Iriden begannen, blaugrün zu schimmern, während sie ihre Flügel entfaltete. »Viel Glück, Gabe«, flüsterte sie und ihr Armband gab einen leisen Piepton von sich, bevor sie aus dem Blickfeld verschwand.

Er schluckte, dann warf er einen Blick auf das riesige Gebäude hinter sich.

Er hatte seine Worte ernst gemeint. Sein Schicksal war bereits besiegelt. Wenn sich ihre Manipulation als Lüge herausstellte, würde er in einer Rehabilitationskammer neben seiner Mutter landen.

Wenn die Erinnerungen jedoch echt waren, hatte er damit eine reale Karte in der Hand, die er jetzt ausspielen konnte.

KAPITEL ELF

SETHIOS

»Du kannst nicht einfach so dort reinmarschieren, Sethios. Die Schutzsymbole werden dich kampfunfähig machen und du wirst schutzlos an irgendeiner Küste enden.« Leela hatte die Hände in ihre wohlgeformten Hüften gestemmt und ihr blondes Haar zu einem Pferdeschwanz zusammengebunden.

Sethios hatte sie allein in Balthazars Haus vorgefunden. Er hatte sich nicht die Mühe gemacht, sie zu fragen, was sie hier getrieben hatte, da seine erste und einzige Frage Caros Aufenthaltsort gegolten hatte.

Astasiya und Issac waren ihm gefolgt. Jetzt saßen sie auf der Couch im Wohnzimmer und beobachteten, wie Sethios gegen Leelas logische Argumente ankämpfte.

Ich kämpfe, um zu verlieren, dachte er verärgert. »Ich kann nicht einfach hier sitzen und Däumchen drehen, Leela. Wir wissen, wo sie ist. Du könntest mich doch einfach in ihre Zelle teleportieren. Ich werde dann den Rest erledigen.«

»Sicher, das würde voraussetzen, dass ich weiß, wo sich ihre Zelle befindet.« Sie verdrehte die Augen. »Außerdem habe ich es dir bereits dreimal gesagt, du musst erst an den Barrieren vorbeikommen. Und das ist *unmöglich*. Du bist kein eingeweihtes Mitglied der seraphischen Gesellschaft. Die

Barrieren werden zur Verteidigung das Feuer auf dich eröffnen. Sie werden dich vielleicht nicht töten, aber sie werden dich brechen.«

»Gabriel kümmert sich darum«, warf eine Stimme ein, als er zwei dunkelblaue Federn aus dem Augenwinkel erblickte. »Er trifft sich gerade mit dem Rat«, fügte Vera hinzu, die im Nu ihre körperliche Gestalt annahm. »Außerdem ...« Sie berührte Leelas Kopf, woraufhin die Frau zusammenzuckte.

»Was tust du da?«, wollte Balthazar wissen, der Leela anstarrte, als er von Lucian gefolgt das Haus betrat. Er ging auf Vera zu, doch sie hielt ihre freie Hand in die Höhe, um ihn aufzuhalten. Ihre gebieterische Aura ließ die beiden Ältesten neben der Couch verharren.

»Warum hast du uns nicht darüber informiert, dass der Rat Caro in Gewahrsam hat?«, fragte Sethios streitsüchtig. »Und was zum Teufel tust du da?«

»Wir haben sie gebeten, unsere Erinnerungen daran auszulöschen«, hauchte Leela, als sich ihre blaugrünen Augen mit Tränen füllten. »Oh, Vera.«

»Schon gut. Ich bin fast fertig.«

»Sie kann Erinnerungen manipulieren?«, fragte Balthazar und verengte die Augen.

Vera bedachte ihn mit einem Grinsen. »Du bist nicht der Einzige, der sich in Gedankenspielchen übt, Schätzchen.«

In seinen braunen Augen spiegelte sich ein argwöhnisches Funkeln wider, als er Leela ansah. »Wir sind uns schon einmal begegnet.«

Sethios blickte zwischen den beiden hin und her und runzelte die Stirn. Dann schüttelte er den Kopf. »Erzähl mir von Caro, Vera. Sofort.« Er untermalte jedes Wort mit der Kraft der Überzeugung, woraufhin der gedankenmanipulierende Seraph ein verärgertes Schnauben ausstieß.

117

»Geboren wurde sie in ...«

»Sag mir, wo sie sich gegenwärtig befindet«, formulierte er den Befehl neu, da er sich keine Zusammenfassung von Caros Lebensgeschichte anhören wollte. Er brauchte nur ihren momentanen Aufenthaltsort.

»In einer Rehabilitationskammer der Seraphim, die für dich unerreichbar ist, also denke nicht einmal daran, es zu versuchen.«

»Ich könnte dich zwingen, mich zu ihr zu bringen«, knurrte er. Ihm war längst der Geduldsfaden gerissen.

Sie zuckte mit den Schultern. »Also schön. Allerdings werden wir dabei beide den Tod finden.«

»Wir werden uns regenerieren.«

»Ja. In unseren eigenen Rehabilitationskammern«, murmelte sie und verdrehte die Augen, wie auch Leela es vorhin getan hatte. »Schalte deinen Verstand ein, Sethios. Lass es mich erklären. Wenn du mich danach immer noch zwingen willst, dich zu Caro zu bringen, dann werden wir es eben untereinander ausfechten müssen und sehen, wer von uns beiden der Stärkere ist. Aber vergiss nicht, du bist wesentlich jünger als ich. Darüber hinaus war ich imstande, deinen Vater lange genug außer Gefecht zu setzen, damit deine Tochter dich retten konnte.«

»Ich will hören, was sie zu sagen hat«, warf Astasiya mit sanfter Stimme ein, bevor Sethios etwas erwidern konnte.

Er spannte den Kiefer an, als er von Wut gepackt wurde.

Sie hatten schon so viel Zeit vergeudet, während sein Engel weiter leiden musste. Jetzt, wo sie ihren Standort kannten, wollte er sie retten. Es bereitete ihm körperliche Schmerzen, nicht zu ihr gehen zu können. Dann warf er jedoch einen Blick auf seine Tochter und nickte. Ein zärtlicher Teil von ihm, der nur für sie und Caro existierte, verstand die Zweckmäßigkeit ihrer Bitte.

»Fasse dich kurz«, brachte Sethios zwischen zusammengebissenen Zähnen hervor.

»Caros Mission vor fünfundzwanzig Jahren war es, Osiris ein Edikt zu überbringen. Sie scheiterte und meldete sich nie zurück. Die Mitglieder des Rates haben nie versucht, sie ausfindig zu machen, da sie aufgrund ihrer Blutlinie die Fähigkeit hat, im Verborgenen zu bleiben. Sie wussten, dass jeder Versuch aussichtslos gewesen wäre. Dennoch trafen sie sich, um darüber zu diskutieren, ob sie ihre Mutter aufwecken sollten oder nicht. Die Prophezeiung der Schicksalsgöttinnen hinsichtlich Astasiya lenkte die Diskussion jedoch in eine andere Richtung.«

»Und das ist also alles vor fünfundzwanzig Jahren geschehen?«, fragte Sethios.

»Es geschah kurz nach Astasiyas Geburt, als du und Caro das Blutsband eingegangen seid«, flüsterte Leela. Sie hatte die Augen aufgerissen, als sich ihr dank Veras Manipulation eine neue Erinnerung aufdrängte. »Die Mitglieder des Rates erkannten, dass Caro das Kind nicht mit zurückbringen würde, wobei wir alle wissen, dass dies der eigentliche Grund für ihre Mission war. Deshalb trafen sie sich, um die Möglichkeit zu besprechen, sie ausfindig zu machen. Dann änderte sich die Prophezeiung jedoch.«

»Ja«, bestätigte Vera. »Ich war dabei Zeuge und habe euch allen Bericht erstattet.«

»Dann hast du Vera gebeten, die Erinnerung zu löschen«, fügte Leela hinzu.

»Ich habe *was* getan?« Es schien völliger Blödsinn zu sein. »Warum zum Teufel sollte ich das tun?«

»Um Astasiya zu beschützen«, antwortete Vera. »Der Rat hat Chanara nicht aufgeweckt, um Caro zu finden. Sie wurde aufgeweckt, um deine Tochter aufzuspüren.«

Seine Lippen bewegten sich, ohne dass er ein Wort äußerte. Er konnte sich an nichts von alledem erinnern.

Offensichtlich hatte er sie darum gebeten, es aus seinem Gedächtnis zu löschen.

»Ihr wolltet nicht riskieren, dass der Rat herausfindet, was ihr beide über Chanara wusstet«, erklärte Leela. »Uns war klar, dass Chanara hinter Caro her sein würde, wenn sie bei der Suche nach Astasiya erfolglos blieb. Deshalb habt ihr euer Spiel mit Osiris getrieben. Fast sieben Jahre, nachdem der Rat befohlen hatte, Chanara zu wecken.«

»Dieser Zeitraum ist erforderlich, um einen alten, schlafenden Seraph zu wecken«, schloss Vera. »Ihr wusstest immer, dass Osiris euch finden würde. Die Frage war nur wann. Und das haben wir alle zu unserem Vorteil genutzt.«

»Euer Opfer war sogar mächtiger, als euch bewusst war«, flüsterte Leela voller Ehrfurcht. »Der Rat hat versucht, Astasiya durch Caro zu finden, weil Chanara weiterhin versagt hat. Sie war in der Lage, Caro zu finden, aber eure Tochter hat sie nicht aufspüren können.«

»Die Rune«, warf Lucian ein. »Sie schützt nicht nur vor ichorianischen Kräften.«

»Das ist richtig.« Vera schenkte ihm ein Grinsen. »Aufgrund einer Prophezeiung von Skye war sie ursprünglich nur dazu gedacht, Ichorianer abzuwehren. Als wir jedoch erfuhren, dass Chanara erweckt worden war, hat Caro einige Veränderungen daran vorgenommen, um Stas vor ihrer eigenen Blutlinie zu verbergen.«

»Dann habt ihr also eure Erinnerungen an die Entscheidung, Chanara zu wecken, und an die Pläne, die ihr daraufhin geschmiedet habt, gelöscht, damit der Rat nichts von der Schutzrune erfahren würde«, interpretierte Lucian ihre Worte, um sie den anderen im Raum verständlich zu machen. »Das ist eine brillante Strategie. Aber wie hast du dafür gesorgt, dass Osiris sie findet?«

»Über Gabriel und Ezekiel. Wie ich schon sagte, wir wussten alle, dass es unvermeidlich war. Und er bot überdies die perfekte Tarnung, um den Rat abzulenken. Astasiya verschwand, während Osiris Caro hatte, was dazu führte, dass Caro nicht sagen konnte, was an jenem Tag mit ihrer Tochter geschehen war.«

»Weil du ihre Erinnerung an Gabriels Ankunft verändert hast«, sagte Sethios, wobei er es eher als eine Feststellung statt einer Vermutung formulierte. Es war eine einleuchtende Lösung. Andernfalls hätten die Seraphim ihre Verbindung während des Verhörs entdeckt. Wenn die Ichorianer und Hydraianer Gedankenleser hatten, dann gab es auch himmlische Wesen, die über diese Fähigkeit verfügten, denn die Seraphim hatten die gesamte Menschheit hervorgebracht.

»Ich habe all ihre Erinnerungen an Gabriel verändert«, bestätigte sie. »Der Rat hat – oder besser gesagt, hatte – keine Ahnung, dass er in all das verwickelt war. Bis heute.«

»Wie war es möglich, dass sie ihn nicht einmal im Verdacht hatten?«, fragte Astasiya verwirrt. »Er ist mein Bruder. Wer sonst hätte mich an jenem Tag entführen sollen?«

»Weil er den Ratsmitgliedern nie einen Grund gegeben hat, seine Loyalität infrage zu stellen«, antwortete Vera. »Als sie ihn über ihre Absichten informierten, seine Mutter zu rehabilitieren, gab er ihnen seine Zustimmung und erklärte, dass es nach allem, was sie getan hatte, notwendig sei. Für seinen Vater, der ein Mitglied des Rates ist, gab es keinen weiteren Grund, Gabriel zu befragen. Er ließ ihn in Ruhe, damit er seine Mission fortsetzen konnte, die Entwicklungen der CRF zu überwachen.«

»Er hat diesen Auftrag absichtlich angenommen, um sich in der Nähe von Menschen aufhalten zu können«, sagte Leela. »Niemand hat ihm Beachtung geschenkt. Er spielte das Spiel perfekt.«

»Bis seine Tarnung diese Woche aufgeflogen ist, weil sich

all die entarteten Wesen in seinem Haus aufgehalten haben. Es war bereits schwer genug, Owen zu verstecken. Was die anderen anging, nun, er hat es irgendwann einfach aufgegeben.« Vera zuckte mit den Schultern. »Er wusste, dass die Mitglieder des Rates ihn zu sich rufen würden, was sie hiermit getan haben. Ich habe versucht, ihm so viele Erinnerungen wie möglich zurückzugeben, aber die Informationen über Chanara habe ich zurückgehalten. Ich wollte, dass er aufrichtig überrascht ist, sie zu sehen. Niemand hat ihm je von ihrem Erwachen erzählt, also musste ich dafür sorgen, dass es so bleibt.«

»Dann hast du also mit unser aller Erinnerungen gespielt«, sagte Sethios belustigt und verärgert zugleich. Hauptsächlich war er verärgert. Sicher, er hatte offensichtlich zugestimmt und es vielleicht sogar vorgeschlagen, doch das bedeutete verdammt noch mal nicht, dass ihm die Konsequenzen gefallen mussten. »Was hast du sonst noch verändert, Vera?«

Er wusste es besser, als den Seraph beim Wort zu nehmen. Sie verbarg immer noch das eine oder andere Detail.

»Ich habe die Erinnerungsschleife geschaffen, die Stas und Gabriel in ihren Träumen gesehen haben. Ich habe euch auch die Vision heute früh geschickt, damit ihr euch in Bewegung setzt.«

»Dann war es also wirklich eine Erinnerungsschleife. Sie ist nicht mehr am Ertrinken.« Astasiya klang erleichtert, doch dann setzte sie eine ungläubige Miene auf. »Und du hast es getan, um uns alle davon abzuhalten, Caro zu finden.« Das war keine Frage, sondern eine Feststellung.

Dennoch bestätigte der Seraph ihre Worte mit einem: »Ja. Es war der einzige Weg, um sicherzustellen, dass Gabriel nicht versuchen würde, sie vor dem Rat zu retten – was übrigens seine Idee war. Er durfte die Aufmerksamkeit der

Ratsmitglieder nicht auf sich ziehen, damit er deinen Aufenthaltsort nicht preisgeben würde.«

»Weil sie ihn nie verdächtigt haben, an der Sache beteiligt zu sein«, folgerte Astasiya.

»Richtig«, stimmte Vera zu. »Es gab nie einen Grund zu vermuten, dass er etwas mit deinem Verschwinden zu tun hat.«

»Das Konzept der Familientreue ist unter den Seraphim nicht gebräuchlich«, führte Leela weiter aus. »Wir wurden erschaffen, weil die Schicksalsgöttinnen uns einen Partner und ein Datum für die Fortpflanzung zugewiesen haben. Das ist nicht gerade romantisch und fördert auch nicht die Bildung einer wirklichen Bindung.«

»Ein zuverlässiger Kontrollmechanismus«, fügte Lucian nachdenklich hinzu. Er hatte sich nicht von seinem Platz neben der Couch wegbewegt, während der andere Älteste jedoch in der Küche verschwunden war. Wahrscheinlich lauschte er immer noch jedem Wort, während er sich mit etwas anderem beschäftigte.

Vielleicht hatte er etwas zu essen gefunden.

Wenn Sethios während der letzten Woche in Gabriels Haus etwas gelernt hatte, dann, dass die Hydraianer ständig mit essen beschäftigt waren.

»Wie du schon sagtest«, fuhr Lucian fort, »wenn alles von einer Regierungsstruktur diktiert wird, ist es schwierig, Bindungen oder Beziehungen aufzubauen. Damit wird sichergestellt, dass die Loyalität der Seraphim der Hierarchie statt einem anderen Wesen gilt. Deshalb hätten sie auch keinen Grund, von Gabriel zu erwarten, dass er seiner Mutter hilft.«

»Und die Tatsache, dass er auf Adriels Nachricht von ihrer Rehabilitierung nur insofern reagierte, indem er ihr zustimmte, bestätigte seine mangelnde Beteiligung nur noch mehr«, fügte Leela hinzu.

»Warum erzählst du uns das jetzt?«, fragte Astasiya. Sethios kannte den skeptischen Unterton in ihrer Stimme nur zu gut, denn Caro hatte ihn häufig ihm gegenüber angewandt. »Warum nicht schon vor einer Woche?«

»Es war noch nicht der richtige Zeitpunkt«, antwortete Vera.

»Der richtige Zeitpunkt wäre gewesen, als wir letzte Woche angefangen haben, nach Caro zu suchen«, entgegnete Astasiya. »Stattdessen hast du uns mit Visionen bedrängt, die meinen Bruder und meinen Vater direkt in Osiris' Falle geführt haben.«

Ihre Besorgnis erwärmte Sethios auf eine Weise, die er in seinem langen Leben noch nicht gespürt hatte. Eine Tochter zu haben hatte bestimmte Gefühle in ihm geweckt, von deren Existenz er nie etwas geahnt hatte. Und es schien, als wäre sie noch nicht fertig damit, seine Weltanschauung zu verändern.

Ich wünschte, du wärst hier, um sie zu sehen, Caro. Sie ist wirklich großartig. Genau wie du, dachte er. Trotz des beunruhigenden Gegenstands ihrer Unterhaltung wurde er von überwältigendem Stolz gepackt.

»Möglicherweise, aber was hättest du dann getan?«, entgegnete Vera und zog eine braune Augenbraue in die Höhe. »Wärst du zum Hohen Rat marschiert und hättest ihre Freilassung gefordert?«

Astasiya antwortete nicht, sondern verengte nur ihre grünen Augen zu dünnen Schlitzen.

Sie hat meine Augen, aber deinen feurigen Geist, mein Engel, dachte er. Beim Anblick seiner starrköpfigen Tochter verspürte er einen stechenden Schmerz im Herzen. *Wir haben ein Meisterwerk geschaffen.*

Vera antwortete auf Astasiyas Blick mit einem Schnauben. »So funktioniert unsere Gesellschaft nicht, meine Kleine. Sie brauchen einen rationalen Grund, um einzuwilligen. Und genau den wird Gabriel ihnen in Kürze liefern. Zumindest wenn er die Erinnerungen benutzt, die ich ihm zur Verfügung gestellt habe.«

»Es sei denn, die empathischen Kräfte haben eine Auswirkung auf ihn«, sagte Balthazar, der mit einer Art fruchtigem alkoholischen Getränk in der Hand ins Wohnzimmer zurückkam.

»Welche empathischen Kräfte?«, fragte Vera.

»Die Fähigkeit, die er sich von Clara einverleibt hat«, erklärte Balthazar, während er Leela anstarrte. Er reichte ihr das Getränk mit einem wissenden Blick. »Rum und Punsch. Ich denke, es wird dir schmecken.«

Der weibliche Seraph war blass geworden, während sich ihre Finger um das Glas schlossen und sie antwortete: »Ich trinke eigentlich lieber Wein.«

»Lügnerin«, beschuldigte er sie. »Du liebst fruchtige Mixturen. Genauso wie Sekt mit Orangensaft, wenn ich mich recht erinnere.«

Sie errötete, dann bedachte sie Vera mit einem vorwurfsvollen Blick.

»Was meinst du damit, dass er sich ihre Fähigkeiten einverleibt hat?«, fragte Leela, die sich von dem mörderischen Blick ihrer Freundin nicht aus der Ruhe bringen ließ.

Es reichte. Sethios hatte genug von diesem Hin und Her. Er war schon vor Stunden mit seiner Geduld am Ende gewesen und mittlerweile war ihm alles egal. Es wurde langsam Zeit, dass Vera ihm Einzelheiten nannte und aufhörte, seine Zeit mit belanglosen Details zu vergeuden.

»Er hat Clara mit einem Messer geschnitten und die Klinge abgeleckt, woraufhin er die Fähigkeit hatte, Emotionen zu spüren. Zumindest war das unsere Interpretation der Ereignisse«, antwortete er schnell. »Und jetzt gib mir meine Erinnerungen zurück.«

Er formulierte es nicht als eine Bitte, sondern befahl es ihr, indem er sie seinem Willen unterwarf. »Ich wehre mich nur nicht dagegen, weil ich weiß, dass es wehtun wird«, knurrte sie und legte ihm eine Handfläche an den Kopf. »Viel Vergnügen.«

KAPITEL ZWÖLF

CARO

IRGENDETWAS GING VOR SICH. Caro konnte es nicht definieren, aber sie spürte die Qualen, die mit der Veränderung einhergingen und irgendwo tief aus ihrem Inneren kamen.

Neugierig folgte sie dem dünnen Strang, um die Quelle zu bestimmen. Gerade noch war es ihr gut gegangen, während sie allein dahingeschwebt war. Im nächsten Moment hatte sich dieser Schmerz durch ihr Herz gebohrt und ihr Innerstes zu einem Knoten verdreht, den sie nicht zu lösen vermochte.

Was ist das?, fragte sie sich, während sie dem schimmernden Strang folgte. Ein Teil von ihr erkannte, dass er nicht echt war. Es war nur ein geisterhaftes Band unbekannter Herkunft. Eigentlich ergab es keinen Sinn, diesem Faden zu folgen. Doch wahrscheinlich hatte sie einen guten Grund dafür, weil sie den Schmerzen ein Ende bereiten wollte.

Caro schwamm suchend weiter.

Solch eine alarmierende Störung. Sie war in Frieden und umgeben von nichts als Sonnenlicht dahingeschwebt und hatte nur darauf gewartet zu existieren. Dann hatte dieses Ding in ihrer Brust angefangen, ihr Schmerzen zu bereiten.

Sie fand den hauchdünnen Faden, dessen Enden nicht greifbar waren. Natürlich, denn sie existierten nicht. Zumindest nicht im physischen Sinn. Doch ihr Geist erkannte sie.

Es war eine merkwürdige Erfahrung, die sich ihrer Logik widersetzte. Und aus genau diesem Grund folgte sie dem Pfad. Es diente durchaus einem angemessenen Zweck, den Ursprung zu bestimmen und über das seltsame Gefühl Bericht zu erstatten.

Wem soll ich Bericht erstatten?, fragte sie sich. Wann hatte sie zum letzten Mal überhaupt mit einem anderen Wesen außerhalb der Hirngespinste in ihrem Kopf gesprochen?

Sie dachte über das letzte Hirngespinst nach, welches eine sonore, tiefe Baritonstimme war, die immer wieder in ihre Gedanken eindrang. Caro mochte diese Stimme sehr, was sie allerdings leicht beunruhigte. Eigentlich dürfte sie überhaupt nichts mögen. Welchem Zweck diente das Vergnügen? Im Grunde gar keinem.

Dennoch ertappte sie sich dabei, dass sie darauf wartete, ihn sprechen zu hören, und vermisste ihn, wenn er schwieg. Er erzählte ihr seltsame Dinge über ihre gemeinsame Tochter.

Ihre Tochter. Sie grübelte über diesen Ausdruck nach und war neugierig zu erfahren, was er zu bedeuten hatte. Sie hatte sich fortgepflanzt, aber die Erinnerungen waren verschwommen.

Hm. Sie verdrängte sie und jagte dem Schmerz bis in ihr Innerstes hinterher, um die Quelle zu finden.

Dann stürzte sie kopfüber in eine Realität, die für sie wenig Sinn ergab.

Sie drehte sich im Kreis und hielt vor dem Kamin inne, der Wärme abstrahlte. Die Sonne schien nicht. Stattdessen glitzerte das Mondlicht draußen auf dem Schnee. Bei dem Anblick öffnete sie den Mund. So schön, so …

»Caro?«, dröhnte eine tiefe, männliche Stimme hinter ihr.

»Ich bin fast fertig«, hörte sie sich selbst sagen.

Sie runzelte die Stirn, da sie nicht verstand, wie sie gesprochen hatte, ohne ihren Mund zu bewegen. Dann drehte sie sich um und sah sich selbst auf der Couch neben einem gut aussehenden brünetten Mann sitzen. Er hielt ein winziges Kind in seinen Armen.

Allerdings lag das Baby nicht in einer Position, in der man für gewöhnlich einen Säugling halten würde.

Das Kind lag bäuchlings auf seinem Unterleib, während er mit seiner großen Hand sanft das Gesicht des Babys ein paar Zentimeter über seinem Oberschenkel streichelte. Der Unterleib lag ausgestreckt auf seinem Schoß. Das Kind schlief tief und fest, was verwunderlich war, denn diese Haltung sah ganz und gar nicht bequem aus. Es sei denn, das Mädchen war Bauchschläferin.

Caro schlich sich näher heran, um zu sehen, was die andere Frau gerade tat. *Ich*, dachte sie. *Was ich gerade tue.*

Es war seltsam, sich selbst auf diese Weise zu beobachten, doch sie war viel zu fasziniert, um die bizarre Situation zu hinterfragen. Stattdessen sah sie zu, wie die Magie aus ihren Fingerspitzen floss, mit denen sie den Rücken des Kindes liebkoste.

Eine Rune, erkannte sie und riss die Augen auf. *Ich erschaffe eine Rune.*

»Du hast sie in ein Herz verwandelt«, sagte der Mann.

»Ja, ich habe sie getarnt«, antwortete sie mit einem Lächeln in der Stimme. »Es schien angemessen, da sie unser kleines Herz ist.«

Der Mann verzog die Lippen zu einem atemberaubenden Lächeln, das Caro innehalten ließ. *Ich kenne diesen Blick.* Er durchströmte sie mit einer fremdartigen

Wärme, die sich bis in die letzte Zelle ihres Körpers ausbreitete.

Es war so viel besser als der Schmerz, der tief in ihrem Inneren lauerte.

»Sie wird sie weiterhin vor den Ichorianern schützen, genau wie Leela es mit dem ursprünglichen Mal beabsichtigt hatte. Aber jetzt wird es sie zusätzlich vor meiner familiären Blutlinie verbergen.« *War meine Stimme schon immer so sanft?*, fragte Caro sich. »Wir werden Vera bitten, unser Gedächtnis dahingehend zu manipulieren, dass wir uns nur noch an Ersteres erinnern, jedoch vergessen, dass wir sie vor der Blutlinie verbergen.«

»Dasselbe sollten wir auch für Gabriel tun«, murmelte der Mann.

»Ja«, stimmte Caro zu. »Und für Leela ebenfalls.« Sie seufzte. Der Zauber flackerte auf, als sie die Rune mit einem letzten Strich des Brandstifts versiegelte. Es handelte sich dabei um ein winziges, nadelähnliches Objekt, das hautverändernde Tinte absonderte. Sie legte ihn beiseite und sah dem Mann in die Augen. »Es ist vollbracht.«

»Wie lange wird es dauern, bis es verheilt ist?« In der Stimme des Mannes lag ein Anflug von Besorgnis, der Caro von Neuem mit einer wohligen Hitze durchströmte.

»Höchstens ein paar Stunden.«

»Sollen wir es verbinden?«

»Nein. Aber wir sollten die Stelle nicht bedecken.« Sie blickte zur Treppe. »Wir sollten sie in die Wiege legen und sie schlafen lassen.«

»Sie wird nicht aufwachen, bis ich den Bann löse«, antwortete er und drehte das kleine Kind vorsichtig in seinen Armen, um es richtig zu halten. Er blickte mit seinen grünen Augen lächelnd und voller Stolz auf das kleine Mädchen herab. »Wie kann etwas so Winziges zu etwas so Großem bestimmt sein?«

Caro folgte seinem Blick und verspürte einen sehnsuchtsvollen Stich im Herzen. Sie mochte den Schmerz nicht sonderlich, den dieser flüchtige Blick verursachte. Dennoch ertappte sie sich dabei, wie sie vorwärts schlich, um das Kind genauer in Augenschein zu nehmen.

So wunderschön, dachte sie.

»Weil wir sie erschaffen haben«, hörte sie sich sagen. Mit einem Stirnrunzeln blickte Caro die Frau an und stellte fest, dass sie sie direkt anstarrte. »Sie ist unser.«

Unser?

Die Erinnerung verblasste und plötzlich fand sie sich im Schlafzimmer wieder. Der Mann war gerade dabei, der Frau das Kleid auszuziehen und sie aufs Bett zu legen, während das Baby im angrenzenden Kinderzimmer tief und fest schlief.

Was tust du da?, fragte sie sich selbst, während sie immer noch verwirrt von dem plötzlichen Wandel war. *Wo ist das zeremonielle Gewand? Was für ein Kind willst du jetzt zeugen?*

Denn es bestand kein Zweifel daran, dass sie die Absicht hatten, sich zu paaren. Doch es schien, als würden sie es aus Gründen der Selbstverwirklichung und nicht aus praktischem Anlass tun.

Warum sollte ich so etwas tun?

Ein Stöhnen entfuhr ihren eigenen Lippen, als der Mann sich einen Weg nach unten zu der Stelle zwischen ihren Schenkeln leckte. Caro spannte die Beine an, als würde dasselbe auch mit ihr geschehen – und wahrscheinlich tat es das auch.

Es war ein seltsames Gefühl, etwas von außerhalb ihres eigenen Körpers zu beobachten und es doch tief im Inneren zu spüren.

Ihr Magen verkrampfte sich, als die Frau sich auf dem Bett wand und der Mann sie in einem Wirbelsturm aus Ekstase und Kraft verschlang.

Oh, dachte sie, als ihre Seele bei der Erinnerung an das Gefühl erbrannte. *Oh, das gefällt mir.*

Ihre Knie begannen zu zittern und ihr Körper entflammte mit einer Sehnsucht, die sie schon seit so langer Zeit nicht mehr gespürt hatte. *Ja. Mehr.* Sie schloss die Augen und tat so, als wäre sie die Frau auf dem Bett. Das Stöhnen und Keuchen waren ihr so vertraut, dass sie fast an ihrer Stelle sein könnte, um seine Zähne an ihrer empfindsamen Spalte und seine Zunge an ihrer Klitoris zu spüren.

Sie wölbte sich auf, als die Verzückung auf einer Flutwelle der Empfindungen aus ihr herausschwappte.

Sie schrie seinen Namen … Sethios … und kam mit einer solchen Heftigkeit zum Höhepunkt, dass sie glaubte zu sterben.

Aber als sie die Augen wieder öffnete, lag sie unter ihm. Er blickte sie voller Bewunderung und Sinnlichkeit an, als er in sie eindrang, sie zu neuen Höhen trieb und sie zwang, die unpraktische Natur des Ganzen zu vergessen.

Für ein paar Augenblicke vergaß sie ihre eigene Existenz. Sie hörte auf, darüber nachzudenken, dass dies nicht real sein konnte, und erlebte einfach nur seine Zärtlichkeit, seine Liebe und den *Schmerz*.

Er bohrte seine Zähne in ihren Hals, trank ihr Blut und durchbrach all ihre Schutzschilde, wobei ihr ganzer Körper von einer Gänsehaut überzogen wurde. Sie schrie auf und stürzte erneut kopfüber in die Besinnungslosigkeit, als er in sie hineinstieß und sie mit einer Kraft nahm, die auf wunderbare Weise schmerzte und ihre Seele berührte.

Dies war ihr Leben.

Ihre Bestimmung.

Der Sinn ihrer Existenz.

Sie liebte diesen Mann. Diesen Sethios. Diesen Mann, der all ihre Überzeugungen erschüttert und ihre härtesten Vorsätze durchbrochen hatte.

Caro klammerte sich weinend an ihn, da die Zeit mit ihm viel zu kurz war. Das Opfer, das sie bringen würden, würde die Zukunft der Welt verändern. Doch was wäre, wenn es danach kein Zurück mehr gab?

Sie würde diese Angst nie aussprechen, genauso wenig wie das Wissen um das, was ihnen bevorstand.

Denn ihre Mutter würde sie finden, wenn es ihr nicht gelang, Astasiya aufzuspüren.

Caro würde die Rehabilitation ertragen müssen.

Und sie würde überleben.

Das war ihre Bestimmung, ihr einziges Geheimnis, das sie nie preisgab. Da Sethios für immer in ihre Seele eingebrannt war, konnte keines der Ratsmitglieder sie trennen. Sie würden es versuchen und sie würden scheitern. Sie würde zu ihm zurückkehren. Bis in alle Ewigkeit.

»Ich liebe dich«, flüsterte er, wobei er mit seinen Lippen über ihr Ohr strich. »Ich werde dich immer lieben.«

»Ich liebe dich auch«, hauchte sie. Und dieses Mal war sie es selbst. Es war ihre Stimme. Ihr Herz. Ihr Körper. Ihre Seele. Sie war in der Erinnerung versunken, war an sie gefesselt und wollte sie nicht mehr loslassen.

Er durchbohrte sie mit seinem Blick. »Komm zurück zu mir, Caro.«

»Ich bin doch hier.«

»Komm zurück zu mir, mein Engel.«

Sie runzelte die Stirn. »Ich bin hier.«

»Ich vermisse dich.«

Es ergab keinen Sinn. Wie konnte er sie vermissen? Er war in ihr und machte Liebe mit ihr. Doch dann begann alles zu verschwimmen, als die Erinnerung ihr entglitt und sie in einen Käfig aus Glas geworfen wurde.

Sie runzelte die Stirn. *Wo bin ich?*

Aus ihren Armen, ihren Beinen und aus ihrer Brust ragten Drähte. Außerhalb ihrer Kammer ertönte ein leises

Piepen. Der Raum war dunkel. Kalt. Es roch nach Antiseptika und Sterilität.

Caro fröstelte. An diesem Ort wollte sie nicht sein. Sie sehnte sich nach der Wärme von Sethios' Körper. Nach seiner Berührung, seiner Zunge, seiner Stimme.

Sie schloss die Augen und versuchte, zu ihm zurückzukehren, doch das Eis ihrer Umgebung drang in ihren Geist und ließ sie unter einer Welle der harten Realität ersticken.

Reformation.

Genau das hatte diese Glaskapsel zu bedeuten.

Hier gab es keine Sonne. Keinen Frieden. Es war alles nur ein Hirngespinst gewesen, eine Täuschung, um sie in einem falschen Gefühl der Ruhe zu wiegen, während sie sie von innen heraus umprogrammierten.

Doch sie war von einer Erinnerung wachgerüttelt worden, die so mächtig war, dass sie die Ketten um ihren Verstand zerbrochen hatte und sie zu vollem Bewusstsein gekommen war.

Wie lange hatte sie in diesem Ding geschlafen?

Sie begutachtete ihre verkümmerten Muskeln und ihre liegende Gestalt. Mehr war nicht nötig, um zu wissen, dass sie schon eine Weile hier war.

Caro bemühte sich, sich ihre letzte wirkliche Erinnerung ins Gedächtnis zu rufen, doch die vergangenen Jahre oder Jahrzehnte trübten ihr Urteilsvermögen. Also klammerte sie sich an die, die ihr noch frisch im Gedächtnis war. Sie hatte gewusst, dass dies ihr Schicksal sein würde, und hatte alles in ihrer Macht Stehende getan, um es zu gewährleisten.

Für Astasiya.

Wo war sie jetzt? War sie in Sicherheit? Hatte ihr Plan funktioniert?

Verdammt! Sethios wütete in ihrem Geist und ließ sie in

ihrer Glaskapsel aufschrecken. *Ich hasse das, mein Engel. Ich hasse das, verdammt noch mal.*

Was hasst du?, fragte sie ihn, erschrocken über seinen Gefühlsausbruch.

Dass du mich ignorierst.

Sie runzelte die Stirn. *Ich ignoriere dich nicht.* Was ziemlich offensichtlich war, da sie ihm jetzt antwortete.

Dann hasse ich, was immer hier vor sich geht. Du redest eine halbe Sekunde mit mir und dann verschwindest du wieder. Wenn ich dich finde, werde ich dafür sorgen, dass du nie wieder verstummen wirst.

Was für eine Ironie, dachte sie an ihn gerichtet und schnaubte. *Wenn ich mich recht erinnere, hast du mir bei unserem ersten Treffen befohlen zu schweigen.*

Er verstummte, woraufhin sie den Mund verzog.

Sethios?

Caro?

Wo warst du?

Dasselbe könnte ich dich fragen. Bist du wirklich da oder spielt Vera wieder mit meinem Verstand?

Warum sollte Vera ... Caro verstummte und riss die Augen auf, als ihr ein Gedanke kam. Irgendetwas darüber, dass sich der Erinnerungsmanipulator in ihrem Kopf befand. Aber sie konnte die Quelle dieser Erinnerung nicht ganz identifizieren. *Warte, wo bist du?*

In Hydria, murmelte er, wobei ihr sein Tonfall verriet, wie er darüber dachte.

Bei den Hydraianern?

Ja.

Das schien ihren Zielen entgegenzuwirken. *Warum bist du in Hydria?*

Weil unsere Tochter hier ist.

Warum?, fragte sie erneut. Warum sollte Astasiya nach Hydria gehen? Es sei denn ... *Ist es endlich so weit?*

Bist du wirklich hier?

Nein, ich bin in einer Kapsel, antwortete sie, wobei sie seine Frage verwirrte. *Beantworte meine Frage. Ist es so weit? Warte, bist du von Osiris' Bann befreit worden?*

Ihr Herz begann, wild zu pochen, als sie sich ins Gedächtnis rief, was sein Vater getan hatte. Er hatte Sethios vor ihren Augen die Erinnerung an sie genommen.

Erinnerst du dich an mich?, fragte sie, als ihr die Tränen die bereits verschwommene Sicht trübten. *Geht es dir gut? Bist du in Sicherheit? Und Astasiya ebenfalls?*

Oh, Engel, hauchte er. Seine Stimme klang wie eine Liebkosung, die ihr Herz höherschlagen ließ, woraufhin das Piepsen um sie herum lauter wurde.

Denn sie war vollständig wach und sollte es nicht sein.

Ein Seraph würde kommen, um nach ihr zu sehen.

Oh nein ... sie werden mich wieder in Stasis versetzen! Ihr blieb keine Zeit für eine emotionale Wiedervereinigung. Sie musste nachdenken. *Aber warte ... Sag mir, ob die Zeit gekommen ist.* Denn wenn es so war, dann würde sie sich auf einen Kampf vorbereiten. Caro musste schlucken. Wenn nicht, würde sie ihnen erlauben, sie wieder zur Rehabilitation in einen Schlafzustand zu versetzen.

Die Zeit ist längst gekommen, mein Engel. Ich habe die ganze Woche nach dir gesucht.

Sie runzelte die Stirn. *Das ist nicht sehr lange, Sethios.*

Du hast ja keine Ahnung.

Statt ihn zu berichtigen, konzentrierte sie sich darauf, was seine Worte bedeuteten. *Ich kann mich selbst befreien.* Sie musste nicht zurückgehen.

Wirklich?

Sie verstand seine Frage nicht, bis ihr klar wurde, was sie gesagt hatte. *Ich meine, ich darf mich selbst befreien.*

Sie musste an Kraft gewinnen, was in dieser Kapsel ein Problem war. Ihre Gliedmaßen waren dünn und ungenutzt, und sie war dank all der Zauber, die sie in dieser dubiosen

Gruft umgaben, nicht imstande, sich dort herauszuteleportieren.

Sie schürzte die Lippen, während sie darüber nachdachte, was sie tun sollte. Dann spürte sie auf einmal ein seltsames Kribbeln in ihrem Unterschenkel, als sie von einer Wärme erfasst wurde, die sie zuvor noch nicht erlebt hatte. Sie versuchte, das Gefühl auf logische Weise zu ergründen und dessen Quelle und Zweck zu bestimmen.

Einen Moment später schnappte sie nach Luft. *Ich heile mich selbst.*

Was meinst du damit?, fragte Sethios. *Was muss denn geheilt werden?*

Mein Körper. Meine Muskeln sind alle nicht mehr vorhanden, weil ich hier ... Wie lange habe ich hier gelegen?

Es ist fast achtzehn Jahre her, seit Osiris uns aufgespürt hat, flüsterte er.

Oh. Das erklärte ihren körperlichen Zustand. Allerdings wusste sie nicht mehr, wie oder wann die Seraphim sie gefunden hatten.

Sie hatte nicht vor, kostbare Sekunden mit dem Versuch zu verschwenden, sich daran zu erinnern. Caro musste sich heilen und auf das vorbereiten, was ihr bevorstand. Denn wenn die Seraphim bemerkten, dass sie wach war, würden sie zurückkommen, um sie wieder ruhigzustellen. Sie musste bereit sein.

Wie kannst du dich selbst heilen, mein Engel?

Durch meine Kraft, die bisher nur in mir geschlummert hat, hauchte sie. *Offenbar ist sie endlich zum Leben erwacht.*

Die, von der die Schicksalsgöttinnen sagten, dass du sie irgendwann brauchen würdest?

Ja. Sie hatte ihm einmal die Geschichte von ihrer Abstammung erzählt und ihm geschildert, wie die Schicksalsgöttinnen die Paarung zweier Seraphim immer basierend auf den potenziellen Kräften des Nachkommens bestimmten. Sie hatten vorhergesagt, dass sie eines Tages in eine Situation kommen würde, in der sie wissen müsste, wie man heilt. Ob sie damit diesen Tag oder einen anderen gemeint hatten, blieb dahingestellt.

Warum sollten sie dir helfen, wenn sie der Grund dafür sind, dass du dich in der Rehabilitationskammer befindest?

Der Rat ist für meine derzeitige Situation verantwortlich, nicht die Schicksalsgöttinnen, antwortete sie, wobei sie sich auf das Sprechen und Heilen zugleich konzentrieren musste. *Die Schicksalsgöttinnen sagen nur die Zukunft voraus. Der Rat entscheidet darüber, was davon interpretiert und wie es ausgelegt wird.*

Sie wackelte mit den Zehen und ein stechender Schmerz schoss ihr durchs Bein, der sie zusammenzucken ließ. Es war kein angenehmes Gefühl, doch es verriet ihr, dass ihre Gabe wie erwartet funktionierte.

Wie schlau von den Schicksalsgöttinnen, ihr zu erlauben, sich auf diese Weise zu wehren. Bedeutete das etwa, dass sie eine Zukunft begünstigten, in der ihr die Flucht gelang? Spielten sie ihr eigenes Spiel?

Caros runzelte die Stirn, als sie darüber nachgrübelte, welche Schlüsse sie daraus ziehen könnte. Im Grunde waren die Schicksalsgöttinnen im Besitz des Hohen Rates, wobei sich nur wenige Seraphim ihrem Schwarmverstand nähern durften. Bis zu diesem Moment hatte sie nie darüber nachgedacht, was das für ihre Existenz bedeutete. Vielleicht verachteten sie die Art, wie sie benutzt wurden. Allerdings würde das eine Art von Gefühlsempfinden voraussetzen, was in dieser Welt nicht existierte.

Sie schüttelte den Kopf und beschloss, ein andermal darüber nachzudenken und ihre gesamte mentale Kraft darauf zu verwenden, ihre Heilung zu beschleunigen, denn die Pieptöne außerhalb ihres gläsernen Gefängnisses erfolgten in immer rascherer Abfolge.

Sie konnte nicht gut sehen. In dem Raum, in dem sich ihr gläsernes Grab befand, gab es keinerlei Licht von außen. Ihre verbesserte Sehkraft erlaubte ihr jedoch, in der Dunkelheit gerade genug zu sehen, um ihre Umgebung zu erkennen.

Es war nur ein kleinerer Raum mit einer Tür, ihrer Kapsel, einer Reihe von Maschinen und sonst nichts. Nicht einmal ein Stuhl.

Sie war zuvor noch nie im Rehabilitationszentrum gewesen, aber sie nahm an, dass es dem Ort ähnelte, an dem die Ältesten der Seraphim schliefen. Kleine, ordentliche Quartiere mit Geräten, die dazu gedacht waren, Nährstoffe in den Körper zu pumpen, um ihn in einem gesunden Zustand zu halten.

Allerdings halfen sie dem Körper nicht bei der körperlichen Genesung. Aber das war auch nicht nötig, da die Seraphim sich schnell regenerieren konnten.

Engel?

Ja?

Ich wollte mich nur vergewissern, dass du noch da bist, sagte Sethios mit einem seltsam erleichterten Unterton in der Stimme.

Wo soll ich denn hin?, fragte sie ihn. *Ich stecke in einer Glaskapsel fest.*

Das ist das längste Gespräch, das wir geführt haben, seit Astasiya mich gerettet hat.

Caro hielt inne. *Unsere Tochter hat dich gerettet? Vor Osiris?* Sie hatten die ganze Zeit über erwartet, dass es dazu kommen würde, doch als sie hörte, dass es tatsächlich eingetroffen war, rauschte ein lebendiges Gefühl durch ihre Adern. *Haben sie miteinander gekämpft? Hat sie ihn vernichtet?* Sie runzelte die Stirn. *Habe ich wirklich alles verpasst?*

Du hast gar nichts verpasst, versicherte er ihr. *Aber ja, sie haben miteinander gekämpft. Und Vera hat ihr geholfen. Astasiya hat mich gerettet und wir haben seitdem versucht, dich zu finden. Wir dachten, du würdest immer noch im Ozean ertrinken.*

Wie bitte? Warum? Ich war nicht mehr im Wasser seit ... nun, ich bin nicht sicher wie lange, gestand sie. *Ich werde weiter darüber nachdenken können, nachdem ich mich befreit habe.*

Ihr Verstand schien nicht in der Lage zu sein, sich auf mehrere Dinge gleichzeitig zu konzentrieren, was möglicherweise eine Folge der langen Stasis war. Sie fühlte sich nicht besonders gut, denn ihr Körper war immer noch dabei, sich selbst zu heilen, während durch ihren Kopf ein Chaos aus Gedanken und Erinnerungen rauschte, die sie vergeblich versuchte, logisch zu ordnen.

Doch statt die Puzzleteile zusammenzufügen, konzentrierte sie sich darauf, ihren Fuß zu bewegen. Stechende Schmerzen durchzuckten ihre unteren Gliedmaßen, während es ihren Armen ähnlich erging, als sie die Finger und Hände bewegte. *Fast fertig*, dachte sie, als ihre Muskeln sich anspannten und sich bewegten, während sie die Gelenke stärkte und die Bänder darum wieder aufbaute.

Sekunden wurden zu Minuten, wobei Sethios' Präsenz in ihrem Kopf und ihrem Herzen wie ein Anker war, der ihr half, bei Bewusstsein zu bleiben.

Alle paar Sekunden sagte er ihren Namen und sie antwortete mit seinem, womit sie sich gegenseitig daran erinnerten, dass dieser Moment real war und sie nicht wieder in dieses schreckliche Koma gefallen war.

Sie schluckte schwer und ihr Herz dröhnte in einem regelmäßigen Rhythmus in ihren Ohren, während das Piepen ein Crescendo erreichte.

Niemand kam, was sie zu der Frage veranlasste, wie genau die Seraphim ihre Vitalwerte überwachten. Vielleicht musste sie ein paar dieser Kabel herausziehen.

Sie betrachtete sie und bewegte die Arme in dem winzigen Kasten. An einer Seite war ein Schlauch angeschlossen, der Sauerstoff in den Behälter pumpte. Daran wollte sie nicht rütteln, denn sie zog es vor, atmen zu können. Eine Erinnerung drängte sich ihr auf, doch sie schob sie beiseite, denn sie wollte jetzt nicht ans Ertrinken denken.

Stattdessen konzentrierte sie sich auf die elektrischen Drähte, die in ihrer Brust und ihrem Kopf zu stecken schienen. Diese musste sie auf jeden Fall entfernen, also konnte sie sie genauso gut herausreißen.

Sie zog den ersten aus ihrer Schläfe und schrie vor Schmerz auf, als sich das Metall aus ihrem Kopf löste. Sethios' Stimme hallte durch ihre Gedanken, doch sie konnte seine Worte nicht verstehen, als ein stechender Schmerz ihre Wirbelsäule durchfuhr.

»Scheibenkleister!«, rief sie. Ihre Stimme war nur ein leises Krächzen, das ihre Qualen nicht zum Ausdruck bringen konnte. *Oh, autsch, autsch, autsch.*

Sethios erwiderte etwas, aber sie konnte ihn nicht verstehen.

Und, oh, ein weiterer steckte in ihrer anderen Schläfe.

Sie konnte ihn genauso gut auch gleich herausziehen und sich von beiden erholen.

Sie schrie auf, als sie die Nadel mit einem heftigen Ruck löste und eine elektrische Spannung durch ihren Schädel strömte. Tränen rannen ihr über die Wangen, während ihr Mund lautlos Worte formte.

Die Qualen zerrissen sie innerlich, doch dann setzte ihre neue Fähigkeit ein, und ein warmes Gefühl breitete sich in ihrem Schädel aus und linderte die Schmerzen.

Sie weinte vor Dankbarkeit, während sie am ganzen Körper zitterte. Sie hätte wissen müssen, wie schmerzhaft es sein würde, doch in ihrer Eile zu fliehen, hatte sie die Konsequenzen nicht bedacht.

Nein, das stimmte nicht ganz.

Sie hatte nur entschieden, nicht darüber nachzudenken,

weil es keinen praktischen Grund gab, sie zu fürchten. Die Nadeln mussten entfernt werden, um sich zu befreien, ohne Rücksicht auf die Nachwirkungen.

Nachdem sie Sethios mit sanfter Stimme versichert hatte, dass es ihr gut ging, machte sie sich an den anderen Nadeln zu schaffen, die in ihrer Brust steckten. Sie alle verursachten auf eine andere Weise qualvolle Schmerzen, waren jedoch nichts im Vergleich zu den Metallsonden in ihrem Kopf. Diese brauchten am längsten, um zu heilen, denn die Seraphim hatten fortschrittliche Technologien eingesetzt, um ihr Gehirn buchstäblich zu kontrollieren.

Das erklärte, warum sie so viel Zeit verloren hatte.

Zum Glück hatten sie ihre Seele nicht fesseln können. Deshalb war ihr Geist in der Lage gewesen, sie trotz der rehabilitierenden Maschinen, die an ihrem Körper angebracht waren, in einen wachen Zustand zu zwingen.

Fast geschafft, flüsterte sie, mehr zu sich selbst als zu Sethios.

Im nächsten Moment wurde sie von einem Lichtblitz geblendet, als die Tür zu ihrem Zimmer von einem Seraph mit weißblonden Haaren und auffallend blauen Flügeln aufgerissen wurde.

Chanara.

KAPITEL DREIZEHN

GABRIEL

GABRIEL HATTE bis zum heutigen Tag nie bemerkt, wie viele Farben es im Kolosseum gab. Er war voller Ehrfurcht für seine Umgebung und lauschte dem Flattern der Flügel, das er als angenehm empfand.

Er hätte beinahe die Lippen zu einem Lächeln verzogen, während sich ein warmes Gefühl in seiner Brust ausbreitete.

Dann traf ihn die Absurdität des Gedankens wie ein Schlag. Er war von Seraphim umgeben, die ihn alle auf seine Reaktionen untersuchen wollten, und er stand kurz davor zu *lächeln.*

Reiß dich zusammen, tadelte er sich selbst. *Es ist weder praktisch noch nützlich, die Art und Weise zu bewundern, wie die Sonne sich in den Federn reflektiert, die das Freiluftauditorium schmücken.*

Allerdings war es wirklich wunderschön.

Hör auf damit.

Sein Vater saß in der zweiten Reihe auf einem Stuhl ohne Lehne und räusperte sich. Seine roten Flügel hatte er hinter dem Rücken zusammengeklappt.

Bis auf denjenigen, der der Prüfung unterzogen wurde, blieben alle in diesem Raum in ihrem ätherischen Zustand. Daher stand Gabriel allein in seiner körperlichen Form in der Mitte, während alle anderen auf ihren Sitzen schwebten.

Hunderte von Seraphim umringten ihn, die alle in unterschiedlicher Höhe in unzähligen Reihen saßen. Über ihm befand sich der blaue, wolkenlose Himmel, während die Sonne die Farben der Federn beschien, die durch die Luft flatterten.

»Möchtest du eine Erklärung abgeben, Gabriel?«, fragte sein Vater, um das Verfahren einzuleiten.

»Ich warte, bis ich formell angeklagt werde«, antwortete er in einem so ausdruckslosen Tonfall, wie es ihm möglich war. Er würde es vorziehen, zuerst zu erfahren, was sie über ihn wussten, statt kurzerhand Informationen preiszugeben.

Sein Vater nickte und respektierte seine logische Entscheidung. »Cavalina«, sagte er und wedelte mit der Hand durch die Luft.

Eine Reihe von Bildern erschien in einer Nebelwolke, die durch den Blick des weiblichen Seraphs projiziert wurden. Sie entstammte der Erinnerungslinie, welches eine Familie der Seraphim war, die Informationen sammeln und aufbewahren konnte, um sie dann visuell vor einer Menge zu präsentieren. Die Frau diente im Wesentlichen als eine Art Beweisbank für Debatten.

Fotos strömten durch den Raum und zerfielen in Tablet-große Bilder, die zu jedem Ratsmitglied nach oben flogen und wie ein fliegender Fernsehbildschirm vor ihren Augen schwebten.

Gabriel betrachtete die Show mit gelangweilter Miene und war nicht im Geringsten überrascht, dass sie die Hydraianer und Ichorianer auf seinem Anwesen vorführte. Er hatte den Versuch, sie zu verstecken, schon vor über einer Woche aufgegeben. Dieses Schicksal war seit dem Tag, an dem Sethios und Caro sich kennengelernt hatten, unvermeidlich gewesen.

Gabriel hatte den Zweck ihrer Mission nicht verstanden und sie für gefährlich und unproduktiv gehalten, bis er von den Schicksalsgöttinnen von ihrer Schwangerschaft erfahren hatte. Das war der Tag gewesen, an dem er seine Meinung über den Hohen Rat geändert hatte. Er vertraute dessen Führung nicht mehr, und das schloss leider seinen eigenen Vater ein.

Osiris war schon seit Jahrtausenden ein Problem. Warum hatten sie also Caro vor fünfundzwanzig Jahren geschickt, um ihm einen sinnlosen Erlass zu überbringen? Weil sie sie brauchten, um Stas zu erschaffen. Warum hatten sie Caro das nicht einfach gesagt? Sie war ein pflichtbewusster Seraph. Sie hätte ihre Rolle auch ohne all die Lügen und Täuschungen gespielt.

Aus diesem Grund wusste er, dass dem Gesamtbild noch ein Teil fehlte, das er allerdings noch nicht kannte.

Sie wollten Stas auf irgendeine Art und Weise benutzen, die Caro trotz ihres treuen Gehorsams niemals zugelassen hätte.

Das war der Grund gewesen, warum er seiner Schwester die Treue geschworen hatte, wobei er keinerlei Zweifel hegte, dass die Mitglieder des Rates mittlerweile darüber Bescheid wussten.

Sein Vater würde es mit einer einfachen Bewegung durch ihr Band spüren können, doch weder sein Gesichtsausdruck noch seine Aura gaben etwas preis.

Der ganze Raum war gespenstisch still, wenn es um emotionale Reaktionen ging. Sie brachten weder Wut noch Enttäuschung noch sonst etwas zum Ausdruck.

Für die Seraphim hatten Emotionen weder einen Nutzen noch bargen sie eine Logik.

Gabriel hatte immer geglaubt, mit dieser Ansicht übereinzustimmen. Doch Claras Fähigkeit hatte in ihm eine neue Art des Verstehens geweckt, auch wenn es darum ging, sich selbst zu beurteilen.

Bis zu einem gewissen Grad war es ihm nicht egal.

Deshalb hatte er sich mit Stas verbündet. Deshalb hatte er Sethios und Caro vor fünfundzwanzig Jahren geholfen. Deshalb hatte er Ezekiel toleriert. Und deshalb hatte er ein nagendes Gefühl von Verärgerung gespürt, als er gedacht hatte, dass Vera sie verraten hatte.

Gabriel *fühlte*.

Es war zwar nicht dasselbe wie bei einem Menschen oder bei den Hydraianern, aber in seinem Herzen war er denen gegenüber, die er als seine betrachtete, zutiefst loyal.

Seiner Schwester gegenüber.

Seiner Mutter gegenüber.

Seine Verbündeten gegenüber.

Sie alle standen unter seinem Schutz, und damit erlebte er eine Ebene der Empfindung, die er bis heute nie wirklich begriffen hatte.

»Deine Loyalität gehört nicht mehr uns«, sagte sein Vater mit einer roboterhaften Stimme. »Wem gehört sie dann?«

»Dem Seraph Astasiya«, antwortete Gabriel, ohne sich die Mühe zu machen, es zu verbergen. »Sie brauchte meine Treue, um zu überleben. Deshalb habe ich sie ihr geschworen.«

Es folgte Schweigen.

Die Seraphim waren sich nicht sicher, wie sie seine Antwort interpretieren sollten, womit er gerechnet hatte.

»*Eine unbekannte Macht wird in Erscheinung treten. Sie wird die Kraft und den Willen haben, uns alle zu zerstören, es sei denn, es werden Maßnahmen ergriffen, um sie im Zaum zu halten*«, zitierte er laut. »Ich habe einige dieser Maßnahmen zur Verfügung gestellt.«

»Wer hat diese Prophezeiung überbracht?«, fragte sein Vater, der leicht die Stirn in Falten legte.

»Die Prophetin Skye. Ich glaube, das ›uns‹ bezieht sich auf die entarteten Wesen, die die Erde bevölkern. Wenn

Astasiya also diejenige ist, die den Planeten endlich von Osiris' Plage befreien wird, dann gilt ihr meine Loyalität.«

Die Seraphim begannen, untereinander zu tuscheln, doch Gabriel hielt den Blick starr auf seinen Vater gerichtet. Adriel würde derjenige sein, der über Gabriels Schicksal entschied, denn er war sein Schöpfer und der Älteste seiner Blutlinie. Auch wenn der Rat abstimmen würde, waren es Adriels Worte, die am Ende zählten.

»Ist das die Prophetin, von der du sprichst?«, fragte Tulan, der ursprüngliche Seraph der Finsternis.

Er sandte eines seiner rotierenden Bilder hinunter zu Gabriel. Das Foto zeigte eine dunkelhaarige Frau mit eisblauen Augen, die von Ezekiel über den Strand getragen wurde. Das Bild allein bestätigte, dass Gabriels Grundstück schon seit letzter Woche überwacht wurde. Es war ehrlich gesagt überraschend, dass sie so lange gebraucht hatten, um die Betriebsamkeit in seiner Villa zu bemerken.

»Ja, das ist die Prophetin Skye«, bestätigte er. Mit einer Handbewegung schickte er das Bild an Tulan zurück, der es daraufhin mit einer Reihe von Klicks an die anderen Seraphim weiterreichte.

Ein lautes Gemurmel erfüllte den Raum.

Dann räusperte sich sein Vater. »Ist dir bewusst, wer sie ist?«

»Eine Ichorianerin, die Osiris ein Jahrhundert lang gefangen gehalten hat«, antwortete Gabriel.

»Nein. Sie ist eine verlorene Schicksalsgöttin«, korrigierte Tulan ihn.

Gabriel hätte fast den Mund verzogen, doch er hielt sich gerade noch zurück, um einen Regelverstoß zu vermeiden. »Sie ist kein Seraph.«

»Nicht alle Seraphim haben Flügel«, sagte sein Vater, dessen Miene sich verhärtete. »Vor allem nicht jene, die im Exil leben.«

Das war Gabriel neu. Er hatte noch nie einen federlosen Seraph getroffen. »Osiris hat seine Flügel noch.«

Tulan verschränkte die langen Finger in seinem Schoß, während sein formelles blaues Gewand um seine nackten Knöchel flatterte. »Osiris ist ein ursprünglicher Seraph. Seine Fähigkeit, sich unsichtbar zu machen und zu teleportieren, kann ihm nicht genommen werden.«

»Ja. Jüngere Seraphim sind anfällig für diese Form der Bestrafung«, bestätigte Adriel. »Ältere Seraphim sind es nicht. Skye war in einem Alter, in dem das Entfernen ihrer ätherischen Essenz dem Verbrechen angemessen war.«

»Warum habe ich noch nie davon gehört?«, fragte Gabriel. *Und welches Verbrechen hat sie begangen, um eine solch harte Maßregelung zu verdienen?,* wunderte er sich.

»Du hast noch nie von dieser Praxis gehört, weil du nicht in die Angelegenheiten des Rates eingeweiht bist«, antwortete Tulan. »Wie und warum wir bestrafen, bleibt einzig und allein uns überlassen.«

»Wir verlieren das eigentliche Thema aus den Augen«, stellte Silvia mit nüchterner Stimme fest. Als Seraph der Gerechtigkeit sehnte sich die dunkelhäutige Frau nach Ordnung in allen Dingen. »Er hat einem jungen Seraph die Treue geschworen. Die angemessene Strafe wäre es, ihn aus der Gesellschaft zu verbannen.«

»Es sei denn, er tat es, um ihr dabei zu helfen, Osiris und seine entarteten Wesen zu beseitigen«, warf Adriel ein. »Ich denke, das ist ein Grund, um genauer darüber zu diskutieren.«

»Er hätte zuerst vor dem Rat vorsprechen sollen, bevor er unbedacht auf eigene Faust gehandelt hat«, erwiderte Silvia. »Das zeugt von mangelnder Rücksichtnahme auf unsere Gesetze und sollte entsprechend bestraft werden.«

»Und wenn er sein Gelöbnis rückgängig macht?«, fragte

Tulan, der ihn mit glänzenden Augen nachdenklich betrachtete.

»Das kann ich nicht«, antwortete Gabriel, der keine Zeit verlieren wollte. »Ich werde meinen Schwur weder aufheben noch ändern, bis ihr Geburtsrecht erfüllt ist.« Die Formulierung war präzise und zweckdienlich und außerdem genau durchdacht. Sie würden annehmen, dass er ihr helfen wollte, Osiris zu töten. Und genau das sollten sie glauben.

»Erkläre deine Argumentation genauer«, befahl sein Vater und spielte ihm damit direkt in die Hände.

»Wie ich vor einigen Jahrzehnten berichtete, hat Osiris die Gründung der CRF finanziert. Sowohl das Projekt als auch sein stellvertretender Leiter Jonathan Fitzgerald wurden offiziell aufgelöst, woran Astasiya maßgeblich beteiligt war. Vor ihr liegt jedoch eine weitaus größere Aufgabe, und da sie an der Vernichtung der CRF beteiligt war, weiß er nun von ihrer Existenz.«

Er ließ die Informationen kurz im Raum stehen, bevor er hinzufügte: »Sie wird alle verfügbare Unterstützung benötigen, um sie auf dem Pfad der Prophezeiung zu führen. Wenn ich mein Gelöbnis zurückziehe, könnte das für die Zukunft verheerende Folgen haben.«

Auf seine Worte folgte weiteres Gemurmel, doch er starrte weiterhin Adriel an, in dessen hellgrünen Augen immer noch keine Regung zu sehen war.

Die einzige Emotion im Raum schien von Gabriel auszugehen. Entweder ließ die geliehene empathische Kraft nach oder der Seraph empfand tatsächlich nichts hinsichtlich seiner Aufgabe oder seiner bisher erbrachten Leistungen.

Es überraschte ihn zwar nicht, aber er verspürte dennoch einen stechenden Schmerz in der Magengegend, weil er so viel für diese Wesen getan hatte, ohne auch nur den Anflug von Dankbarkeit zu ernten.

»Wo ist Astasiya?«, fragte Tulan. »Sie hätte dich

begleiten sollen, wie es der Erlass vorgesehen hat.«

»Sie hat eure Einladung für ein Treffen abgelehnt«, antwortete er schroff.

Diesmal war die Reaktion der Menge etwas heftiger, als die Seraphim anfingen, nach Luft zu schnappen und lautstark zu flüstern.

Er hätte beinahe die Lippen zu einem Lächeln verzogen, doch er unterdrückte seine Belustigung.

»Was soll das heißen, sie hat unsere Einladung ›abgelehnt‹?«, wollte Silvia wissen. »Man lehnt ein Edikt nicht einfach ab.«

Er hätte sie fast darauf hingewiesen, dass Osiris bisher jedes einzelne ihrer Edikte verweigert hatte, ohne auch nur einen Verweis zu erhalten, während sie ihm weiterhin gestatteten, auf der Erde sein Unwesen zu treiben und die Menschheit zu korrumpieren.

»Sie ist ein junger Seraph, der unsere Gepflogenheiten noch nicht versteht«, erwiderte Gabriel.

»Dann solltest du sie darin unterweisen«, entgegnete Silvia mit schroffem Tonfall.

»Sie wird sich trotzdem weiterhin weigern, eurem Befehl nachzukommen«, versicherte er ihr.

Silvia riss die Augen auf. »Warum?«

Danke der Nachfrage, Seraph Silvia, dachte er zufrieden. »Weil ihr ihre Mutter in einer Rehabilitationskammer festhaltet.«

Glücklicherweise hatte Vera ihm die Erinnerung an den Besuch seines Vaters zurückgegeben. Um das Gelingen seines vorherigen Plans zu gewährleisten, hatte er ein gewisses Vertrauen vortäuschen müssen. Jetzt gaukelte er ihnen mit seiner Aussage jedoch nicht das Geringste vor, denn er *wusste*, dass sie Caro festhielten.

»Während ich mit dem Grund für ihre mentale Umprogrammierung vielleicht übereinstimme, wird Astasiya dagegen sein«, fuhr er fort. »Sie wurde von Menschen erzogen und ihre Mentalität stimmt nicht mit unserer Denkweise überein.«

Einige der Seraphim blickten einander an, während ein Anflug von Überraschung ihre Auren trübte.

Aha, sie sind also doch in der Lage, schockiert zu sein. Danke, Clara, dass ich es bezeugen darf. Denn ohne ihre Gabe hätte er ihre Reaktionen als fragwürdige Blicke abgetan. Aber sein ererbtes Einfühlungsvermögen erlaubte ihm, die Handlung zu durchschauen und den wahren Zweck dahinter zu verstehen.

Die Aura seines Vaters strahlte einen Hauch von Neugierde aus.

Währenddessen wirkte Silvia verärgert.

Und Tulan war einfach nur Tulan und so stoisch wie immer.

Sie saßen alle auf der zweiten Plattform in einer Reihe, was es ihm leicht machte, sich in sie einzufühlen. Die Seraphim auf der untersten Stufe waren keine Ratsmitglieder, sondern Arbeiter wie Cavalina.

Sitzreihen über Sitzreihen erstreckten sich im Stil eines Amphitheaters nach oben, wobei die schwächsten Blutlinien auf den hinteren Plätzen saßen und die ältesten und stärksten vorn platziert waren. Soweit Gabriel wusste, hatte Osiris seine Konklaven auf ähnliche Weise organisiert.

»Schlägst du etwa vor, dass wir Caro freilassen?«, fragte Silvia, die eine dünne schwarze Augenbraue fast bis zu ihrem ebenso schwarzen Haaransatz hochzog. Wahrscheinlich hatte er noch nie eine ausdrucksstärkere Miene an der jahrtausendealten Frau beobachten können. Sie war kurz vor Gabriels Geburt erwacht, nachdem sie ein siebenhundert Jahre langes »Nickerchen« gemacht hatte. Es war nicht das erste Mal gewesen, dass sie sich so lange von ihrer uralten Existenz erholt hatte.

»Wenn du willst, dass Astasiya in unseren Gepflogenheiten unterwiesen wird und unsere Sitten lernt, dann braucht sie einen Mentor, und Caro wäre als ihre Mutter bestens für diese Aufgabe geeignet. Vorausgesetzt, sie wurde vollständig reformiert.« Gabriel fügte den letzten Teil als Test hinzu, denn er wollte wissen, in welcher mentalen Verfassung seine Mutter sich befand. Er nahm an, dass sie gegen den Prozess ankämpfte. Vielleicht nicht äußerlich, aber innerlich wehrte sie sich sicher. Allerdings ließ ihr Mangel an Kommunikation mit Sethios vermuten, dass sie diesen Kampf bereits verloren haben könnte.

Die Seraphim tauschten wieder Blicke untereinander aus. Silvia schürzte die Lippen, doch sein Vater war immer noch neugierig und fragte: »Glaubst du, dass Caro Astasiya dabei helfen kann, den ihr vorbestimmten Pfad zu beschreiten?«

»Ja, das tue ich«, antwortete Gabriel. »Wie ich schon sagte, wurde Astasiya mit einer sterblichen Mentalität erzogen. Die Familie nimmt in ihrem Leben einen wichtigen Stellenwert ein.«

»Und wo warst du, während sie von Menschen aufgezogen wurde?«, erkundigte sich Silvia.

»In New York, um meinem Auftrag nachzukommen, die Entwicklungen bei der CRF zu überwachen.« Es war die Wahrheit. Allerdings verschwieg er ihnen die Tatsache, dass er seine kleine Schwester des Öfteren in Montana besucht hatte, um nach ihr zu sehen.

»Hast du während deiner Zeit bei der CRF gewusst, wo sie sich aufhielt?« Die direkte Frage kam von Tulan, der stets scharfsinnig und aufmerksam war. Ein Teil seiner Fähigkeiten lag in der Kunst der Täuschung. Ihn anzulügen wäre demnach keine Option.

»Das habe ich«, gestand er.

»Und du hast die Information nicht an uns weitergegeben?«, fragte Silvia.

»Ich wurde nie nach Astasiya gefragt, sondern immer nur nach Caro«, stellte Gabriel klar.

»Du wusstest, was wir wollten«, sagte Silvia anklagend.

»Wie Tulan gerade erst betonte, bin ich in die Angelegenheiten des Rates nicht eingeweiht.« Plötzlich verspürte Gabriel ein seltsam brodelndes Gefühl in der Kehle und in seiner Brust rumorte es ein wenig. Er brauchte einen Moment, um zu begreifen, dass er das Bedürfnis hatte zu lachen. Er hätte fast die Lippen zu einem Lächeln verzogen, doch er zwang sich, die Reaktion zu unterdrücken und eine gelassene Fassade zu bewahren.

Zumindest gab er sich so gelassen wie möglich, während eine humorvolle Seite in seinem Inneren aufwallte.

Er würde später darüber lachen, nachdem er dieses Verhör hinter sich gebracht hatte.

Bei seinem Glück würde seine empathische Fähigkeit dann längst abgeklungen und das Bedürfnis verschwunden sein.

Silvia war nicht beeindruckt, aber die anderen in ihrer Reihe starrten Gabriel eindringlich an. Insgesamt waren sie neununddreißig und bildeten damit den stärksten Kreis in diesem Theatersaal.

Seraph der Gerechtigkeit – Silvia.

Seraph der Finsternis – Tulan.

Seraph der Krieger – Adriel.

Seraph der Gewalt – Rubeen.

Seraph des Verstandes – Stahr.

Er betrachtete jeden Einzelnen von ihnen. Die meisten von ihnen waren die ursprünglichen Seraphim ihrer Blutlinien oder deren Stellvertreter, da die Ersten ihrer Linie tief und fest schliefen. Ihre Namen und Fähigkeiten fielen ihm schlagartig ein, denn er hatte sie schon in frühster Kindheit auswendig gelernt. Er war dazu bestimmt, den

Platz seines Vaters einzunehmen, der zwei Sitze von einem leeren Stuhl entfernt saß.

Dieser Platz war seit Tausenden von Jahren nicht mehr besetzt worden, da er dem Seraph des Lebens und der Wiedergeburt gehörte. *Osiris.* In seiner Blutlinie gab es keine anderen Seraphim, die seinen Platz in seiner Abwesenheit hätten einnehmen können.

Bis auf Sethios.

Und Sethios hatte noch keine Flügel.

Doch Astasiya hatte welche.

Die Seraphim brauchten sie, dessen war sich Gabriel sicher. Allerdings wusste er nicht warum. Sie diente einem höheren Zweck als Osiris, den der Rat kannte, aber nicht preisgeben wollte. Er spürte tief in seinem Inneren, dass sie etwas verbargen. Es war der einzige Grund dafür, dass sie ihn jetzt anhörten und ihm nicht befahlen, Astasiya wenn nötig mit Gewalt zu ihnen zu bringen.

Sie wollten, dass sie aus freien Stücken zu ihnen kam. Genauso wie Osiris sie rekrutieren wollte, damit sie sich ihm willentlich anschloss.

Wozu ist sie also fähig, dass ihr alle derart besessen von ihr seid?, fragte er sich. Er war Zeuge ihrer Macht geworden, als sie ihren Großvater bekämpft hatte, aber sie war nicht annähernd in der Lage gewesen, diesen Zweikampf zu gewinnen. Er hatte sie geschont und mehr Zeit damit verbracht, mit seinen Kräften zu prahlen und sie zu testen, als zu versuchen, sie tatsächlich zu verletzen.

Zugegebenermaßen war es eine beeindruckende Vorstellung für ein so junges Wesen gewesen.

Doch die Schicksalsgöttinnen mussten etwas viel Größeres für sie vorhergesagt haben. Etwas ... Schreckliches.

Ja.

Er konnte die Angst in einigen der Seraphim wahrnehmen, die ihn umgaben. Sie war zwar nur unterschwellig, doch sie war spürbar. Ein Hauch von Besorgnis lag in der Luft.

Gabriel atmete das beißende Aroma ein und bestätigte mithilfe Claras empathischer Gabe die Richtigkeit seiner Vermutung.

Sie haben Angst vor ihr.

Vielleicht bezog sich die Prophezeiung nicht auf die Hydraianer und Ichorianer, sondern auf sie alle. Einschließlich der Seraphim.

Doch wie war das möglich? Seraphim konnten nicht sterben. Es sei denn, Stas würde eines Tages den wahren Ursprung des Lebens bestimmen. Genauer gesagt, des Lebens der *Seraphim*.

Er wiederholte Skyes Worte noch einmal im Geiste. Sein Magen verkrampfte sich, als er die Erkenntnis gewann, dass seine Schwester einmal unglaublich gefährlich werden könnte.

»Gibt es sonst noch irgendwelche Fragen?«, wollte Adriel wissen, wobei er sich an die Ratsmitglieder wandte.

»Wärst du bereit, dich einer Rehabilitation zu unterziehen?«, fragte eine hell klingende weibliche Stimme hinter ihm.

Dara, erkannte er. *Der Seraph der Fruchtbarkeit und Genetik.*

Sie war Leelas Mutter.

Statt sich umzudrehen und die Frau anzusehen, sagte er nur: »Nicht zu diesem Zeitpunkt.«

»Und nachdem du deine Mission, Seraph Astasiya zu helfen, abgeschlossen hast?«, drängte sein Vater.

Gabriel dachte kurz darüber nach, bevor er antwortete: »Wenn es zu einem späteren Zeitpunkt notwendig wird, würde ich die Empfehlung in Betracht ziehen und mich an die Vorschriften halten, wenn ich das Gefühl habe, dass es einen entsprechenden Fehler in der Programmierung meiner Seele gibt.«

Er wählte die Worte mit Bedacht, denn er würde einer solchen Maßnahme nur zustimmen, wenn er wirklich glaubte, dass sie notwendig war.

Wozu es wahrscheinlich nie kommen würde.

Aber da seine Rasse in erster Linie auf Logik und nicht auf emotionales Wohlbefinden ausgerichtet war, würden sie seine Aussage als Wahrheit auffassen und der rationalen Antwort zustimmen.

»Würdest du dich bereit erklären, deine Loyalität zugunsten deiner Ältesten neu auszurichten?«, fragte Tulan. »Ich meine, nachdem sich die Prophezeiung erfüllt hat.«

Wenn sie einen Blutschwur von ihm verlangten, würde er ablehnen. Also antwortete er stattdessen: »Ich würde die angemessene Ausrichtung meiner Loyalität zu diesem Zeitpunkt erwägen, ja.«

Er vermutete, dass seine Treue dann immer noch seiner Schwester gelten würde. Doch das hing alles von den zukünftigen Ereignissen ab – Ereignisse, die der Rat verbarg und zu manipulieren versuchte.

War das der Grund dafür, dass sie Skye bestraft hatten? Hatte sie sich geweigert, sich ihren Vorschriften anzupassen? Wusste Ezekiel von ihrer wahren Herkunft?

Die Fragen prasselten in seinen Gedanken auf ihn ein, während die Seraphim um ihn herum völlig still wurden. Sie schienen ihre Untersuchung abgeschlossen zu haben.

So liefen diese Verhöre immer ab – schnell und effizient. Sie hatten den Großteil ihrer Beweise ohnehin zusammengetragen, bevor sie ihn vorgeladen hatten. In diesem Teil der Diskussion ging es lediglich darum, welche Wahrheiten er bereit war preiszugeben.

Sein Vater blickte sich noch einmal um und nickte dann abschließend. »Da es keine weiteren Fragen gibt, wird der Rat eine ordentliche Sitzung einberufen. Du bist vorübergehend entlassen, Gabriel. Wir werden dich wieder vorladen, sobald wir unsere endgültige Entscheidung getroffen haben.«

»Danke, Adriel«, antwortete Gabriel und benutzte den Vornamen seines Vaters als Zeichen des Respekts gegenüber seiner familiären Blutlinie. Er verbeugte sich tief und verabschiedete sich dann, wohl wissend, dass dies der letzte Nachmittag sein könnte, an dem er sich innerhalb der Stadtmauern der Seraphim frei bewegen durfte.

Er blickte sich um.

Dann zuckte er mit den Schultern.

Er würde die Zeit lieber damit verbringen, seine wenigen Habseligkeiten zusammenzupacken, denn es schien, als würde Hydria einen neuen seraphischen Bewohner bekommen.

Seine Flügel flackerten um ihn herum auf, als etwa hundert Meter rechts von ihm ein Alarmsignal aufflammte. Die Seraphim erhoben sich aufgeregt in den Himmel, um den Rat zu beschützen.

Allerdings lag die Bedrohung nicht außerhalb der Tore.

Sie lag innerhalb der Stadtmauern.

Und zwar in Form eines nackten, blau geflügelten Seraphs mit wütenden blauen Augen.

Gabriel entspannte seine Flügel und zog eine Augenbraue in die Höhe. »Mutter«, sagte er zur Begrüßung. »Möchtest du dir mein Hemd borgen?«

»Bring mich zu Sethios.« Ihre Stimme klang rau und bestätigte ihm, dass sie erst vor Kurzem erwacht war. Angesichts ihres blutverschmierten Körpers nahm er an, dass sie nicht mit der Erlaubnis des Rates erweckt worden war.

Statt sie danach zu fragen, reichte er ihr die Hand.

Es hatte den Anschein, als würde er seine Sachen doch nicht mehr packen können.

Und Hydria würde nicht nur einen, sondern gleich zwei seraphische Bewohner gewinnen.

KAPITEL VIERZEHN

CARO

Einige Minuten zuvor

SAG ETWAS, *mein Engel*, forderte Sethios, dessen besorgter Tonfall durch ihre Gedanken hallte. Es war eine berechtigte Reaktion, wenn man das feurige Wesen in der Tür bedachte.

Meine Schöpferin ist hier, flüsterte Caro ihm zu. *Wann haben die Ratsmitglieder sie geweckt?*

Sie suchte erfolglos in ihrem Gedächtnis nach der Antwort. Die letzten Jahre oder Jahrzehnte schmolzen in ihrer Erinnerung alle zu einem Meer aus Sonnenschein und Nichts zusammen.

Weil der Rat sie in eine Rehabilitationskapsel gesteckt hatte.

Ein Teil von ihr hatte immer gewusst, dass das passieren würde, doch sie war nicht imstande wahrzunehmen, woher das Gefühl kam. Vielleicht war es eine Erinnerung, die sich ihr jedoch entzog. Es war kein Wunder, in Anbetracht ihrer derzeitigen Situation. Die Seraphim waren dafür bekannt, dass sie während des Rehabilitationsprozesses den Verstand auslöschten.

Es war verwunderlich, dass sie sich an Sethios erinnerte.

Zumindest an gewisse Dinge über ihn.

Zum Beispiel wusste sie noch, dass sie ein Band miteinander eingegangen waren.

Andere Aspekte waren immer noch verschwommen, doch sie hoffte, dass sie sich mit der Zeit aufklären würden.

Wir werden neue Erinnerungen erschaffen, mein Engel, versprach er ihr.

Offenbar waren ihre Gedanken über ihr Band zu ihm gelangt. Statt den Versuch zu unternehmen, es abzuschalten, hielt sie an der Verbindung fest, während sie die Frau betrachtete, die sie zur Welt gebracht hatte.

Der geflügelte Seraph blinzelte sie an und betrat dann in ihrem körperlichen Zustand den Raum, wobei ihr weißes Kleid um ihre Knie wallte. »Deine Zeit aufzuwachen ist noch nicht gekommen«, informierte sie Caro mit ausdrucksloser Stimme. »Ich werde es in Ordnung bringen.«

Caro sagte nichts.

Um es »in Ordnung zu bringen«, musste sie den Container öffnen, was bedeutete, dass Caro nur warten musste. Je gelassener sie schien, desto besser, denn sie würde das Überraschungsmoment brauchen, damit es funktionierte. Vor allem, weil sie noch nicht sicher war, wie stark sie nach der Rehabilitation sein würde, und ihre Mutter war ein paar Jahrtausende älter als sie.

Allerdings würde Chanara keine Reaktion von ihr erwarten. Es war völlig unpraktisch, sich gegen den Konditionierungsprozess zu wehren.

Zum Leidwesen ihrer Mutter stand Caro der Sinn momentan jedoch nicht nach Praktizismus.

Sie wollte raus aus dieser Hölle.

Sie wollte fliehen.

Und fliegen.

Um zu *fühlen.*

Auf ihren Armen und Beinen breitete sich eine Gänsehaut aus, während ihre Glieder voller Erwartung und mit einem Ziel vor Augen kribbelten. Sie hatte hier gelegen, bis ihre Muskeln völlig verkümmert waren, während ihr Verstand fast umprogrammiert worden war, um ihre gesamte Existenz zu vergessen.

Sie konnte immer noch Rückstände davon wahrnehmen, die als dunkle Flecke auf ihrem ansonsten weißen Bewusstsein verblieben. Doch es reichte aus, um sich zu konzentrieren und sie zum Handeln zu zwingen. Denn außerhalb dieser Mauern wartete etwas auf sie, das ihr wichtig war.

Sethios.

Ich bin hier.

Ich weiß, hauchte sie und ihr Herz setzte einen Schlag aus. Sie sah ihn im Geiste vor sich, seine markanten grünen Augen und diese verführerischen Grübchen, die zum Vorschein kamen, wenn er lächelte. Doch ihre Vergangenheit mit ihm verschwamm immer wieder und war wie ein Wimpernschlag der Zeit, den sie in einem Moment verstand und im nächsten vergaß.

Sie richtete ihre Heilkraft nach oben, um die zerbrochenen Stränge ihres Verstandes zu finden und sie wieder zusammenzusetzen.

Doch dann nahm sie aus dem Augenwinkel eine Bewegung wahr und hielt inne.

Ihre Mutter bereitete die notwendigen Werkzeuge vor, um Caro wieder in einen friedlichen Schlummer zu versetzen.

Es wäre so einfach, es zuzulassen und der Betäubung ihrer Sinne noch einmal zu erliegen.

Doch etwas zerrte an ihrer Seele und ließ sie in der Gegenwart verharren, um sie daran zu erinnern, warum sie kämpfen musste.

Caros Bestimmung war es nicht, in einer Kapsel zu existieren. *Ich bin für mehr bestimmt.*

Ja, pflichtete Sethios ihr bei. *Du bist mein.*

Sie hätte fast geschnaubt. Doch seine Worte füllten eine Leere in ihr und durchströmten sie mit einer Wärme, die sich mit dem Kribbeln in ihren Gliedern vermengte. Sie fühlte sich lebendig. Erfrischt. Wiedergeboren.

»Ja, danke. Ich brauche Adeline, bitte«, sagte Chanara.

»Sie wird in fünf Minuten eintreffen«, antwortete eine tiefe Stimme, die durch die Luft hallte.

Chanara hatte offenbar eine Lautsprechertaste gedrückt, vielleicht hatte sie auch einen telepathischen Seraph angepiept.

Adeline würde gebraucht werden, um Caro wieder in einen Schlafzustand zu versetzen, denn ihr Geschick in Bezug auf Traumzustände war unter ihresgleichen wohlbekannt. Wenn sie eintraf, bevor sich diese Glaskapsel öffnete, würde es ein Problem für Caro darstellen.

Es war eine Sache, gegen ihre Mutter zu kämpfen.

Doch einen Seraph außer Gefecht zu setzen, der dafür bekannt war, mit einem Gedanken ein Koma herbeizuführen, war eine ganz andere Angelegenheit.

Tief durchatmen, sagte Caro sich und beruhigte ihr rasendes Herz. Sie durfte nicht bedrohlich wirken. Denn nur dann würde ihre Mutter die Kapsel öffnen und mit den Vorbereitungen beginnen, während sie auf Adeline warteten.

Seraphim fühlen nicht.

Seraphim reagieren nicht.

Seraphim akzeptieren die Rehabilitation als Korrekturmaßnahme.

Caro wiederholte die Worte im Geiste wie ein Mantra, denn sie musste die Worte vorübergehend glauben, um sie nach außen hin verkörpern zu können.

Sethios stieß daraufhin ein Knurren aus, doch sie brachte ihn durch das Band zum Schweigen. *Ich muss mich konzentrieren.*

Wenn du mich wieder verlässt, werde ich Vera dazu zwingen, mich zu dir zu teleportieren. Scheiß auf die Mauern. Scheiß auf die Verteidigungsmechanismen. Ich komme dich holen, mein Engel. Ob du nun bereit bist oder nicht.

Bei dem Gedanken lief ihr ein heißer Schauer über den Rücken und es fiel ihr schwer, ihn zu verdrängen. Doch es war die einzige Möglichkeit, wie es funktionieren konnte.

Sie schloss die Augen, atmete mehrmals tief durch und gab vor, sich auszuruhen. Ihre Mutter würde annehmen, dass sie durch das Herausziehen der Drähte erschöpft war und dass Caro einfach wieder in einen leichten Schlummer verfallen war, während sie darauf wartete, dass die Seraphim ihre Kapsel reparierten.

Eins, zählte sie und tat ihr Bestes, sich auf die Ziffern und ihre tiefen Atemzüge zu konzentrieren. *Zwei. Drei.* Sie konzentrierte sich ganz und gar auf das Zählen und blieb reglos liegen, als die Schließvorrichtungen um sie herum gelöst wurden.

Als sie bei siebenundvierzig ankam, hörte sie ein Zischen.

Bei fünfundsechzig verschob sich das Glas.

Und als sie neunundachtzig zählte, legte ihre Mutter die Finger auf ihren Puls.

Jetzt, sagte sich Caro, griff nach ihrer Schöpferin und packte sie am Hals. Chanara stieß überrascht die Luft aus, verstummte jedoch, als Caro sie beide in einem Wirrwarr aus Gliedmaßen und ungeübten Bewegungen zu Boden riss.

Ihr Körper erinnerte sich jedoch schnell wieder daran, was er tun musste, während ihre Muskeln vollständig geheilt waren. Der einzige Teil von ihr, der sich noch nicht ganz erholt hatte, war ihr Verstand, was mehr Zeit in Anspruch nehmen würde.

Daran würde sie später arbeiten.

Zuerst musste sie ihre Mutter töten. Nicht dauerhaft, denn ein Seraph konnte nicht ewig sterben, doch sie konnte sie vorübergehend ihrer Lebenskraft berauben. Sie festigte ihren Griff um den Hals ihrer Mutter, während sie rittlings auf ihr saß und die Schenkel gegen ihre Taille presste, um sie unter sich auf dem Boden festzuhalten.

Keiner von beiden konnte sich unsichtbar machen, denn die Anlage war von Schutzsymbolen umgeben und unterirdisch gebaut.

Außerdem waren ihre seraphischen Fähigkeiten nicht von kriegerischer Natur.

Caro hatte sich jahrelang im Nahkampf geübt, denn ihr Wunsch, sich verteidigen zu können, war ein praktischer gewesen, der ihr jetzt zugutekam. Ihre Schöpferin hatte es dagegen vorgezogen, ihren Intellekt zu schulen, und hatte keinerlei kämpferische Erfahrungen gesammelt.

Caro hätte wetten können, dass ihre Mutter sich in diesem Moment wünschte, sie hätte wenigstens einen Selbstverteidigungskurs belegt.

Ihre blauen Augen begannen, nach hinten zu rollen, und ihr blasses Gesicht nahm einen violetten Farbton an. Aber Caro ließ nicht locker. Sie zählte weiter.

Sie war bei über zweihundert.

Fast schon dreihundert.

Das bedeutete, dass Adeline jede Minute, vielleicht jede Sekunde, hier sein würde.

Seraphim waren immer pünktlich.

Als sie dreihundertneunzehn zählte, ließ sie ihre Mutter los und sprang auf die Füße, um nach irgendetwas zu suchen, das sie als Waffe verwenden könnte. In diesem Raum gab es jedoch nur Überwachungsgeräte, die an ihre Kapsel angeschlossen waren. Sie konnte nicht einmal ein Skalpell finden.

Dann würde sie eben ihre Hände benutzen müssen.

Sie kniete noch einmal nieder, nahm den Kopf ihrer Mutter in die Hände und drehte ihn mit einem Ruck zur Seite, um ihr das Genick zu brechen.

Das Knacken hallte durch den Raum.

Dann wurde es wieder still.

Caro sprang wieder auf die Beine und ging direkt zur Tür, um keine Zeit zu verlieren. Sie war unverschlossen, sodass es für die Seraphim ein Leichtes war, hineinzugehen und die Opfer in ihren Kapseln zu begutachten.

Sie hatten diese Einrichtung mit dem Hintergedanken gebaut, dass die Kapseln die Gefangenen festhalten würden, daher hatten sie keine zusätzlichen Maßnahmen ergriffen.

Aus diesem Grund war der Korridor unbemannt und das Treppenhaus am Ende unverschlossen und unbewacht.

Sie federte einmal auf den Fußballen und lief dann leichten Fußes die Treppe nach oben. Dank ihrer Gabe, die gerade zum Leben erwacht war, hatte ihr Körper sich vollständig regeneriert. Als sie das Erdgeschoss erreichte, ließ die Sonne sie innehalten, da ihre Augen sich erst an die Helligkeit gewöhnen mussten.

Doch ihre Gabe kam zum Einsatz und heilte alles, was sie brauchte, um sehen zu können. Dann setzte sie sich wieder in Bewegung.

Hast du gerade Chanara getötet, mein Engel?, fragte Sethios leise.

Ja. Sie machte sich nicht die Mühe, ihn darauf hinzuweisen, dass es ihrer Mutter in etwa einer Stunde wieder gut gehen würde. Sethios würde es sicher wissen.

Ohne deine Messer?

Ja, wiederholte sie.

Hm.

Sie runzelte die Stirn über das Summen in ihrem Kopf. *Was stimmt denn nicht?*

Ich bin nur neugierig, gestand er mit einem warmherzigen Unterton in der Stimme. *Wir werden später miteinander spielen.*

Ich bin gerade aus einer Reformationskapsel ausgebrochen und du redest vom Spielen.

Überrascht dich das?

Sie dachte darüber nach. *Nein, eigentlich nicht.* Sie konnte sich zwar immer noch nicht an alles erinnern, doch ihre Gedanken ließen sich von ihren Instinkten leiten.

Nur noch eine Glastür trennte sie jetzt noch von der Außenwelt.

Sie lief auf sie zu, stürmte nach draußen und war bereit abzuheben, als um sie herum eine Vielzahl von Alarmsignalen ertönte. Caro drehte sich im Kreis, machte sich dann unsichtbar und bereitete sich darauf vor, die Hauptinsel zu verlassen.

Doch dann ließ sie ein vertrauter Anblick etwa hundert Meter entfernt von ihr innehalten.

Gabriel. Sie flog in ihrem ätherischen Zustand auf ihn zu. Ihre Flügel schmerzten, weil sie sie so lange nicht benutzt hatte. Ihre Gabe setzte wieder ein und begann mit dem Heilungsprozess, wobei sie sich weniger auf die Genesung ihres Verstands konzentrieren konnte.

Es war alles zu viel für sie. Sie brauchte einen sicheren Ort, um sich vollständig zu erholen. Einen Ort, an dem sie die Kopfschmerzen, die sich hinter ihren Augen bildeten, ausschlafen konnte.

Ihr Sohn faselte etwas von einem Hemd. Sie ignorierte ihn und sagte nur: »Bring mich zu Sethios.« Ihre Stimme klang überraschend kräftig, obwohl sie sie so viele Jahre lang nicht benutzt hatte.

»Mir wäre es lieber, er würde uns an einem anderen Ort treffen«, antwortete ihr Sohn, während er ein kleines Gerät aus seiner Tasche zog. Er studierte den Bildschirm und ließ seine Finger in rascher Abfolge darüber tanzen, bevor er das Gerät wieder in seiner Jeans verstaute. »Lass uns gehen.«

Ist Gabriel immer noch auf unserer Seite?, fragte sie Sethios, denn sein Verhalten verwirrte sie.

Wenn der Rat seine Meinung in den letzten Stunden nicht geändert hat, ja.

Rat? Sie wusste, dass er den Hohen Rat von Seraph meinte, wollte aber mehr Einzelheiten wissen.

Er hat einen Erlass erhalten, in dem er vorgeladen wurde. Er hatte vor, die Ratsmitglieder mehr oder weniger durch eine List dazu zu bringen, dich freizulassen.

Aber sie haben mich nicht freigelassen, antwortete sie. *Ich habe mich selbst befreit.* Bedeutete das, dass sie ihm nicht trauen konnte? *Was, wenn ...*

Plötzlich war sie von Feuer umgeben und die Hitze peitschte gegen ihre Haut, worauf sie mit einem Zischen die Luft einsog. Sie teleportierte sich weg von den Flammen, nur um von einem feurigen Netz umhüllt zu werden, das ihr einen Schrei entlockte.

Caro!, rief Sethios in ihren Gedanken. *Schick mir ein Bild. Zeig mir, wo du bist.*

Es war ein machtvoller Befehl und sie hatte keine andere Wahl, als ihm zu gehorchen. Sie öffnete die Augen, um die Gebäude um sich herum zu erfassen, doch die brennende Glut, die durch die Luft wirbelte, versengte ihr die Netzhaut.

Die überzeugende Kraft ließ schlagartig von ihr ab, als ihr Gefährte spürte, wie viele Schmerzen er ihr damit beschert hatte. Er entschuldigte sich nicht, während seine Gedanken durch ihren Verstand rauschten und er verzweifelt nach einer Möglichkeit suchte, ihr zu helfen und diejenigen zur Strecke zu bringen, die ihr Schaden zufügten.

Sie fiel auf die Knie. Ihre Lunge brannte und schrie förmlich nach sauberer Luft.

Doch mit dem nächsten Atemzug war alles verschwunden.

Die Wärme.

Das Feuer.

Alles.

Sie öffnete die Augen und blinzelte, als Gabriel in seiner

Eigenschaft als Krieger vor ihr stand und eine Horde Seraphim mit einem einzigen Schwerthieb niederstreckte.

Ihre Schmerzensschreie durchdrangen die Luft, doch er war auf dem Kriegspfad und hatte seine zerstörerische Seite aktiviert. Dabei schwang er kein richtiges Schwert, sondern eine Waffe, die aus *Macht* geformt war. Er hatte sie materialisiert, indem er seine Talente väterlicherseits nutzte.

Caro wurde von Ehrfurcht ergriffen, als sie sah, wie ihr Sohn die anderen mit präzisen Bewegungen auslöschte. *Ich habe ihn erschaffen*, dachte sie und zog die Augenbrauen in die Höhe. *Die Schicksalsgöttinnen hatten es angeordnet.*

Die meisten Seraphim waren über fünfhundert Jahre alt, bevor ihre Körper für die Fortpflanzung infrage kamen. Caro war wesentlich jünger gewesen, als sie die Anordnung erhalten hatte, sich mit Adriel zu paaren. Sie war dem Befehl gefolgt, weil es die erwartete Reaktion gewesen war.

Sie hatte nie dessen Zweck infrage gestellt, doch als sie ihn jetzt in seiner ganzen kämpferischen Pracht vor sich sah, während ihr neues Talent in ihr erwachte, begann sie, sich zu fragen, ob die Schicksalsgöttinnen alles aus einem bestimmten Grund inszeniert hatten. Vielleicht steckte eine Absicht dahinter, die über den Hohen Rat hinausging.

»Das reicht«, brüllte eine tiefe Stimme, als Adriel erschien. Seine roten Flügel waren wie ein Umhang reiner Energie um ihn herum ausgebreitet.

Alle hielten sofort inne, doch Gabriel senkte sein Schwert nicht. Stattdessen blickte er seinen Vater mit einem Ausdruck an, den sie noch nie zuvor an ihrem Sohn gesehen hatte. Er verströmte heftige Emotionen und seine Wut, die jeden lebendig zu verbrennen drohte, war förmlich spürbar.

Vater und Sohn starrten einander an, während sie in ätherischem Zustand schwebten und ihren Kampfgeist miteinander maßen.

»Verbanne uns, wenn es sein muss«, sagte Gabriel mit

einem gebieterischen Unterton in der Stimme, »aber ich werde tun, was nötig ist, damit die Prophezeiung sich erfüllt. Und im Moment muss Caro mir mit Astasiya helfen.«

Was ist mit Astasiya?, wollte Caro durch das Band wissen.

Es geht ihr gut, versicherte Sethios. *Warum?*

Gabriel hat gerade gesagt, er braucht meine Hilfe im Hinblick auf Astasiya, damit die Prophezeiung sich erfüllt.

Er benutzt das als Vorwand, um den Rat davon zu überzeugen, dich freizulassen, antwortete Sethios.

Sie dachte darüber nach. *Oh. Das ist ein praktischer Schachzug.*

Ja, stimmte er zu.

»Du stellst die Prophezeiung über deine Loyalität mir gegenüber? Und gegenüber deiner Heimat? Deinem Rat?«, fragte Adriel, der sich scheinbar nicht von der Macht beeindrucken ließ, die sein Sohn in Form eines grausamen Schwertes vor ihm ausübte.

»Meine Loyalität als Seraph treibt mich zu dieser Entscheidung. Für mich gibt es keine andere Möglichkeit, Adriel. Selbst wenn es bedeutet, dass ich dich dafür außer Gefecht setzen muss.« Gabriel verlagerte seinen Griff und nahm eine feindselige Haltung ein. »Entscheide dich.«

»Ich könnte dir deine Flügel abnehmen lassen.«

»Du könntest es versuchen«, konterte Gabriel. »Und du würdest verlieren.«

»Ich bin der ursprüngliche Krieger, mein Sohn. Du kannst mich nicht entthronen.«

»Es ist nicht mein Ziel, dich zu entthronen, Vater. Ich will nur, dass sich diese Prophezeiung erfüllt. Haben mich die Schicksalsgöttinnen nicht deshalb erschaffen?«

Er spürt es also auch, dachte Caro. *Er spürt, dass die Schicksalsgöttinnen ihr Spiel mit dem Rat treiben.*

Wie meinst du das?, fragte Sethios.

Es sind einfach zu viele Zufälle. Ich habe zweimal in einem

Jahrhundert ein Kind zur Welt gebracht. Eigentlich sollte das nicht möglich sein, da Seraphim sich nur etwa alle fünfhundert Jahre fortpflanzen können. Dabei habe ich zwei der mächtigsten Nachkommen geschaffen, die heute existieren. Aber auch ich wurde zu einem bestimmten Zweck geboren. Es hängt alles miteinander zusammen, doch ich glaube nicht, dass die Schicksalsgöttinnen dem Rat den wahren Grund für unsere Existenz verraten haben.

Ich kann dir immer noch nicht ganz folgen, mein Engel, flüsterte er in ihren Gedanken. *Willst du damit andeuten, dass die Schicksalsgöttinnen den Rat irgendwie getäuscht haben und dass ihr alle gar nicht erschaffen wurdet, um meinen Vater zu stürzen?*

Das weiß ich nicht. Doch irgendetwas nagte an ihr und sie hatte das Gefühl, ein Puzzle vor sich zu haben, das sie noch nicht ganz zusammensetzen konnte. Sie spürte jedoch, dass sie auf der richtigen Spur zu einer größeren Offenbarung war.

Der Rat dachte, dass sie alle dazu bestimmt waren, Osiris zu zerstören.

Aber was wäre, wenn das gar nicht das Ziel war? *Wie lautet die Prophezeiung noch einmal?,* fragte sie. Sie versuchte vergeblich, sich an den Wortlaut zu erinnern. *Wozu sind wir bestimmt?*

Astasiya ist dazu bestimmt, uns alle zu vernichten, womit die Ichorianer und Hydraianer gemeint sind, denn es war Skye, die die Prophezeiung ausgesprochen hat.

Caro runzelte die Stirn. *Irgendetwas daran fühlt sich ... Wir übersehen etwas.*

Ein Energieblitz riss sie aus ihren Gedanken und lenkte ihre Aufmerksamkeit wieder auf die Stelle, an der Gabriel und Adriel etwa drei Meter über dem Boden kampfbereit schwebten. Mehrere andere Seraphim hatten sich an die Seite des führenden Krieger-Seraphs gestellt, aber ihr Sohn schien nicht beunruhigt zu sein. Wenn überhaupt, dann wirkte er ungeduldig.

»Ich habe mich zum stellvertretenden Kommandeur hochgekämpft, Adriel. Ich bin mehr als fähig, es noch einmal zu tun.« Er wirbelte das Schwert herum, als ein weiteres in seiner anderen Hand erschien, während die Klingen mit Engelsfeuer loderten.

Gabriel verströmte Macht, während sich sein Geburtsrecht in dem schwelenden Grün seiner Iriden widerspiegelte. Er würde nicht nachgeben, und in diesem Zustand würde nur Adriel in der Lage sein, ihn zu besiegen.

Es sei denn, die anderen älteren Seraphim würden eintreffen, wobei Caro vermutete, dass das der Grund für diese Verzögerung sein könnte.

Sie testete insgeheim ihre Fähigkeit, sich unsichtbar zu machen und zu teleportieren, und stellte fest, dass sie wieder völlig intakt war. Ihr Körper hatte sich automatisch von den feurigen Strängen geheilt, die gedroht hatten sie an den Boden zu fesseln.

»Der Rat hat noch kein Urteil gefällt«, antwortete Adriel. »Bis dahin sollte Caro in die Rehabilitation zurückkehren.«

Gabriel schüttelte den Kopf. »Nur deine Entscheidung zählt. Also fälle dein Urteil, Adriel. Alles andere wäre nur eine Verschwendung von Zeit, und davon habe ich leider nicht allzu viel. Die Situation mit Osiris eskaliert und ich habe Astasiya ungeschützt gelassen. Sie kann zwar auf sich selbst aufpassen, aber momentan bedarf sie noch meiner Führung. Und der ihrer Mutter.«

Er ist großartig, dachte Caro, die voller Stolz ihren Sohn betrachtete, der sich weigerte, seinem Vater auch nur einen Zentimeter nachzugeben. Er war noch so jung, und doch wirkte er in diesem Moment geradezu uralt.

Falls Adriel ähnliche Gefühle hegte, ließ er sich nichts anmerken. Stattdessen sah er seinen Sohn abschätzend an, während seine mintgrünen Augen vor Wissen und Macht aufblitzten. »Du wirst Astasiya davon überzeugen, unserem

Edikt Folge zu leisten«, sagte er. »Sobald das geschehen ist, werden wir deine Zukunft unter den Seraphim besprechen.«

»Du willst ihn nicht verbannen?«, fragte eine weibliche Stimme, als Silvia in einem Wirbel aus weichen gelben Federn erschien, die in starkem Kontrast zu ihrem dunkleren Teint standen.

»Noch nicht. Er hat vier Wochen Zeit, meinem Erlass nachzukommen. Wenn Astasiya bis dahin nicht vor dem Rat erschienen ist, werden wir erneut zusammenkommen, um unser Urteil zu besprechen.«

»Und Caro?«, drängte sie.

Adriel blickte auf sie Frau hinab, während seine ausdruckslose Miene keinerlei Regung preisgab. »Sie wird ihn begleiten, um dem kindlichen Seraph ihre Führung zuteilwerden zu lassen. Wir werden in vier Wochen auch ihr Schicksal besprechen.«

Gabriel nickte, als seine Schwerter sich in der Luft auflösten. »Dann sollten wir uns auf den Weg machen.« Er teleportierte sich an Caros Seite und ergriff ihre Hand. »Ich werde mich in vier Wochen wieder bei euch melden, entweder mit oder ohne Astasiya.«

Er wartete nicht auf eine Antwort. Seine Kräfte hüllten sie in einen schützenden Mantel aus Energie und zwangen sie, sich mit ihm durch Zeit und Raum zu bewegen.

Caro?

Mir geht es gut, sagte sie. *Gabriel teleportiert mich gerade und das Gefühl gefällt mir nicht.*

Das kann ich verstehen, erwiderte er. Seine Worte riefen Belustigung in ihr hervor, obwohl sie den Grund dafür nicht kannte. Das Gefühl war an eine Erinnerung geknüpft, auf die sie jedoch noch keinen Zugriff hatte. *Ich komme zu dir, mein Engel.*

Du kommst zu mir, wie?

Du wirst schon sehen, flüsterte er. *Mach dich bereit.*

KAPITEL FÜNFZEHN

SETHIOS

»BRING MICH ZU CARO.« Sethios streckte seine Hand aus. »Sofort.«

Vera verengte ihre silberfarbenen Augen, die sich blaugrün färbten, als sie ihre Flügel entfaltete. »Ich hoffe, es tut weh.«

»Das wird es«, versprach er. »Aber es ist den Schmerz wert.«

Ihre Lippen umspielte ein Lächeln. »Ja. Darin sind wir uns vielleicht einig.« Sie ergriff seine Hand und teleportierte sie weg von Hydria zu dem Ort, den Ezekiel ihr vor wenigen Minuten per SMS mitgeteilt hatte.

Aus welchem Grund auch immer wollte Gabriel, dass sie sich alle in Ezekiels Haus statt in Hydria trafen. Während Caro und Gabriel den Rat bekämpft hatten – oder was auch immer gerade geschehen war –, hatten sich Sethios, Vera und Leela darüber unterhalten, wie sie weiter vorgehen sollten.

Sie waren übereingekommen, dass Astasiya in Hydria bei ihrer Freundin und Issac bleiben sollte, während Sethios Caros mentalen Zustand beurteilte.

Soweit er verstanden hatte, waren ihre Erinnerungen noch nicht alle wieder zurückgekehrt. Obwohl sie wusste, dass ihr Band existierte, schien sie sich nicht weiter damit zu befassen. Es war fast so, als hätte sie vergessen, dass sein Herz ihr gehörte.

Er würde sie liebend gern an diese Tatsache erinnern, sobald er sie sah. Und wenn sie sich wehrte, würde er es genießen, sie mit ein paar sorgfältig ausgearbeiteten Befehlen an den Anfang ihrer Beziehung zurückzuführen.

Der Nebel löste sich auf und gab den Blick auf einen schwarzen Nachthimmel frei, der mit Sternen übersät war. Es war etwa dieselbe Uhrzeit wie in Griechenland, nur dass seine Füße jetzt mit Schnee bedeckt waren.

Er runzelte die Stirn und ihm drehte sich der Magen um, als sein Körper die Auswirkungen seines »Fluges« mit dem Seraph verarbeitete. Dabei wurde ihm immer mulmig. »Wo sind wir?«, fragte er mit angespannter Stimme, während er gegen das Bedürfnis ankämpfte, sich zu übergeben.

Igitt, es war ihm zuwider, dass er sich dabei derart schwach fühlte. Eines Tages würde er es meistern. Hoffentlich wenn ihm seine eigenen Flügel gewachsen waren.

»Etwa eine Stunde östlich von Reykjavík«, antwortete Ezekiel, als er inmitten eines absolut leeren Feldes neben ihnen erschien.

Sein bester Freund wartete einen Moment, dann nickte er. »Gut, wir müssen nur noch einen Sprung machen.« Diesmal packte er Sethios und wirbelte ihn durch Raum und Zeit zum endgültigen Ziel. Zumindest hoffte er, dass sie endlich am Ziel waren. Immerhin löste Ezekiels Fähigkeit in ihm nicht das Bedürfnis aus, sich zu übergeben. Vielleicht weil er mit ihm schon seit Jahren auf diese Weise zusammen reiste.

Sie materialisierten sich in einem warmen Haus neben Skye in der Küche, wo sie gerade einen pfeifenden Kessel vom Herd nahm. »Tee?«, bot sie an, ohne sie eines Blickes zu würdigen.

»Ja bitte«, antwortete Ezekiel mit sanfter Stimme, in der ein Hauch von Emotionen mitschwang.

Vor ein paar Jahrzehnten hätte Sethios ihn darauf angesprochen. Doch heute Abend überließ er den Attentäter seinem Problem der unerwiderten Liebe.

Es war nicht unbedingt so, dass Skye ihn nicht liebte, sondern eher, dass sie seine Zuneigung nicht erwidern konnte. Sie schien einfach nicht fähig zu sein, diese Emotion zu empfinden, da ihr Verstand sich ständig in den Sorgen der Zukunft verlor und sie nicht lange genug in der Gegenwart verweilen konnte, um tatsächlich zu *fühlen*.

Vera erschien in der kleinen Essecke der Küche und kniff die Augen zu dünnen Schlitzen zusammen. »Danke für die Wegbeschreibung.«

Ezekiel zuckte mit der Schulter. »Ich muss dich doch auf Trab halten, Seraph.«

»Und wenn ich nicht in der Lage gewesen wäre, mir diese Erinnerung schnell genug von dir zu beschaffen? Hättest du mich dann mitten in Island erfrieren lassen?«

»Im Süden Islands«, verbesserte er und holte eine Flasche Bier aus dem Kühlschrank, um sie ihr zuzuwerfen. »Ich bin mir sicher, du hättest einen wärmeren Ort gefunden, an dem du auf weitere Anweisungen hättest warten können.«

»Sind wir noch in Island?«, fragte Sethios sich laut. Er besaß hier ein Haus, das er schon lange nicht mehr besucht hatte. Eigentlich gehörten ihm mehrere Grundstücke. Zumindest war er früher einmal der Eigentümer gewesen. Er würde später überprüfen müssen, in welchem Zustand sie sich befanden oder ob sie überhaupt noch existierten.

»Ja, in Nordisland. Ich musste nur sicherstellen, dass euch niemand gefolgt ist.« Ezekiel öffnete einen Schrank, um eine Zuckerdose herauszuholen, und stellte sie auf den Tresen neben die Tassen, die Skye aufgereiht hatte. Sie hatte kleine Teebeutel in jede der Tassen gegeben und konzentrierte sich auf das Wasser, das sie hineingoss.

Sethios runzelte die Stirn, als er nachzählte – acht Tassen. *Ezekiel, Skye, Vera, ich, Caro, Gabriel ...* »Wen erwarten wir noch?«

»Oh, da fällt mir ein ...«, sagte Skye und ging zum Ofen, um das Einstellrad der Eieruhr festzuhalten, kurz bevor sie ertönte. Sie zog ein paar Handschuhe an, um eine Salamipizza aus dem Ofen zu holen. »Niemand rührt sie an. Die ist für Jacque.«

Sethios und Vera tauschten einen Blick aus, während Ezekiel ohne ein Wort verschwand.

»Jacque ist in Hydria«, sagte Vera.

»Ist er das?« Skye blinzelte mit großen blauen Augen zur Decke hinauf, dann neigte sie den Kopf zur Seite, als würde sie auf etwas lauschen. Nach einem kurzen Moment schüttelte sie den Kopf. »Er wird gleich hier sein.«

Sethios zuckte mit den Schultern. Die Frau konnte in die Zukunft sehen. Er hatte sicher nicht vor, ihren Erwartungen zu widersprechen.

»Ich muss dein Zimmer vorbereiten«, fuhr Skye fort, als ihr Blick von Sethios zur Uhr wanderte. »Und später werde ich Caro ein Bad einlassen.« Sie verließ die Küche, während sie ihr alle hinterherstarrten.

Er zog eine Augenbraue in die Höhe und wandte sich Vera zu, nachdem die dunkelhaarige Seherin aus dem Blickfeld verschwunden war. »Warum sollte Caro ein Bad brauchen?«

»Sie hat aufgrund ihrer Reformation seit mehreren Jahren nicht mehr gebadet, doch die Seraphim halten die Kapseln relativ sauber. Vielleicht mussten sich Caro und Gabriel den Weg nach draußen freikämpfen.«

Geht es dir gut?, fragte er seinen Engel.

Sie antwortete nicht, woraufhin sein Herz einen Schlag aussetzte. *Caro?*

Nichts.

Er dachte schon daran, ihr einen Befehl zu erteilen, als laute Geräusche aus dem Wohnzimmer drangen. Ein vertrauter Schrei ließ ihn auf die Quelle zulaufen, nur um bei dem Anblick, der sich ihm bot, innezuhalten.

Sie war nicht nur nackt, sondern hielt auch eines von Ezekiels Messern in der Hand. Er erkannte es an dem Griff, der sein Markenzeichen war.

»Engel?«, fragte er leise. Er war verwirrt, weil sie die Klinge auf seinen besten Freund gerichtet hatte.

»Du hast uns verraten!«, beschuldigte sie Ezekiel und starrte weiterhin nur den Attentäter an.

Ezekiel hob beschwichtigend die Hände. »Schätzchen, ich habe genau das getan, was wir geplant hatten.«

»Das war nicht der Plan. Nichts davon war geplant!«, rief sie, woraufhin Sethios die Stirn nur noch mehr in Falten legte.

Was meinst du damit, mein Engel?, fragte er sie in Gedanken.

Aber sie ignorierte ihn. Genauso wie sie sich jetzt weigerte, ihn anzusehen.

Gabriel materialisierte sich neben ihr. Sein Hemd war zerrissen und mit Blutflecken übersät, die zu seinen roten Federn passten. Letztere verschwanden, als er seine körperliche Gestalt annahm und sein Blick auf Caro fiel. »Sie hat sich Ezekiels Messer während des Transports geschnappt.«

»Das wundert mich nicht«, antwortete Sethios, während er zwar beeindruckt war, sich aber gleichzeitig fragte, warum sie es getan hatte. Er machte einen Schritt auf sie zu, erstarrte jedoch, als sie ihm einen Blick über die Schulter zuwarf und ihn anfauchte. »Caro, ich bin es.«

»Es ist gelogen«, sagte sie, wobei ihre blauen Augen zornig funkelten. »Es ist alles gelogen!«

»Was zum Teufel ist passiert?«, wollte Sethios wissen.

»Ja, das würde ich auch gern wissen«, fügte Ezekiel hinzu, während er sich einen Schritt von Caro entfernte. Sie knurrte ihn an, woraufhin er sofort erstarrte.

Wenigstens schien sie körperlich in Form zu sein. Alles an ihr war, wie er es in Erinnerung hatte – durchtrainierte Beine und Arme, ein flacher Bauch, schöne Brüste, eine geschmeidige Taille, langes blondes Haar, das ihr bis zur Mitte des Rückens reichte, und ein Gesicht, das von Gott selbst geschaffen worden war.

Er wollte sie umarmen, sie küssen und ihr sagen, wie sehr er sie vermisst hatte.

Aber sie schien ihn gar nicht zu bemerken, als ob er ihr nichts bedeutete. Als hätte sie jeden wichtigen Aspekt ihres Bandes vergessen.

Und sie wurde scheinbar nur von ihrer Wut angetrieben und von dem Bedürfnis, Ezekiel wehzutun.

»Warum glaubst du, dass wir dich anlügen?«, fragte er mit tiefer Stimme, in der ein beruhigender Tonfall mitschwang.

»Ihr seid gar nicht hier«, sagte sie mit zusammengebissenen Zähnen. »Und du hast uns an Osiris verraten.«

Ezekiel zog die Augenbrauen fast bis zum Haaransatz nach oben.

»Sie braucht ihre Erinnerungen«, ertönte eine singende Stimme vom oberen Ende der Treppe. »Vera, wärst du bitte so lieb. Danach kann Sethios ihr mit dem Bad helfen. Oh, aber bleibe hinter ihr, sonst stößt sie sich auf dem Weg nach unten den Kopf.« Skye wandte sich um und verschwand wieder im Flur des oberen Stocks. Alle blickten einander an.

»Meine Erinnerungen«, sagte Caro, dann sah sie sich um

177

und kniff die Augen zusammen, als ihr Blick auf die Brünette fiel, die an der Wand lehnte. »*Du.*«

»Richtig.« Vera räusperte sich, stieß sich von der Wand ab und ging auf Caro zu. »Ich muss eine Menge rückgängig machen.«

»Fass mich nicht an.«

»Ich fürchte, mir bleibt keine andere Wahl«, sagte Vera und wandte sich Sethios zu. »Könntest du mir bitte helfen?«

»Und was genau soll ich tun?«, fragte er.

»Befiehl ihr, stillzuhalten und sich nicht zu wehren.«

Er schnaubte. »Nein.«

Ihr Gesicht nahm einen verärgerten Ausdruck an. »Willst du, dass ich es in Ordnung bringe, oder nicht, Sethios?«

»Du hast das ganze Chaos verursacht, dann kannst du es auch beseitigen«, entgegnete er. Doch kaum hatten die Worte seinen Mund verlassen, drängte sich ihm eine Erinnerung an den Tag auf, an dem er und Caro Vera gebeten hatten, ihre Gedanken auszulöschen.

Er stieß zwischen zusammengebissenen Zähnen einen Fluch aus.

»Also gut«, sagte er. Er war zwar ganz und gar nicht erfreut über das, was er tun musste, doch er sah ein, warum es nötig war. »Caro, lass das Messer fallen. Du darfst dich weder vom Fleck rühren noch dich unsichtbar machen.« Er verwob seine Worte mit der Kraft der Überzeugung und erntete dafür ein wütendes Knurren von der nun erstarrten Frau.

Die Klinge fiel zu ihren Füßen auf den Teppich, während der letzte Rest ihres Kampfgeistes ihren Gliedern entwich, die sie im Moment noch aufrecht hielten.

Er stellte sich hinter sie und bückte sich, um das Messer aufzuheben.

Sie stieß erneut ein Knurren aus, das ihm ein Lächeln entlockte.

Das erinnert mich daran, wie wir uns zum ersten Mal getroffen haben, flüsterte er in ihren Gedanken. *Damals konntest du dich auch nicht bewegen.* Er ließ die Spitze der Klinge an ihrem Bein hinaufgleiten, als er sich wieder aufrichtete.

»Das hier werde ich behalten«, sagte er zu Ezekiel, als er das Messer zwischen seinen Fingern kreisen ließ und es dann in die Tasche seiner Jeans steckte. Danach stellte er sich pflichtbewusst hinter seinen Engel, um sie aufzufangen, falls sie fallen sollte.

Er verzog die Lippen zu einem Lächeln, als ihm sein unbeabsichtigtes Wortspiel bewusst wurde – *sein gefallener Engel.* Sie war schon vor langer Zeit mit ihm an ihrer Seite in den Schlund der Hölle gefallen. Die Hitze, die sie jetzt ausstrahlte, schien ihre gemeinsame Stellung zu bestätigen.

Aber es war die schwelende Wut, die seine Aufmerksamkeit wirklich fesselte.

Ich bekomme noch einen Steifen, mein Engel, sagte er zu ihr, wohl wissend, dass sie überhaupt nicht auf ihn reagierte. *Soll ich das Messer wieder herausziehen und mit dir spielen? Du hast dich bereits für mich ausgezogen. Vielleicht finden wir ein Fenster, an dem ich dich ficken kann. Möglicherweise hilft das deinem Gedächtnis auf die Sprünge.*

Befreie mich von deinem Bann, zischte sie.

Niemals, gelobte er und umklammerte ihre Hüften, um seinen Worten Nachdruck zu verleihen. *Du gehörst mir, genauso wie ich dir gehöre.*

Dafür werde ich dich umbringen.

Das hast du schon einmal versprochen, erinnerte er sie und beugte sich vor, um ihr einen Kuss auf die Schulter zu drücken. *Ich warte immer noch darauf.*

Erlöse mich von dem Bann und ich werde dich deinem Schicksal zuführen.

Sobald Vera fertig ist, werde ich darüber nachdenken, erwiderte er und wandte sich an den Erinnerungen auslöschenden Seraph. »Sie ist bereit.«

Vera warf ihm einen ungläubigen Blick zu. »Sie scheint eher bereit zu sein, uns zu ermorden, statt sich zu fügen.«

»Sie kann sich meinem Bann nicht entziehen«, murmelte er und festigte den Griff um ihre Hüften. »Und falls es ihr doch gelingen sollte, wird sie versuchen, mich zu töten, nicht dich.«

Ich werde es nicht nur versuchen, erwiderte Caro mit finsterer Stimme.

Er gluckste. *Ich habe diese Seite an dir vermisst, mein Engel. Es hat den Anschein, als müsste ich dir wieder beibringen, wie man fühlt.*

Ich fühle mich gut, danke.

Ja, du fühlst Wut. Die ich leicht in etwas verwandeln kann, das so viel leidenschaftlicher ist, erwiderte er und küsste diesmal ihren Hals, bevor er an ihrem Ohrläppchen knabberte. *Verspotte mich nur weiter, mein Engel. Du wirst ja sehen, was passiert.*

Wie stehen wir miteinander in Verbindung?, wollte sie wissen.

Du erinnerst dich nicht?, fragte er und runzelte die Stirn.

Sie verstummte.

Seine schalkhafte Stimmung verflog und er konzentrierte sich auf Vera. »Bring ihren Verstand wieder in Ordnung. Sie kann sich nicht daran erinnern, was ich ihr bedeute.« Er konnte die Unsicherheit in ihrem Band spüren. Es flackerte unstet auf, während ihre Verbundenheit in einem Moment unbestreitbar war, um im nächsten Augenblick in Vergessenheit zu geraten.

»Du kannst also auch ohne deine überzeugende Kraft Befehle erteilen«, sagte Vera, als sie sich vor Caro aufbaute. »Faszinierend.«

»Würdest du es vorziehen, wenn ich dich dazu zwinge? Denn ich werde deinem Wunsch liebend gern nachkommen.«

»Nein, das wirst du nicht tun«, murmelte sie und legte

eine Hand an Caros Wange. »Denn ich sollte wirklich nichts überstürzen, vor allem wenn man bedenkt, wie viel ich in ihrem Gedächtnis verändert habe.« Sie schloss die Augen. Als sie wieder sprach, wurde ihre Stimme mit jedem Wort sanfter. »Ich musste ihre Erinnerungen nicht nur vor ihr, sondern auch vor den anderen meiner Blutlinie und der gesamten Rasse der Seraphim verbergen. Das hier wird nicht nur ihr wehtun, Sethios, ich werde die Schmerzen ebenso spüren.«

Er wollte schon erwidern, dass er ihre Schmerzen gutheißen würde, doch das wäre gelogen. Jetzt, da er seine Erinnerungen zurückgewonnen hatte, wurde ihm klar, welche Opfer sie alle – einschließlich Vera – gebracht hatten, um Astasiya zu schützen.

Und dafür würde er ihr ewig dankbar sein.

Deshalb schwieg er und nickte nur. Es war seine Art, ihr mitzuteilen, dass er verstand, was getan werden musste, und dass er ihr helfen würde, so gut er konnte. Er schlang von hinten die Arme um Caros Taille und hielt sie fest, während Vera sich daranmachte, an ihrem Verstand zu arbeiten.

Sein Engel schrie. Der Laut war jedoch nicht hörbar, denn sie ließ ihn innerlich durch das Band ausstrahlen. Er umhüllte sein gesamtes Wesen und zerstörte seine Seele. Ihr Leiden raubte ihm fast den Verstand, ließ ihn erzittern und trieb ihm die Tränen in die Augen. Aber er nahm alles in sich auf, während er sie entschlossen mit seiner überzeugenden Kraft festhielt.

Sie würde sich nicht bewegen, bevor sie es nicht hinter sich gebracht hatten, egal wie sehr sie schrie und weinte. Und er würde ihre Qualen als Bestrafung seiner selbst akzeptieren.

Er schloss die Augen und zuckte zusammen, als die Schreie in ihm widerhallten und die Schmerzen ihr Band in Brand setzten.

Sie gab ihm die Schuld.

Sie hasste ihn.

Sie verabscheute ihre eigene Existenz.

Sie weinte im Geiste.

Sie zerbrach.

Sie baute sich wieder auf und zerbrach erneut.

Es geschah immer wieder aufs Neue, während jede Empfindung auf ihn einstürzte, als wäre es seine eigene. Er *spürte*, wie Vera sich an ihren Erinnerungen zu schaffen machte, sie auseinandernahm und wieder zusammensetzte. Es war schlimmer als das, was sie ihm angetan hatte, denn die Menge an Verflechtungen und Entflechtungen schien endlos zu sein. Es war ein Wunder, dass Caro überhaupt in der Lage gewesen war zu funktionieren.

Dabei handelte es sich nicht nur um ihre Erinnerungen, sondern auch um ihre Zeit in der Rehabilitationskammer.

Er konnte den Gesang, die Regeln und die Edikte hören, die besagten, dass Seraphim weder Gefühle hegen noch etwas anderes außerhalb der Vernunft beachten sollten.

Verdammt, es war grausam. Wie war es möglich, dass ein Wesen ohne einen Funken Menschlichkeit oder Reue existieren konnte? Nicht alle Entscheidungen wurden von Vernunft bestimmt. Emotionen spielten durchaus eine Rolle. Und genau das zeigte er ihr durch das Band, indem er ihr sagte, wie sehr er sie liebte, wie sehr er sie vermisst hatte und wie sehr er sich wünschte, dass sie zu ihm zurückkehrte.

Sie schloss ihn aus.

Dann ließ sie ihn herein.

Nur um ihm aufs Neue die Tür vor der Nase zuzuschlagen.

Es war ein mentaler Tanz, der ihn erzittern ließ, während er sie mit den Armen fest umschlang und sein Körper sie in einer Welt verankerte, in die sie nicht zurückkehren wollte. *Es gibt keine andere Möglichkeit, mein Engel,* flüsterte er. In seiner Stimme hallten die Qualen wider, die ihr Band strapazierten. *Du wirst zu mir zurückkommen. Dann werden wir sie alle zu Fall bringen.*

Denn diese Erfahrung hatte ihm etwas Entscheidendes vor Augen geführt, eine Tatsache, die sie jahrelang nicht hatten wahrhaben wollen.

Die Seraphim stellten ein ebenso großes Problem dar wie sein Vater. Vielleicht waren sie sogar noch schlimmer, denn sie lebten in einer Gesellschaft voller unbarmherziger Regeln und stoischer Erlasse.

Sie hatten Osiris erschaffen und ihn auf der Erde sein verdammtes Unwesen treiben lassen. Und nun wollten sie Astasiya benutzen, um den Scheißkerl zu beseitigen.

Ein fünfundzwanzigjähriges *Mädchen*.

Ob sie nun einen Gefährten hatte oder nicht, im Großen und Ganzen war sie noch ein Kind. Verglichen mit dem verdammten Rat waren sie das im Grunde alle. Und sie wollten eine junge Frau dazu bringen, eines der ältesten Wesen aller Zeiten zu vernichten.

Sie ist für sie entbehrlich, flüsterte Caro durch das Band, das jetzt lebendiger denn je war. Zumindest fühlte es sich nach Jahren der Trennung so an.

Er ließ sie los und drehte sie in seinen Armen zu sich um. Ihre Augen strahlten voller Wissen und Kenntnis der *Vergangenheit*. Es stand ihr deutlich ins Gesicht geschrieben. Er konnte die Liebe sehen, die sie einst verbunden hatte, das Band, das ihnen heilig war, und den unvermeidlichen Kummer, den sie beide hatten ertragen müssen.

Sie wollen sie benutzen, weil sie entbehrlich ist, wiederholte sie und lenkte seine Gedanken wieder auf den Hohen Rat und dessen Absichten. *In ihren Augen ist sie nur ein Soldat.*

Ja, stimmte er zu. *Das sind wir alle.*

Ihre Knie gaben nach, aber er fing sie mit Leichtigkeit auf und hob sie in seine Arme. Vera saß etwa einen halben

Meter von ihnen entfernt auf einem Stuhl und hatte die Augen geschlossen.

»Ist es vollbracht?«, fragte er sie. Als sie nicht antwortete, legte er die Stirn in Falten. »Vera?«

»Sie ruht sich aus«, sagte Gabriel von der anderen Seite des Raumes. Er hatte sich ebenfalls hingesetzt, doch Ezekiel war nirgends zu sehen.

»Wie viel Zeit ist vergangen?«, fragte Sethios, als er das Sonnenlicht draußen bemerkte, was in Island während der Wintersaison eine Seltenheit war. Es deutete darauf hin, dass es fast Mittag war.

»Mehrere Stunden«, bestätigte Gabriel. »Skye sagte, euer Zimmer befindet sich im ersten Stock. Es ist die zweite Tür links. Jacque und Owen übernachten auf der anderen Seite des Flurs. Ich schlafe hier.« Er streckte sich auf dem Rücken auf dem großen Sofa aus und verschränkte die Hände hinter dem Kopf. »Wir müssen uns morgen unterhalten«, war das Einzige, was er noch sagte, bevor er die Augen schloss.

Ja, dachte Sethios. Er nahm an, dass sie alle eine Menge zu sagen hatten. Doch zuerst musste er sich um die schlummernde Frau in seinen Armen kümmern, die ihren Kopf an seine Schulter geschmiegt hatte. Ihr blondes Haar war verfilzt und ungewaschen, was ihn jedoch nicht daran hinderte, ihr einen Kuss auf die Stirn zu drücken. *Ich bin hier, mein Engel*, sagte er zu ihr.

Ich weiß, erwiderte sie und stieß einen Seufzer aus.

Er nahm sich einen Moment Zeit, um sie zu betrachten und um die Tatsache auf sich wirken zu lassen, dass er sie tatsächlich in den Armen hielt.

Sie war hier.

Seine Caro.

Sein Leben.

Sein Herz.

Sie lag in seinen Armen an seine Brust geschmiegt, warm

und zerbrechlich und gleichzeitig schön und stark. Sie war wie ein Rätsel, ein Widerspruch in sich. Er spürte ihre Verletzlichkeit, ihre Erschöpfung und ihren entblößten Verstand, und doch strahlte sie unter der Oberfläche eine unglaubliche Kraft aus und war seine Kriegerin, die sich selbst in ihrem schwächsten Zustand weigerte, klein beizugeben.

Ich liebe dich, Caro.

Ich liebe dich auch, flüsterte sie. Er konnte durch das Band die Erschöpfung in ihrer Stimme hören, die der ihres müden Körpers gleichkam.

Er trug sie die Treppe hinauf ins Schlafzimmer, das Gabriel ihnen zugewiesen hatte. Im Badezimmer fand er ein warmes Bad vor und der starke und ermutigende Duft von Eukalyptus stieg ihm in die Nase.

Er legte Caro aufs Bett, streifte seine Kleidung ab und versteckte das Messer im Nachttisch. Dann hob er seinen Engel hoch und legte sie in die Badewanne.

Sie rührte sich nicht, auch nicht, als er ihr mit dem Duschkopf die Haare wusch. Es war keine leichte Aufgabe, denn ihr Körper lag schlaff auf seinem, doch er ließ sich Zeit, als er sie gründlich wusch und danach ihr Haar kämmte. Dann brachte er sie wieder ins Bett, deckte sie zu und legte sich neben sie, während er fest entschlossen war, sie nie wieder loszulassen.

Du bist für immer mein, Caro. Wenn du aufwachst, werde ich dich daran erinnern, was ich damit meine. Aber zuerst musst du dich ausruhen.

Kapitel Sechzehn

Issac

»Clara ist nicht der Verräter.«

Balthazars Aussage hallte durch Issacs Kopf, als er über die Bedeutung seiner Worte nachdachte. Als er und Lucian ihm gesagt hatten, dass sie sich mit ihm und Astasiya unterhalten müssten, hatte er nicht gewusst, was ihn erwartete. Bei allem, was vor sich ging, hätte es sich um alles Mögliche handeln können, doch diese Ankündigung wäre ihm beim besten Willen nicht in den Sinn gekommen.

Was sagte es über ihn aus, dass er an die Frau, die er einst wie eine Schwester verehrt hatte, nicht einmal einen Gedanken verschwendet hatte?

Dass du viel um die Ohren hast, antwortete Aya leise. *Wie wir alle.*

»Woher weißt du, dass sie nicht der Verräter ist?«, fragte sie laut.

»Sethios hat es irgendwie geschafft, sie von dem Bann zu befreien.« Lucian stand mit vor der Brust verschränkten Armen da, wobei sein graues T-Shirt sich über seinen ausgeprägten Bizeps spannte.

Er hatte seine Trauer über Aidans Tod kanalisiert, indem er jeden Tag mehrere Stunden damit verbrachte zu trainieren, statt zu schlafen. Amelia hatte Issac gegenüber ihre Sorge zum Ausdruck gebracht, dass ihr großer Bruder seine Trauer nicht richtig verarbeitete. Er begann langsam, ihr zuzustimmen, und das nicht nur wegen der dunklen Ringe unter Lucians smaragdgrünen Augen.

»Er sagte, dass die Stränge nur grob miteinander verwoben waren, und vermutete, dass Osiris sie dir absichtlich hinterlassen hat, damit du sie zu Übungszwecken auflösen kannst«, fügte Balthazar hinzu.

»Hat Clara uns irgendwelche Hinweise geben können, wer der Verräter sein könnte?«, fragte Issac.

Beide Männer schüttelten den Kopf. »Aber da wir jetzt wissen, dass es eine List war, können wir es zu unserem Vorteil nutzen«, antwortete Lucian. »Wir haben Clara in der Zelle gelassen, wobei sie natürlich wesentlich komfortabler untergebracht wurde. Soweit es die anderen betrifft, ist sie immer noch schuldig und darf nicht angesprochen werden.«

»Alik weiß Bescheid, aber sonst niemand.« Balthazar fuhr sich mit den Fingern durch sein dunkles Haar und zupfte zurecht, was die Brise draußen mit seinen kunstvoll zerzausten Strähnen angerichtet hatte. »Wir werden es auch Jay erzählen, wenn er weniger beschäftigt ist.«

»Das bedeutet also, dass sich die Person, die uns an Jonathan verraten hat, immer noch unter uns befindet«, sagte Aya und runzelte die Stirn. »Oder hat der Übeltäter versucht zu fliehen?«

»Jacque ist der Einzige, der sich momentan nicht auf der Insel befindet, denn er ist mit Owen und deinen Eltern in Ezekiels Haus, dessen Standort er geheim hält.« Lucian schien darüber nicht sehr erfreut zu sein. »Aber alle anderen sind noch hier.«

»Wen hast du also im Verdacht?«, fragte Issac. »Zu Anfang hast du darauf bestanden, Nadia, Clara und Tristan zu überprüfen.«

»Wir haben auch Ezekiel verdächtigt. Ash und Jacque

wurden ebenfalls erwähnt.« In Balthazars Tonfall lag eine Emotionslosigkeit, die für den Gedankenleser untypisch war. Vielleicht wollte er sich seine Meinung zu dem Thema nicht anmerken lassen.

Lucian kniff die Augen zusammen. »Wir wissen, dass es weder Jacque noch Ash ist.«

»Wir waren auch davon überzeugt, dass Clara die Schuldige ist«, erinnerte Balthazar ihn. »Doch sie war es nicht.«

Die beiden Ältesten starrten einander einen Moment lang an, während die Spannung zwischen ihnen spürbar war.

Issac räusperte sich. »Nun gut. Wir haben einen Fehler gemacht. Wir sollten ihn beheben, indem wir den Schuldigen finden.«

»Einen verdammt großen Fehler«, murmelte Balthazar.

»Und wir werden die nächsten Jahrzehnte oder Jahrhunderte damit verbringen, es wiedergutzumachen«, gelobte Issac. »Aber zuerst müssen wir den wahren Schuldigen finden, damit wir uns vorwärtsbewegen können. Bis dahin stecken wir nämlich in diesem ewigen Kreislauf der Schuldzuweisungen fest, und das ist für niemanden gesund.«

»Er hat recht.« Ayas grüne Augen funkelten machtvoll. »Es ist wichtig, dass wir uns gegenseitig vertrauen können und nicht unnötig mit dem Finger auf andere zeigen. Also sagt uns, wen ihr verdächtigt, und wir werden entscheiden, was als Nächstes zu tun ist.«

»Da liegt ja gerade das Problem, denn nur diejenigen, die zum inneren Kreis gehören, wussten von unserem Test«, sagte Lucian mit gequälter Miene. »Jemand hätte Osiris dazu bringen müssen, Clara zu manipulieren, um sie als den Bösewicht darzustellen.«

Issac dachte darüber nach, bevor er sagte: »Es sei denn, sie war schon immer der Sündenbock.« Es würde Sinn machen, sie als Spielkarte in Lauerstellung zu halten, um sie im richtigen Moment auszuspielen. »Osiris' überzeugende Kräfte entfalten ihre Wirkung nicht immer sofort. Und jetzt, da wir wissen, dass er der Schöpfer aller Hydraianer und Ichorianer ist, wäre es möglich, dass er in uns allen seine Stränge hinterlassen hat, an denen er bei Bedarf ziehen kann.«

»Was bedeutet, dass er sie schon vor Monaten oder Jahren manipuliert haben könnte und erst kürzlich an dem Strang gezogen hat, wie du es nennst.« Lucian kratzte sich über die kurzen blonden Bartstoppeln auf seinem Kinn. »Glaubt ihr, dass unser echter Verräter ebenfalls unter einem Bann steht?«

»Es ist durchaus möglich«, antwortete Issac. »Aber wer auch immer es ist, muss ihn angerufen haben, um ihn wissen zu lassen, dass er seine Verbindung zu Clara aktivieren muss.«

»Was ich zu verstehen versuche, ist die Verbindung zwischen Osiris und John«, sagte Aya. »Wenn Osiris Clara gezwungen hat, als Sündenbock zu fungieren, dann ist er im Grunde derjenige, der für den Verräter verantwortlich ist, nicht John. Und wenn wir recht damit haben, dass diese Person zum inneren Vertrauenskreis gehört, dann hat Osiris John sterben lassen.«

Lucians Augen nahmen einen verklärten Glanz an, als seine Kraft der Allwissenheit wirksam wurde. Sein Verstand arbeitete sich durch die verschiedenen Puzzleteile, um sie alle zu einer verständlichen Antwort zusammenzusetzen, die sie alle hören sollten.

Dieser Blick erinnerte Issac an Aidan, wenn er sich in dem jahrtausendealten Wissen verlor, das er in seinem Kopf abgespeichert hatte, wobei er nie ein einziges Detail vergaß. Das war der Grund, warum jeder die beiden für allwissend hielt. Sie hatten so viel erlebt, dass sie buchstäblich alles wussten.

»Für Osiris sind wir alle Schachfiguren in einem Krieg, den er gegen die Seraphim führen will«, sagte der Älteste gedehnt. »Ich kann mir nicht vorstellen, dass er begeistert war, als Jonathan einige seiner wertvollsten Wirtschaftsgüter ausgeschaltet hat.«

»Osiris und Aidan standen sich ziemlich nahe«, antwortete Issac und erinnerte sich an all die Momente, die er in den letzten Jahrhunderten zwischen den beiden Männern erlebt hatte. »Und Anya mochte er ebenfalls.«

»Jonathan hat außerdem die CRF zerstört«, fügte Balthazar hinzu, »indem er sie in die Luft gejagt hat. Ich kann mir nicht vorstellen, dass Osiris sonderlich begeistert war, als dabei all seine Experimente vernichtet wurden.«

»Also hatte John für ihn keinen Nutzen mehr«, sagte Aya mit sanfter Stimme, als sie sich an Issacs Seite schmiegte. »Statt zu versuchen, ihn zu retten, hat er uns erlaubt, das Problem vom Schachbrett zu entfernen, und hat Clara für das Informationsleck den Kopf hinhalten lassen.«

»Für ihn wäre sie die ideale Schachfigur, denn sie kann Emotionen lediglich spüren, sie jedoch nicht kontrollieren.« Lucians pragmatische Seite hatte die Oberhand gewonnen. Seine Stimme klang nicht mehr gereizt, sondern war ausdruckslos und direkt. »Sie ist für ihn entbehrlich. Was bedeutet, dass der echte Verräter in seinen Augen viel wertvoller ist.«

»Jacque ist wertvoll«, sagte Balthazar. »Genauso wie Ash, Tristan und sogar Nadia.«

»Es ist nicht Tristan«, erwiderte Issac zuversichtlich. »Er ist mein bester Freund.«

»Er wusste außerdem nichts von deinem Test.« Aya strahlte Gewissheit durch das Band aus und bestätigte damit, dass sie mit Issacs Überzeugung hinsichtlich Tristans

Unschuld übereinstimmte. Er legte seinen Arm um sie und drückte sie leicht, um ihr seine Dankbarkeit entgegenzubringen. Sie und sein Nachkomme waren zwar keine Freunde, aber ihre Loyalität gegenüber Tristan bedeutete ihm sehr viel.

»Wir sind uns also einig, dass es jemand ist, der von dem Test wusste«, sagte Balthazar.

Lucian nickte. »Ja. Es sei denn, Osiris hat einen Spion in unserer Mitte, der für unsere Sinne nicht wahrnehmbar ist.«

»Meinst du damit eine Technologie?«, fragte Aya. »Oder einen Seraph?«

Issac runzelte die Stirn, denn ihre Fragen lösten in seinen Gedanken eine Flut von Möglichkeiten aus. »Warte mal. Ich glaube, du könntest damit auf der richtigen Spur sein.« Er begann, im Geiste alle Fakten durchzugehen und die Puzzleteile zusammenzusetzen.

Claras Telefonaufzeichnungen hatten gezeigt, dass sie mehrmals mit Jonathan gesprochen hatte. Also hatten sie alle vermutet, dass sie Jonathan angerufen hatte, um ihm von der Hochzeit am Strand zu erzählen. Sie hatten auch angenommen, dass sie ihn vor dem Überfall auf die Zentrale der CRF gewarnt hatte. Genauso wie sie angeblich angerufen hatte, um ihn über den Standort zu informieren, den sie ihr gegeben hatten. Es war ein falscher Ort gewesen, von dem nur eine Handvoll Leute gewusst hatte.

Aber sie waren all diesen Verdachtsmomenten nur durch eine Sache auf die Spur gekommen.

Technologie.

Sein Herz setzte einen Schlag aus.

Es gab nur eine Person auf dieser Insel, die die Fähigkeit hatte, Technologie zu kontrollieren. Diese Person war zufällig auch in die gesamte Planung eingeweiht gewesen, hatte von den Tests gewusst und hätte Jonathan die Einzelheiten darüber liefern können.

Nur Ayas Bemerkung darüber, dass der Schuldige eigentlich für Osiris arbeitet, ließ ihn innehalten.

»Wir sind uns alle einig, dass der Schuldige Jonathan alles berichtet hat, wie zum Beispiel die Einzelheiten der Hochzeit und den bevorstehenden Angriff auf die Zentrale der CRF. Aber wir glauben auch, dass Osiris Jonathans Vorgehensweise nicht zu schätzen wusste.« Die Puzzleteile in Issacs Kopf wollten sich einfach nicht recht zusammenfügen. »Der Verräter kann unmöglich beiden Bericht erstattet haben, denn Osiris' Ziele unterscheiden sich entschieden von Jonathans, der lediglich einen Pfad der Zerstörung hinterlassen hat.«

Einen Moment lang schwiegen sie alle.

Dann sagte Aya: »Vielleicht war John der Mittelsmann. Osiris ist nicht gerade jemand, mit dem man leicht in Kontakt treten kann. Vielleicht hat der Verräter ihn also mithilfe von Jonathan mit Informationen versorgt.«

»Und Jonathan hat sich entschieden, die Informationen zu nutzen, statt sie weiterzugeben«, fügte Issac hinzu. »Womit er sein eigenes Todesurteil unterschrieben hat.«

Lucian und Balthazar stießen einen summenden Laut der Zustimmung aus.

»Unser Verräter hat also die ganze Zeit über für Osiris gearbeitet, ihm aber mittels Jonathan Bericht erstattet«, fuhr Issac fort. »Die Frage ist nur, ob Osiris ihn seinem Willen unterworfen hat oder ob er uns alle schon seit Jahrzehnten verrät.«

»Er?« Lucian zog eine Augenbraue in die Höhe.

»Mateo«, sagte Balthazar. »Er verdächtigt Mateo.«

Issac war nur leicht verärgert, weil der Gedankenleser seine Überlegungen laut ausgesprochen hatte. Sie hatten viel größere Probleme. Vor allem, falls sich Issacs Verdacht als richtig erwies. »Er gehörte zum inneren Kreis und hat die Fähigkeit, alles zu manipulieren, wie auch die technischen

Geräte, die uns umgeben. Er ist überdies derjenige, der uns Claras Telefonaufzeichnungen besorgt hat, und er war für die Funkgeräte während unseres Einsatzes in der CRF verantwortlich …«

»Die Funkgeräte, die ausgefallen sind«, fügte Balthazar hinzu.

»Ja. Und er wäre der Einzige, der Jonathan unbemerkt mittels E-Mails und SMS auf dem neuesten Stand halten könnte, da er die technische Infrastruktur der Insel verwaltet.« Je mehr Issac darüber nachdachte, desto mehr erhärtete sich sein Verdacht.

»Das würde auch erklären, warum er nicht in der Lage war, auf geheime Dokumente bei der CRF zuzugreifen«, murmelte Aya. »Und vergesst nicht, es war seine Idee, dass ich zur CRF zurückkehre. Er wollte, dass ich mir Zugang zu Johns Computer verschaffe.«

»Denn er wollte, dass du zustimmst, ein Sentinel zu werden.« Issac unterdrückte einen wütenden Fluch. Es ergab alles einen Sinn. Er hatte alles inszeniert und sie in die richtige Richtung gelenkt, um Osiris direkt in die Hände zu spielen. »Osiris war in der Nacht des Konklaves von dir fasziniert. Er wollte sehen, wie du dich als Übernatürliche entwickeln würdest. Daher hat er dich dazu gebracht, bei der CRF zu arbeiten, wo Jonathan ein Auge auf dich haben konnte.«

»Osiris hat uns gerade genügend Informationen geliefert, um uns voranzutreiben, wobei er jedoch das Tempo vorgegeben hat.« In Lucians Stimme schwang ein respektvoller Unterton mit. Für einen Meisterstrategen wie ihn barg das alles sicher eine gewisse Faszination.

»Wo ist er jetzt?«, fragte Balthazar.

Sie alle runzelten die Stirn.

»Ich habe ihn nicht mehr gesehen, seit er neulich

Gabriels Haus verlassen hat«, sagte Issac. »Er wohnt mit Nadia im Haus der Sprösslinge, nicht wahr?«

Lucians Gesichtsausdruck verhärtete sich. »Zusammen mit Eliza, ja.« Er machte einen Schritt auf den Pfad zu und ließ die anderen am Strand hinter sich.

»Warte!«, rief Aya ihm nach. »Wenn er wirklich der Verräter ist, dann versorgt er Osiris sicher weiterhin mit Informationen. Sollten wir das nicht zu unserem Vorteil nutzen? Er glaubt doch, er sei von jeglichem Verdacht ausgeschlossen, nicht wahr?«

Issac und Balthazar tauschten einen Blick aus, wobei der Gedankenleser besorgt die Stirn runzelte. Amelia hatte recht gehabt. Es war viel schlimmer, als Issac geglaubt hatte. Lucian handelte für gewöhnlich nie, ohne vorher einen Plan zu durchdenken, doch er hatte eindeutig vorgehabt, auf die neu gewonnenen Informationen zu reagieren, ohne sich zuvor eine angemessene Strategie zurechtzulegen.

Er wollte nur Blut sehen.

Mateos Blut.

Glücklicherweise hatten Ayas Worte ihm die nötige Klarheit vermittelt, um seine überstürzte Entscheidung zu überdenken.

Der König der Hydraianer wandte sich langsam zu ihnen um und blickte sie mit emotionsloser Miene an. »Wie sollen wir die Informationen nutzen?«, fragte er Aya.

»Ich weiß es nicht. Wir könnten ihn benutzen, um Osiris zu finden. Oder um Osiris in eine Falle zu locken.« Sie runzelte die Stirn. »Ich … Es muss doch einen Weg geben, mit diesem Wissen die Oberhand zu gewinnen.«

»Wir könnten ihn benutzen, um Osiris falsche Informationen über unsere Pläne und unseren Aufenthaltsort zukommen zu lassen«, schlug Balthazar vor. »Oder wir können warten, bis sich die richtige Gelegenheit bietet. Wie auch immer, es ist ein Vorteil, den wir vorher nicht hatten.«

Issac nickte. »Ja. Osiris ist uns immer zehn Schritte voraus. Vielleicht ist es endlich an der Zeit, dass wir den Spieß umdrehen.«

Lucian wandte sich ihnen ganz zu, während seine Augen voller Wissen und Macht funkelten. »Ich habe eine Idee.«

KAPITEL SIEBZEHN

CARO

C ARO ERWACHTE IN DER D UNKELHEIT.

Kein Licht.

Kein Laut.

Kein Leben.

Die Kapsel. Ein Schrei drohte ihrer Kehle zu entweichen, doch sie zwang sich, ihn zu unterdrücken. Wenn sie sie wissen ließ, dass sie wach war, würden sie ihre Fähigkeiten einsetzen, um sie in einen dauerhaften Schlaf zu versetzen und ihr immer wieder das Mantra über die Seraphim und ihre Aufgabe in dieser Welt vorzuspielen.

Das wollte sie vermeiden.

Sie wollte Wärme, Liebe und *Gefühle.* Sieben Jahre voller Emotionen hatten sie vernichtet. Sie würde nie wieder derart stoisch sein können. Diese Existenz war zu kalt. Zu langweilig. Zu leblos.

Sie sehnte sich nach Wärme, Leidenschaft und *Leben.* Sie musste atmen, fliegen und lieben.

Ihr Herz pochte laut in ihren Ohren, hallte von der Hülle um sie herum wider. Sie bestand nur aus Glas. Ein weißer steriler Raum. Der Keller einer ewigen Leichenhalle.

Als die Seraphim sie aus dem Ozean gezogen hatten, hatte sie bereits gewusst, dass dies ihr Schicksal sein würde.

Sie hatte es nur akzeptiert, um die Wahrheit zu verbergen – eine Wahrheit, die sie dank Veras Hilfe vergessen hatte. Doch jetzt erinnerte sie sich an den Grund für all das hier.

Astasiya.

Caros Herz setzte einen Schlag aus. Es war ungefährlich, den Namen zu kennen, doch jetzt schossen ihr all die Geheimnisse durch den Kopf, die sie gelobt hatten zu verbergen. Selbst die Erinnerung an Vera, wie sie alles aus ihrem Gedächtnis löschte.

Oh nein ... sie wissen Bescheid!

Ihr Herz hämmerte wild in ihrer Brust und ihre Lunge füllte sich mit Sauerstoff, als sie unwillkürlich nach Luft schnappte. Wenn sie es wussten, dann würde sie kämpfen müssen. Sie konnte ihnen Astasiya nicht überlassen. Noch nicht. Die Zeit war noch nicht gekommen. Es war nicht ...

»Caro.« Die vertraute Stimme ließ sie innehalten.

Sethios?

Etwas Scharfes berührte ihr Schlüsselbein.

»Mein Engel.« Die kalte Klinge glitt über ihre Haut. »Erinnerst du dich an das letzte Mal, als wir zusammen im Bett waren? Damals hast du mir ein Messer an die Kehle gedrückt, bevor du dir mit deinem Mund einen Weg nach unten zu meinem Schwanz gebahnt hast.«

Sie spürte seine warmen Lippen, als er ihr ins Ohr flüsterte: »Ich habe dir versprochen, dass ich mich noch am selben Tag bei dir revanchieren würde, doch die Dinge liefen nicht wie geplant. Soll ich den Gefallen jetzt erwidern, Schätzchen?«

Ihr lief ein heißer Schauer über den Rücken und ihre Brustwarzen verhärteten sich instinktiv. *Es ist nicht real,* dachte sie. *Es ist nur eine weitere List, um mich zu lehren, dass ich nichts fühlen darf.*

Oh, es ist sogar sehr real, flüsterte Sethios in ihren Gedanken. »Erlaube mir, es dir zu beweisen«, fügte er laut hinzu, während er das Messer auf ihre Brust gleiten ließ, um damit den harten Nippel zu umkreisen.

Sie zuckte zusammen, als er die Spitze in ihre empfindliche Haut drückte. Der dezente Geruch von Eisen stieg ihr in die Nase und verriet ihr, dass sie blutete. Dann schloss er den Mund um die Wunde und sie sog zischend die Luft ein, als er ihr mit seiner Zunge lustvolle Schmerzen bescherte.

Sie spannte die Schenkel an, als ihr Körper dank seiner vertrauten Berührungen zum Leben erwachte. Sie atmete tief ein und sog den waldigen Duft seines Eau de Cologne ein, das ihr fast die Tränen in die Augen trieb. *Du bist hier,* hauchte sie. *Es sei denn …*

Er versenkte die Zähne in ihrer Brust und entflammte ihr Blut mit seinem Biss. Sie wölbte sich ihm entgegen und riss die Augen auf, um in die Dunkelheit zu starren.

Doch sie war nicht von der Dunkelheit ihrer Kapsel umgeben.

Sie befanden sich in einem Schlafzimmer mit Fenstern, die den Blick auf einen wunderschönen Nachthimmel preisgaben.

Sie bemühte sich, ihre Umgebung wiederzuerkennen und sich zu erinnern, wie sie hierhergekommen war. Doch dann umschloss er wieder ihre Haut mit seinem Mund und saugte, woraufhin sie die Augen schloss und ein Stöhnen ihrer Kehle entfuhr. Das Gefühl war so frisch und neu und *richtig*.

Wie lange hatte sie es schon nicht mehr erlebt? Wie lange hatte sie ohne ihn existiert? Ihre Erinnerungen waren raue, zerbrochene Stücke, die gezackte Furchen in ihr Herz zogen.

Nein.

Sie wollte jetzt nicht daran denken.

Sie war hier, mit Sethios, im Bett, während er den Lebenssaft aus ihren Venen trank und jede Faser ihres

Körpers mit unbändiger Hitze durchströmte. Ja, dieses Gefühl war wichtiger als ihre Gedanken. Er war das Wichtigste. Diese Glückseligkeit. Diese Umarmung. Diese Erfahrung.

»Küss mich«, flehte sie ihn an. »Ich will …«

Er brachte sie mit seiner Zunge zum Schweigen, als er ihre Lippen fordernd mit den seinen bedeckte. Genau das hatte sie gebraucht.

Der Duft von Pfefferminz erfüllte ihre Sinne, dann folgte ein waldiger Duft. *Kiefer*, dachte sie. *Nein, Zedernholz. Vielleicht beides.*

Es spielte keine Rolle.

Es war *sein* Duft. Der ihres Sethios'. Ihrer Liebe. Ihres unmöglichen Mannes, der sie gleichzeitig wütend machte und sie vor Liebe fast verglühen ließ.

Er erdete sie, sorgte dafür, dass sie sich lebendig fühlte, erschuf die Luft in ihrer Lunge und zwang ihr Herz dazu zu schlagen.

Sie schlang die Arme um seinen Hals und zog ihn dicht an sich, während er seine Hüften zwischen ihre Schenkel schob. Sie waren beide nackt. Beide erregt. Beide völlig verloren in der Flamme, die sich zwischen ihnen neu entfachte.

Es war so lange her. Zu lange. Eine Ewigkeit.

Ihr Körper sehnte sich nach dem seinen.

Ihre Seele sehnte sich danach, sich wieder mit ihm zu verbinden.

Ich brauche dich, sagte sie zu ihm. *Ich brauche uns.*

Aber er gab ihr nicht, was sie begehrte. Stattdessen löste er seine Lippen von den ihren und bahnte sich einen Weg nach unten. Er hielt das Messer immer noch in der Hand und beschrieb mit der scharfen Spitze einen Pfad über ihr Brustbein, dem er mit seiner Zunge folgte.

Er ließ sie nicht bluten, sondern zeichnete nur eine

dünne rote Linie auf ihre Haut. Es brannte, doch seine Küsse linderten den stechenden Schmerz.

Es sah Sethios ähnlich, so etwas zu tun. Sie griff in sein dunkles Haar und schloss die Finger um seine Strähnen, als sie versuchte, ihn wieder zu sich nach oben zu ziehen. Er lächelte an ihrem Unterleib und flüsterte dann in ihren Gedanken: *Lass mich los.*

Sie gehorchte, weil er ihr keine andere Wahl ließ, woraufhin sie ein Knurren ausstieß.

»Mm, ich habe dieses Feuer vermisst«, sagte er, als er mit den Lippen über ihre Klitoris streichelte und dann weiter zum Scheitelpunkt zwischen ihren Schenkeln wanderte. »Fast so sehr, wie ich das hier vermisst habe.« Er leckte über ihre Spalte und entlockte ihrer Kehle ein scharfes Keuchen.

Und dann erinnerte er sie daran, wozu er mit seinem Mund fähig war.

Das war der Mann, der sie dazu verführt hatte, in Ungnade zu fallen. Er hatte sie gezwungen, zu fühlen, zu lieben und zu *genießen*. Dies waren die Empfindungen, an denen Seraphim sich nicht erfreuen durften. Laut des Reformationsprozesses war dieser Akt unpraktisch und kein lohnendes Unterfangen.

Im Moment fühlte es sich jedoch sehr lohnenswert an.

Ihr lief ein elektrisierender Schauer über den Rücken, der die Härchen auf ihren Armen zu Berge stehen ließ. Alles in ihr vibrierte. Ihr Magen verkrampfte sich. Ihre Zehen krümmten sich. Ihr Körper bebte. Ihr kamen flehende Worte über die Lippen, die sie nicht erkannte, dann biss Sethios zu.

Sie stieß einen Schrei aus, als die Ekstase jede Zelle ihres Körpers erfasste und ihr Verständnis der Wirklichkeit zerschlug. Sie brannte. Sie bebte. Sie *fühlte*.

Oh, welch glorreiches Gefühl!

Sie hatte zu lange in einer Kapsel ohne dieses Gefühl

verbracht, hatte Zeit damit verschwendet, stoische Mantras in ihrem Kopf zu wiederholen.

Aber das ... das war echt. Es bedeutete Gedeihen. Es bedeutete Leben.

Der Geschmack ihrer eigenen Glückseligkeit traf ihre Zunge, als Sethios sie küsste und sie zwang, die Lust anzunehmen, die er ihrer Seele gerade aufgezwungen hatte. Sie nahm sie nicht nur an, sondern erwiderte seinen Kuss und schlang die Arme um ihn, wie sie es zuvor getan hatte.

Er ließ es zu.

Er schob sich zwischen ihre Schenkel.

Und er stieß in sie hinein, um ihre Körper miteinander zu vereinen.

Es schmerzte, denn ihr Körper war es nicht mehr gewohnt, den seinen aufzunehmen, doch sie hieß den wunderbaren Schmerz willkommen. Mit jedem Stoß erinnerte er sie daran, wer sie zusammen waren. Als eine Einheit.

Dies war ihr Sethios, der sie gelehrt hatte, was Fliegen wirklich bedeutete, und jetzt gab er ihr die Flügel aufs Neue zurück. Dies war der Geschmack der Freiheit.

Er hatte sie endlich gefunden.

Er hatte sie in die Welt der Empfindungen, der Verzückung und des wahren Überlebens zurückgebracht. Sie dankte es ihm mit ihren Hüften und passte sich seinem Rhythmus an, während er sie auf eine brutale Weise nahm, die von Anbetung und gegenseitigem Respekt geprägt war.

Sie wollte, dass es nie endete.

Doch die Flammen in ihrem Inneren erreichten wieder den Siedepunkt, entzündeten ihren Blutkreislauf und sandten ein noch heftigeres Beben durch ihren bereits zitternden Körper.

»Sethios«, hauchte sie und vergrub ihr Gesicht in seinem Nacken.

»Beiß mich«, sagte er, wobei er die Worte nicht mit der Kraft der Überzeugung verwob. Er wollte, dass sie sich dafür entschied, ihre Verbindung neu zu entfachen und das brodelnde Inferno, das bereits zwischen ihnen schwelte, weiter schürte.

Es war seine Art, sie wieder in der Realität willkommen zu heißen und ihr zu versichern, dass dies alles im wirklichen Leben und nicht nur in ihrem Kopf stattfand. Er wollte, dass sie spürte, wie ihre Verbindung wieder zum Leben erwachte und dass sie die Macht erlebte, die durch sein Blut strömte.

Sie nahm die Herausforderung an und durchbohrte mit den Schneidezähnen seine Haut, um das Ambrosia aus seinen Adern zu trinken.

Er stieß ein Knurren aus und stieß immer schneller, härter und *gewaltsamer* in sie hinein.

Sie spürte seine Begierde und die aufgestaute Wut darüber, dass er sie all die Jahre nicht haben konnte, sowie eine intensive Sehnsucht, weil er viel zu lange ohne sie hatte leben müssen.

Durch das Band strömten qualvolle Erinnerungen an Osiris, der die Grenzen ihrer Beziehung ausgetestet hatte. Die Visionen verursachten ihr körperliche Schmerzen und ließen sie zusammenzucken, als sie die Folter sah, die er hatte ertragen müssen, und die Rückstände der Qualen spürte, denen er ausgesetzt gewesen war.

»Tu es nicht«, flüsterte Sethios. »Tu es nicht, Caro.«

»Ich tue gar nichts«, erwiderte sie leise und er verlangsamte seinen Rhythmus, als sich die Ereignisse zwischen ihnen weiter entfalteten. Er presste das Gesicht an ihre Kehle, während sein Körper unter dem Ansturm der Gefühle zitterte.

Sein Vater hatte ihn zwingen wollen, mit anderen Frauen zu schlafen, doch er war nicht in der Lage gewesen, dem Befehl nachzukommen. Selbst unter Osiris' Bann hatte sein

Körper ihm nicht gehorcht, was ihm entsetzliche Qualen bereitet hatte.

Er hatte das Band verachtet, das dafür verantwortlich war, dass sein Körper sich ihm verweigert hatte. Doch kurz darauf hatte Osiris ihm gestattet, sich für einen schrecklichen Moment zu erinnern, und er hatte sich so viel mehr gehasst, als er sie je hätte hassen können, denn er konnte nicht glauben, dass er sie so einfach hatte vergessen können.

Und dann hatte Osiris ihm die Erinnerung wieder genommen und mit der Folter von vorn begonnen.

Sie fühlte alles und sah jeden schrecklichen Moment zwischen ihnen aufblitzen, während sein Leiden eine spürbare Kraft war, die sie beide zu zerstören drohte.

Ihr Herz zerschmetterte angesichts der Qualen, die er durchlebt hatte. Aber es heilte wieder, als er ihr seine Liebe und Bewunderung entgegenbrachte. Sie verstand, dass nicht er, sondern Osiris diese Dinge getan hatte.

»Lass nicht zu, dass er zwischen uns steht«, sagte sie und verwob die Finger in seinem Haar, um seinen Kopf von ihrem Hals wegzuziehen. In seinen grünen Augen schimmerten Tränen, während sie seine Höllenqualen mit all ihren Sinnen spürte. »Ich vergebe dir, Sethios.«

»Das solltest du nicht tun.«

»Aber das warst nicht du«, betonte sie und legte ihm eine Hand an die Wange. »Ich weigere mich zuzulassen, dass er unser Band verändert. Wenn ich aus der Reformation ausbrechen und dich immer noch lieben kann, dann kannst du dich aus dieser qualvollen Erinnerung befreien und dich darauf besinnen, mich zu lieben.«

Sie hob die Hüften an, um ihren Worten Nachdruck zu verleihen. Er war immer noch steif und sein Körper war von dem heftigen Verlangen erfüllt, sie zu nehmen, während in ihm gleichzeitig eine zerstörerische Wut tobte.

Es war so lange her. All die Jahre hatte er ohne jegliche

Form von Lust und nur in einem ständigen Zustand der Qualen gelebt, die er bis zu diesem Moment nie richtig gespürt hatte. Er wurde durch ihre Verbindung hervorgerufen, die wieder zum Leben erwacht war, während seine Seele ihr innerhalb von wenigen Minuten alles gestand.

Sie hatte das meiste davon in sich aufgenommen und revanchierte sich, indem sie ihn mit ihren eigenen Erinnerungen bombardierte. Allerdings waren ihre alle auf eine Kapsel beschränkt. Sie war nur ein paar Stunden lang ertrunken, bevor ihre Mutter sie gefunden hatte.

Und dann hatte Vera Caros Verstand verändert, all ihre Verbindungen zerstört und ihre familiären Bindungen mit brutalen, sich wiederholenden Bildern verfälscht.

Es hatte sich alles entwirrt, als sie hier angekommen war – wo auch immer sie waren, umgeben von Dunkelheit und Schnee. Es war ihr egal, wohin er sie gebracht hatte, wichtig war nur, dass sie bei ihm war, dass sie überlebt hatten und endlich wieder zusammen waren.

»Erinnere mich daran, wer wir füreinander sind, Sethios«, flüsterte sie. »Vergiss die Vergangenheit. Vergiss den Schmerz. Vergiss alles. Lebe einfach mit mir. Bring mir bei, so zu fühlen, wie du es beim ersten Mal getan hast. Bring mich dazu, es zu genießen.«

Seit sie aufgewacht war, hatte er sie schon einmal in Ekstase versetzt, doch sie wusste, dass er es noch besser konnte. Da nun sein Blut durch ihre Adern floss, würde das Gefühl um ein Vielfaches verstärkt werden, und das war genau das, was sie beide zum Überleben brauchten.

»Nimm mich, Sethios.«

»Mein Engel«, hauchte er, als er seine Lippen von ihrer Wange zu ihrem Hals gleiten ließ. Mit einer federleichten Berührung auf ihrer Haut liebkoste er sie mit seinem Mund. Sie wusste nicht, wo er das Messer gelassen hatte, doch wenn sie es fand, würde sie ihn bluten lassen.

»Mehr«, sagte sie fordernd.

»Geduld«, erwiderte er.

Ihre Kehle vibrierte, als sie ein verärgertes Knurren ausstieß. Sie war schon viel zu lange geduldig gewesen. »Nein.« Sie schlang die Beine um seine Taille und spannte die Oberschenkel an. »Fick mich.« Diese beiden Worte aus ihrem Mund hatten ihn schon immer erregt.

Sein Schwanz pulsierte in ihr und er bebte am ganzen Körper. *»Caro.«*

»Fick mich. Sofort.«

»Wer hat dir nur diese verdorbenen Worte beigebracht?«, murmelte er an ihrem Ohr. »Ich dachte, du ziehst es vor, *Liebe zu machen.«*

»Ich bevorzuge dich«, entgegnete sie. »Hör auf, Zeit zu verschwenden, und gib mir deinen Schwanz, Sethios. Lass mich Schmerzen spüren. Lass mich bluten. Lass mich dein werden.«

»Verdammt, Caro«, flüsterte er und erzitterte von Neuem. »Du klingst nicht gerade wie ein Seraph, der lernen muss, wie man fühlt, Schätzchen.« Er glitt fast ganz aus ihr heraus und stieß wieder in sie hinein, woraufhin sie sowohl vor Überraschung als auch vor Vergnügen aufschrie. »Es hat fast den Anschein, als hätte dir schon einmal jemand eine Lektion in ekstatischer Lust erteilt.«

»Mehrere«, stöhnte sie. »Aber ich brauche mehr.«

Er zog seinen Schwanz noch einmal bis zur Eichel heraus und stieß wieder in sie hinein. »Bist du süchtig nach mir, Engel?«

»Ja«, zischte sie und wölbte sich auf. »Du bist mein.«

»Verdammt richtig«, stimmte er zu, dann bedeckte er mit seinem Mund den ihren und brachte sie beide zum Schweigen, als er anfing, seinen Körper wieder in einem schnellen Rhythmus zu bewegen.

Ihre Vereinigung war ein Tanz, der für die Sterne

bestimmt war und eine neue Geschichte schrieb, die von Überleben, Blut und verbotener Zuneigung geprägt war.

Caro erlaubte ihm, die reformatorischen Gedanken aus ihrem Verstand zu vertreiben, während ihre Seele dank ihrer Bindung, die zwischen ihnen widerhallte, jauchzte.

Sie spürte, wie seine Schuldgefühle und sein Kummer dahinschmolzen und durch einen Hunger ersetzt wurden, der sie beide sättigte. Sein Herz schlug im Takt mit ihrem, während sich sein Atem mit ihrem vermengte und seine Seele die ihre heiratete.

Der wunderbare Moment trieb ihr die Tränen in die Augen, als sie sich von den ekstatischen Qualen übermannen ließen, die sie in einen Neuanfang zwangen. Sie gab den Versuch auf, alles zu verarbeiten, und ließ sich einfach davon verzehren.

Sethios küsste sie.

Sie erwiderte den Kuss.

Sein Körper bewegte sich, ihr Körper bewegte sich.

Ihre Vereinigung war zeitlos und von den reinsten Emotionen geprägt, und sie schwelgte einfach nur in dem Gefühl.

Er flüsterte ihr in Gedanken zu, wie sehr er es vermisst hatte, erinnerte sie an ihre Liebe und versprach ihr eine Zukunft, die ewig dauern würde. Sie erwiderte die Worte mit tränenfeuchten Wangen, als ihr Körper sich anspannte.

Alles in ihr kribbelte.

Sie machte sich unsichtbar.

Dann nahm sie wieder ihre körperliche Form an.

Und machte sich noch einmal unsichtbar.

Sethios lächelte an ihrem Hals und biss sie noch einmal. Sie schrie auf, während ihre empfindsamen und harten Brustwarzen gegen seine muskulöse Brust rieben. »Mehr«, flehte sie ihn an. »Gib mir mehr.«

Er hielt sich nicht zurück und entlud all seine Kraft in

ihr, all seine aufgestaute Wut und sein Verlangen, all seine gebrochenen Emotionen und Liebe.

Sie klammerte sich an ihn und krallte sich in seine Schultern, während er sie bis zur völligen Vollendung zugrunde richtete und ihr den Atem raubte. Sein Name war ein stummer Schrei auf ihren Lippen, denn die Kraft seiner Stöße hatte ihr die Luft aus der Lunge gepresst, während sie unter dem Ansturm seiner wunderbaren Folter erstickte.

Er folgte ihr über den Abgrund, wobei er am ganzen Körper heftig bebte und ihr noch mehr Lust bescherte.

Der Moment schien ewig zu dauern, als die Welle der Ekstase sie aufs offene Meer hinaustrieb und sich weigerte, sie wieder loszulassen. Sie würde bereitwillig noch einmal ertrinken, wenn es sich so anfühlte. Dann erlag sie ihrer Erschöpfung und verfiel in einen glückseligen Schlaf, während sie von Sethios' Wärme umhüllt wurde und sich der Erinnerung daran hingab, was sie einander bedeuteten.

In diesem Moment war nichts anderes mehr wichtig.

Es zählte nur, dass sie lebten.

Zusammen.

Für immer.

Morgen würden sie sich ihrer Zukunft stellen. Für den Moment würden sie einfach nur ... sein.

KAPITEL ACHTZEHN

GABRIEL

GABRIEL ENTFALTETE seine Flügel und ließ den Nacken rollen. Sein Körper schmerzte, da er zu lange in derselben Position gelegen hatte. Nachdem Vera Caro ihre Erinnerungen zurückgegeben hatte, hatte sie mit seinen begonnen, was ihm höllische Kopfschmerzen bereitet hatte.

Er wollte nie wieder zulassen, dass jemand in seinem Verstand herumfuschte.

Wenigstens war es jetzt erledigt. Vorausgesetzt natürlich, dass Vera sich nicht noch ein paar Erinnerungsbrocken für später aufgehoben hatte.

Bei dem Gedanken runzelte Gabriel die Stirn und legte sie dann noch mehr in Falten, als ihm klar wurde, dass er seinen Ärger gerade anhand seiner Mimik ausgedrückt hatte. Merkwürdig. Er hatte den Rest von Claras emotionalen Fähigkeiten längst ausgeschlafen. Warum also bewegten sich seine Lippen auf so seltsame Weise?

Er entspannte seinen Mund, doch seine Stirn legte sich erneut in Falten. *Hör auf damit*, befahl er sich selbst. Doch seine Stirn wollte nicht aufhören und seine Lippen verzogen sich aufs Neue.

»Scheiße«, murmelte er und rieb sich mit einer Hand übers Gesicht.

»Hast du sie auch gehört?«, fragte Owen und hüpfte die Treppe hinunter. Jacque traf ihn unten, nachdem er sich von der obersten Stufe hinunter teleportiert hatte. Beide Männer waren frisch rasiert und geduscht und schienen auf seltsame Weise zu strahlen.

Sie sind glücklich, interpretierte Gabriel. *Moment, warum zum Teufel kann ich das erkennen?*

»Ich wäre auch schlecht gelaunt, wenn ich anhören müsste, wie meine Mutter gevögelt wird«, sagte Owen und nickte verständig, als hätte er Mitleid mit ihm.

»Wie bitte?«, fragte Gabriel. Dann schüttelte er den Kopf. Nein. Es war ihm egal. Nichts davon spielte eine Rolle. Er musste mit Skye reden. »Wo sind Ezekiel und Skye?«

»Sie baut draußen einen Schneemann«, antwortete Jacque. »Und Ezekiel hilft ihr dabei.« Er warf Owen einen Blick zu und die beiden grinsten idiotisch.

»Du hast Jay die Fotos geschickt, nicht wahr?«

»Ja«, bestätigte Jacque mit einem schelmischen Grinsen. »Ich dachte mir, er könnte bei all dem Trubel ein Lächeln vertragen.«

»Ezekiel, der unter dem Pantoffel steht«, sagte Owen und pfiff durch die Zähne. »Ich hätte nie gedacht, dass ich den Tag einmal erleben würde.«

Gabriel machte eine abwinkende Handbewegung. Er hatte genug von ihrer albernen Unterhaltung. Er musste Skye nach ihrer Herkunft fragen und sich dann wieder auf den Weg machen. Er wusste noch nicht genau, wo die Reise hingehen würde. Aber er wollte sich irgendwohin zurückziehen, wo er ungestört war. All die Blutsbande, das Bluttrinken und die ganze Arbeit hatten ihn grundlegend verändert und er wollte zu seinem früheren Ich zurückfinden.

Er zog seine Stiefel an und stapfte nach draußen, wo Skye um ihren Schneemann herumtanzte, während die weißen Flocken weiter vom mondhellen Himmel fielen. Gabriel hatte keine Ahnung, wie spät es war, denn sein Nickerchen hatte länger als erwartet gedauert.

Da das Paar draußen ihn nicht bemerkt hatte, kündigte er seine Anwesenheit mit einer Frage an, die ihm schon seit einer Weile durch den Kopf ging. »Wohin ist Vera verschwunden?«

»Sie hat erwähnt, dass sie packen wollte«, antwortete Ezekiel, ohne ihn anzusehen. »Ich glaube, sie zieht nach Hydria.«

Es ergab Sinn. Sie hatte ein gefährliches Spiel gespielt, indem sie ihrer aller Gedanken verändert hatte, um ihre Beteiligung zu verbergen. Jetzt, da sie ihnen ihre Erinnerungen zurückgegeben hatte, würden die Mitglieder des Rates es höchstwahrscheinlich herausfinden. Sie würden feststellen, dass ihre Loyalität nicht mehr ihnen, sondern Stas galt, und würden sie aus dem Reich der Seraphim verbannen.

Oder sie tun ihr noch Schlimmeres an, dachte er, als sein Blick auf Skye fiel.

Einen kurzen Moment später sah sie ihn mit ihren blauen Augen an und blinzelte. »Oh ja. Es wird Zeit, dass wir uns unterhalten.«

»Worüber sollen wir uns unterhalten, Liebling?«, fragte Ezekiel mit sanfter Stimme, in der Nachsicht und Ehrfurcht mitschwangen.

Warum bemerke ich den Tonfall in ihrer Stimme?, fragte sich Gabriel, den die Veränderung irritierte. Er wollte solcherlei Dinge nicht bemerken, es sei denn, sie könnten in irgendeiner Weise nützlich sein. Er wollte gerade darüber nachdenken, wurde aber von Skye unterbrochen.

»Meine fehlenden Flügel.« Ihre singende Stimme untermalte ihre verträumten Augen, mit denen sie hinauf in die dunkle Nacht blickte. »Ich träume manchmal von ihnen.« Sie wirbelte mit geschlossenen Augen im Kreis und seufzte. »Die Freiheit ist mir wichtiger als meine Flügel.«

»Die Ratsmitglieder sagten mir, sie hätten sie zur Strafe entfernt. Ich wusste nicht, dass das möglich ist.«

»Es gibt vieles, was sie dir verschweigen«, erwiderte sie leise, als sie ihn mit ihren saphirblauen Augen ansah. »Du glaubst, dass sie mit den Schicksalsgöttinnen zusammenarbeiten und uns von den anderen absondern, um uns zu beschützen.« Sie schenkte ihm ein Lächeln, in dem sich jedoch ein Anflug von Traurigkeit widerspiegelte. »Wird es als eine Partnerschaft angesehen, wenn man keine Wahl hat, wem man dient?«

Gabriel dachte darüber nach. »Nein, es wäre keine Partnerschaft.« Dann wandte er sich an Ezekiel. »Wusstest du, dass sie ein Seraph ist?«

Der langhaarige Attentäter zuckte nur mit einer Schulter, wobei seine Lederjacke ein knitterndes Geräusch machte. »Ich wusste, dass sie eurer Welt entstammt und keine Ichorianerin ist.«

»Und du hast nie daran gedacht, das zu erwähnen?«

»Ich habe ihn gebeten, es nicht zu tun«, sagte Skye. »Die Zeit war noch nicht reif dafür. Aber jetzt weißt du es endlich, und wir können wirklich beginnen.«

»Was können wir beginnen?«, fragte Gabriel, als seine Augenbraue zuckte und drohte sich in die Höhe zu ziehen. Er ignorierte das Gefühl und setzte eine gelangweilte Miene auf.

»Die Zukunft natürlich.« Sie ging zu ihrem Schneemann hinüber, um die Karottennase leicht zu verdrehen. »Jetzt ist er perfekt. Lass uns ins Haus gehen, Ezekiel. Mir wird langsam kalt.«

Er zog seine Jacke aus, um sie ihr um die Schultern zu legen, und führte sie dann zur Eingangstür. Gabriel folgte ihr, weil er nicht wusste, was er sonst tun sollte.

»Was wird die Zukunft bringen?«, fragte er, denn er wollte noch mehr wissen.

»Veränderung«, war alles, was sie sagte, bevor sie den Schnee aus ihrem dunklen Haar schüttelte und zum Feuer hinübereilte. Ezekiel beobachtete sie mit einem nachsichtigen Lächeln, woraufhin Gabriel ihm am liebsten etwas Verstand eingeprügelt hätte. Er war viel zu sehr damit beschäftigt, das Mädchen zu umschwärmen, als dabei zu helfen, ihre geheimnisvollen Aussagen zu beleuchten.

Gabriel würde nie verstehen, wie sie einen so eindrucksvollen Mann in die Knie hatte zwingen können. Er würde nie zulassen, dass eine Frau ihn derart an die Leine legt. Es diente einfach keinem praktischen Zweck. Außerdem hing er an seiner Unabhängigkeit.

Er genoss es auch, seine Sinne und Emotionen zu kontrollieren. Dadurch konnte er sich auf die wichtigen Dinge konzentrieren, wie zum Beispiel herauszufinden, was zum Teufel Skye mit »Veränderung« meinte.

»Was für eine Art Veränderung?«, fragte er, während sie sich über das Feuer beugte, das im Wohnzimmer brannte.

Owen und Jacque hatten sich entweder irgendwohin teleportiert oder waren durch die Hintertür des Hauses verschwunden, denn sie waren nirgends zu sehen. Gabriel würde sie auf den neuesten Stand bringen müssen, sobald sie zurückkamen. Genau wie seine Mutter und Sethios, die immer noch oben waren.

»Die notwendige Art«, sagte Skye, richtete sich auf und zog Ezekiels Jacke fester um ihren Körper. »Wir werden schon seit so langer Zeit kontrolliert. Es ist an der Zeit, dass jeder seine eigene Freiheit wählt.« Sie sah ihn an, wobei ihre Augen klarer als sonst zu sein schienen. »Haben sie dir erzählt, wofür ich bestraft wurde? Warum sie mir die Flügel abgenommen haben?«

»Nein.«

Sie nickte. »Es gab zwei mögliche Schicksale; ich war mir nicht sicher, welchen Weg du eingeschlagen hattest. Du hast dich für deine Mutter statt für deinen Vater entschieden. Eine kluge Wahl.«

Er brauchte ihre Bestätigung nicht, um zu wissen, dass er die richtige Entscheidung getroffen hatte, aber nickte ihr dennoch zu. »Warum haben sie dir die Flügel abgenommen?«

»Weil ich mich nicht angepasst habe«, antwortete sie. »Sie gruppieren die Schicksalsgöttinnen in Kreisen zusammen, um bestimmte Entwicklungen in der Zukunft vorherzusagen. Und ich habe mich geweigert, mich auf die mir zugewiesene Entwicklung zu konzentrieren. Also wurden mir die Flügel abgenommen. Dabei war ihnen jedoch nicht bewusst, dass ich diesen Weg absichtlich gewählt hatte. Flügellose Schicksalsgöttinnen werden kaum überwacht, weil sie sich nicht unsichtbar machen und teleportieren können. Das habe ich zu meinem Vorteil genutzt und bin geflohen.«

Sie verzog den Mund und sah Ezekiel mit ihren blauen Augen an.

»Leider änderte sich mein auserwähltes Schicksal, als Osiris von meiner beispiellosen Flucht erfuhr. Und so wurde ich zu seiner Gefangenen.« Dann zuckte sie mit den Schultern, als würde ihr die Wendung des Schicksals nichts ausmachen. »Ich werde frei sein. Eines Tages.«

»Du bist jetzt frei«, beharrte Ezekiel.

Sie blinzelte ihn an. »Bin ich das?«

»Willst du damit etwa sagen, dass ich dich gegen deinen Willen hier festhalte?«, entgegnete er.

Sie betrachtete ihn einen Moment lang und zuckte wieder mit den Schultern. »Du willst mich beschützen, und das weiß ich zu schätzen.«

»Wenn du an einen anderen Ort gehen willst, so kannst du das tun.« Er trat einen Schritt vor und legte eine Hand an ihre Wange. »Ich bringe dich, wohin du willst, Skye. Sag mir einfach, wo du sein möchtest.«

Gabriel vermutete, dass sie irgendwo sein wollte, wo er nicht war. An einem Ort, an dem sie der Fessel entkommen konnte, die damit verbunden war, ihn zu kennen. Er war der Grund dafür gewesen, dass Osiris sie gefangen gehalten hatte. Vielleicht nicht aus freien Stücken, aber es hing alles mit Ezekiels Besessenheit von ihr zusammen.

»Ich mag Schnee«, sagte sie leise und schmiegte ihre Wange in seine Hand. »Er ist kalt. Ich kann ihn manchmal fühlen.«

Ihre Dynamik verwirrte Gabriel. In einem Moment hätte er geschworen, dass die Frau Ezekiel hasste. Im nächsten sah sie ihn derart dankbar und liebevoll an, dass er fast verstand, wie sie das kalte Herz des Attentäters zum Schmelzen gebracht hatte.

Wie wäre es wohl, wenn mich jemand so ansehen würde?, fragte sich Gabriel unwillkürlich. Die bloße Vorstellung ließ ihn die Stirn runzeln. Dann blickte er finster drein und ärgerte sich über die Tatsache, dass er *die Stirn runzelte*.

Claras Kraft hatte ihn verzaubert und unnötige Gefühle in ihm hervorgerufen.

Er wollte nicht, dass ihn jemand auf diese Weise ansah. Er wollte niemanden. Es ging ihm gut allein. Er war sogar zufrieden. Es ging ihm *gut*.

Ein Knurren drohte seiner Kehle zu entfahren. Seine Verärgerung über dieses alberne Gespräch reichte aus, um ihn verrückt werden zu lassen. Doch das wühlte ihn nur noch mehr auf, denn eigentlich sollte er überhaupt nichts fühlen. Nichts davon. Nicht mehr. Er verfügte nicht länger über Claras emotionale Fähigkeit, dennoch schien alles um ihn herum in einem neuen Licht zu erwachen. Ihm fielen bestimmte Dinge auf, die er besser ignorieren sollte.

Zum Beispiel bemerkte er, wie Ezekiel Skye heimlich ein Lächeln schenkte.

Und wie sie in seinem Blick zu versinken schien und sein Lächeln erwiderte.

Wie sich ihre Körper einander näherten, als würden sie von einer unbekannten göttlichen Zuneigung angezogen.

Gabriel schüttelte den Kopf und wandte sich ab. Er konnte nirgendwohin, außer zurück zur Couch. Oder er könnte sich für eine Weile nach Hydria zurückziehen. Er könnte mit Clara sprechen und Antworten von ihr verlangen.

Seine Augen verengten sich. *Ja. Ja, genau das sollte ich ...*

Skye schnappte nach Luft. Der zischende Laut riss Gabriel aus seinen Gedanken und zwang ihn, sich ihnen wieder zuzuwenden. Skye hatte Ezekiel mit festem Griff gepackt. Ihre Fingerknöchel waren weiß angelaufen, während sie sich an sein Hemd klammerte, als hinge ihr Leben davon ab. Ihre blauen Augen waren erblasst und ihr Kopf war in einem seltsamen Winkel nach hinten geneigt.

Ezekiel hielt sie fest und hatte die eine Hand noch immer an ihre Wange gelegt, während er mit der anderen ihre Hüfte packte. Er sagte nichts und beobachtete sie nur mit wachsamem Blick.

Dann begann sie zu sprechen. Ihr Tonfall war seltsam ausdruckslos und ließ den sanften Unterton vermissen, der ihre Stimme für gewöhnlich umschmeichelte.

»Der Seraph der Wiedergeburt hat ein neues Leben geschaffen. Macht. Blut. Eine Kombination aus Fähigkeiten, die diese Welt noch nie gesehen hat. Die Tochter eines Höchsten Wesens und einer seiner entarteten Schöpfungen. Mit ihr wird er noch mehr erschaffen. Und mehr. Und mehr ...«

Ezekiel sah Gabriel an, als Skye aus ihrer Trance aufschreckte und mit einem scharfen Laut die Luft einsog.

»Die Mitglieder des Hohen Rates von Seraph wissen Bescheid«, keuchte sie mit heiserer Stimme. »Sie werden sie töten, Ezekiel. Sie werden das Baby töten!«

Gabriel zog sein Handy aus der Tasche und wählte Leelas Nummer. Sie antwortete nach dem ersten Klingeln. »Wie geht es Caro?«

»Der Hohe Rat von Seraph weiß von Lizzies Kind. Es ist jemand auf dem Weg zu ihr.«

»Wie bitte?«, fragte sie. »Wie konnten sie …«

Dann war die Leitung tot.

KAPITEL NEUNZEHN

CARO

CARO LIESS DIE KLINGE ÜBER SETHIOS' Hüfte gleiten. Die scharfe Schneide schnitt in seine Haut und hinterließ eine Blutspur, der sie mit ihrer Zunge folgte.

Er schmeckte so gut. Der Geschmack vermittelte ihr ein wohliges Gefühl, als wäre sie zu Hause angekommen. Sie gab sich ihm hin, als die Erinnerungen an ihre kurzen sieben gemeinsamen Jahre ihren Geist durchströmten.

»Wie ich sehe, hast du das Messer gefunden«, sagte er und blickte sie mit schwelend grünen Augen an.

»Du hast es in den Kopfkissenbezug gesteckt«, antwortete sie. »Das heißt, du wolltest, dass ich es finde.« Andernfalls hätte er sich beim Verstecken mehr Mühe gegeben.

Er lächelte. »Du hast es Ezekiel entwendet; deshalb hast du die Klinge mehr verdient als ich.«

Ja. Sie hatte im Geiste eine Version der Ereignisse gesehen, die Ezekiel in einem schrecklichen Licht hatten erscheinen lassen. Also hatte sie entsprechend reagiert. Ihre Verwirrung darüber, dass Gabriel sie zu dem Mann gebracht hatte, von dem sie dachte, er hätte sie alle verraten, hatte sie völlig überwältigt. Sie hatte voreilige Schlüsse gezogen und sogar geglaubt, Sethios wäre eine Art Fata Morgana.

Glücklicherweise befanden sich all ihre Erinnerungen wieder in der richtigen Reihenfolge, was sie zum ersten Mal seit gefühlten Jahrhunderten wieder zur Ruhe kommen ließ. Laut Sethios waren es nur achtzehn Jahre gewesen. Und doch fühlte es sich so viel länger an.

Sie küsste seinen Hüftknochen und berührte mit der Zunge das Rinnsal aus Blut, das sie mit der Klinge verursacht hatte. Sein Schwanz pulsierte daraufhin und sie musste lächeln. »Aus genau diesem Grund wolltest du, dass ich das Messer finde.«

»Es ist einer von vielen Gründen«, gestand er und verwob seine Finger in ihrem zerzausten Haar. »Verdammt, Caro, ich habe deinen Mund an meinem Körper vermisst.«

Ein Kribbeln durchfuhr sie, als sie das Verlangen in seiner Stimme hörte. Er hatte sie gerade zum dritten Mal mit dem Mund befriedigt, als sie das Messer gefunden hatte. Dennoch erwachte ihr Körper wieder zum Leben.

Er rief in ihr eine unersättliche Begierde hervor.

Und sie wollte sich bei ihm revanchieren.

Sie ließ die Klinge über seinen Bauch gleiten und drückte dabei fest genug zu, um ihn bluten zu lassen. Mit einem Stöhnen zuckte er zusammen und festigte den Griff um ihr Haar, als sie mit der Zunge über den Schnitt leckte.

Mehr, knurrte er in ihren Gedanken.

Zwing mich dazu, erwiderte sie, denn sie wollte spüren, wie seine Macht sie in einer intimen Liebkosung umhüllte, zu der nur er fähig war.

»Lutsch mir den Schwanz, Caro«, befahl er.

Sie grinste über seine Direktheit und genoss die Tatsache, dass er keine Zeit mit überflüssigen Worten verschwendete.

Er wusste, was er wollte, und er nahm es sich. So war Sethios schon immer gewesen. Sie gab ihm bereitwillig, was er verlangte, und umschloss mit den Lippen seine dicke

Eichel, um sie dann so weit nach unten gleiten zu lassen, wie ihr Mund es zuließ.

Ihm entfuhr ein kehliges Stöhnen und sein ganzer Körper spannte sich an, als sie ihm mit ihrer Zunge an seinem Schaft einen Ansturm der Lust bescherte. Sie streifte seine Männlichkeit mit ihren Zähnen, woraufhin er lautstark die Luft einsog.

»Verdammt«, murmelte er und wölbte sich auf.

Sie wiederholte den Vorgang und wusste, wie sehr er es genoss, dass er Gefahr lief, von ihr gebissen zu werden. Es war ein Spiel zwischen ihnen, bei dem sich Sinnlichkeit und Unberechenbarkeit in einem rauen Tanz vereinten. Er hatte ihr einmal gesagt, dass er sie dabei beobachten wollte, wie sie seinen Schwanz lutschte, nur um zu sehen, ob sie ihn beißen würde.

Und das tat sie.

Häufig.

Aber nicht heute. Sie wollte unbedingt spüren, wie er in ihrem Mund kam, und seine erregenden Qualen nicht in die Länge ziehen.

Außerdem hatte er ihr befohlen, ihn zu lutschen, und hatte die Worte mit einer gesunden Dosis seiner Überzeugungskraft untermalt, was sie nun dazu zwang, ihre Wangen auszuhöhlen. Sie genoss die Energie, die durch ihre Adern floss, das Verlangen, das an ihrer Zunge pulsierte, und die Bindung, die zwischen ihr und Sethios gedieh.

Es war perfekt.

Und gab ihr das Gefühl, lebendig zu sein.

Es vermittelte ihr eine Vergangenheit, die sie brauchte, um sich in der Gegenwart zu erden.

Sie legte das Messer neben ihnen auf die Matratze und ließ stattdessen ihre Fingernägel an seinen Oberschenkeln hinaufgleiten. Sie wollte ihn markieren und für alle Welt sichtbar ihren Anspruch geltend machen.

Er stieß einen Fluch aus und verdrehte die Hand in ihrem Haar, während er die Hüften immer wieder nach oben schob und sie zwang, ihn noch tiefer in sich aufzunehmen. Seine Dominanz entlockte ihr ein beifälliges Stöhnen, als sie seine Stöße bereitwillig annahm und seine Männlichkeit schluckte.

»Du machst mich fertig, Engel.« In seiner Stimme schwang ein rauer schmerzverzerrter Unterton mit, als sein Körper heftig unter ihr zu zittern begann und sein Verstand sich in ihrer erregenden Folter verlor.

Sie genoss die warme Energie, die durch ihre Venen strömte, und das Wissen darum, dass sie immer noch das Sagen hatte, obwohl er sie gezwungen hatte, ihn zu befriedigen. Denn sie gab das Tempo vor und entschied, wie tief ihr Mund ihn in sich aufnahm, wie sehr ihre Zunge ihn streichelte und wie fest ihre Zähne über seine empfindsame Haut glitten.

Er zuckte zusammen, als sie ihre Zähne noch ein klein wenig mehr um ihn schloss, dann stöhnte er auf, als sie den Schmerz einsaugte.

Er stand kurz vor dem Höhepunkt. Sie spürte es an der Art und Weise, wie er in ihrem Mund pulsierte, und konnte es durch das Band fühlen. Seine Atmung wurde flacher und er spannte seine muskulösen Beine unter ihren Fingern an. »Schluck es«, war alles, was er sagte, als er auf ihrer Zunge explodierte.

In seinen Worten schwang keine überzeugende Kraft mit, doch sie trank seinen Saft, weil sie keine andere Wahl hatte. Sie brauchte es ebenso sehr wie er. Sie genoss das wunderbare Aroma, das ganz und gar nach Sethios schmeckte.

Warm. Heiß. Männlich.

Oh, sie hatte diese Stellung vermisst, denn sie verlieh ihr so viel Macht. Sie liebte es, wie er sich ihr mit jedem Stoß seiner Hüften hingab und ganz und gar der ihre war. Es war ein Austausch von Macht, der sie mit neu gewonnener Lebenskraft und Freude erfüllte.

Sie zog den Moment in die Länge und leckte seinen Schwanz sauber, wobei sie jeden einzelnen Tropfen genoss, bis er völlig befriedigt unter ihr lag. Dann kroch sie nach oben, um sich rittlings auf seine Hüften zu setzen und ihren heißen Unterleib genau an die Stelle zu führen, wo er hingehörte.

Er grinste sie träge an. »Du scheinst ziemlich zufrieden mit dir selbst zu sein, mein Engel.«

»Das bin ich.«

Er gluckste, dann packte er ihre Hüften und drückte sie auf die Matratze, um sich auf sie zu legen. »Ich kann gleich die nächste Runde einläuten«, murmelte er an ihren Lippen. »Ich glaube, ein weiteres Jahrzehnt wird uns guttun.« Er küsste sie mit einer Leidenschaft, die ihr den Atem raubte, doch dann stieß er ein Knurren aus, als ein Klopfen an der Tür ertönte. »Verpiss dich«, sagte er zur Begrüßung.

Unter anderen Umständen hätte sie ihn für seine Unhöflichkeit getadelt, doch ihr erging es ähnlich.

»Der Rat weiß über Elizabeths Schwangerschaft Bescheid«, antwortete Ezekiel durch die Tür. »Und sie ist verschwunden.«

Sethios erstarrte und Caro runzelte die Stirn. »Wer ist Elizabeth?« Sie verspürte einen stechenden Schmerz im Herzen. »Und warum ist sie schwanger?« Sie hatte Sethios' Schmerzen gespürt, die er empfunden hatte, weil sein Vater versucht hatte, ihn zu sexuellen Handlungen zu zwingen, obwohl sein Körper sich ihm verweigert hatte. Doch was wäre, wenn …

»Sie ist die beste Freundin unserer Tochter«, sagte er und unterbrach ihre sorgenvollen Gedanken. »Sie ist mit Jedricks Kind schwanger, nicht mit meinem.« Er untermalte die letzten Worte mit einem Knurren. »Osiris war nie erfolgreich. Es war nicht möglich. Ich war immer – und werde immer – dein sein.« Er verlieh seinen Worten mit einem Kuss Nachdruck, der ihr einmal mehr den Atem raubte, und bedachte sie daraufhin mit einem eindringlichen Blick, der ihr schmerzendes Herz sofort heilte.

Dann dachte sie über seine Worte nach. »Wer ist Jedrick?«

»Ein hydraianischer Ältester. Er nennt sich mittlerweile Jayson, aber ich kenne ihn als Jedrick.«

Sie runzelte die Stirn. »Und er hat sich ... fortgepflanzt?«

»Ja, mit einem gentechnisch veränderten Seraph. Mein Vater hat sie erschaffen, weil sie ihm helfen sollte, einen Ersatz für mich zu zeugen. Offenbar habe ich ihn als Sohn enttäuscht«, murmelte Sethios und rollte sich von ihr herunter, um die Tür zu öffnen. Sie zog schnell die Decke an sich, um ihre Brüste zu bedecken, während er splitternackt und gelassen vor Ezekiel stand. »Wie lange wird sie schon vermisst?«

»Seit etwa dreißig Minuten«, antwortete Ezekiel, den Sethios' Nacktheit unbeeindruckt ließ. Ihre Freundschaft überdauerte schon Jahrtausende. Caro bezweifelte, dass es noch viele Geheimnisse zwischen den beiden Männern gab. »Stark hat Leela angerufen, sobald Skye die Geburt des Kindes vorausgesagt hatte. Sie sagte, dass die Ratsmitglieder vorhaben, das Kind zu töten.«

Sethios verzog das Gesicht. »Hat sie es vorausgesehen?«

»Nein. Aber sie ist eine Schicksalsgöttin. Wenn sie die Geburt des Kindes prophezeit hat, dann haben es die anderen auch getan. Und sie weiß, dass die Ratsmitglieder niemals zulassen werden, dass das Baby überlebt.«

»Warte, wie war das?« Sethios sah den Mann in der Tür mit zusammengekniffenen Augen an. »Skye ist eine Schicksalsgöttin?«

Caro runzelte die Stirn. »Sie ist ein Seraph?« Sie war der Frau nie begegnet, aber sie wusste von ihrer Fähigkeit, die Zukunft zu sehen und Schicksale vorherzusagen. Ezekiel und Gabriel hatten nie erwähnt, dass sie ein Seraph war. Sie nahm an, die Frau sei eine Ichorianerin, die von Osiris geschaffen worden war.

»Ja. Die Mitglieder des Rates nahmen ihr die Flügel, als sie sich weigerte, sich ihren Richtlinien zu fügen.« Ezekiel fuhr fort, indem er ihnen ihre Strafe erklärte und wie sie sie benutzt hatte, um zu fliehen. Osiris hatte daraufhin von ihrer Existenz erfahren und Ezekiel mit der Aufgabe betraut, sie aufzuspüren.

Sethios verschränkte die Arme. »Und du hast es von Anfang an gewusst?«

Sein bester Freund nickte. »Sie hat mich gebeten, nichts zu verraten. Es war nicht der richtige Zeitpunkt.«

»Doch jetzt ist der richtige Zeitpunkt gekommen«, sagte Caro, bevor Sethios etwas erwidern konnte. »Denn wir haben bereits herausgefunden, dass die Schicksalsgöttinnen eigentlich nicht für den Rat, sondern gegen ihn arbeiten.«

Beide Männer starrten sie an.

Ihre ausdruckslosen Mienen ließen sie vermuten, dass sie damit vielleicht falschlag. Oder sie hatten die Puzzleteile einfach noch nicht zusammengesetzt.

»Die Schicksalsgöttinnen haben Prophezeiungen geliefert, die sie dem Rat ohne jegliche Anweisung zu interpretieren erlaubt haben. Wie auch die Prophezeiung über Astasiya, die uns alle vernichten wird. Die Ratsmitglieder glauben, dass sie mit Osiris' entarteten Wesen zusammenhängt. Was wäre jedoch, wenn dem nicht so ist?« Caro erzählte ihnen daraufhin von ihrer Flucht, bei der ihre Heilkraft erwacht war, und äußerte die Vermutung, dass es kein Zufall sein konnte.

»Die Schicksalsgöttinnen haben uns die Mittel gegeben,

die wir zum Überleben brauchen«, schloss sie. »Und ich glaube, sie wollen, dass wir Erfolg haben.«

»Womit? Den Rat zu stürzen?«, fragte Sethios.

»Ja«, antwortete Skye vom Flur aus. »Um eine Veränderung herbeizuführen.«

»Hättest du uns diese Informationen nicht schon vor vierzig Minuten geben können?« Gabriels verärgerte Stimme ertönte hinter Ezekiel. Die drei standen offenbar in der Tür, doch Caro konnte nur Sethios' besten Freund sehen.

»Ich habe dir gesagt, dass sie eine Veränderung wollen«, erwiderte Skye.

»Das ist eine weit gefasste Aussage.«

»Nun wurde sie ja genauer definiert. Gern geschehen.« Sie klang so sittsam wie eine Königin, die auf ihrem Thron saß und die Dankbarkeit ihres Volkes entgegennahm. »Ezekiel. Sie müssen sofort aufbrechen.«

»Sie müssen sich erst anziehen, Liebling«, erwiderte Ezekiel.

»Wohin gehen wir?«, fragte Sethios, der immer noch die Arme vor der Brust verschränkt hatte.

»Nach Hydria«, antwortete Gabriel. »Leela wurde in den Kopf geschossen, aber die hydraianische Heilerin hilft ihr dabei, sich zu regenerieren, damit sie uns sagen kann, was geschehen ist.«

Caro runzelte die Stirn. »Wie kann sie ihr helfen? Wir sind immun gegen ihre Fähigkeiten.« Es sei denn, es hatte sich während ihrer Zeit in der Reformationskammer etwas geändert.

»Vera hat eine Rune in Leelas Haut gebrannt, damit die hydraianischen Kräfte bei ihr wirken können«, antwortete Gabriel. »Jayson hat auch eine Kugel in den Kopf bekommen. Sonst gibt es keine weiteren Verletzten, und beide werden sich erholen. Allerdings hat Skye gesagt, dass unsere Hilfe benötigt wird. Wenn man bedenkt, wie nahe

Stas und Lizzie sich stehen, kann ich diese Notwendigkeit verstehen.«

»Ja, eure Tochter hat eine Vorliebe dafür, das Leben ihrer besten Freundin über ihr eigenes zu stellen«, murmelte Ezekiel. »Ich würde vorschlagen, ihr überzeugt sie davon, nicht kopfüber zum Hohen Rat zu stürmen, um ihre Freundin zurückzufordern.«

»So etwas würde sie tun?«, fragte Caro, wobei ihr warm ums Herz wurde.

»Ja«, antworteten Ezekiel und Gabriel gleichzeitig. Dann fügte ihr Sohn hinzu: »Du hast ja keine Ahnung, wie schwer es war, sie während der letzten Jahre zu beschützen. Sie scheint den Tod liebend gern herauszufordern.«

Ezekiel schnaubte. »Was du nicht sagst.«

»In Ordnung. Wir sind gleich fertig«, sagte Sethios und legte eine Hand an die Tür.

»Wir treffen uns dort«, antwortete Gabriel. »Ich rufe euch, wenn ihr gebraucht werdet.«

»Wir werden hier warten«, sagte Ezekiel.

»Wir können noch einen Schneemann bauen.« In Skyes Stimme schwang ein Hauch kindlicher Freude mit. »Ich brauche einen Schal.«

»Natürlich, Liebling.« Er trat aus dem Türrahmen. »Viel Spaß beim Teleportieren.«

Sethios schnaubte. »Viel Spaß im Schnee.« Er schloss die Tür, bevor sein Freund noch etwas erwidern konnte, und suchte dann nach seinen Kleidern.

Einen kurzen Augenblick später ertönte wieder ein Klopfen an der Tür.

Sethios öffnete sie und zog eine Augenbraue in die Höhe. »Ja?«

»Die brauchst du vielleicht, Kumpel.« Ezekiel reichte ihm eine Jeans und einen Pullover.

Sethios betrachtete die Sachen stirnrunzelnd und sah

dann Caro an. »Ich vergaß, dass du nackt angekommen bist.«

»Ich nicht«, erwiderte Ezekiel mit einem verschmitzten Unterton in der Stimme, der ihm ein Knurren von Sethios einbrachte. »So besitzergreifend. Hast du es genossen, mit meinem Messer zu spielen?«

Sethios schloss ohne eine Antwort die Tür und legte die Kleider aufs Bett. Er hatte ihm auch ein Paar Stiefel und Socken gegeben, die beide in ihrer Größe zu sein schienen.

Die Sachen rochen neu und frisch gewaschen, was darauf hindeutete, dass Skye gewusst hatte, dass sie die Kleider brauchen würde, und sie kürzlich bestellt hatte. Vielleicht hatte sie auch nur eine ähnliche Größe wie Caro. Sie hatte die Frau noch nicht wirklich gesehen, um es genau zu wissen.

Die beiden zogen sich schweigend an. Sethios trug Jeans und ein T-Shirt, die für ein warmes Klima gedacht waren. Sobald sie beide bekleidet waren, zog er sie an sich, um sie zu küssen, dann presste er die Lippen an ihr Ohr. »Ich bin noch nicht fertig damit, dich zu ficken.«

»Soll ich das Messer mitnehmen?« Sie meinte die Frage ernst. Nicht nur wegen seiner sexuellen Drohung, sondern als Schutzmaßnahme.

»Ja.« Er biss ihr zärtlich in den Hals und fuhr dann mit den Fingern durch ihr Haar, um ihr dabei zu helfen, die Strähnen voneinander zu lösen. Sie würde später eine richtige Bürste brauchen, aber er schaffte es, ihre Haare einigermaßen zu entwirren. Darüber hinaus war es im Moment nicht gerade eine Priorität, dass sie sich zurechtmachte.

Allerdings hatte sie gehofft, wenigstens etwas präsentabler zu sein, bevor sie ihre Tochter wiedersah.

Sie biss sich auf die Unterlippe und dachte darüber nach. »Sehe ich einigermaßen in Ordnung aus?«

Sethios runzelte die Stirn. »Wie bitte?«

»Bin ich ... bin ich vorzeigbar?«

»Du bist immer verdammt vorzeigbar. Aber wenn ich ehrlich bin, ziehe ich es vor, wenn du nackt bist.«

Sie kniff die Augen zu dünnen Schlitzen zusammen. »Ich werde gleich Astasiya wiedersehen. Ich bezweifle, dass sie es vorziehen würde, wenn ich nackt wäre.«

Er gluckste. »So hat sie dich vor fünfundzwanzig Jahren kennengelernt.«

»Sethios.«

»Was denn?« Er bedachte sie mit einem Grinsen, das sie mit einem finsteren Blick erwiderte. Er gluckste noch einmal und gab ihr dann einen Kuss auf die Wange. »Du siehst wunderschön aus, mein Engel. Sie wird denken, dass sie in einen Spiegel blickt, wenn sie dich sieht.«

Caro blinzelte. »In den Spiegel?«

»Sie ist dir wie aus dem Gesicht geschnitten, Schätzchen.« Er umfasste ihre Hüften, während seine grünen Augen einen dezenten Glanz annahmen. »Sie ist stark, genau wie du. Eine Kämpfernatur. Sie ist in deine Figur hineingewachsen, was ich allerdings weniger vorteilhaft finde, da sie damit viel zu sehr die Aufmerksamkeit der Männer auf sich zieht. Habe ich dir erzählt, dass sie bereits ein Blutsband eingegangen ist?«

»*Wie bitte?*« Sie hatte sich mit einem Gefährten vereint? Ihre Tochter? »Sie ist doch erst ... erst ... wie alt ist sie?«

»Fünfundzwanzig.«

Nun gut. Gerade noch hatte er einen Scherz über ihr erstes Treffen gemacht und dabei auf ihr Alter hingewiesen. Caro hatte die Bedeutung seiner Worte einfach nicht bedacht. »Wie zum Teufel kann sie schon ein Band eingegangen sein? Mit wem? Ist er ihrer würdig?«

»Niemand ist ihrer würdig«, erwiderte Sethios mit einem wütenden Unterton. Doch dann konnte sie einen Anflug von

Respekt in seinen Augen sehen, als er seufzte: »Aber sie hätte es schlimmer treffen können.«

»Schlimmer?« Caro gefiel das alles ganz und gar nicht. »Wurde sie dazu gezwungen? Kennen sie sich schon lange?«

»Länger als wir uns kannten, bevor wir uns miteinander verbunden haben«, gestand Sethios leise. »Und soweit ich es beurteilen kann, hat er sie nicht dazu gezwungen. Sie scheint ihn zu lieben – ein Gefühl, das eindeutig auf Gegenseitigkeit beruht.«

»Also ist er ... ist er gut zu ihr?«

»Leider«, murmelte Sethios.

»Leider?«, wiederholte sie. »Inwiefern ist das bedauerlich? Wünschst du dir etwa, dass er grausam zu ihr ist?«

»Ja. Weil ich ihn dann töten könnte.« Sethios sprach die Worte mit einer solchen Überzeugung aus, die ihr verriet, dass er es ernst meinte.

Es entlockte ihr ein Kichern, was sie schon seit … nun, seit sehr langer Zeit nicht mehr über die Lippen gebracht hatte.

Er runzelte die Stirn. »Lachst du etwa über mich?«

»Ja«, sagte sie, wobei sie nicht mehr aufhören konnte zu kichern. Er war wütend darüber, dass ihre Tochter einen würdigen Partner gewählt hatte, nur weil er den Mann nicht davon abhalten konnte, sie zu berühren, indem er ihn tötete.

Obwohl Caro nicht gerade begeistert von der Vorstellung war, dass ihr Kind – das in ihren Augen immer noch ein Baby war – so schnell erwachsen geworden war und einen Partner gefunden hatte, freute sie sich darüber, dass ihre Tochter eine gute Wahl getroffen hatte.

»Das ist nicht lustig.«

»Nein«, stimmte sie zu und biss sich auf die Unterlippe, um nicht laut loszulachen.

»Warum lachst du dann?«

»Weil du verärgert bist, dass unsere Tochter einen Partner gefunden hat, den du nicht töten kannst.« Sie legte belustigt eine Hand an seine Wange, wobei sie sich gerade noch inniger in ihn verliebt hatte. »Ich will sie sehen. Und ich will den Mann kennenlernen, der glaubt, gut genug für sie zu sein.«

»Dann wirst du nicht mehr lachen«, murmelte Sethios und zog sie an sich.

Sie lächelte. »Vielleicht nicht. Bist du bereit, dich mit mir unsichtbar zu machen?«

Er küsste sie noch einmal flüchtig und nickte dann. »Ja. Lass uns unsere Tochter suchen.«

Auf diese Worte hatte sie seit einer gefühlten Ewigkeit gewartet. Die Zeit war endlich gekommen, um die Früchte zu sehen, die ihr Opfer getragen hatte. Sie würde die Frau treffen, zu der ihre Tochter geworden war. Caro erkannte augenblicklich, dass die Sorge um ihr Aussehen im Vergleich zu der Aussicht, ihre Tochter wieder in die Arme schließen zu können, verblasste.

Sonst war nichts wichtig. Es zählte nur noch das bevorstehende Wiedersehen.

»Halt dich fest«, flüsterte sie.

»Ich werde dich nie wieder loslassen«, gelobte Sethios.

Sie verzog die Lippen zu einem Lächeln und schloss die Augen, als sie ihre Flügel entfaltete. Sie hatte sich nie vollkommener gefühlt als in diesem Moment, denn sie wusste, dass sie wirklich überlebt hatten und im Begriff waren, den Teil von ihnen zu sehen, der viel zu lange gefehlt hatte.

Doch als ihre Flügel zu pulsieren begannen, überkam sie ein seltsames Gefühl. Es kribbelte und vibrierte, während eine unsichtbare Energie sich wie ein Strang um sie legte und sie festhielt. »Sethios?«

Er antwortete nicht, sein ganzer Körper war angespannt.

Eine unsichtbare Macht ließ sie erbeben.

Die Luft knisterte voller elektrischer Energie.

Er begann, am ganzen Körper zu zittern, und hielt sich an ihr fest, so gut er konnte, doch das heftige Beben schien ihn dazu zu zwingen, sie loszulassen. Sie schlang die Arme um seinen Hals und machte sich unsichtbar, um ihn mit sich zu reißen, doch er nahm zur gleichen Zeit einen ätherischen Zustand an. In einem Wirbel aus schwarzen Federn sprossen Flügel aus seinem Rücken, die doppelt so groß waren wie ihre und an den Rändern dunkelblau gefärbt waren.

Sie schnappte schockiert nach Luft, verstummte dann aber, als er zu einem unbekannten Ziel aufflog.

Caro wollte ihn fragen, was vor sich ging, doch sie bewegten sich zu schnell, als dass sie hätte sprechen können.

Es hatte fast den Anschein, als hätte jemand ein Seil um ihn gewickelt, um ihn durch Raum und Zeit zu ziehen. Sie war nur mitgeflogen, weil sie sich an ihn geklammert hatte. Sie schlang die Beine um seine Taille und schloss die Arme noch fester um seinen Hals, denn sie weigerte sich, ihn zu verlieren.

Er hielt sie nicht zurück, während sie seine Qualen, keine Kontrolle über seine Handlungen zu haben, durch das Band spüren konnte. *Es ist Osiris*, brachte er in ihren Gedanken hervor. *Er ... zwingt mich dazu, mich zu ihm zu teleportieren.*

Wie das?

Der Tag in Maine. Ich spürte, wie er seine Kräfte entfesselte, doch er hat mich abgelenkt, indem er Skye aus seinen mentalen Klauen befreit hat. Ich hatte angenommen, dass die Macht, die ich fühlte, von ihrer Befreiung herrührte. Aber ich habe mich geirrt. Er hat einen überzeugenden Strang so tief in mir verborgen, dass ich ihn nicht habe wahrnehmen können.

Sie spürte, wie er versuchte, dagegen anzukämpfen, während er im Geiste verzweifelt nach dem Strang suchte, um ihn zu durchtrennen. Aber es war bereits zu spät.

Um sie herum materialisierten sich weiße Wände und ihr Bestimmungsort trat Zentimeter für Zentimeter in Erscheinung, bis sie sich in der Mitte eines großen Wohnzimmers wiederfanden, durch dessen Fenster man einen Blick auf einen weißen Sandstrand hatte, der von einem tiefblauen Ozean umrahmt war.

»Ah, du bist hier«, sagte eine vertraute Stimme, die Caro einen eisigen Schauer über den Rücken jagte. »Und wie ich sehe, hast du deinen verlorenen Seraph wiedergefunden.«

KAPITEL ZWANZIG

SETHIOS

SETHIOS' Blut kochte vor Wut, als er sich über seine eigene Dummheit ärgerte. Er hätte diesen Schachzug schon von Weitem kommen sehen müssen, aber er war so damit beschäftigt gewesen, Caro zu finden, dass er das Offensichtliche ignoriert hatte.

Sein Vater war ihm immer einige Schritte voraus. Natürlich hatte er Sethios mit einem Bann belegt, damit er ihn irgendwo in der Zukunft treffen würde. Er würde seinen Sohn nie einfach selbstständig existieren lassen, sondern musste immer eine Art von Kontrolle über ihn ausüben.

Wenigstens war Astasiya in Sicherheit.

»Vater«, sagte Sethios zur Begrüßung, dessen Arme immer noch starr an seiner Seite lagen. »Du kannst mich jetzt freilassen.«

»Und riskieren, dass du deine neue Fähigkeit, dich unsichtbar zu machen, einsetzt?« Er schüttelte missbilligend den Kopf und festigte den machtvollen Strang um seinen Körper, statt ihn zu lockern. »Du musst dir zuerst anhören, was ich zu sagen habe, bevor du wieder verschwindest.« Er hielt inne, um Sethios' Flügel näher zu betrachten, wobei er anerkennend nickte. »Wie ich sehe, kommst du größtenteils nach mir. Dieser Hauch von Blau muss ein Zeichen eures Bands sein.«

Sethios hatte noch nicht einmal einen Blick auf seine Federn geworfen, denn er war zu sehr von der Tatsache eingenommen, dass sein Vater ihn geschlagen hatte. *Schon wieder.*

»Was hast du mir zu sagen?« fragte er, denn er wollte das Spiel beginnen, das sein Vater zu spielen gedachte. Je eher sie begannen, desto eher würde es enden.

»So direkt wie immer«, antwortete Osiris.

»Du klingst gerade so, als würde es dich überraschen.« Das tat er jedes Mal, wenn sie sich trafen und er den Anschein erweckte, als hätte er etwas anderes erwartet. Warum sollte Sethios die Qualen in die Länge ziehen wollen? Es war besser, gleich damit anzufangen, um es hinter sich zu bringen.

»Du warst noch nie ein Freund meiner Theatralik.«

Sethios blinzelte ihn nur an und war unfähig, etwas anderes als seine Augen und seinen Mund zu bewegen. Nun, sein Brustkorb funktionierte auch, denn er atmete völlig normal.

Caro befand sich in einem ähnlichen Zustand. Ihr Körper war erstarrt, wobei sie immer noch die Arme um seinen Hals und die Beine um seine Taille geschlungen hatte. Sie hätten beide ein komisches Bild abgegeben, wenn die Situation nicht so ärgerlich gewesen wäre. Sein Vater könnte ihnen wenigstens erlauben, in einem körperlichen Zustand nebeneinanderzustehen, anstatt aneinanderzukleben.

Glücklicherweise schien Caro es nicht leid zu werden, sich auf diese Weise an ihn zu schmiegen. Wenn überhaupt, dann vibrierte sie vor Wut, weil die Verkörperung des Bösen hinter ihr stand.

Osiris stieß einen dramatischen Seufzer aus. »Nun gut. Wie du wahrscheinlich inzwischen erfahren hast, ist Skye ein

Seraph, was sie zu einer der Schicksalsgöttinnen macht. Hat sie dir gesagt, warum sie ihre Flügel verloren hat?«

»Sie weigerte sich, sich anzupassen«, fasste Sethios zusammen. Eigentlich hatte Ezekiel es ihm gesagt, doch das musste Osiris nicht wissen.

»Ja. Als ich von ihrer Abtrünnigkeit und Flucht erfuhr, habe ich sie aufgespürt, um sie als wertvolles Wirtschaftsgut zu behalten. Jetzt verstehst du das Geschenk, das ich dir gemacht habe, indem ich dir erlaubt habe, sie auszuleihen.«

Sethios sagte nichts. Er betrachtete es nicht als Geschenk, jemanden *auszuleihen*. Er verstand jedoch, warum sein Vater es so sah.

»Hat sie Elizabeths zukünftiges Kind vorausgesehen?«, fragte Osiris.

Es hatte keinen Sinn, den Mann anzulügen, da er für ihre genetische Veränderung verantwortlich war, die eine Fortpflanzung möglich gemacht hatte. »Ja.«

»Und sie hat außerdem darauf hingewiesen, dass die Schicksalsgöttinnen die Geburt ebenfalls gesehen haben, wenn sie es getan hat?«

Sethios fragte sich, worauf er hinauswollte, was ihn dazu veranlasste, wieder mit der Wahrheit zu antworten. »Ja.«

»Ausgezeichnet. Du kannst jetzt deine körperliche Gestalt annehmen. Ich brauche deine Beine.« Er winkte mit einer Hand, womit er ein unsichtbares Band durchtrennte und Sethios erlaubte, in seinen flügellosen Zustand zurückzukehren.

Er runzelte die Stirn. »Hast du mir die Fähigkeit genommen, mich zu teleportieren?« Sofort drängte sich ihm ein weiterer Gedanke auf. »Hast du diese Fähigkeit durch deine überzeugende Kraft vor mir verborgen?«

Sein Vater schnaubte. »Die Teleportation ist eine nützliche Eigenschaft. Warum sollte ich sie vor dir verbergen?«

»Um mich an dich zu fesseln.« Caro folgte seinem Gedankengang durch das Band, während sie langsam von Sethios herunterkletterte und ihre Gliedmaßen ausschüttelte.

Osiris dachte über seine Worte nach und zuckte dann mit der Schulter. »Wahrscheinlich würde es mir ähnlichsehen, so etwas zu tun, aber nein. Ich habe lediglich einen Befehl mit deiner Seele verwoben, zu mir zurückzukehren, wenn du deine Flügel gefunden hast. Skye hat einmal vorausgesagt, dass dies am selben Tag geschehen würde, an dem bei Elizabeth die Wehen einsetzen. Und ich denke, sie hatte recht.«

»Sie hat vorausgesagt, dass ich heute meinen ätherischen Zustand annehmen würde?« Das bedeutete, dass sie die Prophezeiung geäußert hatte, bevor Astasiya geholfen hatte, Sethios … und Skye zu befreien.

»Sie sagt eine Menge Dinge voraus, wenn sie gezwungen ist, sich auf bestimmte Schicksale zu konzentrieren. Offensichtlich musste ich über deine Zukunft Bescheid wissen.«

»Du wusstest, dass ich entkommen würde«, sagte Sethios, als er seinen Gedanken Ausdruck verlieh.

»Natürlich wusste ich es«, antwortete er. »Dadurch bot sich mir eine ausgezeichnete Gelegenheit, Astasiya zu testen, die sich als genauso großartig erwies, wie Skye vorausgesagt hatte.«

»Aber du wusstest nichts von ihrer Existenz«, warf Caro ein, deren Verwirrung deutlich zu spüren war.

»Bis vor Kurzem nicht, nein«, gestand er. »Allerdings habe ich inzwischen einiges über sie erfahren. Wie zum Beispiel, dass sie dazu bestimmt ist, für mich und die gesamte Rasse der Seraphim eine Bedrohung darzustellen.«

Sethios und Caro schwiegen, da sie bereits wussten, dass Osiris Skyes Prophezeiung vor all den Jahren missverstanden hatte.

»Ich muss zugeben, es hat mich äußerst beeindruckt, dass ihr beide das vor mir geheim gehalten habt. Ich dachte die ganze Zeit über, ich hätte die Bedrohung beseitigt, als ich dich aus der Gleichung entfernt habe. Dann hat der Rat dich in die Rehabilitationskammer gesteckt und ich nahm an, dass es ein Ergebnis deines Versagens war.« Er zuckte wieder mit den Schultern. »Doch als Astasiya sich mir offenbarte, begann ich natürlich, die Wahrheit zu verstehen.«

»Und zur Strafe hast du mich dazu gezwungen, mir selbst ein Grab aus Beton zu schaffen.« Sethios verspürte ein Brennen auf der Haut, als er sich an das unerträgliche Gefühl von heißem Zement erinnerte, mit dem er sich selbst übergossen hatte.

»Sowohl als Strafe als auch ein Test der Stärke – den Astasiya mit Bravour bestanden hat. Sie hat nicht nur besser gekämpft, als ich es mir je hätte träumen lassen, sie hat es auch geschafft, meine Macht über dich zu brechen. Es ist in der Tat faszinierend. Nicht einmal Skye hat diese Entwicklung vorhersehen können. Ich meine, sie hat Veras Einmischung mit keinem Wort erwähnt.«

»Oder sie hat dir dieses Detail vorenthalten«, sagte Sethios.

»Ja, das auch. Sie hat eine Vorliebe dafür, ihre Visionen zu verdrehen. Wie so viele der Schicksalsgöttinnen.« Er steckte die Hände in die Taschen seiner dunkelgrauen Hose, während sein weißes Hemd sich im Sonnenlicht spiegelte, das durch die Oberlichter über ihm in den Raum fiel. »Hat sie erwähnt, was die Schicksalsgöttinnen mit Elizabeths Kind tun würden?«

»Sie haben sie entführt«, sagte Sethios und gab sich gelangweilt. »Ich nehme an, sie wollen das Kind nach ihren Regeln aufziehen, da sie ein genetisch veränderter Seraph sein wird. Es ist genau das Schicksal, welches wir für Astasiya vermeiden wollten.« Es war außerdem nicht das Schicksal, das Skye vorausgesagt hatte. Sie hatte erklärt, dass die Ratsmitglieder das Kind töten würden. Sethios hoffte inständig, dass es nicht stimmte.

»Das war eine intelligente Entscheidung zugunsten deiner Nachkommin«, erwiderte sein Vater, wobei das Kompliment Sethios allerdings überraschte. Sein Vater lobte nie seine Entscheidungen. »Aber deine Vermutung ist nicht ausgereift.«

Aha, natürlich musste er sofort eine Beleidigung folgen lassen.

Sethios verzichtete darauf, die Augen zu verdrehen.

»Die Mitglieder des Rates würden niemals wollen, dass das Kind lebt«, fuhr sein Vater fort. »Es ist eine meiner Schöpfungen, die sie missbilligen.«

»Du glaubst also auch, dass sie es töten werden«, sagte Sethios, den der Gedanke an einen so sinnlosen Tod verärgerte. Die Menschen starben früh und jung. Unsterbliche taten es nicht und *sollten* es auch nicht.

»Ja. Und Elizabeth ebenfalls.« Er äußerte die Worte, als wäre es ihm egal. Sethios vermutete, dass es tatsächlich so war. Sein Vater würde einfach noch mehr Leben erschaffen.

»Warum sind wir hier?«, fragte Sethios. »Bisher hast du uns nur gesagt, was wir bereits wissen.«

»Es wäre angebrachter, das Stilmittel der Direktheit nur sporadisch einzusetzen, statt es in jeder Konversationstaktik zu verwenden.«

»Dasselbe könnte man von der Dramatik behaupten«, erwiderte Sethios mit ausdrucksloser Stimme.

Sein Vater nickte ihm zu. »Das ist wahr.« Er machte auf dem Absatz kehrt. »Folgt mir. Versucht nicht, mich zu bekämpfen oder euch unsichtbar zu machen.«

Caro und Sethios tauschten einen Blick aus, dann setzten sich ihre Füße aus eigenem Antrieb in Bewegung, denn sie standen unter Osiris' Bann. Er führte sie durch die untere

Etage des Strandhauses, entlang einer Vielzahl von Fenstern. Das Haus strotzte vor Luxus, während das von oben einfallende Licht die goldenen Akzente, weißen Wände und glatten Marmorböden betonte.

Sie kamen an einer riesigen Küche mit zwei Inseln, mehreren Öfen und Herden und zwei Spülbecken vorbei.

»Hast du vor, eine Party zu veranstalten?«, fragte Sethios, dem der Mangel an Menschen und der Überfluss an Platz nicht entgangen war. Sie durchquerten ein weiteres Wohnzimmer und erreichten eine Treppe, die wie eine Hintertreppe aussah.

»Nein, ich habe dieses Haus für den zukünftigen Besitzer gebaut.«

»Zukünftiger Besitzer?«, wiederholte Sethios.

»Nicht stehen bleiben«, sagte sein Vater als Antwort und führte sie die Treppe hinauf ins erste Obergeschoss. Auf dem Stockwerk waren mehrere Schlafzimmer untergebracht, von denen jedes einen eigenen Balkon hatte, der auf der einen Seite den Ozean und auf der anderen ein riesiges Feld mit exotischen Pflanzen überblickte.

Sie befanden sich eindeutig irgendwo auf einer Insel. Das türkisfarbene Meer ließ auf die Karibik schließen. Vielleicht ein privates Anwesen auf den Bahamas. Auf jeden Fall schien es ein Ort zu sein, den sein Vater bevorzugen würde.

Osiris ging weiter in das vierte oder fünfte Schlafzimmer in der Mitte und öffnete die Tür, um den Blick auf ein Kinderzimmer freizugeben. »Das wird in ein paar Stunden gebraucht werden«, sagte er, woraufhin Sethios die Stirn runzelte.

Dann öffnete er die Tür direkt gegenüber dem Kinderzimmer, wo eine bewusstlose Elizabeth mitten auf einem großen, weißen Bett lag.

Caro schnappte beim Anblick der hochschwangeren Frau nach Luft, deren Körper ihr zugeneigt war. »Du kannst zu ihr gehen«, sagte Osiris und erlöste Caro von seinem Bann. »Aber teleportiere sie nicht von hier fort. Sie muss hierbleiben.«

»Jedrick würde dieser Aussage wahrscheinlich nicht zustimmen.« Sethios verschränkte die Arme vor der Brust. »Was zum Teufel soll das?«

»Ist das nicht offensichtlich?«, fragte Osiris. Als Sethios nichts erwiderte, stieß er einen weiteren seiner dramatischen Seufzer aus. »Ich habe sie vor dem Rat gerettet. Habt ihr mir denn gar nicht zugehört? Sie hätten sie getötet. Ich habe sie hierher in ein Haus gebracht, das mit Schutzsymbolen versehen ist und in dem ihr all ihre bevorzugten Luxusgüter zur Verfügung stehen. Es ist doch ganz offensichtlich, dass ich sie beschützen will.«

Sethios runzelte die Stirn. »Warum solltest du derart großmütig handeln?«

Osiris schnaubte. »Es hat nichts mit Großmütigkeit zu tun. Aber es war praktisch, meine lukrative Investition zu schützen. Besonders jetzt, da die Labore der CRF zerstört wurden. Es wird Jahrzehnte dauern, bis ich ein weiteres Wesen wie Elizabeth erschaffen kann, und angesichts der jüngsten Ereignisse bleibt mir vielleicht nicht mehr so viel Zeit. Ich muss sie also am Leben erhalten, ebenso wie ihre Nachkommin.«

»Um zu beweisen, dass sie einen Sohn für dich austragen kann? Um mich zu ersetzen?«

»Nun, das war meine ursprüngliche Absicht, ja. Aber du hast dich in letzter Zeit als nützlich erwiesen, besonders was die Fortpflanzung angeht. Astasiya wird in unserem Kampf gegen die Seraphim sehr wertvoll sein.«

»Vorausgesetzt, sie erklärt sich bereit, dir zu helfen«, erinnerte Sethios ihn. »Durch die Entführung ihrer besten

Freundin wirst du nicht gerade ihre Zuneigung gewinnen. Oder hast du nicht gehört, was Gabriel gesagt hat?«

Der kriegerische Seraph war wirklich ein Genie. Er hatte Osiris davon überzeugt, dass er sich Astasiyas Bereitschaft erst verdienen musste, wodurch Sethios jetzt die Möglichkeit hatte, seinen Vater zurechtzuweisen.

Elizabeth scheint es gut zu gehen, hauchte Caro in seinen Gedanken. *Sie schläft nur.*

Wahrscheinlich hat er sie dazu gezwungen, erwiderte Sethios.

Wahrscheinlich, stimmte sie zu.

»Nach dieser Sache wird sie dir nie mehr vertrauen«, sagte er laut an seinen Vater gerichtet.

»Ich habe Elizabeth an einen sicheren Ort gebracht, um sie zu beschützen. Außerdem habe ich ihre Hebamme kaum verwundet, um sicherzustellen, dass sie sich vollständig erholt, bevor die Wehen einsetzen. Das alles geschah, um ihr Überleben zu gewährleisten. Astasiya wird das verstehen.«

»Tatsächlich?«, entgegnete Sethios.

»Ja. Du wirst dafür sorgen, dass sie es tut«, erwiderte sein Vater.

»Weil du mich dazu zwingen wirst?«, mutmaßte er.

»Das wird nicht nötig sein. Sobald ich weg bin, wirst du die Hydraianer anrufen und einigen von ihnen Zutritt gewähren, um Elizabeth bei der Geburt zu helfen. Das Haus ist von Schutzsymbolen übersät, um sicherzustellen, dass die Ratsmitglieder sie hier nicht aufspüren können. Danach wird Astasiya erkennen, dass ich nicht der böse Mann bin, für den sie mich hält.«

»Du hast mich ins Meer geworfen und ihren Vater fast zwei Jahrzehnte lang zu unaussprechlichen Taten gezwungen«, sagte Caro, in deren Stimme ein wütender Unterton mitschwang. »Erwartest du etwa, dass sie dir das verzeiht?«

Osiris zögerte nicht mit seiner Antwort. »Natürlich tue

ich das. Eines Tages wird sie verstehen, dass diese Prüfungen dazu gedacht waren, euch beide zu stärken, und nicht, um euch zu quälen.«

Sethios stieß ein humorloses Lachen aus. »Sicher.«

Sein Vater zog eine Augenbraue in die Höhe. »Caro hat die Reformation überlebt. Weißt du, wie viele Seraphim das noch von sich behaupten können? Kein einziger. Und weißt du, warum sie überleben konnte? Wegen eures *gequälten* Bandes. Der Schmerz, den du während der letzten achtzehn Jahre durchlebt hast, hat dich an sie gefesselt. Er hat dich dazu gebracht, um sie zu kämpfen. Vielleicht verstehst du es im Moment nicht, aber irgendwann wirst du es begreifen.«

»Und mich auf dem Grund des Ozeans zu versenken?«, fragte Caro. »Du hast behauptet, dass du auf diese Weise das beseitigt hast, was eine Bedrohung für dein Leben dargestellt hat.«

»Ursprünglich, ja. Aber es diente auch dazu, meinen einzigen Nachkommen zu stärken.«

»Deine Definition von Folter unterscheidet sich wirklich von meiner«, sagte Sethios mit ausdrucksloser Stimme.

»Dadurch wurden die Grenzen eures Bands getestet«, fuhr er fort, wobei er Sethios' Bemerkung ignorierte. »Jeden Tag wurdest du widerstandsfähiger und konntest dich schneller an sie erinnern. Ich konnte kaum mithalten.«

»Du hast mir gestattet, mich an sie zu erinnern.«

Sein Vater lächelte. »Manchmal ja. Manchmal nein. Du hast meinen Bann durch reine Willenskraft gebrochen.«

Sethios versuchte, sich an diese Vorfälle zu erinnern, aber sie verschwammen alle in einem verworrenen Netz seiner Qualen. Sein Vater hatte seinen Körper zu unaussprechlichen Handlungen gezwungen, zu denen er nicht fähig gewesen war, und das hatte in ihm eine Agonie hervorgerufen, wie er sie noch nie zuvor erlebt hatte.

»Du hast mir das angetan, um mich zu bestrafen.« Es

spielte keine Rolle, wie sehr Osiris jetzt versuchte, es zu beschönigen; Sethios kannte die Wahrheit.

»Wann habe ich jemals etwas nur aus einem Grund getan?«, konterte sein Vater. »Es gibt immer mehrere Blickwinkel und Nutzen, das weißt du. Und all diese Erfahrungen haben dich gestärkt, statt dich zu schwächen. Sie haben Caro sogar geholfen, die Reformation zu überleben.«

Nur sein Vater würde glauben, dass Folter der Stärkung dienen konnte. Allerdings hatte er nicht unbedingt unrecht. Die Erfahrung hatte Sethios durchaus gestärkt. Aber sie hatte ihn auch wütend gemacht und ihn fast zerstört. Sie hatte ihn dazu gebracht, seinen Vater noch mehr zu hassen. Und es gab noch ein Dutzend andere Folgeerscheinungen.

Deshalb schlummern Seraphim oft, hauchte Caro in seinen Gedanken. *Ewiges Leben kann die Denkweise verändern und jede Spur von Menschlichkeit auslöschen.*

Ich glaube nicht, dass mein Vater jemals menschlich oder geistig gesund war.

Das ist wahr, stimmte sie zu. *Aber er hat auch nicht unrecht. Unsere Entbehrungen haben uns gestärkt. Ich fühle jetzt mehr, als ich es je zuvor getan habe.*

Sethios verstand, was sie meinte. Es war, als wären sie noch einmal ein Band eingegangen, das diesmal sogar noch tiefer reichte.

Er konnte jeden ihrer Atemzüge spüren, konnte fast den Schlag ihres Herzens hören und beinahe ihre Gedanken lesen. Zwar nicht jedes einzelne Wort, aber ihre Emotionen waren sehr stark mit seinen verbunden. Es war, als hätten sich ihre Seelen auf einer anderen Existenzebene vermählt und ein Band geschaffen, das so viel intensiver war als ihre erste Bindung.

Vielleicht, weil sie so viel vom Blut des anderen aufgesaugt hatten.

Doch das taten sie oft beim Sex.

Vielleicht hatte sein Vater tatsächlich recht. Vielleicht hatte er ihre Beziehung durch seine beschissenen Prüfungen irgendwie gestärkt.

Osiris lächelte. »Euer Band wird sich in Zukunft als sehr nützlich erweisen.«

Sethios biss die Zähne zusammen und unterdrückte eine Bemerkung darüber, wie unwahrscheinlich es war, dass sein Vater je in der Lage sein würde, ihr Band zu seinem Vorteil zu nutzen.

»Nun gut, meine Aufgabe hier ist erledigt. Ihr werdet beide dafür sorgen, dass Elizabeth die Geburt überlebt. Ich werde mich bald wieder melden, um euch die nächsten Schritte mitzuteilen. Wir müssen uns auf einen Krieg vorbereiten, doch das werdet ihr bald besser verstehen. Bis dahin überlasse ich euch Skye. Ihr werdet sie brauchen.« Er bedachte sie beide mit einem nachsichtigen Lächeln und verschwand dann ohne ein weiteres Wort.

Sethios starrte auf den leeren Raum, als sich der Bann, der ihn umgab, mit einem machtvollen Flüstern auflöste. »Das war alles?« Er hatte Sethios gezwungen hierherzukommen ... um sich um Elizabeth und ihr Baby zu kümmern?

Caro ging zu ihm, wobei ihr Stirnrunzeln seine Gefühle widerspiegelte. »Ich stimme dir zu. Das war fast enttäuschend.«

»Er will etwas«, erwiderte Sethios. »Es kann sicher nicht damit getan sein, dass wir ein paar Hydraianer hierherbringen. Er wird zurückkommen.«

»Sollen wir sie an einen anderen Ort bringen?«

Er legte sich eine Hand an den Nacken und dachte über ihre Möglichkeiten nach. Er warf einen Blick auf die Frau, die sich zu regen begann. Sein Vater hatte sie offenbar von ihrem Bann befreit. »Uns bleibt vielleicht keine Zeit«, murmelte er, als er das Flattern ihrer roten Wimpern bemerkte. »Ich glaube, er will, dass Astasiya hierherkommt. Er weiß, dass sie Elizabeth gegenüber loyal ist. In dem Moment, in dem sie von ihrem Aufenthaltsort und ihrem Zustand erfährt, wird sie für ihre Freundin da sein wollen.«

»Dann könnten wir Elizabeth doch schnell nach Hydria teleportieren«, bot Caro an.

Sethios schüttelte den Kopf. »Osiris hat nicht unrecht, was die Ratsmitglieder angeht. Skye sagte, sie wüssten Bescheid und würden das Kind töten. Sie werden es in Hydria finden. Ich glaube nicht, dass er hinsichtlich der Schutzsymbole um dieses Anwesen gelogen hat. Er hat es gebaut, um sie zu beschützen, weil er etwas von ihr braucht.«

»Du denkst also, wir sollten hierbleiben?«

Ihm war die Antwort zuwider, aber er musste ehrlich sein. »Ja. Ich denke, sie ist hier sicher.«

»Und Astasiya?«

»Ich denke, sie wird eintreffen, sobald sie erfährt, dass wir alle hier sind«, gab er zu. »Was Osiris wahrscheinlich in die Karten spielen wird. Aber ich glaube nicht, dass er ihr etwas antun will. Zumindest noch nicht. Sie ist zu wertvoll für ihn.«

»Er könnte sie entführen.«

»Ja«, stimmte Sethios zu, »aber ...«

Ein Schrei ertönte vom Bett aus und zwang sie beide, zu der sich windenden Frau zu eilen. Sie war sich ihrer Umgebung noch nicht ganz bewusst, aber das Kind in ihr war es mit Sicherheit.

Es schien, als hätte Skye recht gehabt.

Der Tag, an dem Sethios lernte, wie man sich unsichtbar macht und teleportiert, war derselbe Tag, an dem bei Elizabeth die Wehen einsetzten.

Es blieb nur eines für ihn zu sagen. »Scheiße.«

KAPITEL EINUNDZWANZIG

STAS

»CARO UND SETHIOS sollten längst hier sein«, sagte Gabriel und ging in Balthazars Wohnzimmer auf und ab. »Irgendetwas stimmt nicht.« Er verschwand ohne ein weiteres Wort.

»Ja, das ist hilfreich«, murmelte Stas und wandte sich an Issac. »Kann ich ihm noch einmal einen Kinnhaken verpassen, wenn er zurückkommt?«

»Aber natürlich, Liebes.« Er schlang einen Arm um sie und drückte sie leicht. »Wir sollten uns wieder auf Elizabeth konzentrieren. Wohin würden die Seraphim sie bringen?«

»Sie würden sie irgendwo in der Nähe des Kolosseums festhalten«, sagte Leela von der Couch aus. Sie hatte die Augen geschlossen, während sie sich von der Schusswunde erholte.

Lara saß schwitzend neben ihr auf dem Boden und versuchte, die Heilung des Seraphs zu beschleunigen. Obwohl die Rune, die Vera erschaffen hatte, es den hydraianischen Fähigkeiten gestattete, auf Leela zu wirken, schien trotzdem noch ein natürlicher Widerstand vorhanden zu sein. Oder vielleicht war es ein Ergebnis der Runen, die sich gegenseitig aufhoben.

Stas verstand noch nicht, wie dieser ganze Zauber

funktionierte. Vor allem, weil ihr Bruder sie monatelang im Dunkeln gelassen hatte, statt ihre gemeinsame Zeit zu nutzen, um sie auf den neuesten Stand zu bringen.

Ja, Stas war ganz und gar nicht verbittert.

Sicher, sie wusste, dass sie sich wie ein kleines Kind benahm, aber das Arschloch hatte das und noch Schlimmeres verdient.

Sie hatte eine Menge negativer Erfahrungen gemacht, während er ihr die Wahrheit vorenthalten hatte. Einige seiner Gründe waren zwar durchaus legitim, doch das bedeutete nicht, dass sie ihm auch nur annähernd verziehen hätte, dass sie aufgrund seiner Entscheidungen durch die Hölle gegangen war.

»Und es gibt keine Möglichkeit, die Inseln ohne Erlaubnis zu betreten«, fuhr Leela fort, deren Stimme heiserer und sanfter als gewöhnlich klang. »Die Schutzsymbole würden euch töten.«

»Ich dachte, sie wollten sich mit mir treffen?«, erwiderte Astasiya.

»Mit dir, ja. Aber nicht mit allen anderen.« Sie zitterte, als Lara ihre Stirn berührte, und ihr Körper verkrampfte sich.

»Das ist keine Option«, sagte Balthazar, der an der Wand lehnte.

Er war ungewöhnlich ruhig gewesen, nachdem er Jayson auf den Stuhl neben der Couch gesetzt hatte. Er war immer noch ohnmächtig von der Kugel in seinem Kopf, denn Lara hatte sich zuerst um Leela gekümmert. Luc, der neben Balthazar stand, hatte ihr gesagt, dass Leela sich zuerst erholen müsse, da ihre Fähigkeiten gebraucht werden würden.

Stas stimmte mit dieser Entscheidung überein. »Leela und Vera könnten mich begleiten, nicht wahr?« Angenommen, Vera kehrte von dem Ort zurück, an den sie sich teleportiert hatte. Sie war fast sofort verschwunden, nachdem sie die Rune auf Leelas Arm beendet hatte, wobei sie sie hinsichtlich ihres Ziels im Dunkeln gelassen hatte. Das schien sie oft zu tun.

Balthazar schüttelte den Kopf. »Das ist kein brauchbarer Plan.«

»Hast du einen besseren?«, entgegnete Stas irritiert.

Seine braunen Augen funkelten mit einer Intensität, die sie noch nie an ihm gesehen hatte. »Ich will Lizzie auch zurückholen. Behandle mich nicht wie einen Feind, Stas. Wir stehen auf der gleichen Seite.«

»Dann mach einen besseren Vorschlag.« Es wäre immerhin produktiver, als den einzigen Plan abzulehnen, mit dem sie aufwarten konnte.

»Wenn mir einer einfällt, werde ich dich davon in Kenntnis setzen«, antwortete er. Sie hatte ihn noch nie in diesem Tonfall sprechen hören, doch der autoritäre Unterton in seiner Stimme passte zu seiner Stellung als Ältester.

Obwohl sie sich nicht sonderlich für seine Antwort interessierte. Je länger sie darüber diskutierten, desto wahrscheinlicher war es, dass Lizzie verletzt wurde. Und das wäre für Stas unannehmbar.

Er hat recht, Aya, flüsterte Issac ihr in Gedanken zu. *Zum Rat zu gehen wird nichts bringen. Wir brauchen eine Strategie.*

Es könnte Tage dauern, bis wir uns eine zurechtgelegt haben.

Sieh dir Lucian an, Liebes, ermutigte er sie. *Er spielt gerade alle möglichen Szenarien in seinem Kopf durch. Deshalb ist er so schweigsam. Gib ihm ein paar Minuten, um sich eine Alternative einfallen zu lassen. Er wird uns sagen, ob es wirklich die einzig denkbare Möglichkeit ist, dich zu den Seraphim zu schicken.*

Sie wusste, dass er recht hatte und ihr Verstand voreilige Schlüsse gezogen hatte, aber ihr fiel einfach keine Alternative ein. Die Seraphim hatten ihre beste Freundin entführt. Gabriel hatte es bestätigt, indem er ihnen von Skyes

Prophezeiung und ihrer Verbindung zu den Schicksalsgöttinnen erzählt hatte.

Stas fuhr sich frustriert mit den Fingern durchs Haar. *Ich fühle mich so hilflos.*

Ich weiß.

Ich hasse dieses Gefühl.

Ich weiß, wiederholte Issac und gab ihr einen Kuss auf die Schläfe. *Wir werden eine Lösung finden.*

Sie wandte sich ihm zu und blickte in seine saphirblauen Augen, als sie sich an ihm festhielt, als ginge es um ihr Leben. »Wie schaffst du es nur, so ruhig zu bleiben?« Die Worte waren leise und nur für seine Ohren bestimmt, doch sie wusste, dass die anderen sie hören konnten.

»Übung«, flüsterte er und presste seine Lippen auf die ihren. »Und Vertrauen in meine Freunde, dass sie eine Lösung finden werden.«

Vertrauen war nicht Stas' Problem, sondern Besorgnis. *Was ist, wenn wir sie nicht rechtzeitig finden?*

Wenn du älter wirst, wirst du feststellen, dass Zeit relativ ist. Er streichelte ihre Wange, wobei er mit dem Daumen über ihre Unterlippe strich. *Die Seraphim haben Elizabeth aus einem bestimmten Grund entführt. Wenn sie sie tot sehen wollten, dann hätten sie sie an Ort und Stelle umgebracht, statt sie mitzunehmen.*

Daran hatte sie vorher nicht gedacht, weil sie sofort das Schlimmste erwartet hatte.

Dennoch hatte sie sich selbst davon abgehalten, unüberlegt zu handeln. Es war ein Zeichen dafür, dass sie zumindest aus ihren früheren Fehlern gelernt hatte. Selbst wenn sie jetzt vielleicht nicht mehr sterben konnte, so konnte sie gefangen genommen werden und eine Behandlung erleiden, die viel schlimmer war als der Tod.

Issac küsste sie wieder, wobei sein Mund wie ein Versprechen an ihren Lippen war. *Wir werden eine Lösung finden, Aya.*

Danke. Es reichte schon, von ihm umarmt zu werden, damit sie sich ein wenig besser fühlte. Niemand hier würde zulassen, dass Lizzies Verschwinden unbeachtet blieb. Sie wollten nur sicherstellen, dass der Plan …

Gabriel erschien wieder, wobei seine hellblonden Strähnen vom Wind zerzaust waren. »Sethios und Caro sind bei Lizzie«, verkündete er.

Stas starrte ihn an. »Wie bitte?«

»Osiris hat sie entführt«, erklärte er weiter. »Und er hat sie zu einem Anwesen auf einer Privatinsel in der Karibik gebracht. Es ist mit Schutzsymbolen versehen, um sie vor dem Rat zu verbergen.«

»Er wusste, dass sie sie holen würden«, sagte Luc.

»Es sieht ganz so aus«, erwiderte Gabriel. »Skye hat prophezeit, dass Sethios am selben Tag, an dem bei Lizzie die Wehen einsetzen würden, seine Flügel bekommen würde. Daraufhin hat Osiris Sethios unter einen Bann gestellt und ihn gezwungen, sich zu ihm zu teleportieren, sobald er seine Flügel entfaltet.«

»Bei Lizzie haben die Wehen eingesetzt?«, fragte Balthazar und stieß sich von der Wand ab.

»Ja.« Gabriel hob eine Hand. »Da ist noch mehr. Sie haben Ezekiel – der mir all diese Informationen übermittelt hat – von ihrer Vermutung erzählt, dass es eine ausgefeilte Falle sein könnte, um Stas einzufangen. Skye behauptet zwar, dass sie nichts sehen könne, was diese Drohung bestätigen würde, doch sie hat auch nicht vorhergesehen, dass sich Sethios in Osiris' wartende Arme teleportieren würde.«

Luc nickte. »Er hat wahrscheinlich einige überzeugende Stränge in ihrem Geist hinterlassen, die sie davon abhalten sollen, seine Handlungen zu deuten.«

»Ganz genau«, stimmte Gabriel zu. »Es ist also alles eine Art abgekartetes Spiel, aber Caro hat die Runen überprüft und mir versichert, dass sie echt sind. Das bedeutet, dass es, unabhängig von einer möglichen Falle, ein sicherer Ort ist, an dem Lizzie ihr Kind zur Welt bringen kann.«

»Sicherer als Hydria«, bemerkte Luc, der die muskulösen Arme vor der Brust verschränkt hatte und keinen Hehl daraus machte, wie ablehnend er dieser Aussage gegenüberstand.

»Eure Insel ist nicht durch Symbole geschützt, was wir ändern können, doch dafür bräuchten wir mehr Zeit, als uns momentan zur Verfügung steht.«

»Gabriel hat recht.« Leela setzte sich auf, wobei ihre blaugrünen Augen wachsam funkelten, ganz im Gegensatz zu denen der Heilerin neben ihr. »Sie wird innerhalb der nächsten ein oder zwei Stunden entbinden. Das heißt, wir müssen uns auf den Weg machen. Und zwar sofort.«

»Wir würden sie außerdem in Gefahr bringen, wenn wir sie hierherbrächten«, fügte Gabriel hinzu. »Und das nicht nur wegen der fehlenden Schutzsymbole. Sie befindet sich in einem zerbrechlichen Zustand, genau wie ihr ungeborenes Kind.«

»Sie zu verlegen ist keine Option. Wir werden zu ihr gehen.« Leela stand auf, wobei ihre Wangen wieder rosig glühten. Sie warf einen Blick auf die erschöpfte Frau auf dem Boden. »Danke, Lara.«

»Nichts zu danken.« Ihr fielen die Augen zu, woraufhin Stas die Stirn runzelte.

»Sollte sie nicht Leela bei der Entbindung des Babys helfen?«, fragte sie argwöhnisch.

»Wir werden uns darum kümmern«, sagte Balthazar und ging auf Leela zu.

»Hier gibt es kein Wir«, erwiderte Leela.

»Es gibt hier durchaus ein Wir«, verbesserte er sie. »Du hast deine seraphischen Fruchtbarkeitskräfte und ich habe eine medizinische Ausbildung. Außerdem ist sie die Frau meines besten Freundes. Du wirst dich also damit abfinden müssen und meine Hilfe annehmen, *Lee*.«

Der Seraph errötete. »Nenn mich nicht so.«

»Oh, ich werde dir noch viele Namen geben, Schätzchen. Sobald wir gemeinsam ein gesundes Baby zur Welt gebracht haben.« Er ergriff ihre Hand und blickte Gabriel an. »Sag uns, wohin wir gehen sollen.«

Ihr Bruder wandte sich ihr zu. »Du hast meine Warnung verstanden und bist dir darüber im Klaren, was geschehen könnte?«

»Ja.« Wenn Osiris sie in eine Falle locken wollte, dann würde sie damit umgehen müssen. Sie war ihm schon einmal entkommen. Sie würde es mit Freuden wieder tun.

Allerdings begann sie zu glauben, dass er vielleicht gar nicht ihr größter Feind war und die Seraphim, die ihre beste Freundin töten wollten, eine größere Bedrohung darstellen könnten.

»Dann liegt es an dir, was du mit dieser Information anstellst«, antwortete er, dann gab er Balthazar und Leela den Standort. »Ich habe die Position noch nicht verifizieren können. Es ist nur eine grobe Vermutung, die auf dem basiert, was Caro draußen gesehen hat, als sie die Schutzsymbole überprüft hat. Sie hatte nicht viel Zeit, um das Grundstück zu begutachten, und hat sich nur kurz vergewissert, dass es sicher ist, bevor sie zu Lizzie zurückkehrte.«

»Wenn die Schutzsymbole die Seraphim fernhalten sollten, könnte das ein Problem für mich darstellen«, bemerkte Leela.

Gabriel schüttelte den Kopf. »Caro sagte, die Schutzrunen halten nur diejenigen ab, die Lizzie schaden wollen.«

»Er hat die Symbole mit ihrem Blut gezeichnet«, sagte

Leela und zog die Augenbrauen in die Höhe. »Er hat den Ort wirklich nur für sie erschaffen.«

»So scheint es«, erwiderte Gabriel.

Sie nickte. »Wir treffen euch dort.« Sie verschwand mit Balthazar und ließ sie alle zurück, um die nächsten Schritte zu besprechen.

»Ich bleibe hier und warte darauf, dass Jay aufwacht«, informierte Luc sie. »Sobald er wach ist, lassen wir uns von Jacque dorthin teleportieren.«

»Er befindet sich wieder in Ezekiels Haus«, antwortete Gabriel.

»Die Technik wird Abhilfe schaffen.« Luc zog sein Handy aus der Tasche, zeigte es ihrem Bruder und legte es wieder auf seinen Oberschenkel.

»Apropos Technik«, murmelte Issac. »Tristan ist bei Mateo.«

Dabei kam allerdings nicht zur Sprache, dass Tristan sich freiwillig gemeldet hatte, um Mateo zu beaufsichtigen und sie über seine Aktivitäten auf dem Laufenden zu halten. Luc verstand auch ohne weitere Ausführungen, was Issac damit sagen wollte, und nickte ihm verständig zu.

»Wenn sie hier vorbeikommen, werde ich sie auf den neuesten Stand bringen«, sagte der hydraianische König.

Es war eine Lüge, die jedoch dafür sorgte, dass die anderen im Raum keinerlei Verdacht schöpften und die Bemerkungen für völlig normal hielten. Es war zwar nicht so, dass sie Gabriel oder Lara nicht vertrauten, aber sie waren sich nicht sicher, wer ihr Gespräch vielleicht sonst noch mithörte. Da Mateo einen ausgeprägten Hang zur Technik hatte, hätte er überall in Balthazars Haus Wanzen anbringen können, ohne dass jemand etwas bemerkt hätte.

Dieser Teil machte Stas am meisten Angst. Es gefiel ihr nicht, dass Mateo alles hören konnte, was sie sagte. Deshalb war sie umso dankbarer für ihr Band mit Issac und ihre Fähigkeit, sich mental zu unterhalten.

Ich will zu Lizzie gehen, sagte sie ihm jetzt.

Ja, antwortete er. *Ich wusste, dass du das sagen würdest.*

Ist es leichtsinnig von mir zu gehen? Sie wusste, dass er ihr die Wahrheit sagen würde, was der Grund dafür war, warum sie ihm die Frage stellte.

Du bist dir über die möglichen Konsequenzen im Klaren. Es ist gut möglich, dass Osiris auftauchen wird. Abgesehen davon glaube ich nicht, dass er dir etwas antun will. Er braucht dich.

Aber er könnte dich in einen Käfig sperren und dich benutzen, um mich zum Handeln zu zwingen, wie er es schon einmal angedroht hat, erwiderte sie.

Wäre es dir dann lieber, wenn ich hierbleibe?, fragte er und sah sie an.

Sie dachte darüber nach und schüttelte den Kopf. *Ich will dich dabeihaben.* Es wäre nach achtzehn Jahren das erste Mal, dass sie ihre Mutter wiedersehen würde. Irgendetwas an dieser Vorstellung bereitete ihr Unbehagen. Vor allem wegen ihrer Albträume. Sie war sich nicht sicher, welche Wirkung sie auf sie haben würden, wenn sie ihrer Mutter endlich gegenüberstand.

Wir werden das alles gemeinsam durchstehen, versprach Issac und verwob seine Finger mit ihren. »Wir werden zu der Insel reisen.«

Luc starrte ihn einen Moment lang an, dann nickte er. »Es ist besser, bereitwillig in die Falle zu gehen und die Konsequenzen zu tragen, als darauf zu warten, dass sich überraschend eine Gelegenheit bietet. Wir werden bewaffnet und vorbereitet dort eintreffen.«

»Ich glaube nicht, dass das nötig sein wird«, sagte Gabriel. »Sethios hat Ezekiel erzählt, dass Osiris von seinen Fluchtabsichten wusste. Er hat die ganze Situation benutzt, um Stas zu testen. Ich nehme an, dass er das auch jetzt wieder vorhat. Er will sie nicht verletzen, er will sie trainieren.«

Stas wurde wütend, als sie das hörte. »Er hat nicht das Recht, mich zu trainieren.«

»Das wird er mit der Zeit lernen«, erwiderte ihr Bruder. »Ich treffe euch beide dort. Ich muss vorher noch mit jemandem hier sprechen.«

Sie sah ihn stirnrunzelnd an. »Mit wem?«

Statt zu antworten, erschienen seine roten Federn und er löste sich in Luft auf.

»Jetzt darf ich ihm zweimal einen Kinnhaken verpassen«, murmelte sie.

»Ich werde liebend gern dabei zusehen«, antwortete Issac. »Wollen wir?«

Sie antwortete damit, dass sie sich unsichtbar machte, denn offenbar war das die Art, wie die Seraphim die Dinge handhaben. Sie handelten, statt große Worte zu machen.

Issacs Lachen hallte durch ihre Gedanken. Es vermittelte ihr ein warmes Gefühl, dass ihre Version eines Wutanfalls ihn derart belustigte. Er wusste immer, was er sagen und tun musste, um sie zu beruhigen. Sie schlang ihre Arme ein wenig fester um ihn, als sie mit ihren opalfarbenen Flügeln flatterte und sie sie zu dem Ort brachte, den Gabriel ihnen genannt hatte.

Als ihre Füße den weißen Sandstrand berührten, wusste sie, dass sie sich am richtigen Ort befanden. Sie konnte die Macht spüren, die sie umgab, während die Schutzsymbole um ihre Freundin ein beschützendes Schild hielten.

»Er hat nicht gelogen«, sagte sie. »Ich kann seine Magie hier überall spüren. Er beschützt sie.«

»Und dich ebenso«, sagte eine tiefe Stimme, als Osiris neben ihnen erschien. »Hallo, Astasiya. Ich hatte gehofft, du würdest kommen.«

KAPITEL ZWEIUNDZWANZIG

ISSAC

AYA WAR VON ENERGIE UMGEBEN, als sie ihrem Großvater gegenüberstand. Issac bewegte sich mit ihr und sein Arm streifte den ihren, als er sich direkt neben sie stellte.

»Osiris«, sagte sie mit ausdrucksloser Stimme.

»Enkelin«, erwiderte er und verzog die Lippen zu einem Lächeln. »Du wusstest, dass ich hier auf dich warten würde.«

»Ich habe damit gerechnet«, gab sie zu.

»Und du bist trotzdem gekommen.«

Sie zuckte mit den Schultern. »Du hast meine beste Freundin, natürlich bin ich gekommen.«

»Ich beschütze sie«, sagte er.

»Ich weiß.« Als Issac die Lässigkeit in ihrer Stimme hörte, hätte er fast gelächelt. Er fragte sich, ob Aya bewusst war, wie sehr sie in den letzten Monaten an Selbstvertrauen gewonnen hatte. Sie stand dem mächtigsten Wesen der Welt gegenüber, der sie alle erschaffen hatte, und sie geriet nicht einmal ins Schwitzen.

Osiris musterte sie. »Dann bist du also damit einverstanden.«

»Dass du meine beste Freundin beschützt? Natürlich.« Sie verschränkte die Arme vor der Brust. »Aber wenn du vorhast, sie von Jay oder ihrem Baby zu trennen, dann werde ich das nicht billigen.«

Er runzelte die Stirn. »Warum sollte ich sie voneinander trennen?«

»Weil du sie benutzen willst, um mit ihr deinen eigenen Nachkommen zu zeugen«, sagte sie.

»Dafür müsste ich sie nicht voneinander trennen.«

»Dann unterschätzt du Jays Besitzdenken«, erwiderte Astasiya.

»Ich könnte ihn dazu bringen zuzusehen, wenn ich das wollte, aber das spielt jetzt keine Rolle. Die Zeit, neues Leben zu erschaffen, hat sich aufgrund der jüngsten Ereignisse verkürzt. Es wird nicht möglich sein, einen neuen Nachwuchs auszubilden. Deshalb wollte ich mit dir sprechen.«

»Du willst mich ausbilden.«

Er nickte zur Bestätigung. »Das ist richtig.«

»Und wenn ich nicht ausgebildet werden will?«

»Dann wirst du sterben«, antwortete er schlicht.

Issac kniff die Augen zu dünnen Schlitzen zusammen. »Wähle deine nächsten Worte mit Bedacht, Osiris.« Es war eine Aussage, die er vor einem Jahr nie gemacht hätte, aber damals war Aya noch nicht in sein Leben getreten. Doch heute war sie ein Teil davon und dieses uralte Wesen hatte sie gerade bedroht, was er nicht tolerieren konnte.

Osiris zog eine Augenbraue in die Höhe, als er ihn ansah. »War das etwa eine Warnung?«

»Ja.« Er sprach dieses eine Wort mit selbstbewusster Stimme aus. Es spielte keine Rolle, dass dieser Seraph unglaubliche Kräfte besaß. Es mangelte ihm an Familie. Emotionen. *Herz.* Es waren diese drei Dinge, die Osiris gering schätzte, weil er sie nicht verstand. Issac verstand sie jedoch gut. Sie waren keine Schwächen, sondern Stärken und bildeten eine defensive Einheit, die gegen Osiris eingesetzt werden würde, sobald er versuchen sollte, Astasiya zu schaden.

»Faszinierend«, murmelte der Seraph. »Ich habe dich immer respektiert, Issac. Du bist mutig, kreativ und loyal. Und jetzt erweist du dich auch noch als Beschützer meiner wertvollsten Waffe.« Er nickte langsam. »Ja, das kommt mir sehr gelegen.«

»Ich bin nicht deine Waffe«, erwiderte Aya.

»Noch nicht«, stimmte er zu. »Aber du wirst es sein.«

»Womit wir wieder bei der Diskussion über meine Ausbildung wären. Ich bin nicht interessiert.«

»Wer sonst könnte dir die ganze Bandbreite deiner Fähigkeiten beibringen?«, fragte er mit tadelndem Tonfall.

»Mein Vater«, antwortete sie. »Meine Mutter. Sogar Gabriel. Ja, ich würde ihm eher erlauben, mich zu unterrichten.«

»Du kennst mich doch gar nicht, Kind.«

»Ich weiß, was du getan hast. Und Taten sprechen lauter als Worte.«

»Taten«, wiederholte er. »Wie zum Beispiel, Skye aus meinem Bann zu erlösen und ein Anwesen zu errichten, das einzig und allein dem Zweck dient, deine Freundin zu beschützen, wenn sie am schwächsten ist? Oder wie wäre es mit der Tatsache, dass ich dir gestattet habe, deinen Vater zu befreien?«

»Du hast es mir nicht gestattet. Wir haben gegeneinander gekämpft.«

Er gluckste. »Liebes Kind, das war kein Kampf, sondern eine Trainingseinheit. Ich will dir nicht wehtun. Ich brauche dich. Genauso wie du mich brauchen wirst.«

»Ich glaube, ich komme ganz gut allein zurecht.«

»Weißt du, was mit Elizabeth passiert wäre, wenn ich sie nicht entführt hätte?«, entgegnete er, als er eine dunkle Augenbraue wieder nach oben in Richtung seines kahlen

Kopfes zog. »Die Mitglieder des Rates hätten Krieger-Seraphim nach Hydria geschickt, um sie zu töten. Es hätte weder einen Prozess noch ein Edikt gegeben. Nur eine rasche Hinrichtung.«

»Sie ist ein Seraph«, erwiderte Aya und runzelte die Stirn. »Sie kann nicht sterben.«

Er bedachte sie mit einem nachsichtigen Blick. »Sie ist kein reinblütiger Seraph, Astasiya. Aber du hast recht; vielleicht hätte sie überlebt. Und das wäre noch schlimmer für sie gewesen, denn sie hätten sie in eine Reformationskammer geworfen, um sie neu zu programmieren. Und ihr Kind hätte dasselbe Schicksal ereilt.«

Schweigen breitete sich zwischen ihnen aus.

Glaubst du ihm?, fragte Aya leise in Issacs Gedanken.

Ich denke, es gibt eine Menge, was wir noch nicht über die Seraphim wissen. Aber Skye sagte Gabriel, dass die Ratsmitglieder Elizabeth und das Kind töten würden. Er sagte auch, dass sie ihr die Flügel abnahmen, als Strafe dafür, dass sie die ihr zugewiesenen Aufgaben nicht erfüllen wollte. Keines der Ereignisse lässt die Seraphim in einem wohlwollenden Licht erscheinen.

»Es gibt vieles, was du nicht verstehst. Weißt du, warum ich verbannt wurde?«, fragte Osiris.

»Du hast einen Seraph getötet«, antwortete eine weibliche Stimme, als eine blonde Frau in einem Wirbel blassblauer Flügel neben ihm erschien. Ihr Gesicht verriet sie sofort. Ihre ausgeprägten Wangenknochen und das herausfordernde Kinn waren beides Merkmale, die sie ihrer Tochter vererbt hatte.

Caro materialisierte sich in ihrer körperlichen Form, während sie sich ganz auf Osiris konzentrierte. »Wenn du meine Tochter anrührst, wirst du es bereuen«, fügte sie mit emotionsloser Stimme hinzu.

»Langsam verstehe ich, warum mein Sohn so vernarrt in

dich ist«, erwiderte der alte Mann und blinzelte sie an. »Welchen Seraph habe ich denn angeblich getötet?«

»Der Name wurde nie genannt, nur die Tat ist erwähnt worden.«

»Wie praktisch«, erwiderte er.

»Behauptest du etwa, unschuldig zu sein, Vater?« fragte Sethios, der an seiner anderen Seite erschien. Issac zog beim Anblick seiner schwarzen Flügel überrascht die Augenbrauen in die Höhe. Davon hatte Gabriel ihnen noch nichts erzählt.

Schwarze und blaue Flügel, und trotzdem sind meine Federn rosa?, dachte Aya an ihn gerichtet. *Im Ernst?*

Deine Federn sind opalfarben, Liebes.

Für mich sehen sie ziemlich rosa aus, murmelte sie in seinen Gedanken.

Deine Eltern sind mit Osiris hier und du regst dich immer noch über ein paar rosafarbene Federn auf, dachte Issac, dessen Lippen belustigt zuckten.

Es ist eine gute Ablenkung, gestand sie.

Ja, stimmte er zu. Und er nahm an, dass sie sie brauchte, um ihre ruhige Fassade aufrechtzuerhalten.

»Seraphim können nicht sterben«, sagte Osiris. »Wie sollte ich in der Lage sein, einen Seraph wirklich zu töten?«

»Du bist der Seraphim der Wiederauferstehung«, erwiderte Caro. »Du kontrollierst das Leben.«

»Das tue ich«, stimmte er zu. »Das Leben, aber nicht den Tod.«

»Dann behauptest du also, dass es nicht wahr ist?«, drängte Sethios, in dessen Tonfall ernsthafte Zweifel mitschwangen. »Willst du damit sagen, dass du aus einem anderen Grund verbannt wurdest?«

»Eines Tages werde ich dir meine Geschichte erzählen«, sagte Osiris. »Die wahre Geschichte. Vielleicht wirst du es dann verstehen.«

»Warum nicht heute?«, fragte Aya ihn.

»Weil Elizabeth dich braucht und ich will, dass sie überlebt.« Sein gleichmütiger Tonfall erinnerte Issac an Gabriel. Die Antwort war praktisch und bestätigte, dass Osiris wirklich Elizabeths bestes Interesse im Sinn hatte.

Zumindest für den Moment.

»Ich wollte dich nur für einen Moment sehen«, fuhr Osiris fort. »Um meinen Wunsch zum Ausdruck zu bringen, dich zu unterrichten. Wie ich schon sagte, wir werden einander schon bald brauchen. Und ich würde gern sicherstellen, dass du auf diesen Tag vorbereitet bist.«

»Auf welchen Tag?«, fragte Sethios. Er hatte die Hände in die Hosentaschen gesteckt und gab ein Bild der Gelassenheit ab. Seine Gemütsruhe schien nicht gespielt zu sein. Da der Mann Tausende von Jahren mit seinem Vater verbracht hatte, war es einleuchtend, dass er wusste, ob das uralte Wesen eine unmittelbare Bedrohung darstellte oder nicht.

Dieses Wissen beruhigte Issac etwas.

Dennoch ließ er die Hände für alle Fälle locker neben dem Körper hängen, sodass sein Arm immer noch Astasiyas berührte.

»Das wirst du bald sehen«, antwortete Osiris, als er seine schwarzen Flügel ausbreitete. »Ich freue mich auf die Zukunft, Stas. Bitte richte Elizabeth und ihrer Tochter meine besten Grüße aus.«

Er verschwand ohne ein weiteres Wort, woraufhin Caro die Stirn runzelte. »Das ist heute schon das zweite Mal, dass er sich ohne viel Wirbel aus dem Staub macht.«

»Ja«, stimmte Sethios zu, der zum dunkler werdenden Himmel hinaufblickte. »Es hat den Anschein, als wolle er Astasiya im Moment auf freundliche Weise zu einer Zusammenarbeit bewegen. Aber das wird sich ändern, sobald sie sich als zu starrköpfig für seine manipulativen Spielchen erweist.«

»Ich werde niemals mit ihm zusammenarbeiten«, sagte Aya im gleichen Augenblick, in dem Caro sagte: »Dazu wird es niemals kommen.«

Dann sahen sich die beiden Frauen an, wobei sich Ayas grüne Augen ein klein wenig weiteten und Caros blaue Iriden aufblitzten.

Mom, dachte Aya, und Issacs Herz setzte einen Schlag aus, als die Emotionen, die mit diesem einzelnen Wort verbunden waren, ihn überwältigten.

Stille breitete sich zwischen ihnen aus, als die beiden Frauen einander anstarrten.

Im nächsten Moment lagen sie sich in den Armen und hielten einander fest, als befürchteten sie, die andere könnte nicht real sein.

Issac spürte die Liebe und Zuneigung, die durch sein Band mit Aya strömte, woraufhin ein tief sitzender Schmerz folgte, der nach Jahren der Qual endlich zu heilen begann. Visionen des Ertrinkens überfluteten seinen Verstand, als Astasiya jede einzelne Erinnerung noch einmal durchlebte und sich noch fester an ihre Mutter klammerte. Tränen kullerten ihr über die Wangen, denn ihr Wiedersehen war von Freude und Trauer geprägt und von ihrem gemeinsamen Schmerz bestimmt.

Issac räusperte sich, als ihn seine eigenen Emotionen beim Anblick von so viel Liebe, die zwischen einer Mutter und ihrer Tochter aufflammte, zu übermannen drohten. Er warf einen Blick auf Sethios, dem es ähnlich zu ergehen schien, als seine Augen voller unvergossener Tränen schimmerten. Er ließ ihnen zwar nicht freien Lauf, doch er sah die Frauen voller Liebe und auch Stolz an.

Dann fiel sein Blick auf Issac und all die Emotionen waren im Nu verschwunden.

Seine Miene verfinsterte sich und er presste die Lippen zu einer dünnen Linie zusammen, während er eine wütende Macht ausstrahlte.

»Du hast meinem Vater die Stirn geboten«, bemerkte er, »und ihm gesagt, er solle seine Worte mit Bedacht wählen.«

Aha, sie hatten ihre Unterhaltung mit Osiris also beobachtet. Es überraschte Issac nicht. Sie alle wussten, dass Osiris auf Astasiya warten würde, und ihre Eltern hätten ihm nie erlaubt, sie zu entführen, nachdem sie so viele Opfer gebracht hatten, um sie zu beschützen.

»Ja«, bestätigte Issac, der sich weigerte, klein beizugeben. »Und ich würde es, ohne zu zögern, wieder tun.«

Sethios musterte ihn schweigend, wobei seine Miene keinerlei Regung verriet. Nach einem kurzen Moment nickte er Issac zu. »Gut. Sieh zu, dass es so bleibt.«

Caro kicherte, woraufhin Sethios sie mit zusammengekniffenen Augen ansah. Doch in seinem Blick war nichts von der wütenden Hitze zu sehen, mit der er gerade noch Issac betrachtet hatte.

»Lachst du wieder über mich, mein Engel?«

»Ja«, sagte sie. In ihren Augen schimmerten Tränen, die das Wiedersehen mit Astasiya ausgelöst hatte. Sie löste einen Arm von ihrer Tochter und streckte ihn Sethios entgegen. »Komm her.«

Sethios zögerte nicht und zog beide Frauen in seine Arme. Viele Ichorianer glaubten, dass der Mann kein Herz hatte und genauso rätselhaft und grausam wie sein Schöpfer war. Doch in diesem Moment wurde Issac Zeuge der Wahrheit.

Dieser Mann hatte ohne Zweifel ein Herz.

Jedoch gehörte es nicht ihm selbst.

Es gehörte Aya und Caro.

Sie waren seine Welt, was ihn genauso gefährlich machte,

wie alle behaupteten. Denn wenn irgendjemand eine der beiden Frauen anrührte, würde er ihn vernichten.

In diesem Moment verstand Issac, warum seine Reaktion auf Osiris für Sethios so wichtig gewesen war. Sie waren gerade zu Verbündeten geworden. Zwei Männer, die in Liebe zu den Frauen entfacht waren, die sie vervollständigten und für die sie alles tun würden, um sie zu beschützen. Sie würden sich sogar, ohne zu zögern, dem mächtigsten Wesen der Welt stellen.

Dann begegnete Sethios seinem Blick und er nickte ihm in einer Geste des Respekts zu, die Issac erwiderte.

Aya bedeutete ihm alles.

Er würde alles Nötige tun, um sie zu beschützen.

Selbst wenn er sich dabei selbst opfern müsste.

Und das war genau das, was ihre Eltern vor all den Jahren getan hatten. Sie hatten alles für Ayas Sicherheit aufgegeben. Und jetzt waren sie wieder vereint.

Lass dir noch etwas Zeit und genieße dein Wiedersehen, Liebes, flüsterte Issac in Ayas Gedanken. Ich werde dich über Elizabeths Zustand auf dem Laufenden halten.

Danke, erwiderte sie leise.

Für immer, Aya, gelobte er. Es war ihre ganz besondere Art, einander ihre Liebe zu bezeugen, und die einzige, die sie zu verstehen schienen.

Für immer, antwortete sie und die Worte waren wie ein Kuss für seine Seele.

Er lächelte und ging ins Haus, um nach Balthazar und Leela zu suchen.

Er brauchte nicht lange, um sie zu finden, denn Elizabeths Schreie waren wie ein Leuchtfeuer, das ihn direkt in den ersten Stock führte. Er warf einen Blick in den Raum und sah seine Zukunft bestätigt.

Er und Aya würden nie Kinder haben. Niemals.

KAPITEL DREIUNDZWANZIG

SETHIOS

EIN BRÜLLEN aus dem Haus veranlasste Sethios dazu, sich von Caro und Astasiya zu lösen, wobei ihm die Nackenhaare zu Berge standen. »Was zum Teufel war das?«

Caro antwortete ihm, indem sie seine Hand ergriff, während sie den anderen Arm immer noch um ihre Tochter gelegt hatte, und sie alle in das Zimmer teleportierte, in dem Elizabeth reglos auf dem Bett lag.

Jayson stand mit einem wilden Ausdruck in den Augen wütend neben ihr und verlangte, dass sie sie wiederbelebten.

»Das ist ganz normal«, sagte Leela.

»Wie zum Teufel kann das normal sein?«, wollte er wissen, als er auf die bewusstlose Rothaarige zeigte. »Ihr Herz hat aufgehört zu schlagen!«

Natürlich. In diesem Fall könnte Sethios tatsächlich von Nutzen sein. »Caro ist bei Astasiyas Geburt mehrmals gestorben. Es geht ihr gut.«

Caro nickte. »Ja. Ich habe überlebt. Es liegt nur am Energieaustausch.«

Jayson sah sie beide an, als wären sie verrückt geworden. Selbst Issac wirkte beunruhigt.

Balthazar war abgesehen von Leela der Einzige, der die Erklärung zu akzeptieren schien. Er beugte sich über

Elizabeth, um ihre Vitalwerte zu überprüfen, und zuckte mit den Schultern, als ihr Herzschlag wieder einsetzte. »Was sollen wir tun?«, fragte er, als er sich Leela zuwandte.

»Du musst Jay beruhigen, damit er ihr helfen kann, sich mit dem Kind zu verbinden«, sagte sie.

Balthazar nickte, als sein Blick auf den immer noch wütenden Ältesten fiel.

»Wage es ja nicht«, sagte Jayson.

Doch Balthazar benutzte bereits seine Fähigkeit, Emotionen zu kontrollieren. Die machtvolle Energie flackerte um sie herum auf und beruhigte Jayson fast augenblicklich.

Sethios war immer nur Zeuge geworden, wenn Balthazar die Gedanken anderer gelesen hatte, aber er hatte noch nie gesehen, wie er diese Gabe einsetzte. Emotionale Manipulation war ein mächtiges Werkzeug, das in den falschen Händen katastrophale Folgen haben konnte.

»Lizzie braucht dich«, sagte er leise. »Sie muss einen Machttausch mit deiner Tochter durchführen. Leg dich zu ihr ins Bett und halte sie einfach nur im Arm, während du ruhig bleibst und ihr Kraft gibst.«

»Ich hätte dich vor fünfundzwanzig Jahren auch gut gebrauchen können«, bemerkte Sethios.

»Du hast dich die meiste Zeit über gut geschlagen«, sagte Leela.

»War das etwa ein Kompliment?« Sethios lächelte sie an. »Danke, Lee.«

»Ich sagte ›die meiste Zeit über‹«, entgegnete sie.

Elizabeth erwachte mit einem Schrei, der alle zusammenzucken ließ, wieder zum Leben. Jaysons Gesicht nahm einen wilden Ausdruck an, aber Balthazar beruhigte ihn und ermahnte ihn aufs Neue, er solle sich ins Bett legen und das Mädchen halten.

»Ich werde nie Kinder haben«, sagte Astasiya laut.

»Genau mein Gedanke«, stimmte Issac zu.

Ich betrachte das als einen Erfolg, sagte Sethios in Caros Gedanken. *Ich bin nicht bereit, Großvater zu werden.*

Du warst auch nicht bereit, Vater zu sein, erinnerte sie ihn leise.

Ich bin immer noch nicht bereit, erwiderte er leise. *Aber die Vorstellung, dass mein Kind ein Kind bekommt? Verdammt, Caro. Ausgeschlossen. Meinem Verständnis nach ist sie immer noch sieben.*

Caros Belustigung hallte durch seine Gedanken. *Dann hat sie hoffentlich nicht meine genetische Beschaffenheit, denn ich habe entgegen allen Erwartungen zwei Kinder in einem einzigen Jahrhundert bekommen. Das ist absolut nicht die Norm, könnte aber in meiner Blutlinie liegen.*

Sie äußerte die Worte in der für sie typischen nüchternen Art, die den Realismus ihrer Aussagen unterstrich. Doch das machte es nur noch schlimmer, denn sie hatte recht.

Mist. Wir müssen mit ihr über Geburtenkontrolle reden. Er konnte sich nicht vorstellen, eine solche Unterhaltung jemals mit seiner Tochter zu führen. *Wenn ich es mir recht überlege, könnte ich stattdessen doch einfach Issac umbringen. Das wäre viel leichter und weitaus angenehmer.*

Du kannst ihn nicht töten. Er liebt sie.

Dann werde ich ihn einfach kastrieren. Damit wäre das Problem gelöst und es wäre immer noch angenehmer als ein Gespräch über Verhütung.

Caro kicherte wieder. Ihm war nicht bewusst gewesen, wie sehr er den Laut vermisst hatte, bis er ihn heute gehört hatte. Es reichte fast aus, um ihn vergessen zu lassen, dass sie über ihn lachte. Aber nur fast.

Das ist nicht lustig.

Es ist sogar sehr lustig, verbesserte sie ihn. *Und so etwas wie Geburtenkontrolle gibt es für einen Seraph nicht. Aber wenn es dich wirklich beunruhigt, können wir Leela über Astasiyas Fruchtbarkeit befragen. Sie wäre in der Lage, es zu spüren.*

Sie sagte, sie würde erst in etwa fünfhundert Jahren fruchtbar sein, murrte er.

Sie hat wahrscheinlich recht. Es sei denn, sie hat meinen Fortpflanzungszyklus geerbt.

Sethios stöhnte auf. *Sag so etwas nicht.*

Ich weise dich nur auf das Offensichtliche hin.

Ich will nicht darüber nachdenken.

Du bist doch derjenige, der mit dieser Diskussion in meinen Gedanken begonnen hat, murmelte sie.

Du hättest mir erlauben sollen, ihn zu töten, entgegnete er.

Caro wandte sich ihm zu und legte eine Handfläche an Sethios' Brust, während sie ihn mit fröhlich funkelnden Augen betrachtete. *Du willst ihn nicht töten. Du magst ihn.*

Das ist nicht wahr.

Doch, das ist es. Sie stellte sich auf die Zehenspitzen und drückte ihm einen Kuss auf die Lippen. *Er hat vor Osiris seine Loyalität gegenüber Astasiya bezeugt. Ich habe deine Reaktion darauf gespürt. Er hat dich an dich selbst erinnert.*

Dieses Band ist wirklich beunruhigend, erwiderte er, ohne es wirklich so zu meinen. *Ich kann nichts vor dir verbergen.*

Ich könnte zurück in die Reformationskammer gehen, schlug sie vor. *Wenn du …*

Er legte seine Handfläche an ihren Nacken und zog sie an sich. »Denk nicht mal daran.«

Sie lächelte. »Dann sag mir, was du wirklich fühlst.«

»Ich würde es dir lieber zeigen.«

»Könntest du das wohl lassen?«, bat seine Tochter mit schriller Stimme. »Ich … ich glaube nicht, dass ich das sehen will.«

Elizabeth stieß wieder einen Schrei aus, bevor er antworten konnte, worauf Balthazar und Leela sofort in Aktion traten. »Das Baby kommt«, sagte Leela.

»Ich bin bereit«, antwortete Balthazar.

Sie zeigte mit dem Kinn auf Jayson. »Sieh zu, dass er konzentriert bleibt.«

»Das werde ich«, bestätigte der Gedankenleser, der eine Hand auf die Schulter des anderen Mannes gelegt hatte.

»Ich warte im Flur«, sagte Astasiya und packte Issac am Arm, um ihn mit sich zu ziehen. »So etwas werden wir niemals tun.«

»Bitte mach daraus einen Befehl«, murmelte Issac.

Falls sie ihm seinen Wunsch erfüllt, wird es sie dann davon abhalten, miteinander zu schlafen?, fragte sich Sethios.

»Du bist unverbesserlich«, flüsterte Caro ihm zu und stellte sich wieder auf die Zehenspitzen, um ihm sanft in die Unterlippe zu beißen. »Aber lass uns zu ihnen gehen. Ich habe das schon zweimal selbst erlebt. Ich habe keine Lust, mir das anzusehen. Und ich möchte meinen Schwiegersohn kennenlernen.« Dann runzelte sie die Stirn. »Das ist doch die richtige Bezeichnung, oder?«

»Ich denke, wir sollten ihn einfach Issac nennen. Schwiegersohn klingt irgendwie seltsam.«

Sie nickte langsam. »Ja. Das gefällt mir besser.«

»Er wird es ebenfalls bevorzugen«, sagte Balthazar, als er sich in ihr Gespräch einmischte, das eigentlich privat hätte sein sollen. Da sie jedoch nur ein paar Meter vom Bett entfernt standen, konnte Sethios ihm keinen Vorwurf daraus machen.

Er legte einen Arm um Caros Schultern und führte sie hinaus in den Flur, wo ihre Tochter mit blassem Gesicht wartete. Issac hatte die Hände auf ihre Wangen gelegt und redete ihr mit gedämpfter Stimme gut zu: »Es wird alles gut gehen, Aya. Sie ist stark. Du weißt, dass sie stark ist.«

»Aber sie ist kein reinblütiger Seraph. Was, wenn sie dabei stirbt?«

»Dann werden wir einen Weg finden, um sie

zurückzuholen«, versicherte Issac ihr. »Aber ich glaube nicht, dass es nötig sein wird. Sie ist eine Überlebenskünstlerin.«

»Ich stimme zu. Es wird alles gut gehen«, sagte Sethios. Dafür würden sie alle sorgen. »Ich mache mir eher Sorgen darum, dass Skye ihre Geburt vorhersieht, und frage mich, wie der Rat darauf reagieren wird. Wir können sie nicht ewig hier verstecken, vor allem, da Osiris den Generalschlüssel in der Hand hat.«

»Wir müssen auch über die Schicksalsgöttinnen sprechen«, fügte Caro hinzu. »Und über unsere Vermutung, dass sie gegen den Rat arbeiten.«

Sethios nickte. »Der Hohe Rat von Seraph hat immer geglaubt, die Prophezeiung beziehe sich darauf, dass du Osiris und seine entarteten Wesen zu Fall bringst. Aber wir glauben, dass die Ratsmitglieder ihre Arroganz haben sprechen lassen, während die Schicksalsgöttinnen ihre Interpretation einfach nicht korrigiert haben.«

Er fuhr fort, indem er ihr erzählte, dass Skye ein Seraph war, die Ratsmitglieder ihr die Flügel abgenommen hatten und warum sie es getan hatten.

Daraufhin schilderte Caro, wie sie die Erkenntnis gewonnen hatte, dass die Schicksalsgöttinnen bestimmte Dinge vorhergesehen hatten, um ihnen die Oberhand zu geben. Wie zum Beispiel die Tatsache, dass sie mit einer heilenden Fähigkeit geboren worden war, die die ganze Zeit über inaktiv gewesen und erst zum Leben erwacht war, als sie sie am meisten gebraucht hatte. Sie erzählte ihnen auch, wie die Schicksalsgöttinnen wahrscheinlich daran beteiligt gewesen waren, ihre Standorte zu verbergen, indem sie möglicherweise die Rune auf Astasiyas Rücken nicht vorhergesehen hatten.

»Es ist alles nur eine Theorie, aber Skyes Bemerkung legt nahe, dass wir auf dem richtigen Weg sind«, schloss Sethios.

»Was bedeutet, dass Osiris recht damit haben könnte, dass wir mit ihm zusammenarbeiten sollten.«

»Du glaubst also, der Rat ist schlimmer als er«, fasste Astasiya zusammen.

»Ich glaube, dass in dieser Welt alle möglichen Formen des Bösen existieren und wir uns manchmal mit unseren Feinden verbünden müssen, um eine größere Bedrohung zu beseitigen«, antwortete Sethios.

»Das würde eine Zusammenarbeit der Hydraianer mit den Ichorianern erfordern«, sagte Issac. Er hatte sich neben Astasiya gestellt und einen Arm locker um ihr Kreuz geschlungen. Mit der Geste schien er für alle sichtbar seinen Besitzanspruch auf sie geltend zu machen – auch für ihren Vater.

Es war ein weiteres Zeichen seines Selbstvertrauens und seiner Macht. Sethios könnte den Mann mit einem einfachen Befehl in die Knie zwingen, aber er vermutete, dass Issac sich mit der ganzen Kraft seiner Fähigkeiten dagegen wehren würde. Und Astasiya würde ihm helfen.

Caro hatte recht.

Er konnte Issac nicht töten.

Aber er würde auch nicht zugeben, dass er ihn mochte.

»Mein Vater hat einen Krieg zwischen euch angeregt, um eure Stärken zu testen und die schwachen Blutlinien zu beseitigen«, sagte Sethios. »Er hat es mir gegenüber zwar nie laut zugegeben, aber ich weiß, dass das seine Absicht war. Er bereitet sich schon seit Jahrtausenden auf eine Schlacht gegen die Seraphim vor. Er ist wie besessen davon.«

»Ich kann die Theorie zwar verstehen, aber er hat seiner angeblichen Armee auch erhebliches Misstrauen eingeflößt.« Issacs saphirblaue Augen funkelten vor Intelligenz. »Die Hydraianer werden sich niemals mit den Ichorianern verbünden, die versucht haben, sie abzuschlachten. Und die Ichorianer wurden erschaffen, um ihre Nachkommen zu hassen, weil sie mächtiger sind und kein Blut zum Überleben brauchen.«

»Wenn sie einen gemeinsamen Feind hätten, würden sie vielleicht Seite an Seite kämpfen«, sagte Caro. »Die Seraphim wollen sie alle vernichten. Dabei spielt es keine Rolle, ob sie Ichorianer oder Hydraianer sind, für den Rat sind sie alle entartete Wesen, die beseitigt werden müssen.«

»Wie sollen wir eine Armee bekämpfen, die nicht sterben kann?«, fragte Astasiya. »Selbst wenn die Ichorianer und Hydraianer zusammenarbeiten, wäre es zwecklos, da die Seraphim einfach überleben werden.«

»Ich glaube, da kommst du ins Spiel, Liebes«, murmelte Issac. »Die Prophezeiung.«

»Eine unbekannte Macht wird in Erscheinung treten. Sie wird die Kraft und den Willen haben, uns alle zu zerstören, es sei denn, es werden Maßnahmen ergriffen, um sie im Zaum zu halten.« Caro wiederholte die berüchtigten Worte für alle hörbar mit sanfter Stimme. Sie hatten die Worte nie aus Skyes Mund gehört, aber Gabriel hatte sie für sie vor Jahren wiederholt. Die Prophezeiung hatte sich für immer in ihren Köpfen und Herzen eingebrannt.

»Wir haben Maßnahmen ergriffen, die dafür sorgen sollten, dass du die Menschheit wertschätzt. Aber das bedeutet nicht, dass die Macht in dir gelitten hat. Es bedeutet nur, dass du sie angemessen nutzen wirst.« Sethios nahm an, es bedeutete nun, dass sie ihre Kräfte gegen den wahren Feind richten würde.

Das setzte natürlich voraus, dass sie herausfanden, wen sie bekämpfen sollten – Osiris und seine Schergen oder die Seraphim.

»Du glaubst also, dass Astasiya die Macht besitzt, einen Seraph zu töten«, sagte Issac, dessen britischer Akzent stärker hervortrat, als er die bedeutungsschweren Worte aussprach.

»Ja.« Sethios wandte sich an seine Tochter. »Du bist eine Nachkommin des Seraphs der Wiederauferstehung, was bedeutet, dass du Leben kontrollieren und erschaffen kannst, wie du bereits weißt. Caro stammt von der Blutlinie der Boten ab, wobei sie sowohl über heilende als auch tarnende Fähigkeiten verfügt. Wir sind nicht sicher, wie sich diese Merkmale in dir vereint haben, aber die Schicksalsgöttinnen haben aus einem bestimmten Grund dafür gesorgt, dass du gezeugt wurdest.«

Caro nickte. »Ich habe immer geglaubt, dass die Ratsmitglieder mich mit dem Edikt zu Osiris geschickt haben, weil sie wussten, dass ich Sethios treffen und dadurch dich erschaffen würde. Sie haben nur deine Bestimmung missverstanden.«

»Das alles beruht auf der Annahme, dass die Schicksalsgöttinnen nicht mehr mit dem Rat im Einklang stehen«, fügte Sethios hinzu. »Es ist also alles nur eine Theorie, die sich jedoch richtig anfühlt.«

»Ja«, stimmte Caro zu, »das tut sie.«

Astasiya stieß den Atem aus und lehnte sich an Issac, der sie festhielt. »Das muss ich erst einmal verdauen«, sagte sie mit einem Anflug von Erschöpfung in der Stimme.

Keiner von ihnen hatte in den letzten Tagen viel geschlafen. Das viele Reisen hatte Sethios' Zeitgefühl durcheinandergebracht, aber im Grunde war es egal. Sie standen am Rande eines übernatürlichen Krieges.

»Falls es wirklich dazu kommt, wird die Menschheit von unserer Existenz erfahren«, sagte Issac. »Da die CRF zerstört wurde, werden neue Militärbehörden entstehen, um diese Lücke zu füllen. Denn es ist anzunehmen, dass zumindest einige Regierungsbeamte durch Jonathans frühere Kontakte bereits von uns wissen. Das heißt, die Sterblichen müssen in diese Gleichung miteinbezogen werden. Sie sind äußerst sprunghaft und haben eine Vorliebe dafür, vorbeugend zu handeln.«

Sethios konnte durch das Band Caros Zustimmung spüren. *Ich mag ihn wirklich*, teilte sie ihm im Geiste mit.

Ja, ja, murmelte er zurück.

Er spürte ihr Lächeln, während sich ihre Lippen jedoch nicht bewegten, bis sie wieder das Wort ergriff. »Die Seraphim haben die Menschen immer als eine Art verklärtes Experiment betrachtet. Sie stammen von unseren Familienlinien ab, was der Grund dafür ist, dass diejenigen von euch, die durch Osiris' Einfluss wiedergeboren wurden, über einzigartige Fähigkeiten verfügen. Sie alle gehen auf die Familienlinien der Seraphim zurück.«

Astasiya zog ihre blonden Augenbrauen in die Höhe. »Die Menschen sind also Nachkommen von Engeln?«

»Nicht ganz.« Caro verfiel einen Moment lang in nachdenkliches Schweigen, bevor sie weitersprach. »Sie haben sich über Jahrtausende in natürlichen Zyklen auf der Erde entwickelt, aber die Seraphim haben bei dieser Evolution nachgeholfen. Ich kenne nicht die ganze Geschichte, denn sie gehört nicht zu meinem Fachgebiet; außerdem war ich damals noch nicht geboren. Aber ich weiß, dass die uralten Wesen in irgendeiner Weise mittels der Blutlinien geholfen haben.«

»In der Schule wurde mir etwas anderes beigebracht«, erwiderte Astasiya.

Caro erbleichte. »In den Schulen steht etwas über die Seraphim auf dem Lehrplan?« Sie sah Sethios an. »Wissen sie jetzt etwa von unserer Existenz?«

»Ich glaube, unsere Tochter hat das sarkastisch gemeint«, antwortete Sethios.

Caro blinzelte. »Oh. Ja. Richtig.« Sie schüttelte den Kopf. »Sarkasmus ist nicht gerade … meine Stärke.«

Sethios gab ihr einen Kuss auf die Schläfe und zog sie an

sich. »Seraphim verstehen keinen Humor.« *Oder Genuss*, fügte er in ihrem Kopf hinzu.

Sie stieß ihn mit dem Ellbogen in die Seite. *Ich bin in meine Emotionen hineingewachsen.* In ihrer mentalen Stimme schwang ein tödlicher Unterton mit.

Ja, das bist du, stimmte er zu. Ihn durchströmte ein warmes Gefühl, als er über all die Emotionen nachdachte, die sie vorhin ausgestrahlt hatte. *Hast du noch Ezekiels Messer?*

Du meinst mein Messer? Ja. Ja, ich habe es noch.

Gut, murmelte er in ihren Gedanken. *Wir werden es später noch brauchen.* Dann sagte er laut: »Ich stimme mit Issacs Einschätzung überein, dass die Menschen bald in die Geschehnisse verwickelt sein werden. Es ist unvermeidlich. Allerdings werden sie ein unberechenbares Element in dem Krieg sein. Viele von ihnen werden auch sterben.« Es war zwar eine harsche Bemerkung, aber sie war zutreffend.

»Gibt es eine Möglichkeit, das zu vermeiden?« Astasiya wirkte jetzt noch erschöpfter als vor wenigen Augenblicken. »Einen Krieg, meine ich. Müssen wir gegen die Seraphim kämpfen?«

Er zuckte mit den Schultern. »Das bleibt abzuwarten. Wir sind nicht einmal sicher, ob die Seraphim überhaupt diejenigen sind, die wir bekämpfen sollen.«

»Skye sagte, sie würden Elizabeth töten wollen, aber sie haben Hydria nicht angegriffen«, bemerkte Issac. »Vielleicht weil Osiris sie zuerst erreicht hat. Allerdings ist das im Moment alles Spekulation.«

»Dem stimme ich zu«, erwiderte Sethios. »Wir müssen zuerst die Hürde im anderen Raum überwinden und herausfinden, wie wir Elizabeth dabei helfen können, sich sowohl vor meinem Vater als auch vor den Seraphim zu verstecken. Danach können wir uns auf den Kampf konzentrieren, der möglicherweise vor uns liegt.«

»Und darauf, dass Osiris mich ausbilden will«, fügte

Astasiya unwirsch hinzu. »Bisher hat mir seine Version des Trainings nicht besonders gut gefallen. Ich bin mir ziemlich sicher, dass ich nicht daran interessiert bin, mehr von ihm zu lernen.«

Sethios schnaubte. »Glaub mir, das verstehe ich besser als jeder andere.« Er hatte Tausende von Jahren unter der Vormundschaft seines Vaters verbracht. Obwohl viele seiner Prüfungen praktischer Natur waren, war keine von ihnen leicht oder mit Wohlwollen zu ertragen.

»Wir sollten …«

Ein gequälter Schrei aus dem Schlafzimmer unterbrach Caros Worte, woraufhin sich alle zur Tür wandten. Astasiya setzte sich als Erste in Bewegung, da der Laut von ihrer besten Freundin gekommen war.

Sie sprintete auf den Raum zu und erstarrte bei dem Anblick, der sich ihr bot, auf der Schwelle.

Sethios folgte ihr und erblickte all das Blut und die traurigen Gesichter im Raum.

Oh, verdammt …

KAPITEL VIERUNDZWANZIG

LEELA

DAS BABY ATMETE NICHT.

Leela versuchte, die anderen zu beruhigen, damit sie sich konzentrieren konnte, aber sie waren alle viel zu emotional, um ihr zuzuhören.

Nur Balthazar schien sie verstehen zu können. Der Blick aus seinen schokoladenbraunen Augen traf den ihren und er nickte ihr zu, um ihr zu verstehen zu geben, dass er die Situation unter Kontrolle hatte, während sie arbeitete. Sie hatte nicht einmal etwas zu ihm sagen müssen; er hatte sie einfach verstanden. Sie würde sich später Gedanken darüber machen müssen, denn es machte ihr Angst, dass er sich derart in sie hineinfühlen konnte. Dazu kamen noch all die anderen Dinge, die geschehen waren, seit sie sich wiedergetroffen hatten.

Er weiß es, dachte sie zum tausendsten Mal. *Aber wie ist das möglich?*

Vera hatte seine Erinnerungen an ihre gemeinsame Zeit in Brasilien verändert.

Er sollte es *nicht wissen*.

Doch er tat immer wieder Dinge, die darauf hindeuteten, dass er Bescheid wusste.

Zum Beispiel hatte er sie *Lee* genannt und ihr genau den

Drink angeboten, den sie am Strand von Rio de Janeiro miteinander eingenommen hatten.

Sie riss sich aus ihren Gedanken und starrte auf den reglosen Säugling in ihren Armen. *Wir beide werden uns unterhalten müssen, Kleines,* dachte Leela an das Baby gerichtet. *Und zuerst werden wir darüber reden, wie du deine Eltern nicht in den Wahnsinn treibst.*

Seraphische Babys weinten nie.

Normalerweise wurden sie voller Bewusstsein und Intelligenz geboren, was sie als übernatürlich und einzigartig im Vergleich zu menschlichen Säuglingen kennzeichnete. Allerdings war Lizzie kein typischer Seraph. Sie war in einem Labor erschaffen worden, wobei Technologien und Genetik zum Einsatz gekommen waren, die sie weder verstanden, noch waren sie ihnen zugänglich.

Zum Beispiel hatte Lizzie weit nach ihrem voraussichtlichen Geburtstermin entbunden. Bei den meisten Seraphim setzten die Wehen etwa um die neunte Woche ein. Doch bei Lizzie war es anders gewesen, was darauf hindeutete, dass menschliches Genmaterial die Dauer ihrer Schwangerschaft beeinflusst hatte.

Leela wiegte das reglose Kind in ihren Armen und setzte ihre seraphische Kraft der Fruchtbarkeit ein, um dem kleinen Wesen die Nährstoffe zu geben, die es brauchte, damit es zu ihnen zurückkehren konnte.

Seraphische Seelen konnten nicht sterben, nur der Körper.

Und dieses winzige Geschöpf hatte auf seinem Weg in die Welt einiges durchgemacht.

Komm schon, Schätzchen, gurrte Leela im Geiste. *Du bist größtenteils geheilt. Es wird Zeit, dass deine Seele zurückkehrt.*

Die Zeit schien nur schleppend zu vergehen und die anderen im Raum wurden mit jeder verstreichenden Sekunde besorgter. Vor allem, weil sie versuchten, die verängstigte Mutter auf dem Bett zu beruhigen. Jayson war noch immer der emotionalen Kontrolle von Balthazar ausgeliefert. Aber Lizzie war außer sich vor Entsetzen darüber, dass sie ihr gemeinsames Kind verloren hatte.

»Sie wird wieder gesund«, sagte Balthazar. »Leela ist zuversichtlich, dass alles gut wird, und das macht auch mich zuversichtlich.«

Es war ein warmherziges Lob, das sie jedoch wieder beunruhigte.

Eigentlich sollte er überhaupt kein Vertrauen in sie haben.

Sie kannten sich kaum. Zumindest seinem Verständnis nach.

Lizzie antwortete in einem Kauderwelsch, das niemand verstehen konnte, während sie nach Atem rang und gegen die Tränen ankämpfte.

»Ist mir dasselbe widerfahren?«, fragte Astasiya leise.

»Nein«, murmelte Sethios. »Aber bei dir war die Situation anders.«

»Seraphische Seelen können nicht vergehen«, informierte Caro sie alle. »Der Körper kann sterben, aber er wird sich regenerieren.«

Genau das hatte Leela ihnen anfangs versucht zu erklären. Glücklicherweise schienen sie Caro zu hören.

Lizzies Atemzüge waren gleichmäßig und Jayson flüsterte ihr aufmunternde Worte ins Ohr. Entweder stand er immer noch unter Balthazars emotionaler Kontrolle oder er war endlich wieder bei Sinnen und machte seine Arbeit. Woran es auch lag, Leela war dankbar dafür, denn somit hatte sie die nötige Ruhe, um das Kind zu nähren.

Sie schloss die Augen und ihr Geist suchte nach der umherwandernden Seele des Säuglings in ihren Armen. *Hör auf, durch die Gegend zu streifen, Kleines*, sagte sie im Geiste. *Es wird Zeit, dass du deine Eltern in einem körperlichen Zustand kennenlernst.*

Die Kinder der Seraphim wurden mit einer Intelligenz geboren, die sich von der menschlicher Babys unterschied. Sie waren sich bereits bewusst und verstanden Aspekte der Welt, die viele Sterbliche erst im Teenageralter oder in den frühen Zwanzigern lernten. Es half dabei, den Machtwechsel bei der Geburt zu erleichtern, der noch vollzogen werden musste.

Doch dafür musste das kleine Mädchen in seinem Körper sein.

Komm schon, Schätzchen, gurrte sie. *Ich kann fühlen, dass du ganz in der Nähe bist. Finde dich selbst und zeige mir diese hübschen braunen Augen.* Sie hatte sie anfangs einmal gesehen und die Angst, die sich darin widergespiegelt hatte, hatte ihr fast das Herz gebrochen. Die arme kleine Seele hatte gespürt, dass der Zustand ihres Körpers sich verschlechterte, und war daraufhin geflohen. Doch ihr Körper war größtenteils wieder geheilt und bestätigte ihr seraphisches Geburtsrecht.

Weitere Minuten verstrichen.

Dann stieß Leela ein Seufzen aus, als der Herzschlag des Kindes zurückkehrte. *Da bist du ja,* flüsterte sie zärtlich. *Zeig mir diese Augen, süßes Mädchen.*

Das Kind konnte Leelas mentale Worte nicht wirklich hören, aber sie würde die Wärme und den Trost in ihrem Wesen spüren. Sie war ein Seraph der Fruchtbarkeitslinie, was bedeutete, dass sie auf Geburt und Befruchtung spezialisiert war. Aus diesem Grund war sie auch herausragend in der Kunst des Sex, ähnlich dem sagenumwobenen Sukkubus. Allerdings brauchte Leela keine Befriedigung zum Überleben; sie genoss es einfach.

Hinter ihr ertönte ein Schnauben, als Balthazar eine Hand an ihre Hüfte legte und seine Lippen an ihr Ohr presste. »Du und ich, wir werden uns lange unterhalten, wenn das alles vorbei ist, Lee«, teilte er ihr leise mit, wobei die Worte nur für ihre Ohren bestimmt waren. »Wie geht es ihr?«, fragte er in einem lauteren Tonfall und verbarg damit seine vorherige Aussage unter dem Deckmantel der Neugierde.

Ihr lief ein Schauer über den Rücken und sie fragte sich unwillkürlich, ob sie vorgeben könnte, seine Worte nicht gehört zu haben. Doch als er begann, an ihrem Ohrläppchen zu knabbern, wusste sie, dass das nicht möglich sein würde.

Nur Balthazar war imstande, einen blutigen Moment in etwas Sinnliches zu verwandeln. Sie war mit Blut und unaussprechlichen Flüssigkeiten befleckt, und er gab ihr trotzdem das Gefühl, sauber, wahrhaftig und mächtig zu sein.

Sie schüttelte den Kopf und wandte sich ihm zu, woraufhin er seine Hand von ihrer Hüfte löste.

Er begegnete ihrem Blick für einen kurzen Moment und sie sah einen Anflug von Wissen in seinen braunen Iriden. Dann sah er auf das Bündel in ihren Armen hinab und seine Lippen kräuselten sich beim Anblick der zwei großen, wunderschönen Augen, die zu ihm aufblickten.

»Hallo, kleine LJ«, gurrte er. »Wie ich sehe, hast du die Augen deiner Mutter.«

Das Kind blinzelte.

Er legte ihr einen Finger auf die Nase. »Die hast du von Jay«, teilte er ihr mit sanfter Stimme mit. »Aber die Wangenknochen sind eindeutig von Lizzie.« Seine Grübchen kamen zum Vorschein. »Du bist umwerfend, kleine Schönheit.«

Ein Anflug von Verständnis spiegelte sich in ihren Augen wider, als sie mit ihren Lippen eine saugende Bewegung machte. Leela lachte. »Ja, ja. Ihr müsst eure Bindung eingehen.« Sie blickte noch einmal zu Balthazar auf, bevor sie um ihn herumtrat und zu den wartenden Eltern auf dem Bett ging.

Lizzies Augen weiteten sich, als Leela ihr das Kind zeigte. In ihren Augen schimmerten wieder Tränen, doch diesmal waren es Tränen der Freude. »Oh, sie ist am Leben!«

»Ich habe es dir gesagt; sie musste nur ein wenig heilen«, sagte Leela mit sanfter Stimme. »Aber sie ist sehr lebendig und eine ziemliche Überlebenskünstlerin, wenn du mich fragst.« Sie lächelte liebevoll auf die Kleine hinunter, die wieder eine saugende Bewegung mit ihren Lippen machte. »Sie ist außerdem ungeduldig. Ihr habt während der Geburt bereits einen Machtaustausch vollzogen, aber sie braucht noch ein bisschen mehr.«

»Was soll ich tun?«, fragte Lizzie.

»Sie wird dich führen«, versicherte Leela ihr. »Kannst du Lizzie helfen, sich aufzusetzen? Das wird bei dem Prozess helfen.« Sie richtete die Frage an Jayson, der sofort anfing, die Kissen zu verschieben und den nötigen Platz zu schaffen, damit sie ihr Kind richtig versorgen konnte.

Lizzies Körper war bereits dabei, sich zu heilen. In ein oder zwei Stunden würde sie wieder ganz die Alte sein. Vorausgesetzt, sie regenerierte sich wie ein typischer Seraph. Ihre Schwangerschaft hatte allerdings ein wenig länger als gewöhnlich gedauert, also würde sie vielleicht auch in diesem Fall etwas mehr Zeit benötigen.

Wie dem auch sei, sie würde sich schnell erholen.

Die Bindung zu ihrer Tochter würde ihr dabei ebenfalls helfen.

Leela trat vor, nachdem Lizzie und Jayson sich auf dem Bett in Position gebracht hatten, und legte das Kind vorsichtig in Lizzies wartende Arme. Falls das viele Blut sie schockierte, so ließ sie sich nichts anmerken.

»Oh, sie ist wunderschön«, sagte Lizzie mit einem ehrfurchtsvollen Tonfall in der Stimme.

»Sie sieht genauso aus wie ihre Mutter«, antwortete Jayson mit funkelnden Augen, als er auf sein Kind hinabstarrte.

Leela trat zurück, da sie ihnen ein paar Momente Ruhe gönnen wollte. Doch Balthazar stand direkt hinter ihr. Er schmiegte seinen warmen Körper an den ihren und legte die Hände wieder auf ihre Hüften.

Die intime Berührung ließ sie erschaudern. Er war schon immer kühn gewesen, doch dies fühlte sich eher an, als würde er einen Anspruch auf sie erheben. Es war, als wüsste er, dass er ein Recht hatte, sie zu begrapschen, und dieses Wissen basierte auf einer gemeinsamen Vergangenheit und gegenseitiger Zuneigung.

Ich stecke in unglaublichen Schwierigkeiten, dachte sie.

»Ja, das tust du in der Tat«, antwortete er, was sie erstarren ließ.

Habe ich das etwa laut gesagt? Oder hat er nur meine Gedanken gelesen? In diesem Moment wurde ihr bewusst, was sie in der Hektik des Geschehens zuvor übersehen hatte. *Die Rune.* Vera hatte sie ihr gegeben, um ihre Heilung zu beschleunigen, doch dadurch war sie empfänglich für hydraianische Kräfte. Und das bedeutete …

»Ich weiß alles«, flüsterte er, als er die Arme um ihre Taille schlang und den Kopf auf ihre Schulter legte, um Lizzie und Jayson dabei zu beobachten, wie sie sich um ihr Kind kümmerten. »Wir werden uns später unterhalten, Lee. Im Augenblick sollten wir einfach das Leben bewundern, bei dessen Geburt wir behilflich waren.«

Stas und Issac standen auf der gegenüberliegenden Seite am Fußende des Bettes und starrten das Kind mit verliebten Augen an. Sethios und Caro standen neben ihnen und hatten beide den Blick auf ihre eigene Tochter gerichtet, während sich eine Flut von Erinnerungen in ihren Augen widerspiegelte.

Vor fünfundzwanzig Jahren hatten sie Stas in diese Welt gebracht. Und jetzt war sie erwachsen und hatte einen eigenen Gefährten. Leela nahm an, dass sie deshalb sowohl erfreut als auch verletzt waren. Sie hatten so viel von ihrem Leben verpasst. Doch jetzt waren sie wieder vereint und konnten die Zukunft gemeinsam genießen. Was auch immer sie bringen würde.

Leela wollte jetzt nicht darüber nachdenken, also folgte sie Balthazars Vorschlag und bewunderte das winzige Wesen in Lizzies Armen.

Die beiden frischgebackenen Eltern sahen einander an. Lizzie hatte nach dem Energieaustausch, den ihre Tochter eingeleitet hatte, einen fast verträumten Ausdruck im Gesicht. Sie verbanden sich zu einer Einheit, während Jayson seine Energie ebenfalls mit einfließen ließ, um ihr Kind noch stärker zu machen.

Sie waren eine glückliche neue Familie voller Liebe und Zuneigung, deren Kind in einer Zeit das Licht der Welt erblickt hatte, in der ein Krieg bevorstand.

Aber dieses Kind würde beschützter sein als jedes andere zuvor. Sie hatte die hydraianischen Ältesten und Issac als Onkel, Stas als Tante und Leela als Schutzengel.

Es war nicht ihre Absicht gewesen, dennoch war sie auf ihre ganz eigene Art mit dem kleinen Kind eine Bindung eingegangen, als sie dessen Seele zurück in ihr Heim gelockt hatte.

Und das bedeutete, dass Leela sich in gewisser Weise an die kleine Seele gebunden hatte.

Sie würde diese Verbindung nie entfernen.

Sie würde für immer zwischen ihnen bestehen. Es ähnelte der Bindung, die Gabriel mit Stas eingegangen war, als er ihr die Treue geschworen hatte. Aber es war nicht ganz dasselbe.

»Wie willst du sie nennen?«, fragte Stas leise.

Lizzie lächelte. »Aidyn Lee«, antwortete sie. »Aidan hat uns beide gerettet. Es ist nur angemessen, dass sie seinen Namen trägt, in Erinnerung an sein Opfer. Und Lee nach Leela, weil sie dafür gesorgt hat, dass wir alle überlebt haben.«

Auf ihre Worte folgte Stille, während der Name Emotionen in allen hervorrief, die sich tief in ihre Herzen brannten.

Leelas eigenes Herz schien einen Schlag auszusetzen. Es schockierte sie, auf eine solche Weise geehrt zu werden. »Noch nie hat jemand ein Kind nach mir benannt«, flüsterte sie.

»Dann bin ich froh, dass unseres das erste ist«, murmelte Lizzie und lächelte auf ihre Tochter hinab.

Aidyn Lee.

»Ein passender Name«, sagte Balthazar. »Aidan würde sich geehrt fühlen.«

»Das würde er«, stimmte Issac zu, dessen Stimme ein wenig rauer als gewöhnlich war. »Danke, dass ihr sein Andenken ehrt.«

»Ohne ihn wären wir nicht hier«, erwiderte Lizzie mit sanfter Stimme. »Es ist die beste Art, uns an ihn zu erinnern. Außerdem ist es ein starker Name, der zu unserem kleinen Wunder passt. Unser Baby Aidyn.«

Wieder herrschte Schweigen, als sie sich alle ihren Emotionen hingaben.

Issac räusperte sich als Erster, dann nickte er und verließ den Raum. Stas folgte ihm, wobei sie ihm eine Hand aufs Kreuz legte, um ihm Trost zu spenden.

Sethios und Caro folgten ebenfalls.

Daraufhin sagte Leela: »Ruft, falls ihr etwas braucht.«

»Das werden wir«, antwortete Lizzie, die sich ganz auf ihr Kind konzentrierte.

Leela wollte sich bewegen, doch Balthazar hielt sie immer noch fest. Sie räusperte sich.

»Wir werden nicht weit weg sein«, sagte er an Jay gerichtet. »Du weißt, was du tun musst, um meine Aufmerksamkeit zu erregen.«

»Danke, dass du mich beruhigt hast«, erwiderte Jay.

Sie spürte, wie Balthazar neben ihrem Kopf nickte. Dann löste er seine Arme von ihr und ergriff ihre Hand, um sie aus dem Raum zu ziehen. Leela sagte nichts und folgte ihm pflichtbewusst, als er sie in ein anderes Schlafzimmer ein paar Türen weiter führte.

Ihr kam der Gedanke, sich unsichtbar zu machen, doch ein Blick von ihm reichte aus, um die Idee zu verwerfen.

Er führte sie in ein Zimmer mit einem Balkon, von dem aus man einen Blick auf den Ozean hatte, mit weißen Möbeln und einem großen Bett mit einem blauen Laken und einer marineblauen Steppdecke darüber. Doch statt sie in Richtung der Matratze zu führen, nahm er sie mit in das elegant eingerichtete Badezimmer. »Zieh dich aus«, befahl er ihr.

»Du kannst mich nicht einschüchtern«, sagte sie, wobei sie dem Befehl eher aus Trotz als aus Unterwürfigkeit gehorchte. Es machte ihr nichts aus, nackt zu sein. Sie hatte einen fantastischen Körper und wusste, wie sie ihn nutzen konnte, um einen Mann zu unterwerfen.

»Ich will dich nicht einschüchtern. Ich will mich um dich kümmern und dir meine Dankbarkeit zeigen, weil du meinem besten Freund geholfen hast. Dann werde ich in Betracht ziehen, dich zu ficken. Und danach werden wir uns unterhalten. Es sei denn, du willst, dass Vera wieder in meinem Verstand herumpfuscht.«

Leela starrte ihn an. »Du musst dich nicht um mich kümmern.«

»Ich weiß, dass ich es nicht muss, aber ich werde es trotzdem tun.«

»Und du musst überhaupt nichts in Betracht ziehen, wenn es darum geht, mich zu ficken«, fügte sie hinzu und ignorierte seine Antwort. »Wenn ich ficken will, werden wir ficken.«

Er lächelte. »Ich kann dich dazu bringen, mich anzubetteln.«

»Du kannst es versuchen.«

»Oh, Leela«, sagte er und trat auf sie zu, bis er dicht vor ihr stand. Er schob ihre blutigen Kleider mit dem Fuß beiseite. »Ich werde dich dazu bringen, vor mir zu kriechen, Baby.«

»Dazu wird es niemals kommen.« Die Worte, die sie laut aussprach, stimmten nicht mit denen in ihrem Kopf überein, denn diese lauteten eher: *Ja, bitte.* Und der Scheißkerl konnte sie dank der veränderten Rune hören.

Ihr kam der Gedanke, dass Vera sicher gewusst hatte, was geschehen würde, nachdem sie die Rune verändert hatte. Außerdem hatte sie Balthazars Gedächtnis eindeutig nicht so verändert, wie Leela sie gebeten hatte.

Er schenkte ihr ein verschmitztes Lächeln. »Du denkst, dass das in Brasilien meine Bestleistung war? Das war nur eine Einführung. Wenn ich mit dir fertig bin, wirst du nicht einmal mehr wissen, wie du dich bewegen sollst, ohne mich zwischen deinen Schenkeln zu spüren.«

Ihr lief ein heißer Schauer über den Rücken, als sie das Versprechen hörte, das in seinen Worten mitschwang. »Zeig es mir.«

»Das werde ich«, gelobte er. »Nachdem ich dich dazu gebracht habe, vor mir zu kriechen.«

Sie schnaubte. »Dann ist es doch nur Gerede, *Baby*, denn ich werde niemals vor dir kriechen.«

Er lächelte und strich mit seinen Lippen über die ihren.

Die Geste war derart sinnlich und kühn, dass er damit ihr Blut in Wallung brachte. »Danke, Leela.«

Sie runzelte die Stirn. »Wofür?«

»Dafür, dass du mich vor eine neue Herausforderung gestellt hast«, antwortete er mit sanfter Stimme. »Jetzt beweg deinen schönen Hintern unter die Dusche. Ich werde gleich zu dir kommen. Und dann werden wir sehen, wie lange deine Entschlossenheit anhält.«

KAPITEL FÜNFUNDZWANZIG

CARO

SETHIOS STAND in einem Handtuch auf dem Balkon ihres Zimmers, das sie vorübergehend bewohnten, und hatte den Blick zu den Sternen gerichtet.

Caro gesellte sich zu ihm und trug den Bademantel, den er für sie auf dem Badezimmertisch hinterlegt hatte. Sie hatten beide schweigend geduscht, sich häufig geküsst und in die Gedanken des anderen gesprochen. Ansonsten hatten sie nichts anderes getan und einfach nur gemeinsam existiert.

Sie schlang die Arme von hinten um seine nackte Taille und presste die Nase an seine Schulter, wobei sie ihn einfach festhielt.

Es fühlte sich gut an. Warm. Richtig.

Das friedliche Branden der Wellen am Ufer schien der Ruhe vor dem Sturm zu gleichen. Ihr schauderte bei dem Gedanken an die Verwüstung und den Krieg, die ihnen möglicherweise bevorstanden.

»Gabriel ist noch in Hydria«, sagte Sethios leise. »Ezekiel bleibt vorerst bei Skye, aber er wird weiterhin über das Handy mit uns in Verbindung bleiben, das er auf dem Nachttisch hinterlassen hat.«

»Ezekiel war hier?«

»Ja, er hat sich auf ein kurzes Gespräch hierher

teleportiert, während du dich unter der Dusche abgetrocknet hast.« Sethios legte seine Arme auf ihre und ließ seine Fingerspitzen über ihre Haut tanzen. »Er will versuchen, mehr über die Schicksalsgöttinnen von Skye zu erfahren, aber er schien sich nicht sicher zu sein, ob er ihr noch weitere Informationen würde entlocken können.«

Caro seufzte an seinem Rücken. »Es liegt nicht in ihrer Natur, die Zukunft zu erklären, sie sieht sie einfach nur voraus.«

»Es wäre wirklich gut, wenn sie etwas mehr ins Detail ginge.«

»Ja, aber das heißt nicht, dass sie dazu fähig ist«, erwiderte Caro und ging um ihn herum, um sich ihm zuzuwenden.

Er schlang sofort die Arme um ihr Kreuz und presste die Stirn gegen die ihre, während sie sich schweigend und zufrieden im Arm hielten. Sie verstand sein Bedürfnis, denn ihr erging es nicht anders. Ihre Körper hatten die Geborgenheit des anderen viel zu lange vermisst.

Sie standen eine lange Zeit nur da, ohne ein Wort zu verlieren, während ein Meer der Emotionen zwischen ihnen wogte, das auch die lautesten Ereignisse übertönt hätte.

Er presste seine Lippen auf die ihren und betete sie mit seinem Kuss auf eine Weise an, die ihre Beine erzittern ließ. Er hielt sie jedoch aufrecht und schob seine Zunge in ihren Mund. Sie war wie ein Segen, der ihr ganzes Wesen in Flammen aufgehen ließ.

Sie schlang die Arme um seinen Nacken und hielt sich an ihm fest, als sich ihre Körper auf eine Weise vermählten, die der Verbindung ihrer Seelen gleichkam.

Mit jedem Streich seiner Zunge erdete er sie noch mehr in der Gegenwart, während ihre Erfahrungen in der Reformation unter den Erinnerungen verblassten, die er in ihrem Geist hervorrief. All die verlorenen Jahre zwischen ihnen bedeuteten nichts. Sie hatten das Hier und Jetzt. Sie hatten die Zukunft. Sie hatten ihre Tochter.

Das war alles, was für sie zählte. Sie spürte Sethios' Zustimmung durch das Band. Er hob sie hoch, trug sie zurück ins Zimmer und legte sie aufs Bett.

Sie spreizte die Beine für ihn, denn sie wusste, was er wollte.

Er öffnete ihren Bademantel und warf sein Handtuch zu Boden, dann küsste er einen Pfad an ihrem Körper hinunter zu der empfindsamen Stelle zwischen ihren Schenkeln. Er leckte und schmeckte sie und hob sie mit jeder geschickten Liebkosung gen Himmel.

Sie hatte das Messer im Badezimmer bei ihren Kleidern liegen lassen, aber es war egal. Sie brauchten es nicht. Denn nicht jeder Geschlechtsakt zwischen ihnen erforderte Schmerz. Sie brauchten im Grunde nur den anderen.

Er knabberte sanft an ihrer Klitoris und sie wölbte sich auf, während sie die Finger in seinem dichten, dunklen Haar verwob. *Mehr*, stöhnte sie in seinen Gedanken.

Sethios hielt sich weder zurück noch verwehrte er ihr den Wunsch, stattdessen gab er ihr genau das, was sie wollte. Er saugte ihre Klitoris in seinen Mund, während er mit zwei Fingern in sie eindrang. Sie fiel innerhalb von Sekunden über den Abgrund, denn ihr Körper war nach so langer Zeit ohne seine Berührung wie ausgehungert.

»Ich liebe es, wie du schmeckst, mein Engel«, flüsterte er an ihrem feuchten Unterleib, bevor er wieder hinaufkroch und sich auf sie legte. Er drang ohne Vorwarnung in sie ein und sie schrie in seinen Mund, als er ihre Lippen mit einem leidenschaftlichen Kuss beanspruchte.

Sie wand sich für ihn.

Schrie für ihn.

Sie gab ihm alles.

Und machte sich *mit* ihm unsichtbar.

Er verlieh dem sinnlichen und wunderschönen Moment Nachdruck, als er sie biss und sie somit über den Abgrund in die Ekstase stürzte. Sie erwiderte die Geste, indem sie ihre Zähne in seinen Hals bohrte und ihn zwang, tief in ihrem Inneren zu explodieren.

Er knurrte.

Sie knurrte zurück.

Im nächsten Moment verloren sie sich in animalischer Lust, während ihre elektrisierenden Körper bereit waren, die verlorene Zeit aufzuholen.

Er stieß mit Wucht in sie hinein, während sie ihre Schenkel zusammenpresste und die Fersen in den Hintern drückte, um ihn zu ermutigen, noch härter zuzustoßen.

Sie ließ sich von dem Gefühl überwältigen und erlaubte ihm, jeden ihrer Gedanken und Atemzüge zu verschlingen.

Sein Name kam ihr wie ein Gebet über die Lippen, während er den ihren ebenso ehrerbietig durch die Luft hallen ließ.

Sie waren völlig ineinander versunken und ließen sich von der Glückseligkeit der vorübergehenden Ruhe umhüllen. Ihr Leben war während ihrer Flucht ständig in Bewegung gewesen, während sie sich versteckt und auf ein bevorstehendes Unheil vorbereitet hatten. Sie wussten, wie sie einen ruhigen Moment zu ihrem Vorteil nutzen konnten, und genau das taten sie jetzt.

Sie verwöhnte ihn, so wie er sie verwöhnte.

Bis sie nur noch ein ineinander verkeilter keuchender Haufen aus Gliedmaßen waren. Sie waren so verschwitzt, dass sie eine weitere Dusche nötig gehabt hätten, aber keiner von ihnen war in der Lage, sich zu bewegen.

Caro hätte fast gelacht.

Aber sie war nicht dazu imstande, denn das hätte zu viel Energie erfordert.

»Ich glaube, du hast mich umgebracht.«

»Das ist eine schöne Art zu sterben«, erwiderte er genauso atemlos wie sie.

Ihr entfuhr ein Kichern, dessen Klang seltsam befreiend war.

Er rollte sich auf die Seite, um sie anzusehen, wobei sie sich ein Kissen teilten. Sie hatten sich gerade gegenseitig in die Ekstase geritten. Es fühlte sich so an, als wären Stunden vergangen, doch es war noch nicht annähernd lange genug.

Er legte eine Hand an ihre Hüfte. »Lachst du etwa wieder über mich? Ich hatte nämlich keine Ahnung, dass ich so urkomisch bin«, sagte er mit ausdruckslosem Tonfall.

Sie küsste ihn und er erwiderte den Kuss, indem er sie auf den Rücken rollte und sich mit den Ellbogen zu beiden Seiten ihres Kopfes abstützte. Er strahlte eine kraftvolle Energie aus, als das volle Ausmaß seiner seraphischen Fähigkeiten scheinbar über ihn wogte.

»Kannst du das fühlen?«, fragte er sie.

»Ja. Ich denke, unser gekräftigtes Band hat deine seraphischen Gene gestärkt. Wahrscheinlich ist das der Grund dafür, dass du dich jetzt unsichtbar machen und teleportieren kannst.« Und sie war überaus erfreut darüber. Er hatte die wunderschönsten schwarzen Flügel, die an den Rändern blau ausliefen. »Zeig mir deine Federn.«

Er tat, wie geheißen, und nahm seinen ätherischen Zustand an, wobei ihm plötzlich ein Gedanke kam. »Unsere Tochter hat eine Woche gebraucht, um es zu lernen, aber für mich fühlt es sich ganz natürlich an.«

»Wahrscheinlich weil du deine Flügel bereits hattest, sie aber unterdrückt hast. Bis vor Kurzem wusstest du nur nicht, wie du auf sie zugreifen kannst. Astasiyas mussten dagegen erst wachsen.«

»Ich hatte angenommen, dass meine in den letzten fünfundzwanzig Jahren wie ihre gewachsen sind.«

»Möglicherweise«, erwiderte sie, als sie darüber

nachdachte. »Ich bin mir nicht ganz sicher, wie es funktioniert. Schließlich bist du ein entartetes Wesen.«

Er schnaubte. »Ich bin dein entartetes Wesen.«

»Das ist richtig«, stimmte sie mit einem Lächeln zu. »Hm, aber ich frage mich, ob meine Reformation deinen Aufstieg zum Seraph beeinflusst hat.«

»Vielleicht war auch mein Vater dafür verantwortlich«, erwiderte er. »Er behauptete, es wäre nicht sinnvoll gewesen, mich am Boden zu halten, ohne fliegen zu können, aber er ist nicht gerade eine vertrauenswürdige Quelle.«

»Ja.« Sie dachte noch einen Moment darüber nach und fügte hinzu: »Wie auch immer, unsere Verbindung fühlt sich jetzt vollständiger an, als hätten wir etwas vollendet, indem wir uns wiedervereinigt haben.«

»Das spüre ich auch«, flüsterte er und presste seine Lippen auf die ihren. »Ich fühle mich lebendig.«

»Ich mich auch.« Sie erwiderte seinen Kuss und genoss die Empfindungen, die seine Berührung in ihr hervorrief. »Ich liebe dich, Sethios.«

»Ich liebe dich auch, mein Engel.« Er ließ seine Zunge in ihren Mund gleiten und hypnotisierte sie aufs Neue mit seiner machtvollen Berührung. Sie stieß ein Seufzen aus und wäre zufrieden damit gewesen, für immer unter ihm zu liegen. Aber sie wusste, dass sie eine Zukunft vor sich hatten und einem dunklen Schicksal entgegensehen mussten, das von Krieg, Gewalt und Blut geprägt war.

Ihre Tochter war der Schlüssel zu allem.

Sie verstand nur noch nicht ganz, was das zu bedeuten hatte.

Sie würden es gemeinsam herausfinden, als eine Familie. Als eine mächtige Einheit. Als Seraphim, die mit einer neuen Bestimmung wiedergeboren worden waren.

»Ich glaube, dass die Schicksalsgöttinnen genau das im Sinn hatten«, sagte Caro, als sie ihren Gedanken Ausdruck verlieh. »Sie wollten, dass Astasiya die Menschheit versteht, weil sie wussten, dass es ihre Entscheidungsfindung beeinflussen würde. Statt wahllos zu töten, wird sie jeden einzelnen Entschluss mit Mitgefühl durchdenken, welches den Ratsmitgliedern fehlt. Ihnen geht es nur um praktische Entscheidungen, aber Astasiya folgt ihrem Herzen.«

Für Caro war jetzt alles so offensichtlich. Ihre Tochter empfand Loyalität gegenüber ihrer Familie und ihren Freunden und folgte nicht blind irgendeiner Bestimmung, die an einen Rat uralter Wesen gebunden war. Astasiya würde immer das tun, was für diejenigen richtig war, die ihr wichtig waren. Der Rat würde so etwas nie verstehen können.

»Sie wird sie zerstören, indem sie das System vernichtet«, fuhr Caro fort. »Sie wird ihnen eine Lektion in emotionaler Beweisführung erteilen. Sie werden nicht wissen, wie sie dagegen ankämpfen sollen.«

Er streichelte ihr über die Wange, während seine grünen Augen verständig funkelten. »Ich glaube, damit könntest du recht haben, mein Engel.«

»Aber du glaubst, es steckt noch mehr dahinter.«

»Ich glaube, sie hat erst begonnen, ihre Macht zu verstehen, und deshalb will mein Vater sie trainieren. Er weiß etwas über ihre Fähigkeiten – oder das Potenzial ihrer Fähigkeiten –, was er uns verschweigt.«

»Weil er sie benutzen will«, sagte Caro.

»Ja.«

»Und du denkst, wir sollten ihn gewähren lassen«, fügte sie hinzu, als sie sah, wie sich seine strategische Denkweise in seinen Gesichtszügen widerspiegelte.

»Ich denke, wir sollten es in Betracht ziehen und Astasiya fragen, was sie tun will. Es wäre ein Risiko, aber es könnte uns auch die Oberhand verschaffen, die wir von Beginn an nie hatten.«

»Es wäre ein Versuch, ihm einen Schritt voraus zu sein«, überlegte sie.

»Wir könnten einen Vorteil gebrauchen«, antwortete er. »Aber sie wird damit einverstanden sein müssen.«

Caro nickte zustimmend. Allerdings wusste sie bereits, was ihre kleine Kriegerin sagen würde. »Sie wird das Risiko auf sich nehmen.«

»Ich weiß.«

Sie verzog die Lippen zu einem Lächeln. »Sie ist mir wirklich ähnlich, nicht wahr?«

»Sehr sogar«, murmelte er. »Wir haben die richtige Wahl getroffen, Caro.«

»Ich weiß.«

Seine Augen nahmen einen ernsten Ausdruck an. »Ich bedaure es nicht.«

»Ich auch nicht.« Sie streichelte seine Wange. »Sie ist unser Opfer wert.«

»Das ist wahr«, flüsterte er und strich mit der Nase über die ihre. »Sie macht alles lohnenswert. Und das tust du auch, mein Engel. Ich würde alles noch einmal ertragen, nur um diesen Moment mit dir erleben zu dürfen.«

»Ich auch«, erwiderte sie mit ebenso sanfter Stimme. »Küss mich, Sethios.«

»Für immer«, schwor er, dann bedeckte er ihren Mund mit dem seinen und besiegelte das Versprechen mit seiner Zunge.

Caro wurde warm uns Herz, als sie ihre Seele in ihrer Umarmung verlor.

Sie war endlich zu Hause.

Bei ihrem Geliebten.

Ihrem Sethios.

Für die Ewigkeit.

EPILOG

VERA

VERA VERBARG sich im Schatten außerhalb des Kolosseums und hatte ihre Flügel auf den Rücken gefaltet. Es war ihr Lieblingsplatz, an dem sie am besten spionieren konnte, da sie hier, zwischen zwei Säulen aus dekorativem Gestein, nie von jemandem bemerkt wurde.

Die Sicherheitskameras waren dank Mateo alle von ihr abgewandt. Sie schrieb ihm eine SMS, um ihm ihre Position mitzuteilen.

Verstanden, schickte er zurück.

Sie war nur hier, um das Urteil des Rates über Elizabeth und ihre Tochter zu hören.

Osiris hatte sie gerade noch rechtzeitig herausgeholt und sie in dem Anwesen in Sicherheit gebracht, welches er zu diesem Zweck gekauft hatte. Allerdings war Hydria dadurch ungeschützt und verwundbar, was nicht akzeptabel war.

Mateo war auf der Insel geblieben, obwohl seine Tarnung aufgeflogen war. Er hatte das Leben seiner Freunde auf Hydria über sein eigenes gestellt, was eine bewundernswerte Tat war, die Vera sehr gut verstand.

Sie setzte ihr Leben häufig aufs Spiel.

So wie jetzt, während sie auf das Urteil wartete.

Wenn Vera einen bevorstehenden Angriff meldete,

würde Mateo die Nachricht an Lucian überbringen und dann die Strafe in Kauf nehmen, die ihm seine Loyalität zu Osiris einbringen würde. Es würde die anderen außerdem auf ihre jüngsten Aktivitäten aufmerksam machen, aber darüber würden sie ohnehin bald Bescheid wissen.

Als sie Osiris an jenem Tag angegriffen hatte, hatte sie ihn in einem ganz neuen Licht gesehen, das sie hatte innehalten lassen.

Sie war Zeugin seiner Erinnerungen an das geworden, was der Rat ihm wirklich angetan hatte.

Es war ein abscheuliches, schreckliches Ereignis, das ihr die Luft aus der Lunge gepresst und sie gezwungen hatte, einen Tag später zu ihm zurückzukehren, nachdem sie sich vergewissert hatte, dass alle in Gabriels Haus in Sicherheit waren.

»Ich muss es wissen«, hatte sie ihm gesagt. »Lass es mich noch einmal sehen.«

Er hatte sie einen langen Moment lang nur angesehen, während seine grünen Augen vor Wut aufgeblitzt waren. »Wenn du noch einmal in meinem Gedächtnis herumpfuschst, dann werde ich dich meiner Kollektion im Keller hinzufügen.«

Sie wusste, wovon er sprach – von den Unsterblichen, die er weggesperrt hatte und die unter weitaus schlimmeren Bedingungen dahinsiechten, als es der Tod je sein könnte.

Aber sie war das Risiko eingegangen und hatte seinen Bedingungen zugestimmt.

Dann hatte sie seine Erinnerungen in jedem quälenden Detail durchlebt.

Als sie fertig gewesen war, hatte sie in Tränen aufgelöst auf dem Boden gekniet, während er mit stoischer Miene auf sie herabgeblickt hatte. »Jetzt weißt du es.«

Eine solche Erinnerung konnte man nicht vortäuschen.

Selbst jetzt lief es ihr eiskalt den Rücken hinunter, weil es in diesen alten Mauern des Kolosseums geschehen war.

Sie mochte mit seinen Methoden oder seinem Hang zur Grausamkeit nicht einverstanden sein, aber sie respektierte sein Ziel, die Ratsmitglieder zu stürzen.

Sie mussten vernichtet werden.

Und er war eines der wenigen Wesen, die die Macht besaßen, um dieses Vorhaben in die Tat umzusetzen.

Seine Erinnerungen hatten auch seine Absichten in Bezug auf Sethios und Stas bewiesen. Er sah seine Handlungen wirklich als Lehrmethoden an, als Wege, sie zu kräftigen und ihre Fähigkeiten zu stärken. Bei Caro lag die Sache etwas anders, denn er hatte sie für eine vom Rat gesandte Waffe gehalten. Jetzt verstand er die Wahrheit und wollte, dass sie mit Sethios auf eine verkorkste, dunkle, schreckliche Weise aufblühte.

Dennoch war es die richtige Art und Weise, denn er wusste, was auf sie zukommen würde.

Vera schüttelte den Kopf.

Es war beängstigend, so lange in Osiris' Kopf zu sein, seine Beweggründe tatsächlich zu verstehen, den Praktizismus hinter jeder unbarmherzigen Entscheidung zu sehen und zu erkennen, dass seine wahre Absicht nicht darin bestand, zu quälen oder zu schaden, sondern zu gedeihen.

Sie hätte fast geschnaubt, denn ihr Geist war viel zu erschöpft von den unzähligen Aufgaben, die sie in den letzten Tagen vollbracht hatte. Doch diese war viel zu wichtig und sie durfte auf keinen Fall versagen. Daher blieb sie reglos stehen und wartete darauf, dass sich der Rat nach der Sitzung auflöste.

Bis auf ein leises Raunen war es drinnen still, was bedeutete, dass sie nicht viel miteinander argumentiert hatten.

Das konnte alles Mögliche bedeuten.

Der Rat wollte die Hydraianer vernichten und hätte sich leichthin darauf einigen können, diesen Weg unter dem Vorwand, Elizabeth finden und vernichten zu wollen, sofort einzuschlagen.

Oder die Mitglieder hatten einstimmig beschlossen, dass es noch nicht an der Zeit war. Das taten sie nun schon seit Jahrtausenden. Bis die Hydraianer eine maßgebliche Bedrohung darstellten, würden sie sie in Ruhe lassen und hoffen, dass Osiris zur Vernunft kommen würde.

Das war zumindest die Richtung, die sie einstimmig verfolgten.

Heute verstand Vera die Wahrheit. Genauso wie sie wusste, dass Osiris niemals »zur Vernunft kommen« würde. Nicht nach allem, was sie ihm angetan hatten.

Sie konnte hören, wie sich die Ratsmitglieder rührten. Sie drückte sich fester gegen die Steinmauer und wartete in ihrem ätherischen Zustand. Falls jemand sie sehen sollte – was nicht der Fall sein würde –, würde sie sich in Sekundenschnelle an einen sicheren Ort teleportieren können.

Aber niemand wandte sich je um, um das Kolosseum noch einmal zu betrachten, nachdem er es verlassen hatte. Es diente keinem praktischen Zweck. Daher rechneten sie auch nicht damit, dass hier jemand auf der Lauer liegen und sie belauschen könnte, denn alle Seraphim glaubten daran, dem Rat zu dienen, anstatt ihn infrage zu stellen.

Es war eine perfekte Gesellschaft schweigenden Gehorsams.

Bis auf die wenigen, die wie sie selbst die Fassade durchschauten und die Unmenschlichkeit dahinter erblickten.

Ein Murmeln ging durch die Luft, als die Ratsherren und Ratsfrauen sich im Gehen miteinander unterhielten und sich unsichtbar machten, um das theaterähnliche Bauwerk zu verlassen.

Einige von ihnen äußerten belanglose Kommentare.

Sie ignorierte sie und wartete auf ein Anzeichen dafür, dass ein Edikt erlassen wurde.

Als Adriel erschien, verkrampfte sie sich. Zwei seraphische Krieger flogen sofort zu ihm hinunter.

Leek und Kital.

Ersterer war Adriels ältester Sohn und ein Seraph, den Gabriel vor drei Jahrzehnten in einem Kampf besiegt hatte. Kital gehörte ebenfalls der Linie der Krieger an, war jedoch viel jünger als Leek und von einem niedereren Rang.

»Ein entartetes Wesen und ihr Nachkomme wurden in einer bewachten Anlage auf den Bahamas untergebracht. Ihr müsst sie zurückholen.«

Vera riss die Augen auf. *Woher wissen sie das?*

»Die Koordinaten sind nicht eindeutig, aber drei der Schicksalsgöttinnen waren in der Lage, einen ungefähren Standort zu bestimmen. Ich würde vorschlagen, ihr nehmt Patreel und Arvane mit. Sie sind zwei unserer besten Fährtenleser.«

»Natürlich, Ratsherr. Sollen wir die entarteten Wesen lebendig oder tot zurückbringen?«

»Lebendig ist vorzuziehen, da wir ein paar Tests durchführen wollen. Sollte sich das allerdings als problematisch erweisen, dann werden auch Leichen akzeptiert.«

»Wird erledigt«, antwortete Leek.

Adriel nickte, dann sah er zum Himmel auf. »Ihr könnt wegtreten.«

Die beiden Krieger verschwanden ohne ein weiteres Wort.

Es wurden keine weiteren Bemerkungen abgegeben oder Edikte erlassen, was bedeutete, dass Hydria für den Moment sicher war. Elizabeth und ihr Kind befanden sich jedoch in ernster Gefahr.

Vera schickte eine kurze Zusammenfassung an Mateo, dann machte sie sich auf den Weg in die Karibik, um die schlechte Nachricht zu überbringen.

Glücklicherweise hatten einige von ihnen Erfahrung darin, diejenigen zu verstecken, die ihnen wichtig waren.

Diese Situation würde nicht anders sein.

Ihr Handy summte mit einer eingehenden Nachricht, als sie im Sand vor dem Anwesen landete. Sie war von Osiris' Nummer geschickt worden. *Ich kümmere mich um die Krieger-Seraphim, um dir etwas Zeit zu verschaffen.*

Sie blinzelte, als sie die Worte las, dann erhielt sie eine zweite Nachricht von der gleichen Nummer.

Ich schlage vor, du bringst sie nach Island. Skye und Ezekiel werden dabei helfen, sie zu beschützen.

Sie stimmte mit einem Nicken zu und machte sich dann auf den Weg ins Haus, wobei sie sich auf eine komplizierte Unterhaltung über Wahrheiten und Lügen gefasst machte.

Manche Versprechen waren dazu bestimmt, gebrochen zu werden.

Andere waren dazu gemacht, sie zu beugen.

Aber sie war im Begriff, sie alle zu zerschmettern.

Und würde wahrscheinlich den ultimativen Preis dafür zahlen.

Die Geschichte geht weiter mit *Himmlische Bürde…*

Blood Burden - Himmlische Bürde
Unsterblich verflucht - Buch 7

Willkommen in der Welt der unsterblich Verfluchten, wo Engel und Vampire im Verborgenen leben ... noch.

Gabriel ist ein Krieger. Ein Seraph. Ein Unsterblicher mit unvorstellbarer Macht und Autorität. Sein bisheriges Leben hat er in einer Wolke aus Gleichmut und Zweckmäßigkeit geführt. Nur damit *sie* sein komplettes Dasein auf den Kopf stellen kann.

Clara.

Die Hexe, die ihn mit ihrem Mitgefühl verzaubert hat – ein vampirisches Talent, das seine Konzentrationsfähigkeit vollkommen durcheinanderbringt.

Er ist entschlossen, einige Fehler zu berichtigen, selbst wenn
er sie töten muss, um seine mentalen Kräfte
wiederherzustellen.

Jedoch werden nicht alle Schlachten mit dem Körper
geschlagen. Einige erfordern das Herz.

Clara ist kein normaler Gegner.
Und sie steht kurz davor, Gabriel in die Knie zu zwingen.

USA Today Bestsellerautorin Lexi C. Foss ist eine Schriftstellerin, verloren in der Welt der Computer. Sie lebt in Chapel Hill, North Carolina mit ihrem Mann und ihren haarigen Gesellen. Wenn sie nicht gerade schreibt, ist sie mit Sicherheit auf Reisen. Viele der Orte, die sie schon besucht hat, lassen sich in ihren Büchern wiederfinden, einschließlich der mystischen Welt von Hydria, die auf der griechischen Insel Hydra basiert.

Lexi ist ein bisschen verschroben, trinkt viel zu viel Kaffee und schwimmt gern.

Würden Sie gern über Neuerscheinungen informiert werden? Dann tragen Sie sich für ihren Newsletter ein:
https://www.lexicfoss.com/deutschen-newsletter

Besuchen Sie Lexi im Netz!
https://www.lexicfoss.com/aktuell
www.facebook.com/LexiCFoss
twitter.com/LexiCFoss
www.instagram.com/LexiCFoss
E-Mail: lexicfoss@gmail.com

Buch Drei

Buch Vier **(erhältlich 2021)**

Die Wölfe des X-Clans

Andorra Sektor

Das Experiment

Pfeil des Winters **(erhältlich 2021)**

Und auch die folgenden Bücher von Lexi C. Foss werden in Kürze auf Deutsch erhältlich sein:

Aus der Reihe »Dark Provenance Series«:

Daughter of Death − Die Tochter und der Tod (Buch 1)

Paramour of Sin (Buch 2)

Son of Chaos (Buch 3)

Heiress of Bael (Buch 3.5)

Princess of Bael (Buch 4)